Too Love

투 러브

# Too Love

초판 1쇄 찍은 날 § 2009년 6월 5일
초판 1쇄 펴낸 날 § 2009년 6월 12일

지은이 § 이정숙
펴낸이 § 서경석

편집장 § 문혜영
편집책임 § 유경화
편집 § 조수희

펴낸곳 § 도서출판 청어람
등록번호 § 제1081-1-89호
등록일자 § 1999. 5. 31
어람번호 § 제5-0231호

주소 § 경기도 부천시 원미구 심곡 2동 163-2 서경B/D 3F (우) 420-822
전화 § 032-656-4452 팩스 § 032-656-4453
http://www.chungeoram.com
E-mail § eoram99@chollian.net

ISBN 978-89-251-1829-1 03810

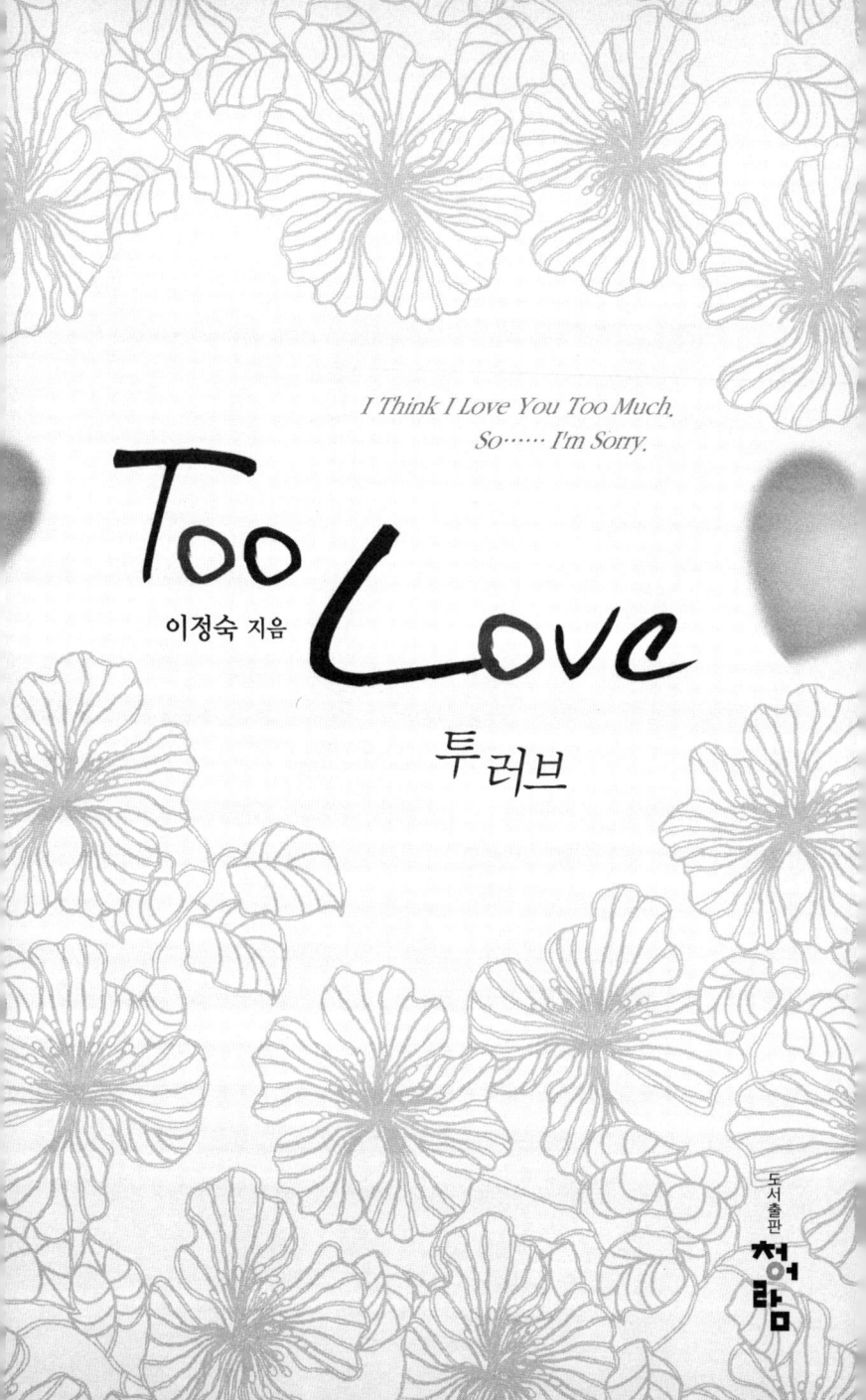

*I Think I Love You Too Much.*
*So······ I'm Sorry.*

# Too Love

이정숙 지음

투러브

도서출판
청어람

## 목차

"콘도 숙박권?"

요거트 아이스크림을 작은 스푼으로 한 입 베어 문 나리의 반문에 친구 경은이 들뜬 얼굴로 고개를 끄덕였다.

"응. 우리 자기가 아버지 빽 써서 50% 할인! 겨울이면 당연히 스키장이지. 놀러 가자."

"너나 사랑하는 자기랑 가. 꼽사리 끼어서 무슨 흥 들으려고."

"이거 왜 이래? 내 우정을 짤로 보는 거야? 그럴 줄 알고 딴 애들한테도 벌써 다 연락했지. 관심있으면 커플로 가자구. 전부 오케이래. 그러니까 너도 가자. 니 그 미지의 자기랑."

경은이 신이 나서 한 말에 함께 웃고 있던 나리의 입가에서 천천히 미소가 가셨다. 무언가가 걸리는 듯 잠깐 동안 급속도로 흐려진 표정, 이내 다시 환하게 웃긴 했지만 미소가 평소만큼 상큼하지 못했다. 눈을 가늘게 뜨고서 경은에게 물었다.

"설마 너 이번 기회에 소개시켜 달라고 머리 쓰는 건 아니겠지?"

경은이 뜨끔하는 얼굴을 하면서도 하하 웃었다.

"사실 뭐…… 그러고 싶은 마음이 아주 없는 것도 아니구."

변명하듯 중얼거린 경은이 별안간 열렬한 표정을 하더니 상체를 쑥 기울여 왔다.

"진짜 얼굴 좀 보자. 얼마나 대단한 사람이길래 얼굴 한 번 안 보여주는 거야? 나니까 믿지, 딴 애들은 너 혼자 짝사랑하고 있다는 둥, 사실은 없는데 있는 체한다는 둥 별별 말이 다 나와. 정말 있긴 있는 거야? 그 능력있는 자기?"

나리는 한숨을 폭 내쉬었다.

"심심하지? 별말들을 다 하고 다녀, 진짜. 바쁜 사람이라서 시간 잘 못 낸다고 누누이 말했었잖아. 나도 만나기 힘든 사람인데."

"그러니까 이상하잖아. 여자친구도 만나기 힘든 그런 사람이 남친이야? 애인이야?"

"진심으로 좋아하면 만나는 횟수는 중요하지 않아, 이 바보야."

말은 그렇게 더없이 당당하게 했지만 나리의 마음은 무겁게 가라앉고 있었다. 사람들의 시선은 때때로 정확하다. 남자친구라고, 애인이라고 말할 수는 없는 사람이다. 혼자 동경 비슷하게 아주 많이 좋아하고 있다. 그녀를 단지 어린 아가씨로만 취급하고 있는 그에게 애인 행세를 해달라고 할 수는 없다. 함부로 가볍게 행동하기도, 일방적인 이 마음을 무턱대고 기댈 수도 없는 사람. 그래도 그 사람 외에 다른 사람은 절대 사랑할 수 있을 것 같지 않기에, 마지막 남자라고 이미 마음에서 정해놓고서 친구들에게 멋대로 애인이 있다고 말해두었을 뿐. 그래서일까, 나리는 고집스럽게 강조해서 되풀이했다.

"내가 뭐 사이코니? 없는 사람을 있다 그러게?"

"그거야 그렇지만. 아무튼 다 쉬쉬하면서 말들이 많아. 짝사랑이면 빨리 끝내는 게 낫다고 충고도 해주라는데?"

나리는 쯧쯧 혀를 차곤 아이스크림을 폭 떴다. 시리고도 달콤한 아이스크림을 입안으로 쏙 넣어 살살 녹이면서, 따뜻한 입안에 들어와 더 차갑게 느껴지는 그 맛을 혀끝으로 굴리며 깔끔하게 대답했다.

"알았어. 한 번 말해볼게."

눈 내리는 크리스마스를 항상 기대한다. 왜인지 크리스마스에는 눈이 와야 더 행복할 것 같다는 고정관념이 있다. 뽀얀 입김을 뿜어보았다가 나리는 얼른 빨간 목도리를 끌어 올리고서 크리스마스 캐럴이 묻어나는 겨울 거리를 종종거리며 걸었다.

이너웨어 디자이너인 그녀는 점심시간에 잠깐 경은을 만나러 나온 것이기 때문에 서둘러 회사로 돌아갔다. 크리스마스 시즌이라 이벤트 제품을 내놓기 위한 아이디어 회의로 한창 바쁠 때였다. 로비로 들어서며 휴대폰을 꺼냈다. 확인해 보니 10분 정도 시간이 남아 있어 단축번호를 길게 눌렀다. 어느덧 걸음은 멈춰 있고 상대방의 목소리가 들리기를 숨죽이며 기다리고 있었다.

「여보세요.」

항상 차분한 어조, 낮게 울리는 그의 목소리였다. 머리를 맑게 하는 부드러운 저음을 들을 때마다 늘 가슴이 두근두근 뛴다.

나리는 발랄하게 대화의 스타트를 끊었다. 샐샐 웃으면서.

"저예요, 나리. 점심은 드셨어요?"

「음, 좀 바빠서. 너는 먹었니?」

"친구랑 간단하게 먹고 회사로 들어가는 길이에요."

그와 통화할 때면 낮이든 밤이든 심장이 깨어 살아 있다. 솜사탕 같은 눈, 하지만 손 대면 딱 손가락이 시릴 만큼의 서늘함, 그 견딜 수 있을 정도의 온도가 좋다. 휴대폰을 쥔 손이 살짝 떨리기도 하고, 목소리만 들어도 훈기가 가득 도는 커피숍에 들어간 것처럼 뺨에 열이 오르기도 한다.

마치 첫사랑에 빠진 사춘기 소녀처럼, 담임선생님을 좋아해

버리고 만 여고생처럼, 그렇게 이 남자는 그녀에게 이십대 후반이라는 나이에도 늘 봄 같은 수줍은 날씨를 유지하게 해주는 사람이다.

「그래. 추운데 따뜻한 거 먹고 다니고. 왜? 아, 그래. 지금 곧 간다고 해.」

하지만 늘 그렇듯 오늘도 둘만의 통화는 타인에 의해 방해받고 말았다. 아마도 일 관계의 사람이겠지. 누구건 간에 그를 필요로 하는 사람이 또 있는 모양이다. 단지 자신 하나였으면 좋겠다. 그를 필요로 하는 사람이, 가장 필요로 하는 사람이 늘 여기에 있는데도 그는 언제나 먼 거리에 있어서 잘 모르는 것 같다.

"바쁘세요?"

「어, 그래. 좀 그렇군. 왜, 무슨 할 말 있니?」

"아…… 그게요. 다음 주말에 시간 있으세요?"

「글쎄. 괜찮을 것도 같은데.」

슬쩍 눈치를 보며 솔직히 전혀 기대하지 않고 물었는데, 지금껏 그렇게 간단하게 대답이 돌아온 일이 없었기에 나리의 가슴 안에서 작은 기대감이 일었다. 한가하지 않은 사람이라 빈 스케줄은 거의 없는 남자였다. 혹시, 하는 마음이 든 건 당연한 결과였다.

"실은 그때 친구들이랑 스키장 놀러 가기로 했거든요. 그래서…… 많이 바쁘지 않으면 같이 가면 안 될까 해서요!"

마음을 단단히 먹고 돌진하듯 말했다. 그래, 제법 용기있게 말하긴 했지. 했는데, 다 쏟아내고 나니 균형을 잘 유지하고 있던 심장이 밸런스를 잃고는 쿵쿵 제멋대로 뛰기 시작했다.

스물일곱인 그녀와는 여덟 살의 나이 차이, 사회적으로 상당히 성공한 비즈니스맨이다. 늘 시간에 쫓겨서 사는 사람이었다. 실현될 리 없다는 걸 알면서도 혹시나 하는 마음으로 기대하고 만다. 하지만 한동안이나 대답이 없어 나리의 불안은 더욱 커졌다. 심장이 뛰는 소리가 휴대폰을 통해 저편까지 넘어가기 직전이윽고 그의 목소리가 들려왔다.

「그런 곳엔 남자친구와 가야지.」

나리의 눈동자가 서서히 정지했다. 반짝반짝 깃들어 있던 빛도 함께 사라졌다.

"아……."

이럴 때는 어떻게 반응하면 좋을까. 서운함에 삐질 눈물이 날 것 같으면서도 '하하, 역시 그렇죠? 내가 이렇다니까'라고 실없이 웃으며 뒷머리를 쓰다듬으면서 끝, 그럼 차라리 낫겠지.

「가만있어 보자. 지금 공항이라 더 통화하기가 힘드네. 돌아오면 전화할게.」

실망으로 정지해 있던 나리의 표정이 마치 플레이 버튼을 누른 것처럼 일시에 풀리며 다급해졌다.

"어디 가세요? 며칠이나 걸려요?"

「일본이니까 사흘 안이면 될 거야. 이런. 아무래도 안 되겠다.

다음에 통화하자.」

"혀, 현…… 우씨, 끊겼네."

후…… 하고 짙은 한숨이 새어 나온다.

어느 정도 가까워졌다고 생각하면 늘 다가선 거리만큼 멀어지는 남자. 허물없이 지낼 정도의 사이가 되었다가도 뭔가를 기대하며 다가서면 언제 그랬냐는 듯 한 걸음 물러나며 서먹해진 표정으로 접근 금지 사인을 주고 만다. 언제나 알고 있는 사실이었다. 한 번 더 깨달았다고 해서 딱히 또 가슴 아플 것은 없었다.

'그래, 뭐. 이 정도였어.'

늘 그녀 혼자 안달복달하고 그녀 혼자 다가서기 위해 애썼으니까. 변한 건 없는데도. 누군가를 혼자서 좋아한다는 사실이, 또한 그 마음이 혹 천덕꾸러기가 될까 봐 꼭꼭 숨겨가며 좋아해야 한다는 사실이 생각보다 더 힘들단 걸 또 한 번 깨닫고 있었다. 크리스마스 선물치곤 상당히 궁상맞은 것 같다.

이번 크리스마스에도 눈이 내렸으면 좋겠다. 팝콘 같은 함박눈이 펑펑 내려서, 일부러 찾지 않아도 늘 먼저 눈에 띄고 마는 그 사람을 이 시야로부터 가려주었으면.

"오늘 언니 프린스님 일본에서 오는 날 아니야?"

샤워 후 파자마 차림으로 자매가 함께 쓰는 방에 들어온 유리가 책상 앞에 멍하니 앉아 있는 언니 나리를 보며 물었다. 저녁 아홉 시, 퇴근한 두 자매는 각자 할 일을 하고 잠이 들던가, 별일이 없으면 부모님 몰래 캔맥주를 갖고 와 홀짝거리며 인생 상담을 하곤 했다. 하지만 오늘 컨디션이 영 별로인지 나리는 유리의 질문에도 딱히 반응이 없었다. 그건 유리의 생각이 맞았다. 그날 왠지 혼자 삐친 이후로 나리는 그쪽의 스케줄에 의식적으로 신경을 끊고 있었다.

"그러고 보니 벌써 사흘이 지났네."

별로, 한국에서도 통화를 자주 하지 않았는데 일본에서 국제 전화까지 감수하며 연락을 해올 리가 없는 그였다. 일본이고, 미국이고 툭하면 비행기를 타고 날아갔다. 그러다가 갑자기 다른 나라로 이민을 간다고 해도 딱히 놀라울 일이 아닐 정도로.

"맹하게 앉아 있지 말고 이리 와서 맥주나 한 잔 마시자."

"별로 생각없어."

"어허! 그러지 말고 한 잔 마시자니까? 엄마가 몇 개 채워놨더라. 역시 멋진 우리 엄마님이라니까."

"미안, 오늘은 정말 생각없어."

나리는 왠지 힘이 나지 않아 거듭 거절했다. 시원한 맥주가 당기지 않는 건 아니었지만 이런 기분으로는 무엇을 마셔도 좋을 것 같지 않았다. 신경을 끊고 있어도 신경이 쓰인다니, 정말이지 이상한 뇌 구조다.

"에이, 또 프린스님 때문이지? 그러기에 그냥 동경으로 끝내라니까."

동생의 냉정하고도 간단한 결론 도출에 나리는 기름 들이부은 불난 집 안에 앉아 있는 심정으로 동생 유리를 쳐다보았다. 저렇게 쉽게 단정이 내려진다면 얼마나 좋을까. 오히려 이쪽이 바라는 바인데도 잘되지 않으니 그게 문제였다. 마음의 문제야말로 세상에서 가장 내 마음대로 하기 힘든 게 아닐까. 내 마음인데도 내 마음대로 안 되는 아이러니라니.

유리와는 마음속 이야기까지 나누는 친한 자매간이었기 때문에 그 사람에 대한 마음을 일부 털어놓았다. 동생에게라도 털어놓지 않으면 그 누가 내 가엾은 짝사랑을 알아줄까 싶어서였다. 친구들에게는 절대 모습을 드러내지 않는 그였지만 유리와 만난다고 할 때는 일부러 시간을 내서 몇 번 두 사람이 있는 카페나 술집에 찾아오기도 했었다. 나리와 세 살 차이, 스물넷의 동생 유리는 그를 처음 본 날 이후로 무척 싹싹하게 행동하며 친근하게 따랐다. 그도 유리를 귀여운 아가씨 보듯 편하게 그러면서도 신사답게 매너를 잃지 않았기 때문에, 나리와 달리 사적인 감정이 없는 유리는 그가 마냥 편하고 좋았을 것이다. 그저 멋진 인생 선배, 혹은 아저씨 한 명이 생긴 것과 다름없었으니까.

세상에서 남의 짝사랑을 구경하는 것처럼 쉬운 게 또 있을까. 그런 속 편한 위치에 있는 동생은 지금 언니에게 단지 동경으로만 끝내라고 한다. 그도 알고, 언니에 대해서도 잘 알고 있는 제삼자인 유리의 시선은 어쩌면 가장 객관적이고 정확할 수 있었다.

'여자로 생각하는 것 같지 않으니까 일찌감치 꿈 깨라.'

바로 그런 말이겠지. 아니면 괜히 좋은 관계까지 깨질 수 있다. 늘 그가 은연중에 몸짓으로 보내는 경고와 같기도 했다.

"어차피 두 사람이 연결될 확률은 없어. 언닐 어린 동생 보듯 하는 것도 문제지만 그보다 그 아저씬……."

"그만 해. 난 그런 말 듣고 싶지 않아."

거기에 대해선 듣고 싶지 않아서 나리는 결연한 어조로 동생의 말을 애초에 싹둑 잘라 버렸다. 지금 들고 나오려는 문제, 하지만 그게 무슨 문제일까. 게다가 일부러 들추어서 듣고 싶지도 않은 말이었다. 동생이 아니라도, 그런 문제라면 현실적으로 반대를 하며 나설 사람들이 더 많았다. 아무리 그가 능력있고 매력있는 최고의 남자라 할지라도.

단점없는 사람이 어디 있을까. 나리로선 딱히 그것을 단점이라고 생각할 마음도 없었다. 그저, 그의 인생의 한 과정이었을 뿐. 그리고 지금 그가 걸어가고 있는 길목에는 다른 사람이 아닌 그녀가 서 있는 것이다. 한 길 위에서 두 사람이 만났다. 중요한 건 그것이 아닐까.

다만 두 사람이 만난 곳이 갈림길이란 것. 그는 왼쪽으로 걸어갈 사람이고, 그를 쫓아 기꺼이 왼쪽으로 가고 싶어하는 나리를, '잠깐, 나리야' 은은한 목소리로 불러 세우고는 오른쪽으로 가는 게 좋을 것 같다며 부드럽게 권유를 하는 남자.

밉다. 탓하고 싶다. 그 방향으로 뻗어가는 사랑의 줄기를 덥석 낚아채 확 꺾어버리고도 싶다. 그런데도 결국엔 그게 안 되어서 이 사단이다.

"에휴, 나도 모르겠다."

언니의 곰탱이 같은 미련한 사랑법을 벌써 예전에 알고서 포기한 유리가 어쩔 수 없다는 듯 중얼거리곤 화장대 앞에 앉았다. 그런 유리를 보며 나리가 입술을 삐죽거렸다.

"너 알아달란 거 아냐."

"역시 꼬인 거 있지? 오늘따라 까칠하잖아?"

나리는 풋 웃었다. 그런 거 아니라고 시침을 떼고 싶은데, 표정과 반응으로 이미 완전 그런 것이라고 설명을 하고 있으니 시침 떼봐야 무슨 소용일까. 광고회사에 무사히 취직해 한창 일에 재미를 붙이고 있는 착실한 동생이다. 동생도 그를 좋아하긴 했지만 한 매력적인 남자에 대한 다분히 객관적인 차원의 인간적 흥미일 뿐 자신의 언니가 그런 사랑에 빠지는 건 싫은 모양이었다. 반대는 아니지만 적극 찬성의 노선에 서주지도 않았다. 하긴, 하물며 짝사랑이니.

"언니, 전화 오는 거 아냐?"

유리의 지적에 나리는 멍하니 팔려 있던 시선을 얼른 내려 휴대폰을 찾았다. 정말, 휴대폰이 조그만 소음을 내며 진동하고 있었다. 이 기계는 진동이 마치 간지럼을 피우는 것처럼 작아서 문제였다. 눈치를 채지 못해 놓칠 때가 많아서 친구나 직장 사람들에게 핀잔을 들은 일이 한두 번이 아니었다. 바로 그 문제의 진동 불량 휴대폰을 내려다보고 있던 나리의 눈이 커졌다. 액정에 찍히고 있는 번호는 그의 것이었다.

나리는 얼른 휴대폰을 들고서 벌떡 일어났다. 벨소리가 끊길까 봐 서둘러 방 밖으로 나가는 그녀의 등에 대고 유리가 능글거렸다.

"흐응, 누군지 딱 알아보겠네."

"너 이 계집애, 자꾸 놀려라, 응?"

나리는 귓불까지 열이 나는 것 같은 민망함을 참으며 유리를 쏘아봐 주고는 얼른 문을 닫고 나와 휴대폰을 귀에 댔다.

"여보세요……."

좀 뻬죽거리며 목소리가 나갔다.

전화 같은 것 하지 말지. 정말 서운해하고 있는데, 이런 마음에 빠져 있지도 못하게 하는 당신이 정말 밉다.

「잘 지냈어?」

하지만 유달리 낮게 울리는 저음에 의미는 점점 더 깊어지기만 한다.

"지금 도착했어요?"

기분이 좋을 때는 부드럽게 웃을 줄도 아는 사람. 하지만 다가가려 하면 언제 그랬냐는 듯 건조한 표정이 되고 마는 사람.

다가오지 말라고 무심한 표정이 되어도 좋았다. 이렇게라도 먼저 전화를 해주고, 생각해 주고 있고, 목소리를 들려준다면 상관없다. 사흘 내내 포기 쪽으로 흐르던 마음의 방황이 정리되는 건 순식간이었다.

「한 시간 전쯤.」

"네."

「도착해서 한숨 돌리고, 잘까 생각하는데 문득 뭐 하고 있나 궁금해지더군.」

"동생이랑 그냥…… 있었어요."

자려던 참이었지만 그건 말하지 않았다. 신사적인 매너가 몸에 붙은 이 남자는 별로 그 매너가 필요치 않을 때도 종종 진지하게 발동시키곤 해서, 그럼 피곤할 텐데 어서 자라며 전화를 당장이라도 끊어버릴 수도 있는 사람이었다. 그건 정말이지 노땡큐였다.

"피곤하죠?"

「괜찮아. 밤까지 새워가면서 하는 일은 아니니까.」

"그래도 장거리 여행인데. 지금 뭐 하고 있었어요?"

「누구씨한테 전화하고 있지.」

말끝에 묻은 다정함과 상냥함에 나리는 일순간 깃털이 살갗을 간질이는 듯한 말랑말랑하고 간질간질한 느낌에 그만 소리 죽여 쿡 웃어버리고 말았다.

이럴 때면 보통의 연인들처럼 자연스러운 대화를 주고받는 것처럼 느껴지기도 한다. 이런 시간까지 없다면 정말이지 친구들 말처럼 지독히 헛된 망상이라고 스스로도 생각했겠지. 나리는 빙긋 웃으며 편안히 벽에 등을 기댔다.

"그런 거 말구요. 전화하기 직전에."

「음, 술 한 잔 마실까 고민하고 있었던가?」

그는 가끔 능청스러운 모습도 보여준다.

"피, 금방 한 일이면서 기억도 못해. 자기 전에 술 마시면 맛있어요?"

「맛도 있고, 멋도 있고.」

"하핫. 오늘처럼 피곤한 날 술 마시면 맛도 멋도 없을지 몰라요."

자연스럽게 소리 내어 웃으며 말하고 있는 나리의 귀로 그의
목소리가 흘러들었다.

「그럼 누구씨가 술친구 돼줄래? 지금 데리러 갈게.」

천천히 나리의 등이 벽에서 떨어졌다. 얼른 고개를 끄덕였다.
왠지 사흘 동안의 서러움을 투정으로 바꾸어 묻힌 어조로 이어
말했다.

"십 분, 딱 십 분 안에 와야 해요."


손목시계를 확인하며 집 앞에 서 있었다. 그와 그녀의 집 사
이의 거리는 특별히 사고가 나서 길이 막히지 않는 한 십 분이
면 되었다. 그리고 오늘도 그는 그 십 분을 정확히 지켜주었다.

그의 점잖으면서도 세련된 외모처럼 멋진 차체가 집 앞에 멈
춰 섰다. 나리가 발랄한 걸음으로 다가가자 운전석의 문이 열리
며 기다리던 그 사람이 내려섰다. 늘 정장을 맵시있게 갖춘 모
습이었지만 출장 후 집에서 오는 길이라 그런지 오늘은 편한 캐
주얼 차림이었다. 그래도 워낙 단정한 사람이라 말쑥한 느낌은
달라지지 않았다. 깔끔한 검은색 니트 풀오버와 바지, 지난겨울
나리가 선물해 준 머플러는 아직 톡톡한 느낌이라 따뜻해 보였
다. 샤워를 한 지 얼마 되지 않았는지 아직 물기가 남아 있는 듯
촉촉하게 젖어 있는 머리카락이 부드럽게 흘러내려 있었다. 감
기 들 텐데, 라는 걱정이 먼저 드는 건 연인이 되고 싶은 여자의

자연스러운 생각의 방향이 아닐까.

음영이 깊이 지는 눈매, 그 아래 짙고 검은 눈동자가 나리를 발견하곤 부드럽게 웃음 짓자 특유의 날카로운 외모가 금세 희석되었다. 그의 미소가 좋다. 고개를 살짝 숙이며 웃을 때면 두드러지는 지적인 콧날도, 살짝 내리 감기는 속눈썹도, 모든 것이 좋았다. 이런 시간임에도 그가 요구하면 한걸음에 달려나오는 여자란 것이 창피할 수 있다는 것도 잊어버릴 정도로.

"십 분, 정확해?"

"네. 10초 정도만 무시하면요."

나리가 가뿐하게 대답하자 그녀가 탈 수 있도록 보조석의 문을 열어주며 현우도 낮은 미소를 머금었다. 나리를 태우고서 자신도 운전석에 올라 유연하게 핸들을 돌렸다. 시간이 잘 나지 않는 그가 오늘처럼 자투리 여유가 있어 늦은 시간일지언정 술이라도 한 잔 마시게 되면 향하는 장소는 번잡한 것을 싫어하는 그의 성격상 주로 그의 집이었다. 별로, 그의 집이라고 해도 딱히 위험할 분위기를 만들 생각 자체가 없는 그였기에 나리는 오히려 좀 더 밀폐된 공간으로 갔으면 하는 어처구니없는 생각도 했다. 그의 집은 너무 환하고, 또 주인을 닮아서 무척이나 건조했다.

"뭐 좀 먹을래?"

점퍼를 벗으며 현우가 묻자 이미 소파에 자리를 잡고 앉은 나리가 고개를 저었다.

"어차피 인스턴트밖에 없잖아요. 이 시간에 살 쪄요."

"술이 칼로리가 더 높을 텐데."

"아, 참 그렇지."

나리는 헤헤 웃으며 목에 두르고 있던 빨간 머플러를 풀었다. 머플러 주간도 아닌데, 작년 크리스마스에 두 사람 다 똑같은 선물을 준비했다. 그 머플러를 지금 두 사람이 동시에 한 것이었다.

하지만 사실 나리가 주고 싶은 선물은 따로 있었다. 특별히 그를 위해 디자인한 언더웨어를 선물하고 싶었다. 딱히 앙큼한 의미가 담긴 게 아니라 이너웨어 디자이너인 그녀에게는 속옷이 가장 그녀의 커리어와 노력을 드러내 주는 선물이기 때문이었다. 하지만 그에게 속옷 선물이라니, 발칙한 상상을 하기에는 제격이라고 하더라도 영영 불가능한 일이지 싶었다.

"아, 그렇지. 옆에 종이가방 열어봐."

와인 잔을 꺼내며 현우가 한 말에 나리는 소파에 다소곳이 놓인 종이가방을 열어보았다.

"뭔데요?"

"확인해 봐."

"음......."

뭘까 싶어 갸웃거리며 꺼내보자 먼저 빨간색이 눈에 확 들어왔다. 나리에게는 붉은 계열이 잘 어울린다고, 작년 머플러를 선물하면서 그가 말했었다. 강렬한 레드는 아니었다. 발랄해서 순수해 보이는 빨강이라고 표현하면 좋을까. 섹시보다는 산뜻하리만치 선명한 빨간색 모직 코트였다.

"선물. 좀 이르지만."

와인 병이 테이블에 놓이고 각자의 앞으로 와인 잔 두 개가 또 놓였다. 코트를 바라보는 나리의 눈동자가 반짝반짝 빛났다.

"정말 나 주려고 산 거예요? 크리스마스 선물?"

현우가 와인을 따르며 고개를 끄덕였다.

"아직 좀 남았는데?"

"당일엔 아마도 못 볼 것 같으니까."

반쯤 채운 와인 잔을 나리의 앞으로 놓아주며 그가 한 말에 방글방글 환한 빛이 돌고 있던 나리의 표정이 천천히 굳었다. 입가에 돌던 미소도 함께 사라졌다.

우아하게 거절을 하는 방법을 잘 알고 있는 사람. 도대체 그런 방법이 명시되어 있는 책이라도 있는 건지, 잘도 신사적인 배려를 섞은 거절을 해와서 오히려 화낼 타이밍도 못 잡게 한다.

나리는 그래도 모르는 척 애교를 섞어가며 말했다.

"정말 놀러 안 갈 거예요? 작년 크리스마스에도 내가 놀아줘서 안 심심했으면서. 아마 혼자 있음 심심할걸요? 그럴 바엔 친구들이랑 같이 놀면 좋잖아요. 그죠?"

방긋방긋 웃으며 속 보이는 선동을 하고 있는 나리를 쳐다보며 현우는 소파에 등을 느긋하게 기댔다. 살짝 눈을 내리감고서 와인 잔을 기울여 입술에 댔다. 음미하듯 한 모금 마시고서 선명한 검은 눈동자로 그녀를 바라보았다.

"약속이 잡혔어. 안 될 것 같아."

나리의 입가에서 완전히 미소가 사라졌다. 빨간 코트를 쥔 채 그를 똑바로 보다가 입을 열었다.

"사흘 전엔…… 분명히 약속 없었잖아요."

"사흘 동안 생긴 거야."

"거짓말."

차분하게 대답하던 현우의 눈매가 살짝 찌푸려졌다.

"응?"

"거짓말이에요. 나랑 같이 가기 싫은 거잖아요. 내 친구들 보기 싫은 거잖아요. 그러면 그렇다고 말을 해요."

화가 났다. 이런 코트 따위, 강현우라는 남자 따위, 마음에서 지우려고 하면 전화를 해서 기대게 하고야 마는 그의 애매한 행동까지 모든 것이 화가 났다.

"내가 부담스러운 거잖아요! 자꾸만 난처한 요구를 하는 내가 부담스러워서 피하는 거잖아요! 그러면 그렇다고 말을 해요. 다 아는데 다른 핑계 대지 말고!"

이러지 말아야 한다는 걸 알고 있는데도, 마음속에선 그만 하라고 경고를 하고 있는데도 이미 감정이 앞서 버리고 말았다. 투정 부리듯, 제발 이 투정의 의미를 알아달라는 듯.

정적.

현우는 조용했다. 눈을 감고 있어 그가 어떤 모습인지 알 수가 없었다. 사실 짐작도 되지 않았다.

귀찮아지겠지. 밀고 당기는 텐션에서 실패하면 그 관계는 절대 깊은 연애의 길로는 접어들 수 없다. 알고 있다. 텐션을 시험하기도 전에 한쪽에서만 일방적으로 매달리고 있어 이 관계는 늘 위태위태했다. 그래, 알고 있다. 알고 있기 때문에!

그래서 또 금세 후회가 되었다. 왜 그렇게 투정을 부리고 말았을까. 계속 현우에게서 반응이 없었기에 나리는 할 수 없이 잔뜩 긴장해 있던 몸에서 천천히 힘을 풀었다. 반응해 버리고만 자신이 스스로 어이없게 느껴졌다. 망설이고 있는데 그의 목소리가 들려왔다.

"이제 좀 진정이 돼?"

나리는 왠지 진심으로 맥이 탁 풀려서 어깨를 늘어뜨렸다. 언제나 그녀 혼자 긴장하고 혼자 망상에 빠져서 난리를 피우고 만다. 투정 부리고 원망하고 화냈다가 금세 또 후회하고 패닉에 빠지고. 그는 늘 어른스럽고 차분했는데. 여덟 살의 나이 차이가 그렇게 간격이 큰 걸까? 주위에 일곱 살, 혹은 여덟 살 차이가 나는 커플이 없는 것도 아니었다. 친구 경은만 해도 애인과 일곱 살의 차이가 났으니까. 그쪽은 오히려 남자 쪽에서 적당히 애교를 부려 제법 잘 어울렸다.

"진정, 잘 안 돼요."

삐쳐 버려서 뾰로통하게 나리가 중얼거리자 현우가 낮게 웃었다.

"내일부터 당분간 또 바쁠 거야. 겨우 얻은 시간을 싸우면서 보내진 말아야지."

굳이 그가 타이르는 어조를 쓰고 있지 않다고 해도 그녀 역시 싸우고 싶진 않았다.

"대답해 줘요. 아직 대답하지 않았잖아요."

똑바로 쳐다보며 대답을 요구하는 그녀를 현우가 차분한 시선으로 응시했다.

"대답은 그날 한 걸로 기억하는데."

나리는 입술을 야무지게 꼭 깨물었다. 그런 곳엔 남자친구와 가야지, 그가 했던 말이었다.

"그럼, 현우 씨랑 난 뭐예요?"

나리의 직접적인 물음에 현우는 잠시 멈칫했다.

"설마 한 번도 생각해 본 적 없단 말을 하진 않을 거죠? 현우 씨랑 난 뭐예요? 나한테 남자친구가 생겨도 계속 이렇게 만날 수 있는, 그런 관계예요?"

그런 말을 하고 싶은 건가요?

"그래."

하지만 돌아온 대답은 단호한 만큼 너무나 슬픈 것이었다.

"네게 남자친구가 생겨도 나는 널 이대로 만날 생각이야. 물론 그건 내 바람이겠지만. 네 남자친구가 그걸 반대한다면 아마도……."

"그만 해요."

나리의 낮은 말에 현우의 입술이 서서히 닫혔다. 눈물이 왈칵
나려 해서 혼났다. 나리는 고개를 푹 숙인 채 가늘게 떨고 있었
다.

"그만 해요. 그런 말 듣고 싶지 않아요. 어떻게…… 그런 게
가능해요?"

남자와 여자, 물론 친구도 편한 관계도 될 수는 있다. 하지만
한 사람의 마음이 이미 친구 관계를 앞섰다면 그때부터 그 관계
는 불가능해지고 만다. 세계 평화보다 더 어려운 게 바로 그거
다. 바보도 아니면서, 아니, 누구보다 똑똑하고 생각도 깊으면
서. 그녀의 마음을 모르지 않을 것이다. 다만 슬픈 건, 알면서도
모르는 척하는 것일 뿐. 은근히, 몇 번이나 무언의 경고를 하면
서. 다가오지 말라고, 견제를 하면서.

그래도 그 견제가 아직은 얇은 유리벽인 지금이라면 부딪쳐
보고 싶었다. 진짜 두꺼운 벽이 되어버리기 전에, 부술 수 있다
면 부숴보고 싶었다.

"남매도 아니고, 친구도 아닌데 어떻게 그게 가능해요? 직장
동료도 아니고, 전혀 타인인 남자와 여자 사이인데 애인이 있는
나랑 계속 만날 수 있단 말이에요? 오빠처럼?"

"그래. 오빠처럼."

담담하게 그녀의 말을 되풀이하는 현우의 표정은 이미 식어

있었다. 다가서려 하면 건조한 사막이 되어 물러나는, 언제나의 그의 모습으로 돌아간 것뿐이었다.

"나는, 귀엽고 착한 네가 참 좋다. 억지로 헤어지거나 모르는 사람이 되고 싶지도 않고."

"애인 품평까지도 해줄 생각인가 봐요. 정말이지, 이상해. 이상하잖아요, 그건."

"어차피 연인을 바라고 시작한 관계도 아니었지."

차갑게, 두 사람의 관계를 똑바로 인식시키고 있었다. 그의 말이 맞았다. 그럴 가능성을 품고서 시작된 만남은 아니었다. 하지만 모든 만남이 결과를 예측하고서 시작되는 건 아니지 않을까?

"애초에 난 네게 많이 모자란 남자이고."

천천히 이어진 그의 말에, 미동도 없이 그를 응시하고 있던 나리의 입술이 바르르 떨렸다. 그녀를 위한 게 아니다. 아직 누군가를 잊지 못하고 있는, 상처에 아직도 휘둘리고 있는 그 자신을 위해 그녀를 거부하는 말이었다. 아직까지도 그가 소중하게 간직하고 있는 상처, 그녀 정도의 사람이 잊어달라고 요구할 성질이 아니라는 걸 그는 극명하게 드러내고 있는 것이다.

"모자란 게 아니잖아요. 날 받아들이기 싫을 뿐이지."

"그렇게 말하지 말자."

"하지만 사실이잖아요."

"난, 널 욕심 못 내. 이미 알고 있는 사실을 들먹여서 서로 피곤한 일을 왜 만들어."

정말 피곤하다는 듯, 그의 어조가 조금 지쳐 있었다. 나리는 입술을 꼭 깨물었다.

"내가…… 괜찮다고 하면 어쩔 거예요? 내가 상관없다고 하면?"

아직 상처를 품고 살아가는 남자에게 찢겨진 마음 한 자락을 요구하고 있는 것이다. 점점 온도가 내려가 식어가고 있는 남자에게 열렬한 마음으로.

하지만.

"넌 사랑하는 사람을 만나봐야 해. 그게 내가 해줄 수 있는 대답이다."

돌아온 건 차가운 외면. 그리고 그는 자리에서 일어났다. 더이상 이런 식의 대화가 달갑지 않다는 듯, 표정도 더없이 차가워져 있었다.

"어차피 네 마음이 진심일 리도 없어. 시간이 지나면 알게 될 거야. 난 네게 어울릴 상대가 못 돼."

멋대로 내리는 단정. 그것은 오만 그 이상도 이하도 아니다. 그것이 배려가 될 수는 더더욱 없다는 걸, 반드시 가르쳐 줘야 하는데. 가르쳐 주기도 전에 접근 금지 명령부터 떨어지게 생겼다.

"왜요? 왜 그런 건데요? 내가 상관없다고 했잖아요!"

"내가 상관있어."

매몰찬 대답에 나리의 입술이 순간 다물려졌다. 하나로 닿은 입술을 안쪽에서 꼭 깨물었다가 말을 이었다.

"한 번 결혼한 사람이라는 것 때문에요? 아니면 아직 부인을 사랑하고 있기 때문에?"

순간 현우의 걸음이 우뚝 멈췄다.

애초에…… 그의 아내의 기일, 1년이나 지났는데도 아내의 빈자리를 잊지 못하고 있는, 상심에 빠져 있는 그와 미술관에서 우연히 마주친 걸로 다시 시작된 만남이었다. 무언가를, 특히 감정상의 것이라면 더더욱 기대할 수 없는 관계였다. 단지 그를 위로해 주고 싶다는 생각으로 한 번 두 번 문자를 보내고 편지를 쓰기도 하고, 가끔 전화를 하면서 뒤늦게나마 그와 다시 만나 적어도 다시 웃음 짓는 모습을 볼 수 있는 것으로도 행복했었다. 그것이면 되었다고 생각했다. 그렇게 다시 시작한 만남이었다.

하지만 그는 모르고 있다. 애초에 그를 오랫동안 짝사랑해 온 어린 여자가 있었다는 걸. 5년 전, 대학 선배와의 만남에서 그를 처음 만났다. 친한 대학 선배 동현이, 자신이 존경하는 형님이라고 우연히 술자리에 그를 불러낸 것이 계기가 되었다. 그때에도 현우는 지금과 다를 바 없이 바쁘고 차분하고 어른스럽고 조금은 부담스러운, 먼 거리의 사람이었다. 그의 차분하면서도 지적인 분위기, 매너있는 행동, 단정한 어투, 멋진 외모까지, 아마도 첫눈에 반해 버렸던 건지도 모르겠다. 운명이 이 사람이라고 가르쳐 준 것이라 생각했다. 그래서 나리는 동현 선배에게 애교까지 부려가며 그와 다시 만날 수 있게 해달라고 부탁했다.

다행히 동현이 나리를 꽤나 예뻐해 주고 있었기 때문에 첫사랑의 설렘에 빠져 허우적거리는 후배를 가엾다 여겨 몇 번 운 좋게 현우를 또 만날 수 있었다. 내성적인 면이 없는 건 아니었지만 적당한 발랄함도 있는 나리의 순수한 분위기가 괜찮았던 걸까. 서먹서먹해하고 불편한 빛만 보이던 현우도 어느덧 나리를 보면 웃어주는 만남으로 변해갔다. 나리의 가슴도 금세 부풀어 올랐다. 바야흐로 무언가가 시작되는 건지도 모른다고 홀랑 기대를 해버린 탓일까, 첫눈에 반한 남자에게 너무 금세 침을 흘린 탓일까, 벌을 받듯 그 설렘이 섞인 시작은 허무할 정도로 간단하게 끝이 나고 말았다. 그에게 이미 약혼녀가 있다는 걸, 마음 전부가 이미 그에게 매혹당해 버린 후에야, 그래, 너무 늦게야 알아버리고 말았다.

이미 아름다운 사랑을 하는 남자를 어떻게 마음에 품을 수 있을까. 이미 다른 여자가 그의 마음에 들어차 있고, 그의 마음에도 한 사람이 오롯이 자리하고 있다는데.

하지만 운명이란 왜 이렇게 얄궂은 것일까. 몇 년 후 선배를 통해 그의 소식을 듣게 되었다. 결혼 후 1년도 되지 않아 그의 아내에게 암이 발병했다. 발견했을 때는 3기, 다행히 수술을 해서 생명에는 지장이 없었다. 그는 정말 아내를 극진히 간호했다고 했다. 다시 일어선 건 그의 지고지순한 간호 덕분이라고 할 정도로. 하지만 수술 후 채 1년도 지나지 않아 암이 재발한 아내를 그는 결국 잃고야 말았다. 그렇게나 붙들어두려고 노력했지만, 가슴에 깊은 상처만 남긴 채 사랑하는 여인은 그를 떠났다. 그는 그녀를 보내야 했다.

동현에게서 모든 말을 다 들었을 때, 벌써부터 눈물이 퐁퐁 맺히던 나리는 결국 동현이 말을 마치자 갑자기 엉엉 울어버리고 말았다. 그도 가엾고, 그의 아내도 가엾고, 그렇게 이미 남의 사람이 되었는데도 아직도 그 사람 때문에 이렇게나 가슴이 아프고 아린 자신도 또 가엾고, 세상 사람들이 온통 다 가여워서 나리는 소리 내어 엉엉 울었다. 동현이 창피하다고 그만 울라고 구박할 정도로 나리는 내내 대성통곡을 했다. 그리고 그 눈물 속에서 나리는 그를 마음에서 떠나보내기로 했다.

끝이라고 생각했다. 끝낼 거라 생각했다. 두근거리며 시작되었던 첫사랑은 아픔만을 남기고 끝이 났다고. 아릿한 추억 속에 묻어둘 것이라고 그렇게 생각했다. 어느 날, 아내의 기일에 미술관에 들른 그와 우연히 마주치지만 않았더라면, 분명 그렇게 되었을 것이다.

하지만 모든 것은 그렇게 틀어졌다. 다시 만나서 그를 접한 순간, 마음속에 차곡차곡 접어두었던 해묵은 감정들이 마치 개구쟁이 골목대장들처럼 여기저기서 마구 튀어나와 순식간에 그녀의 심장을 다시 점령해 버릴 줄은.

마주치지 말았어야 했다. 그랬다면 이렇게 계속 홀로 그리워하고 상처받을 일도 없었을 것이다. 바로 지금처럼.

간절하게 바라보고 있는 나리. 얼마를 그렇게 정지해 있었을까. 현우는 주머니에 손을 찌른 채 커튼으로 쳐져 막혀 있는 창 너머 어딘가를 바라보며 낮게 대답했다.

"아마도, 후자겠지."

각오라도 한 사람처럼, 한 치의 미동도 없이 나리의 눈동자에서 처연하게 빛이 사라져 갔다. 현우가 손을 뻗어 커튼을 걷어내는 모습을 바라보고 있었다. 아무런 반응도 없는 나리를 뒤로하고서, 커튼을 쥔 채로 이미 어두워진 밖에 시선을 둔 그가 말을 이었다.

"안 되겠다. 너와 나, 이제 그만 만나는 게 좋을 것 같다."

2편  Feliz Navidad

"계집애. 그러니까 소개팅해 준댔을 때 솔직하게 고백하지, 이럴 줄 알았다니까."

크리스마스를 앞두고 이벤트 상품 출시는 피크였다. 디자인실에서 해야 할 일을 전부 마무리하고서 크리스마스 당일, 나리는 친구들과 스키장에 가기 위해 약속 장소로 나갔다. 물론 수석 디자이너인 그녀의 손이 가야 할 일들이 남아 있었지만 이번만큼은 크리스마스를 즐기겠다고 목청껏 외치고서 오프를 내버렸다.

머리가 복잡해서 일이 손에 잡히지가 않았다. 쉬는 대신 히트 아이디어를 마련해 가겠다고 빵빵 호언장담을 해놓았으니, 신나게 놀고서 출근하기 전에 머리 터질 일만 남았다.

"결국 미지의 남자친구 뻥이었던 거지? 진짜 애가 왜 그렇게 음흉해? 완전히 속았잖아. 있는 척하고."

이렇게 귀찮게 구는 친구들 때문에 머리나 식히러 온 애초의 목적이 가능할지나 모르겠다. 모두가 커플 일색, 하지만 나리는 뻔뻔하고도 당당하게 혼자서 나타났다. 이런 말들을 들을까 봐 약속을 무시할까 생각도 해봤지만 왠지 얼굴에 철판이 깔리면서 막 뻔뻔해졌다. 뭐가 대수냐, 하는 생각과 함께 커플들의 섬에 홀로 떨어져 혼자 튀는 경험을 만끽하는 것도 나쁘지 않을 것 같았다. 하는 김에 소개팅도 시켜달라고 첨언을 해놓은 참이었다. 깨를 볶아대는 그들을 대하고 있다 보면 나도 얼른 저렇게 되고 싶다는 현실적인 의지를 가지게 되지 않을까? 애초에 마주 보며 감정을 나눌 수 있는 남자친구가 필요하다는 걸, 각골로 느끼고 싶은 것이다.

"나리 씨, 그럼 올라와서 소개팅하는 거예요. 꼭이에요."

"그래, 계집애야. 너 깨 볶으면서 연애하는 것 좀 구경하자. 어떻게 한 번도 연애하는 걸 본 적이 없다니까. 석녀도 아니구."

"깔깔, 그래. 석녀 맞다. 딱 맞아."

"소개팅 꼭 해. 나중에 딴소리해도 꼭 끌고 나갈 거니까."

"어유, 그래. 알았다니까?"

의지를 불태우는 경은 이하 친구들의 더없이 부담스러운 관심들을 유연하게 되받아치며 나리는 발랄한 척 즐거움을 가장

하며 웃었다. 왠지 그 시선들 속에 가여워하는 느낌도 있는 것 같아 이따금씩 민망함을 느끼며.

당당하게 혼자 나타난 것으로 그동안 미지의 남자와 연애를 한 것이 거짓말로 들통이 난 셈이 되어버렸으니 당연히 돌아올 수 있는 반응이었다. 남자친구 따위 좀 없으면 어때서. 누군가 와 사귀지 않으면 무척이나 궁한 신세가 되어버리고 마니 기묘 한 일이었다. 나이가 차면 반드시 누군가가 옆에 있어야 보통 인간으로 취급받을 수 있다니. 만약 계속 솔로면, 어딘가 모자 라거나 혹은 눈이 너무 높거나 혹은 성격이 구제불능이거나, 아 무튼 불량품으로 취급받고야 만다. 그게 반쪽으로 태어나 다른 성을 만나 합치를 해야 온전한 하나가 된다는 인식이 팽배하고 있는 요즘 사회에서는 진실이고 지론인 듯했다.

"담번엔 꼭 잘 좀 해봐."

이렇게 위로와 강제적인 격려의 말을 듣게 되는 것이다.

"그러지 뭐. 그거 좋겠네. 내가 또 한 번 제대로 맘 먹으면 잘 하잖아."

나리는 빙긋 웃으며 마음에도 없는 소리를 흘려댔다. 구구절 절 무언가를 설명하기도 싫었고, 이 자리에서 딴소리를 해봐야 '넌 대체 왜 그렇게 정신을 못 차리니?' 식의 폭격을 받게 될 것 이 뻔했다.

"어? 나리 너 휴대폰 꺼놓게?"

주머니에서 휴대폰을 꺼내 전원 버튼을 누르는 나리를 보며 경은이 물었다. 나리는 웃으며 고개를 끄덕였다. 이미 전원이 꺼진 휴대폰을 보이며 말했다.

"회사에서 전화 올까 봐. 기왕 놀기로 했으면 신나게 놀아야지. 혹시 또 알아? 스키장에서 숨어 있던 내 반쪽이를 만나게 될지?"

'깔깔, 별일이야'라며 친구들이 웃음을 터뜨렸다. 나리도 유쾌하게 따라 웃었다. 하지만 마음속의 미소는 오래가지 못했다. 회사는 당연히 핑계였다. 누군가에게 연락이 올까 봐 걱정되는 게 아니었다. 정확히 말해, 한 통의 연락도 없을까 봐 겁이 나는 것이었다. 회사가 아니라 그 사람에게서.

절대 오지 않을 연락을 혹시라도 기다리게 될까 봐, 기대하고 있는 자신을 발견할까 봐 차라리 전원을 꺼버렸다. 휴대폰이 숨을 쉬고 있으면 매 순간순간 신경을 쓰게 될 것 같다. 혹시라도 진동이 울리진 않는지, 작은 자극에도 흠칫 놀라게 되고 다른 사람의 벨소리에 심장이 두근거려 자신의 휴대폰을 찾아보게 될 것 같다. 꺼내보면 늘 아무런 변화도 없는 액정인데도.

그런 집착이 때때로 가장 겁이 나는 대상이 될 수 있다. 그래서 차라리 꺼놓고 있으면 마음은 편하다. 미련을, 전원과 함께 꺼버리려는 수작에 지나지 않았지만.


"그만 만나는 게 좋을 것 같다."

아직도 심장을 따끔하게 하는 말이었다. 그가 한 말은 여기서 그만두자는 게 아니었다. 그만 만나자고 했다. 그만두는 건 그래도 지금까지 진행은 되었다는, 반 정도는 그녀와의 관계를 허용하는 의미. 하지만 그만 만나자는 건, 그동안의 만남 자체에도 의미를 두지 않는, 단지 냉정한 소리로 인식되었다. 그만둠으로써 그녀와 연결된 그를 스스로가 끊어내는 것이 아니라, 만나지 않음으로써 오로지 그녀만을 끊어내는 느낌.

'심한 억지야.'

인정하면서도, 그렇게 짧은 몇 마디 말로 끝을 내버릴 수 있는 그가 밉고도 야속해서 나리는 달리는 차창에서 얼굴을 뗄 수가 없었다. 고개를 돌리는 순간, 처량할 정도로 힘껏 맺혀 있던 눈물이 또르르 떨어져 내릴까 봐.

휴대폰을 죽여놓을 수 있는 최장 기간은 과연 얼마일까. 자신의 휴대폰에 관심을 갖지 않고 살 수 있는 사람은 무심하거나, 혹은 용기있거나 둘 중 하나라고 생각한다. 나리가 생각하는 선에서는 그랬다. 하지만 그녀는 무심하지도, 대단히 용기있는 성격도 되지 못하는지 결국 그날 저녁을 먹은 직후 조심스레 전원을 켜보고야 말았다.

그래, 겨우 이 정도 인내심이었던 게지.

야간 스키를 타겠다며 한껏 부풀어 있는 남자들의 목소리가 부산스럽게 넘어왔다. 나리는 혼자 콘도의 베란다 밖으로 나와 휴대폰의 액정을 바라보고 있었다. 혹시, 하는 마음으로 부재중 메시지를 찾아보았지만 역시 그녀가 기대하는 번호는 없었다.

"아 놔, 나 이러지 않기로 하고선 왜 이러냐, 정말."

쯧쯧 혀를 차며 자기반성의 의미로 중얼거렸다. 그러느라 부재중에 찍힌 동생의 번호가 비정상적으로 많다는 것을 전혀 신경 쓰지 못한 채로 유리의 번호를 눌렀다.

"응, 나야. 왜?"

스키장 물이 괜찮으냐는 둥 그런 질문을 하고 싶어 전화를 한 것이리라 생각했다. 하지만 넘어온 유리의 목소리는 다급했다.

「대체 왜 그렇게 전화를 안 받는 거야! 여기 병원이야. 아빠 쓰러지셨다구!」

생각지도 못한 말이 책망하듯 넘어와 나리의 동공이 커졌다. 잠시 깜빡거리던 눈꺼풀이 이내 멈추더니 그제야 말뜻을 제대로 파악한 대뇌가 정상적으로 작동하는 동시에 나리가 다급하게 외쳤다.

"무, 무슨 소리야! 아빠가 왜!"

「혈압 때문이래. 몰라, 지금 계속 검사받고 있어. 검사 결과가 하루 안에 나오는 것도 아니구. 그치만 지금은 꽤 안정되셨어. 위험한 순간은 지나갔다구. 진짜 통화도 안 되고 얼마나 초조했는지 알아? 현우 아저씨 없었으면…….」

조바심이 난 얼굴로 열심히 고개를 끄덕이며 유리의 말을 듣고 있던 나리의 눈동자가 멈칫했다.

"……뭐?"

잘못 들은 건가 싶어 머리가 멍해졌다. 이상하지 않은가. 갑
자기 왜 그의 이름이…… 나와?

「현우 아저씨 말야. 곧장 아저씨 차로 옮긴 데다 여기 병원 의
사 선생님이 친구라서 그나마 아빠 처치를 빨리…….」

"올라갈게. 끊어."

더 듣고 있을 여유가 없었다. 일사불란하게 휴대폰을 챙긴 나
리는 곧장 방으로 번개처럼 뛰어들어 가 다짜고짜 짐을 챙겼다.
당연히, 갑자기 빛의 속도로 왔다 갔다 하는 그녀를 친구 커플
들이 의아하다는 눈으로 쳐다보았다.

"무슨 일이야? 야, 윤나리!"

그러나 설명할 시간이 없었다. 사실 뭐라고 말해야 할지 가닥
도 전혀 잡히지 않았다. 무엇보다 쓰러진 아버지가 걱정되었다.
양해의 말도 채 제대로 남기지 못하고서 나리는 정신없이 콘도
를 뛰쳐나갔다.


"그렇다고 현우 씨한테 전화를 하면 어떡해. 너 바보니?"

거금을 들여 콜택시를 타고 서울로 돌아오자마자 유리에게
물어 병원으로 직행한 나리는 편안히 잠들어 있는 아버지의 상
태를 확인한 직후 기다렸다는 듯 곧장 유리를 달달 볶으며 닦달
했다. 설명을 다 듣고는 정말 어이가 없어 동생에게 좋은 말이
나가지 않았다. 하필이면 그녀가 없는 날에 일어난 일이라 동생

혼자 놀라고 고생한 건 사실이겠지만, 역시 그 부분에 대해선 어쩔 수 없이 타박이 먼저 나갔다. 하지만 가만히 당하고 있을 동생도 아니라서 곧장 유리의 변명 공격이 펼쳐졌다.

"그럼 어떡해! 사람이 없는데! 진짜 오늘따라 둘 다 왜 그러냐? 언니도 엄마도 완전 연락 두절이라 미칠 뻔했다구. 엄만 하필 동창회 가서 시끄러운 뷔페에서 밥 먹느라 전화 못 받을 건 뭐고, 언니도 신나게 노시느라 전원 꺼졌단 소리만 돌려주지, 그래서."

"그래서. 현우 씨한테 연락했다고?"

"그렇지 뭐. 나도 놀라서 믿을 만한 사람한테 기대고 싶었단 말야. 근데 아무리 찾아봐도 내가 아는 사람 중에 차분하고 믿을 만한 사람은 현우 아저씨뿐이더라?"

뭐? 뿐이더라?

그게 그렇게 간편한 표정으로 홀랑 쉽게 내뱉을 성질의 말이란 말이냐!

정말이지 생각 같아서는 맵게 꿀밤을 딱 날려주고 싶은 걸 겨우 참아가며 나리는 한숨을 폭 내쉬었다. 항상 시간에 쫓기는 그를 귀찮게 한 건 아닐까 싶어 신경 쓰이는 건 이차적인 거고, 사실 가장 신경 쓰이는 부분은, 이제 절대 그에게 연락을 해서는 안 되는 그와 자신의 관계라는 점이었다. 바로 그 점을 떠올리자 나리는 민망하고 당황스러워 미칠 것 같았다. 속도 울렁거리고 심장도 메슥거리는 것이, 아무래도 윤나리 오래 못 살겠다. 얼마나 황당했을까. 냉정하게 등을 보이면서 벼르고 벼르던 이별 선언을 하고서 이젠 귀찮지 않아도 된다고 겨우 마음 놓고 있었을 텐데, 다행히 여자는 떨어져 나갔는데 이젠 그 여자의 동생이 전화를 해서 SOS 깃발을 흔들고 있었다니.

"그래도 와준 게 어디야. 일하는 중인 것 같았는데 진짜 빨리 와줬어. 아저씨 완전 의리있고 믿음직스럽고 멋지더라. 차분하게 일 처리해 주고 병원 수속도 혼자서 다 해주고. 나 완전 고마웠잖아. 얼마나 마음이 놓이던지."

저렇게 속 편한 소리를 하며 좋아라 할 수 있는 유리는 좋겠다. 어떤 고민도, 부담도 가지지 않아도 되는 동생이 나리는 지금 이 순간 너무도 절실하게 부러웠다. 다급하다 해도 그에게 덥석 전화를 할 수 있는 용기도, 아무렇지 않게 그의 친절을 받아낼 수 있는 무심함도 정말이지…… 모조리 다 부러워 죽겠구나.

"엄만?"

"어? 언니 오기 전에 도착했지. 현우 아저씬 엄마 온다고 그러니까 갔구. 아무래도 엄마하고 마주치긴 껄끄럽겠지?"

"걸 말이라고 해?"

나리는 가자미눈으로 유리를 휙 노려보았다가 한숨을 폭 내쉬었다. '괜히 나한테 그래' 라며 동생은 오늘따라 더없이 속 편한 얼굴로 투덜거리고 있었다.

물끄러미 유리를 들여다보던 나리가 문득 입을 열었다.

"유리야."

"응?"

"……현우 씨 말야. 고마우니까, 감사 인사 전화 정돈 해도 괜찮겠지?"

"해라, 왜? 만날 전화 통화 하더니만 막상 고맙단 전화하긴 쑥스러운 거야?"

동생은 별걸 다 묻는다는 식으로 퉁명스럽게 대답했다. 하긴 두 사람 사이에 있었던 일을 전혀 모르고 있으니 당연한 반응이 겠지. 나리는 폐에 공기를 가득 불어 넣었다가 결심한 듯 입을 열었다.

"그게 말이지. 현우 씨한테 뻥 차였거든, 나."

그러고는 헤헤 웃는 나리를 유리가 놀란 눈으로 쳐다보았다.

"뭐어?"

"헤헤. 흐. 흐."

민망하기도 하고 창피하기도 해서 웃음소리가 이상한 효과음 같은 것으로 변해갔다. 그런 나리를 보며 유리가 혀를 찼다.

"아, 진짜. 돌았나? 지금 웃음이 나와? 어쩌다가 그렇게 됐어?"

"어쩌다가는 뭐. 니 충고 무시하고 들이댔다가 현실 직시하라는 충고 듣고 디 엔드. 언해피의 극치, 뭐 그런 거지."

상심을 겉으로 드러내는 건 또 자존심 상해서 나리는 아무렇지 않은 척 간편하게 설명했다. 하지만 유리는 오로지 기가 막힌다는 얼굴이었다.

"진짜 기막힌 타이밍이다. 그럼 둘이서 빠이빠이 했는데 내가 전화해서 도와달라고 그 난리쳤던 거야? 진짜 뭐야? 언니만 믿고 아저씨한테 전화한 건데! 그럼 현우 아저씬 도대체 누구 때문에 오늘 그렇게 바람처럼 달려와서 세세하게 신경 써주고 열심히 뛰어다닌 건데?"

"그러게. 내가 묻고 싶은 말이야. 빙고! 내 생각을 어떻게 그렇게 정확하게 알았어?"

설레발을 치며 웃었지만 유리가 째려봐서 나리는 곧장 그 웃기지도 않은 썰렁한 개그를 반성했다. 씁쓸하게 웃곤 어깨를 으쓱하고 말을 이었다.

"그 사람, 매너있잖아. 차마 거절할 수 없었을 뿐이겠지."

"아무리 매너있어도 그렇지, 이야, 윤씨네 자매 때문에 그 아저씨 속으로 얼마나 황당했을까? 하여튼 기왕 할 거면 제대로 하던가. 뻥 차여서 나까지 눈치없는 사람으로 만들어, 진짜!"

"누가 아니래. 그치만 그 타이밍에 니가 전화할 줄 내가 어떻게 알았겠니?"

"그 타이밍에 둘이 헤어졌을 줄은 내가 어떻게 알고?"

나리가 쿡 웃었다. 정말이지 오늘 유리 때문에 울고 웃고 한다.

"유리야, 이상하게도 말이야. 이대로 지지부진하게 그 사람 옆에 있는 게 갑자기 힘들어지더라? 그래서 어떤 방향으로든 확실해지고 싶었는데, 긍정이든 부정이든 대답을 들어야 한다고 생각했어. 그래도 조금은 기대를 하고 있었는갑지? 그렇게도 당당하게 대답을 종용했던 걸 보면. 그치만 결국 나쁜 방향이었더라. 기대 같은 거 괜히 해버려서, 그나마 이젠 만나지도 못하게."

담담하게 말하려 했는데 어느새 무언가가 안에서 울컥하고 올라와 나리는 자신의 뺨을 갑자기 양손으로 탁탁 쳤다. 아플 정도로 자학을 하는 나리를 유리가 놀라서 얼른 말렸다.

"어, 언니 뭐 하는 거야!"

손을 잡아 멈추게 하자 웃는 듯 우는 듯 애매한 표정으로 나리가 고개를 천천히 아래로 떨어뜨렸다. 콧등을 찡그린 채로 어떻게든 웃으려고 노력하며 중얼거렸다.

"어유 정말, 너 보기 너무 창피하다. 내가 너무 바보 같아서."

"언니가 바보는 왜 바보냐?"

"결국 이렇게 후회할 거면서. 차라리 애매하더라도, 불분명하더라도 그 사람 옆에 있는 걸로 만족할걸. 내 존재가 그 사람한테 얼만큼 되는지, 그거 확인받아서 뭐 하려고. 내 바람대로는 안 된다는 거 이미 알고 있었으면서. 예상하고 있었으면서 그깟 자존심이 뭐라고. 애초부터 각오하고서 만난 거였는데 어째서 자꾸만 욕심이 난 걸까?"

고해하듯 중얼거리며 동생을 쳐다보는 나리의 젖어가는 눈동자를 유리가 미치겠다는 눈으로 바라보았다. 나리의 손을 놓아주고서 짜증이 잔뜩 섞인 얼굴로 다그치듯 되물었다.

"그래서 이제 어쩔 건데? 괜히 긁어 부스럼 만들어서 뻥 차였겠다. 이제 어쩔 거야?"

언니가 만나는 사람이 좀 더 평범한 사람이기를 하고 바랐다. 멋진 사람이기는 했지만, 그 남자는 여러모로 언니 나리에게는 힘든 사람이었다. 과거가 없는 사람이라고 할지라도 그 정도의 배경과 인물이라면 부담스러울 만했다. 나이 차이가 적은 것도 아니고. 하지만 가장 큰 문제는 역시 그가 이미 결혼을 했던 남자라는 사실이었다.

그의 사회적인 지위와 경제력, 외모, 그 모든 최상의 조건이 이미 결혼을 했던 사람이라는 한 가지 단점 때문에 평가절하되어 버리는 불공평한 상황이었다. 물론 유리의 성격은 그런 편견을 싫어했다. 그렇지만 친언니와 관계된 일이기에 객관적일 수가 없었다. 하나 그런 점도 어떻게 보면 둘이 좋아하는데 어쩌겠어, 라고 쉽게 생각할 수도 있었다.

역시 가장 큰 문제는, 둘이 좋아하고 있는 게 아니라는 것.

옛 아내를 잊지 못했건, 나이도 어린 언니에게 이미 과거가 있는 자신이 어울리지 않는다고 생각해서 일부러 거리를 둔 것이건 그가 언니를 멀리하는 건 확실했다. 다른 면에서가 아니었다. 여자로서의 언니만 멀리한다는 걸 동생인 유리도 느낄 수 있었다. 딱 어느 정도의 선까지만 언니에게 다가가는 그의 모습을. 경계선을 그어놓고 그 이상은 행동하지도, 틈을 주지도 보이지도 않는 그의 모습을 오히려 유리는 좋게 봤다. 저 정도의 컨트롤이 가능한 강현우라는 남자의 자로 잰 듯 확실한 성격이 대단해 보이기도 했고.

성실한 건지, 조심스러운 건지, 양심적인 건지, 요령이 좋은 건지.

결론은, 유리로서는 강현우라는 남자가 정말이지 골치 아프도록 어려운 남자만 같다. 아마도 자신이라면 그런 어려운 남자, 줘도 사랑하지 않을 것 같다고. 어려운 수학 문제만 골라서 풀고 싶어하는 수학 올림피아드 출전 대기 선수도 아니고, 언니는 대체 왜 저런 골치 아프기만 한 사랑을 하지 못해서 안달인 건지, 그게 유리의 입장에서 바라보고 이해하고 있는 나리의 사랑법이었다.

'아, 몰라. 머리 아파. 이루어지지 못할 짝사랑 한 번 오지게 한 거지 뭐. 언니 일이니까 언니가 알아서 하겠지.'

그렇게 생각할밖에.

"어쩔 거야? 아저씨가 원하는 것처럼 헤어진 채로 살아갈 거야? 그럴 수 있어?"

"글쎄. 모르겠어."

나리는 정말 모르겠다는 표정으로 고개를 저었다.

"언니가 모르면 어떡하냐? 언니 감정인데."

"후후, 그렇지? 내 감정이 시키는 말…… 이란 거지?"

잠시 생각해 보는가 싶던 나리가 얼마 후 천천히 고개를 들었다. 반쯤 젖었지만 그만큼 씻긴 듯 선명해 보이는 눈동자가 긴 속눈썹 아래에서 곱게 반짝이며 드러났다.

「바보.」

응급실 환자들과 보호자들만 간간이 오가고 있는 밤, 병원 로비에서 나리는 그 뜬금없는 단어를 문자로 찍어 전송했다. 수신인은 얄미운 강현우 씨였다. 밤 열한 시 오십 분, 크리스마스가 지나가고 있었다. 혹시나 싶었지만 역시나 대답은 없었다. 자고 있는 걸까? 아니면 아버지 때문에 중간에 멈춘 일을 다시 처리하고 있는 걸까.

「말미잘. 멍충이.」

그뿐이 아니었다. 원수, 개미똥구멍, 미더덕, 도대체 자신도 무슨 의미인지 알 수 없는 단어를 속사포처럼 문자로 쏘아 보내자 그제야 겨우 한 통 답장이 왔다.

「안 자고 뭐 하는 거야.」

화도 내지 않는 남자였다. 아무튼 재미없는 걸로 치자면 으뜸이다. 이럴 경우엔 당연히 분노해야 하는 것 아닌가? 저 심각할

정도의 도를 지나치는 차분함이 오히려 조용히 사람을 잡을 수
도 있다는 걸 아셔야지.

「뭐 하러 아버지 일 신경 썼어요? 바빴을 텐데.」

그냥 고맙다고 인사하면 될 것을. 그것도 개미똥구멍 자존심
이라고 홀랑 인사를 하기는 싫어서 끝까지 버팅기고 있었다. 일
부러 와서 도와준 건 고맙지만, 내가 그러라고 한 건 아니거든
요? 그러니까 내사 모른데이, 라는 마음으로 톡 쏘듯 문자메시
지를 보냈다.

홀랑 고맙다고 하기 쑥스러워 튕기고 있는지도.

"안 될 것 같아. 현우 씨를 잊고서 살아가는 거, 나 못할 것 같
아."

유리에게 대답한 말이었다. 그래, 내 감정이 시키는 말에 따
르는 거야. 그게 윤나리고 윤나리 식의 사랑 방식이야.

무슨 대답이 올지 조마조마했다. 하지만 다행히 오래 기다리
지 않아 답장이 왔다.

「아버지 어떻게 되면 너 슬플 거 아냐. 너한테 인간적인 애정까
지 없진 않아.」

나리의 입가가 살짝 끌려 올라갔다. 아직은 이 정도의 마음,

그래서 상처받았다고 한발 물러나긴 했지만, 물러나려 했던 그 마음을 다시 버리려 한다. 전부 다 얻을 수 없다면 이 정도라도, 빗자루로 싹싹 끌어 모아야 할 정도로 작은 조각이더라도 나리는 전부 끌어 모으려 한다. 그 조각이 한없이 미미한 것일지라도. 희미하긴 하지만 나리의 입가에 분명 미소가 돌고 있었다.

"헤에. 어쩌면 원상복귀될 수 있을까?"

중얼거리며 나리는 고심 끝에 또 한 번 메시지를 전송했다.


「그럼, 정말 다급한 일이면 언제든 시간 낼 수 있단 의미로 들어도 되는 거죠?」

「그럴지도.」

「나 누구씨하고 성격 차이로 결별하는 바람에 심장이 막 아파서 죽을 것 같은데, 그럼 나한테도 시간 좀 내줄래요?」


조금은 장난스럽게, 다시 시작하는 게 어때요?

Too Much Love, 당신을 너무 사랑한, 그게 단지 잘못이라서.

아직은 당신이랑 결별해서 잃고 아플 게 더 많으니까, 조금만 더 시간을 주지 않을래요? 이별이 익숙해질 때까지, 당신에 대한 마음이 자연스럽게 무뎌져서 서로 부담 주지 않을 선에서 이 마음을 포기할 수 있을 때까지 조금만 더 기다려 주지 않을래요?

나한테 한 번만 더 기회를 주지 않을래요? 나를 조금만 더 가여워해 주지 않을래요?

I Think I Love You Too Much.

So…… I'm Sorry.

답장을 기다리고 있었다. 그라면 이 문자의 의미를 이해할 수 있을 것이다. 그 정도마저 틈을 내주고 싶지 않은 마음이라면 곧장 단호한 거절의 대답이 날아오겠지. 하지만 기대하고 있었다. 강현우라는 남자의 그리 매정하지는 못한 본성을.

"아……."

드디어 진동과 함께 그의 대답이 왔다. 마치 기도라도 하는 사람처럼 휴대폰을 양손에 꽉 쥐고서 눈을 질끈 감고서 마음의 각오를 했다. 하나, 둘, 셋, 천천히 샛눈을 뜨고서 액정을 흘끗 노려보았다. 곧 두 눈을 전부 활짝 뜨고서 제대로 똑똑하게 확인했다.

그가 전해준 대답은.


「메리 크리스마스.」


정확히 새벽 12시하고도 10분이 넘은 시간.

너무나 사랑하는 사람에게서 뒤늦은 크리스마스 인사를 들었다.

"어, 선배……. 웬일이에요?"

느닷없이 장가를 간다더니 잘 다니던 모 어패럴을 그만두고 부모님의 방직 공장을 이어받기 위해 지방으로 이사 간 후로는 연락 한 번 되지 않던 동현이었다. 결혼해서 얼마나 깨를 볶고 사는지 돌잔치 이후로는 감감무소식이던 그가 아닌 밤중에 홍 두깨라고 갑자기 웬일인지 모르겠다.

「나? 잠깐 상경했지. 설악산에서 멧돼지 한 마리를 잡았거든. 그놈 팔아먹으려고 올라왔다. 하하하!」

"하하……. 그거 듣고 웃으면 되는 거죠?"

나리는 기가 막혀서 헛웃음을 흘려주었다. 안 그래도 품평회 때문에 바쁜데 꼭 타이밍을 맞춰서 전화를 하는 걸로도 모자라 이렇게 습관처럼 말도 안 되는 소리를 흘리는 것이다. 대학 때 와 하나도 변하지 않은 뜬금없는 성격이었다.

「그나저나 개나리.」

빠직. 나리의 이마에 핏대가 섰다.

"그렇게 부르지 말라니까요. 욕하는 거 같다고 했어요, 안 했 어요?"

「어이쿠, 여전히 까칠하긴.」

"진짜 제발 그렇게 부르지 마요. 알았죠?"

「알았어, 알았어. 그나저나 개나리, 너 뭐 하냐?」

부르지 말라니까 진짜!

"시간 좀 봐요, 시간! 딱 일할 시간이잖아요. 직장이지 어디겠어요?"

「아니고. 요즘 뭐 하고 사냐고. 시집은 안 갈 거여?」

"갑자기 사투리는. 갈 때 되면 가겠죠. 나도 얼른 시집가서 돌잔치해야 할 거 아니에요. 선배한테 바친 돌반지 돌려받으려면."

「말 앙큼하게 하는 건 여전하구먼. 그러지 말고 올라온 김에 너 선 좀 봐라.」

정말이지 제대로 뜬금없는 말에 나리의 표정이 당연히 얼떨떨해졌다. 눈앞에 속옷이 한 무더기 쌓여 있었는데, 자신도 모르게 그것들을 휙 치워 버리고는 날카롭게 소리쳤다.

"소개팅이라고 해주시죠?"

기가 막히게, 아직 꽃다운 나이에게 벌써 선 운운이라니!

「그럼 소개팅이라고 해두던가. 그래도 싫단 말은 안 하네?」

아 참, 그랬지. 그게 문제였다. '선' 소리에 왠지 늙다리 취급받는 것 같아 발끈해 버리는 바람에 중요한 논점을 놓치고 말았다.

"선배, 정말 못 말려. 지방에서 올라온 부모님이에요? 우리 엄마 아빠도 안 하는 소릴 왜 선배가 하고 난리지? 아직 선볼 나이도, 결혼 때문에 초조할 나이도 안 됐거든요?"

「거야 그렇지. 혼자 착각하고 사는 것도 좋은 위로 방법이지.」

이 선배가 진짜.

"이상한 소리 그만 하고 언제 내려가요? 만나서 소주 한 잔 해야죠. 헤헤. 내가 쏠게요. 팍팍!"

「소주? 좋지! 캬~ 역시 후배밖에 없다니까. 그전에, 후배 놈이 한 놈 있는데 얘가 또 아주 눈에 밟혀. 에, 또 이놈이 뭐 하는 놈인가 하니, 부친은 점잖은 교장 선생님에 모친은 현모양처라. 뿐이냐, 그 아들은 명문대 출신에 유학파라, 얼쑤! 지금은 전임 교수 자리를 놓고 치열하게 전투 중이니 만나보면 복을 얻을 것이요, 만나서 눈까지 맞으면 더더욱 금상첨화로다. 어떠냐? 아주 구미가 확 당기지?」

정말이지 미치겠다. 판소리 한 번 구성지게 뽑는 건 좋은데, 은근슬쩍 말을 엿가락처럼 늘리면서 왜 그 잘난 후배를 이쪽에게 떠넘기려고 하는 건지 모르겠다.

"선배, 솔직히 말해봐요. 상경한 지 벌써 며칠 지났죠? 그 며칠 동안 이곳저곳 이 사람 저 사람 꽤 만나고 다녔죠?"

「그랬지. 어떻게 알았냐?」

"그래서 만난 후배가 그 후밴데, 왠지 대견하고 인간적으로 정이 가서 여자 소개시켜 줄 테니 나만 믿으라고 호언장담했죠?"

동현이 입맛을 쩝 다셨다.

「귀신이네, 귀신.」

나리는 고개를 설레설레 저었다. 남성용 언더웨어를 하나 갖고 와 꼼꼼히 살펴보며 말했다.

"난 관심없어요. 글고 그 후배 분께 말해주세요. 치열하게, 열심히 전투하셔서 전임교수님 되시라고."

「계집애, 잘난 척하기는. 그러지 말고 후딱 만나봐! 내일 모레.」

나리의 눈이 커졌다.

"서, 설마 벌써 약속 잡아놓은 거예요?"

「그랬다니까 지금까지 뭘 들은 거야?」

지금까지 한 말 중엔 그런 언질 따위 없었다.

"미쳐. 맘대로 약속까지 잡아놓으면 어떡해요!"

자신도 모르게 소리를 빽 지르는 바람에 사원들이 놀란 눈을 동그랗게 뜨고 그녀를 쳐다보았다. 그제야 상황을 돌아본 나리는 어색한 미소와 함께 양해를 구하고선 벌떡 자리에서 일어났다. 휴대폰을 들고 그대로 사무실 밖으로 달려나가며 안달복달 말을 이었다.

"난 안 가요. 대체 왜 그래요? 갑자기 연락해서 뜬금없는 소리만 하고 있어."

「야, 근데 너 현우 형님이랑 아직도 쎄쎄쎄 하면서 잘 지낸다며? 내일 형수님 기일이잖아. 겸사겸사 올라온 거야.」

그 순간 뭔가 이상하단 생각이 들었다. 겸사겸사 올라온 거야 그가 강현우라는 남자를 무척이나 존경하고 따르고 있으니 당연한 사실이었지만, 지금 이 시점에, 선 얘기를 줄줄이 늘어놓던 시점에 어째서 강현우 씨의 이름을 언급하는 걸까. 의문이 떠오른 동시에 어떤 생각이 나리의 머릿속을 날카롭게 관통하고 지나갔다. 설마 아니겠지, 싶었지만 그래도 한 번 든 의심은 쉽게 가라앉지 않아 복닥거리는 마음을 누르며 나리가 입을 열었다.

"……솔직히 대답해요. 강현우 씨, 그 사람이 요구하던가요? 나한테 다른 남자 소개시켜 주라고?"

그래도 아니기를 바라며, 아닐 거라 생각하며 나리는 물었다. 하지만 동현은 망설임없는 어조로 대답해 왔다.

「듣기 싫겠지만 형님하고 넌 안 돼. 둘이서 지금껏 가깝게 지낸다는 소리 듣고 내가 아주 기겁했다. 형님, 형수님 보낸 지 아직 2년도 안 됐고, 난 그냥 니가 걱정돼서 그래, 인마. 뭐 하려고 소득도 없는 일에 좋은 세월을…….」

"알았어요. 무슨 말인지 알겠어요."

중간에 끊기는 했지만 차가운 어조는 아니었다. 생긋 웃는 말로 갑자기 나리가 동현의 말을 끊자 그가 얼떨떨한 어조로 물어왔다.

「진짜 알아들은 거야?」

"아유 참, 알아들었다니까요? 진짜 아빠처럼 왜 저러는지 몰라. 암튼 며칠 안에 소주 한 잔 마셔요. 내일 전화할게요~"

「야, 야 인마! 나리……!」

동현이 뭐라고 계속해서 외치고 있었지만 나리는 탁, 전화를 끊어버렸다. 자존심이 상해서 그 이상 통화를 유지하기가 힘들었다. 마지막까지 밝게 깔깔거리며 끝인사까지 했지만 그게 어디 자신의 본심일까.

'난 그냥 니가 걱정돼서 그래, 인마.'

"하…… 정말이지."

도대체 뭐가 걱정된다는 말인가. 그래. 현우의 성격을 잘 아는 동현으로서는 충분히 걱정할 수도 있는 일이었다. 한 여자에게 그토록 마음을 주었던 남자다. 쉽게 마음을 열지 못하리라는 걸, 어쩌면 저대로 죽을 때까지 살아갈지도 모른다는 걸 누구보다 잘 알겠지. 그러니 동현은 윤나리를 말리지 않을 수 없을 것이다. 걱정해 주고 있는 것이다. 그의 말처럼 소득도 없는 일일 게 뻔하니까.

문제는 현우였다. 알아서 정리하려고 한 마음인데.

"안 하겠다는 것도 아닌데."

서운했다. 서러웠다. 그를 사랑하면서 가장 많이 드는 감정이다. 천천히 정리하겠다고 결심하고 있었는데, 굳이 동현까지 동원해서, 굳이 꼭 그렇게 서둘러 떼어내 버려야 했던 걸까? 천덕꾸러기라는 듯 다른 사람을 시켜서, 그것도 그녀와 가장 친한 선배를 끌어다가 이렇게 거절을 해야 하는 걸까?

이 사랑에게 사과를 하고 싶다. 주인 잘못 만나 늘 상처만 입게 해서, 예쁜 단어로 이루어진 그 사랑에게 무척이나 미안했다.

"사랑아, 나도 인마, 너한테 아주 예쁜 경험만 알게 해주고 싶었어 뭐."

쓸쓸하게 중얼거렸다. 스티커가 되고 싶어하는 여자에게, 그 남자는 마치 토스하듯 다른 사람에게 톡 쳐서 넘기려고 한다. 잘못 온 택배도 아니고, 어째서 그렇게 수신 거부를 고집하는 걸까. 아름답기는커녕 민폐만 끼치는 이 마음을 과연 사랑이라고 부를 수 있을까?

"무슨…… 일이야?"

밤늦게야 퇴근한 현우는 집 앞에서 진을 치고서 기다리고 있는 나리를 발견하고서 놀란 눈을 했다. 왠지 나리의 자세가 위태로운 것 같다 생각했더니 술을 마신 모양이었다. 황당하다는 듯 그의 입술이 천천히 열렸다.

"너."

"지금 퇴근했어요? 이른 시간이네요."

나리는 발갛게 상기된 얼굴로 생글생글 잘도 웃고 있었다. 취한 것 같기도 하고, 아닌 것 같기도 하고.

"늦은, 이겠지."

"아무튼요. 어우, 기다리다가 얼어 죽는 줄 알았어요."

"그러다 정말 죽어. 몇 시간이나 기다린 거냐, 대체."

현우가 망설임없이 검은 모직 코트를 벗어 나리의 어깨에 둘러주었다. 그 바람에 그의 커다란 품에 안긴 듯한 착각이 일었다. 고개를 숙이고 있는 나리의 표정에 상심이 돌았다. 이런 희망고문. 차라리 몸에 밴 매너가 없는 사람이라면 나을 것이다.

멍게, 해삼, 말미잘! 그래서 이 사람이 멍게, 해삼, 말미잘인 거다!

코트를 둘러주는 그의 손끝이 다정했다. 매정한 표정을 하고서 그렇게 차갑지만은 않은 사람이라 참 곤란했다. 어깨에 닿은 그의 손끝이 잠깐 멈칫하는 것 같았지만 금세 멀어졌다.

딱.

갑자기 고개를 숙이고 있는 나리의 귀 옆에서 손가락이 엇갈리는 소리가 들렸다. 흠칫 놀라 고개를 드니 현우가 고개를 비스듬히 하고서 그녀를 내려다보고 있었다.

"자는 건 아니군."

나리는 빙긋 웃었다. 어느새 환한 미소보다는 씁쓸한 웃음기가 더 어울리는 사랑이 되어버렸다.

"설마요."

나리가 중얼거렸지만 현우는 눈을 가늘게 뜬 채로 미덥지 않다는 듯 나리를 쳐다보다가 별안간 몇 걸음 뒤로 물러나 섰다. 고개를 갸웃하는 나리에게 그가 말했다.

"걸어와 봐."

나리는 풋 웃음이 날 것 같았다. 이런 식으로 음주 측정을 하는 나라가 있다고 들은 것 같은데.

"안 취했다니까요?"

"아무튼."

나리는 어쩔 수 없이 그가 보는 앞에서 몇 걸음 걸어 보였다. 하지만 세 발을 떼었을 때 이미 비틀거리는 걸 스스로도 느낄 수 있었다.

"엄마야!"

"미치겠군."

곧장 뻗어진 그의 팔이 나리의 팔을 꽉 쥐고는 쓰러지지 않게 지탱했다.

"일단 타."

차로 다가가 문을 열려고 했지만 나리는 당연히 반항했다.

"어차피 깨고 들어가야 해요. 이 상태로 들어가면 엄마한테 쫓겨날걸요?"

"나한테도 쫓겨나 봐."

매몰찬 말을 하며 나리가 닫아버린 차 문을 다시 열려고 하는 그였기에 나리는 얼른 달려들어 육탄 공세로 막았다. 차 문을 몸으로 힘껏 밀며 낑낑거리자 문에서 손을 뗀 현우가 황당하단 표정을 했다.

"뭐 하냐."

한참을 문을 밀어대던 나리의 몸이 멈칫했다. 현우가 이미 문에서 손을 뗀 상태란 걸 그제야 깨달았다. 즉, 혼자서 원맨쇼를 하고 있었단 것.

"하하…… 내가 뭘 하고 있었을까요? 맞혀보세요."

"나 참."

못 말리겠다는 듯 현우가 혀를 차곤 머리카락을 쓸어 넘겼다. 추운 겨울밤이었다. 그의 온도를, 직접 체온을 맞대서 느껴보고 싶다. 아주 발칙하지만 솔직한 마음.

"현우 씨, 어디 가서 따뜻한 우동이라도 먹을래요?"

"너나 먹어."

"에이, 매너 강께서 왜 그러실까~ 무뚝뚝한 목소리로, '너나 먹어' 안 어울리잖아요."

"말해봐."

연신 장난스럽게만 구는 나리였지만 현우의 태도는 진지했다.

"네? 뭘요?"

"무슨 일이야."

무슨 일인데 평소답지 않게 구느냐 뜻이겠지. 하지만 지금 나리는 최선을 다하고 있었다. 사실은 따질 생각으로 '오늘 한번 죽어볼까!' 생각하며 술을 마셨다. 그리고 그의 집 앞에서 무턱대고 그가 퇴근하기를 기다렸지만, 막상 얼굴을 마주하고 보니 따지지도 못하겠다. 용기가 없는 게 아니었다. 그냥, 치사해서 하기 싫었다.

그러니 차라리 완전히 취해서 주정이나 부려볼까 싶은 생각도 들었다. 나 속상하게 했으니까 너도 한 번 당해봐요, 강현우 씨.

하지만 그것도 될 리가 없었다. 무엇보다 그의 딱딱 끊어지는 말을 듣고 있으면 돌던 취기도 날아가서 제정신이 되고 마니까.

"회사에서 진짜 안 좋은 일이 있었거든요."

그래서 분풀이나 해야지 싶어 나리는 방향을 슬쩍 돌려 입을 열었다. 만약 솔직하게 물어서 네가 다른 남자를 만났으면 좋겠다고, 그래야 마음이 편할 것 같다고, 그런 말을 제정신으로 하면 도대체 어떻게 제정신으로 듣는단 말인가. 물론 취한 정신이라도 마찬가지다.

"내 일은 아니고 아무개 씨 일인데, 디자인실을 너무 좋아하는 거예요. 근데 디자인실 실장님이 글쎄 그 아무개 씨가 디자인실하고 안 맞다고 다른 부서로 가라면서 다른 부서 실장을 소개시켜 주겠다는 거 있죠. 진짜 현우 씨가 그 아무개 씨라고 생각해 봐요. 얼마나 가슴 아프겠어. 그래서 화딱지 난 바람에 나하고 마구 술 마셨어요."

"음……."

다른 부서 실장 따위, 다른 남자 따위 소개받고 싶지도 않은 이 마음의 푸념을.

깨달았을까, 말속의 뼈를? 에잇! 모르면 말라지! 그래도 좀 이해해 줬으면 좋겠고만.

나리는 슬그머니 눈치를 보며 물어보았다.

"이해했어요?"

"아니."

나리의 입술에서 폭 한숨이 흘러나왔다. 강현우 씨, 설마 다 알아들었으면서 모르는 체하는 거 아니겠지? 이유? 그야 자신이 저지른 만행과 연결시키기 싫으니까.

"혀가 꼬여서 못 알아듣겠다."

하지만 이유가 한참은 동떨어져 있어 나리의 뺨이 화끈 달아올랐다. 그런 이유라면야…… 죄송합니다.

"윤나리, 혀 짧았나?"

"아, 아뇨!"

"그 아무개 씨하고 놀지 마라."

"그건 또 왜요?"

툴툴거리고 싶어지는 마음.

"나라면 그런 직원, 잘랐다."

조직을 위해서는 개인의 고집보다는 집단을 원활하게 돌리기 위한 유동적인 대응이 중요하다, 뭐 그런 딱딱하고 원론적인 사고방식을 말하는 거겠지. 고로 실장의 지시에 불만을 갖는 조직원 따위 필요없다는 뜻…….

"왜요?"

"너, 술 마시게 했으니까."

하지만 생각지도 못한 이유. 그러나 깊이 생각해 볼 여유도 없이, 현우의 손가락이 다가오더니 나리의 이마를 콕 눌렀다. 덕분에 나리의 눈동자가 잘게 흔들렸다. 뇌도, 심장도 함께 흔들흔들 움직이는 것 같은 기분이 든 순간, 문득 현우가 낮게 웃었다.

"코도 빨갛고. 조만간 술고래 되겠군."

결국 귓불까지 확 달아오르고 말았다.


"들어와."

나리는 기다렸다는 듯 그를 지나쳐 안으로 쑥 들어갔다. 마음 안에선 투정을 꽁꽁 싸매고서 겉으론 생글생글 웃는 것도 쉽지 않을 싶었다. 사랑 한 번 하려고 마치 연기 학원 십 년 다닌 것과 비슷한 내공으로, 앙큼한 내면 연기를 이만큼이나 할 수 있는 사람은 아마도 자신이 유일하지 싶다.

"배가 고픈데."

슈트 재킷을 벗으며 현우가 말했다. 나리는 빙긋 웃으며 얼른 대답했다.

"그럼 절 먹는 건 어때요?"

재킷을 한 손에 쥐고서 타이를 느슨하게 하던 현우의 손이 멈칫했다. 그가 한쪽 눈썹을 끌어 올린 채 나리를 휙 돌아보았다.

"……뭐?"

듣고서도 믿지 못하겠다는 표정. 보통 놀란 게 아닌 듯, 쉽게 당황하지 않는 남자의 표정이 심각하게 경직되어 있었다. 하긴 말하고서도 황당하니 오죽할까. 취기 때문일까. 아니면 마음속에서 부글부글 끓고 있는 불만 심리 때문일까. 어떻게 그런 용감한 말을 잘도 흘릴 수 있었는지.

"하하…… 서프라이즈~ 재, 재미있었죠?"

곧장 이렇게 창피해질 거면서. 나리는 어쩔까 수습할 방법을 찾지 못해 얼렁뚱땅 둘러대며 하하 어색하게 웃고 말았다. 하지만 보통 크게 터뜨린 게 아니어서 거실엔 무서울 정도의 정적이 돌았다. 가장 중요한 현우의 표정은 펴질 줄을 몰랐고.

"가는 게 낫겠다."

"누가요?"

현우가 바로 너라는 듯 나리를 찌릿 노려보았다. 하지만 나리의 눈매도 함께 사나워졌다.

바보. 멍청이! 여자 마음도 알아줄 줄 모르고. 해삼 멍게 말미잘! 밀어내는 건 세계 최고!

오늘만은 아무리 차갑게 나와도 지지 않을 것이다. 마음을 단단히 먹고서.

"안 갈 거예요, 절대!"

고집을 피우고 있는 나리를 향해 현우가 뚜벅뚜벅 다가왔다. 재킷을 소파 아무 데나 팽개치듯 놓고서 나리의 손목을 거칠게 쥐었다. 입매를 단호히 하고서 나리를 현관 쪽으로 휙 끄는 순간, 생각지도 못한 그의 거친 행동에 그녀의 걸음이 그만 꼬여 버렸다.

"아……."

이건 정말이지 놀라서 일어난 일이었다. 다행히 넘어지기 직전 현우가 나리의 몸을 받쳐 주어서 쾅당 넘어지는 것까진 면했지만. 나리의 허리에 현우의 강한 팔이 단단하게 감겨 있었다. 그 팔의 느낌을 고스란히 인식하며, 앞으로 쏟아진 머리카락 안에서 나리의 표정이 민망과 안도로 복잡해졌다.

"괜찮아?"

"괘, 괜찮아요."

나리는 그의 팔에 의지해 천천히 몸을 바로 세우며 대답했다.

"……."

"……."

두 사람 다 말이 없었다. 조용해진 거실 안, 왠지 어색한 침묵. 먼저 움직인 건 그였다. 천천히 그의 팔이 떨어져 나갔다. 고개를 들어보니 그는 엄한 표정이 되어 있었다.

"오늘 왜 그래."

나리는 얼른 대답할 수 없었다. 이유는 확실히 있는데도 치사해서 말하기 싫다, 란 표현이 옳았다. 현우가 단호한 어조로 한 번 더 정확히 반복했다.

"물었어, 이유."

"모르겠어요."

"모르겠다."

"불만스러워요."

현우의 눈썹이 살짝 찌푸려졌다.

"뭐가."

나리는 입술을 꼭 깨물었다. 고개를 휙 돌려 버리고서 딱딱하게 걸어가 그의 코트를 걸친 채 소파에 털썩 앉았다. 두 사람 사이엔 한동안 대화가 없었다. 현우는 팔짱을 낀 채로 나리를 쳐다보기만 했고, 나리도 바닥을 내려다보며 곰곰이 생각하고 있었다. 한참을 생각하다가 그녀가 말을 이었다.

"이거 벗으면 진짜 추울 것 같아요."

"논점이 계속 흐려지는 것 같군."

"그러니까 잠시만 더 빌려줘요. 이거라도 덮고 있어야 물어볼 수 있을 것 같으니까."

대답을 들어도 덜 추울 것 같으니까.

현우는 천천히 걸어가 창가에서 멈춰 섰다. 창틀에 등을 기대고서 나리를 쳐다보았다.

"해봐. 하고 싶은 말."

"왜 그랬어요?"

"왜 그랬을까? 내가 묻고 싶은 말 같은데."

나리는 저주는 살짝 뺀 원망만 채운 시선으로 그를 노려보았다. 이윽고 결심하고서 물었다.

"동현 선배랑 통화했죠?"

"그래."

별다른 어려움 없이 고개가 끄덕여졌다. 나리의 눈동자에 강렬한 오기가 돌았다.

"그럴 필요까지는 없지 않아요? 꼭 동현 선배한테 말해서, 다른 남자를 소개시켜 주란 말까지 해야 했어요? 그렇게까지 떠넘

길 필요까지는……!"

그 정도만 말하는데도 벌써 코끝이 빨개졌다.

"내 입장도 생각해 주면 안 돼요? 내 마음, 내 기분도 생각해 주면 좋잖아요. 인간적인 정까지 없진 않다고 말한 사람은 현우 씨였어요. 내 기분, 내 마음 조금 알아주는 게 바로 인간적인 정 아니에요? 조금은 알아줘도 좋잖아요. 그게 그렇게 어려운 요구예요?"

아플 정도로 입술을 깨물며 감정을 눌러 참고 있는 나리를 현우가 조용히 바라보고 있었다. 건조한 시선. 어째서 저렇게 냉정한 걸까. 왜 이렇게 마음먹은 대로 되지 않는 걸까. 저런 반응이 돌아올까 봐 끝까지 따지지 않고 버텨보려 했던 건데 결국 참지 못하고서.

모두 다 윤나리의 경솔한 사랑 때문이다! 아무리 사랑에 빠지면 눈이 멀고 귀가 멀고 다 멀어버린다지만 어째서 이렇게 불공평한 사랑에 자신은 심장까지 멀어버리고 만 걸까. 아웃! 정말 속상하고 화난다. 그래서 너무 억울해서, 눈물이 반쯤 나왔다가도 쏙 들어가 버렸다.

"김동현이, 뭐라고 한 건지 똑똑히 말해봐."

그러나 이어진 그의 말에 반쯤 젖은 나리의 눈동자가 그대로 정지했다. 천천히 시선을 다시 돌려 그를 바라보았다. 입술을 달싹이려는데 그가 먼저 말을 이었다. 왠지 화가 난 얼굴로.

"누가, 누구를 소개해 주라고 했다는 거지?"

나리의 머릿속이 복잡해졌다. 그의 말도, 태도도 전혀 예상 밖의 것이었다. 분명히 지금 그의 말투는, 전혀 모르고 있는 사람의 그것이었다. 그래서일까, 한쪽 눈에 고여 있던, 이미 정체가 불분명해진 채로 맥없이 매달려 있던 눈물이 톡 또르르 굴러 떨어졌다. 뭐가 뭔지 알 수가 없었다. 왜 그렇게 서운하고 화가 나고 그래서 눈물이 고였던 건지. 혼자 쇼를 하는 와중에 눈물이란 녀석이 스스로 민망해서 톡 떨어진 것처럼.

"난……."

뭐라고 말해야 할지 정리가 되지 않아 중얼거리듯 입을 열던 나리의 말끝이 흐려졌다. 현우의 시선이 한쪽 뺨을 타고 떨어진 나리의 눈물에 닿아 있었다. 기분이 상한 듯 그의 눈매가 찌푸려졌다. 걸어와서 자신의 재킷을 아무렇게나 들더니 안주머니에서 휴대폰을 꺼냈다. 나리는 대체 뭐가 어떻게 되어가는 건지 도통 알 수가 없어서 그저 그의 행동을 쳐다보고 있을 수밖에 없었다.

어쩜 좋아. 경솔했던 걸까……. 빨간색 경고등이 마구 울리고 있는 나리의 귀로 그의 목소리가 흘러들었다.

"김동현, 너 뭐 하는 놈이야!"

갑작스러운 현우의 정확한 호통에 나리의 눈이 번쩍 떠졌다.

"누구 마음대로 내 이름을 끌어다가 네놈 멋대로 써먹는 거야!"

"혀, 현우 씨!"

나리는 민망해서 어쩔 줄을 몰라 콩 튀듯 소파에서 튀어 오르고 말았다. 정말 그와는 전혀 관계없는 일이었다고? 하지만 분명……. 아, 이젠 뭐가 뭔지 모를 정도로 복잡해졌다. 나리는 일단 이 사태부터 막아보잔 생각에 얼른 현우에게 다가갔다.

"바꿔줄 테니까 제대로 설명해."

그러나 그에게 손이 닿기도 전에 이미 상황 종료가 된 듯 그가 넘겨준 휴대폰이 나리의 손에 들려 있었다. 나리는 당황스러운 눈으로 그를 올려다보았다.

"현우 씨, 나 선배랑 통화 못해요."

please. 차라리 애원과도 같은 표정을 흘리며 어떻게든 휴대폰을 다시 넘기려 했지만 현우의 표정은 단호했다.

"받아."

"현우 씨……."

민망해서 차마 받지 못하는 나리의 얼굴을 들여다보던 현우가 나리의 손에서 다행히 휴대폰을 치워주었다. 아…… 다행이다. 그러나 안도의 한숨이 채 끝나기도 전에. 그는 휴대폰을 가져가기만 했을 뿐 나리의 귀에 직접 대주고 있었다. 나리는 미치겠다는 심정으로 어쩔 수 없이 통화구를 향해 천천히 입을 열었다.

"선배…… 저 나리예요."

「어, 그래. 진달래 아니고 개나리. 야, 인마. 상황 왜 이래? 대체 뭘 제대로 설명하라는 거야?」

그렇게 부르지 말라니까 진짜. 하지만 지금은 별명 같은 걸 따질 때가 아니었다.

"아 저, 그러니까 그게⋯⋯."

어떻게 설명해야 할까 현우의 눈치를 봐가며 중얼거리던 나리는 그에게 휴대폰을 좀 달라는 눈짓을 보냈다. 그가 미련없이 놓아주자 나리는 얼른 몸을 돌리고서 휴대폰에 대고 작은 소리로 얼른 속사포처럼 속삭임을 늘어놓았다.

"선배가 누구 소개시켜 주겠다고 한 거요. 난 그게 현우 씨가 선배한테 시킨 줄 알고. 내가 물었을 때 선배도 아니라고 말 안 했잖아요."

뒤에선 현우가 버티고 서 있고, 앞에선 말 안 통하는 동현이 버티고 있고, 꼬치꼬치 따질 때가 아니었는데도 나리는 복잡한 상황을 정리하고 싶었기에 이해가 안 가는 점을 추려서 물었다. 최대한 소리는 낮춰서. 물론 그에게 들리지 않을 리는 없겠지만.

「인마! 그거야 그런 척해야 니가 말 들을 거 아냐! 형님이 어디 남한테 그런 거 시킬 성격이야? 너 아이큐 몇이야!」

"남만큼은 해요 뭐. 근데 선배 진짜 너무한다. 일단은 자기가 잘못했으면서 나한테 성질은 내고 그래. 알았어요. 암튼 끊을게요."

「야! 잘못은 누가 잘못했단 거야? 잘못은 니가 했지! 사과는 하고 끊어야 할 거 아냐! 너 때문에 내가 죽게 생겼잖아!」

"하나도 미안하지 않네요. 흥."

나리는 얼른 휴대폰을 끊어버리고서 등 뒤에 서 있을 현우의 눈치를 살피며 일단 심호흡을 했다. 한마디로 혼자 북 치고 장구 치고, 바로 그 짝이란 말인데…….

"뒤돌아."

안 그래도 당한 당사자는 화가 많이 나신 듯 어조는 무서울 정도로 차분하게 가라앉아서 냉혹하게 명령조의 빛을 발하고 있었다. 나리는 창피해져서 눈을 질끈 감았다.

"싫어요. 안 돌래요."

이대로 땅굴을 파서 곧장 밖으로 뚫고 나가 그대로 집으로 돌아가고만 싶었다.

"그럼 그대로 서 있던가."

순간 나리가 몸을 홱 돌렸다.

"그렇다고 곧장 선배한테 전화할 건 또 뭐예요?"

그렇게 억울했나? 오해 좀 받았다고, 그게 그렇게 기분 나빴나? 완전 자기 한 사람만 깔끔하게 살겠단 거잖아!

한껏 흘겨보는 나리를 현우가 조용히 내려다보았다. 이쪽은 심하게 흥분해 있는데, 막상 흥분해서 소리쳐야 할 저쪽은 저렇게도 정지한 연못처럼 고요하다니, 그 괴리감에 흠칫 놀라 자신도 모르게 뒤로 물러나는 나리를 향해 문득 뻗어온 현우의 손이 나리의 뺨 위를 스치고 지나갔다. 아주 짧게 닿았던 손가락, 그 끝에 나리의 눈물이 묻어 옮겨갔다. 그걸 나리에게 보이며 그가 말했다.

"그날, 그만 만나는 게 좋겠다고 했던 날, 너 끝까지 이런 거 안 보였지."

이런 거, 라고 하면 눈물을 말하는 걸까.

나리는 그의 의도가 의문스러운 와중에도 천천히 고개를 끄덕였다. 그거야, 오기가 나니까.

"그런데…… 그게 왜요?"

왠지 씁쓸한 웃음기가 그의 입가에 어렸다. 손가락을 살짝 문질러 눈물을 말리고서 그가 천천히 고개를 숙였다. 그러나 곧 다시 고개를 들었을 때 그의 짙은 눈동자엔 왠지 모를 상념이 담겨 있었다. 뚫어지게 그를 쳐다보고 있는 나리의 뺨으로 그의 손이 저절로 뻗어갔다. 커다란 손이 한 번, 두 번 이어서 부드럽게 뺨을 쓸었다. 손바닥이 지나가는 자리마다 온기가, 아니, 그보다 더한 열기가 일었다. 물론 그동안 가상 시뮬레이션으로는 몇 번이나 겪은 일이긴 했지만 실제로는 한 번도 일어나지 않은 일에, 또한 생각지도 못한 일에 나리의 심장이 멎어버렸다. 작동을 멈춰 버린 것 같다.

뒷머리로 향한 커다란 손바닥이 정지했다. 나리의 작은 머리를 한 손으로 감싸 안은 채 현우가 살짝 상체를 숙였다. 현우의 커다란 체격 때문에 나리는 그 안에 폭 감싸인 것만 같았다. 허리를 굽힌 채 현우의 얼굴이 다가왔다. 살짝 비틀어지며 숨결이 가까워졌다. 고개를 비스듬히 해서 입술이 엇갈리며 닿으려는 찰나, 그의 숨결이 닿기 직전 정지했다. 그 모든 일이 현실이 아닌 것만 같아 바위처럼 굳어 있는 나리의 얼굴 가까이에서, 아주 가까이에서 그가 검은 눈동자로 그녀를 들여다보고 있었다. 그러나 곧 그의 숨결은 멀어졌다. 뒷머리부터 목덜미까지 폭 감싸듯 안고 있던 손길도, 숨결도 모조리 제자리로 돌아갔다.

흔들리며 나리를 응시하고 있는 그의 눈동자, 진지하고 깊은 먹빛 시선. 그러나 나리는 아직도 채 제 상태로 돌아오지 못하고 있었다. 도대체 무슨 일이 일어난 건지, 이유가 무엇인지, 멈춰 버린 사고가 말을 듣질 않았다. 파르르 떨고 있는 나리를 가만히 쳐다보던 그가 곧 몸을 돌렸다. 머릿속으로 파고들 듯 그의 목소리가 들려왔다.

"내 의도도 아니고, 내 의지도 아닌 일 때문에 눈물 같은 거, 보고 싶지 않을 뿐이야."

그의 걸음을 나리가 다급한 목소리로 붙잡았다.

"그거, 나 걱정한 거죠!"

현우의 몸이 멈칫했지만, 그는 돌아보지도, 대답하지도 않고서 그대로 걸음을 지속했다. 순간 나리의 눈동자가 터질 듯 흔들렸다. 생각해 볼 틈도 없이 나리는 정신없이 뛰어가 그의 허리를 확 끌어안아 버렸다.

"나 걱정한 거잖아요! 그것만 대답해 줘요! 내가 오해하는 게 싫은 거죠? 그 정도 구원은 줘도 괜찮잖아요!"

키스가 멈춘 거리.

입술은 닿지 않았지만 그의 마음은 충분히 느낄 수 있었다. 차라리, 닿는 것보다 더 그라는 사람에게 끌려 버리고 말았다. 마음을 절대 표현하지 않을 이 남자의 성격, 그리고 그가 가진 상황. 그리고…… 그 이상은 해주지 않겠다는 매정한 진심까지도, 어째서 밉지가 않은 걸까. 아무 말도 들은 게 없는데도, 어떤 설명도 듣지 않았는데도 가슴으로 들어버린 설명, 이해해 버린 그의 몸짓 속의 언어. 그렇다고 하더라도 그 자리에서 움직일 수 없다는, 움직이지 않겠다는 그의 표현까지도 함께 들어버렸는데 어째서 전처럼 서운하지 않은 걸까. 괴롭지 않은 걸까.

사랑의 조건, 한 여자가 한 남자에게 깊이 반하게 되는 조건, 이 마음을 송두리째 빼앗아가 버리는 그의 상념에 사실은 더욱 이끌리고 있었다는 걸.

이렇게 사랑하고 있는데. 이 남자를 이렇게 좋아하고 있는데 더 무엇이 필요할까.

그가 나리의 체온을 밀어내지 않고서 나리의 행동에 대한 대답을 했다.

"나는, 너 싫어한다."

안타까웠다. 말을 말 자체로만 받아들일 수밖에 없었던 지난 시간들이 떠오르자, 그 시간들이 그렇게 아까울 수 없었다. 그렇게 많이도 아파했던 감정들이 제멋대로 밀려들어 그렇게 가여울 수가 없었다. 언젠가는 그 모든 감정을 끌어 모아 다독여 줄 수 있을까? 이 사람의 곁에 머물면서, 아니, 비록 이 사람과 헤어지게 되더라도, 노출시켰던 모든 감정을 다독이며 그래도 사랑해서 다행이었다고 생각할 수 있다면, 그것으로 윤나리는 마음껏, 정말 진심으로 심장을 다 바쳐 사랑을 한 것이라고 행복한 마음으로 웃을 수 있겠지.

"네가 정말 싫다."

너를 좋아하다니, 그런 일이 어떻게 가능할까. 그 말이었음에도.

뱉어져 나온 말은 사나운 거부의 표현, 하지만 그 안에 담긴 뜻은 어울리지 않을 정도로 여린 것이어서.

그가, 그녀를 싫다며 강조하는 그 감정에 집중하고 있다는 사실에 이상하게 기뻐지고 말았다. 정말이지, 이렇게 제멋대로 해석하고야 마는 이상한 여자라서 저렇게 싫다고 강조하고 있는 걸지도 모르는데, 뭐가 좋다고 이렇게 설레고 있는 걸까.

그는 아내가 죽은 후, 아내의 관을 차에 싣고서 생전에 아내와 함께 보냈던, 그녀와의 추억이 묻어 있는 장소를 하나도 남김없이 들렀다고 한다. 그 모든 추억의 향기들을 아내와 함께 돌아보며 마지막으로 그녀에게 한 번 더 보여주었다고 한다. 함께 거닌 꽃길, 함께 보았던 저녁노을, 함께 자판기 커피를 마셨던 그 공원, 함께 일출을 보았던 그 바다까지. 그렇게 하나하나 추억들을 모두 되밟은 후에야 아내를 보내준 사람이라고 했다.

아주 많이 한 여인에게 진심을 보여주고 성심을 다했던 남자. 그 남자의 마음속으로 들어가는 길은 아주 멀고 어렵겠지만, 감수하고라도 꼭 그 거리에 닿고 싶기 때문에. 오늘도 나리는 그의 상심조차 전부 끌어안고서 그를 사랑하는 마음에 조금씩 더 무게를 더하고 있었다.

지금 체온을 느낄 수 있는 거리까지 가까워졌다고 해서 하나 다행일 일은 없었다. 그렇다고 하더라도.

"나도, 정말이지…… 현우 씨가 싫어. 정말정말 미워 죽겠어요."

꼬옥 안고 있는 그의 등에 더욱 깊이 얼굴을 묻었다.

3편 보고 싶은 날엔……

끼이익! 퍽!

"꺄악!"

눈앞에서 별이 팽글 돌았다. 얼어붙은 빙판길 위를 달리던 택시가 방향 지시등을 켜지도 않고 좌회전을 해버린 앞차 때문에 안 그래도 미끄러운 길 위에서 경황을 찾지 못하고 꾸물거리고 말았다. 급브레이크를 밟는 동시에 차체가 무언가에 부딪치는 소리, 그리고 동시에 나리의 몸이 앞으로 확 쏠렸다.

출근하는 도중에 이게 무슨 일일까. 나리를 태운 택시를 뒤따르던 차가 꾸물거리던 택시를 들이받으면서 그대로 사고가 나고 말았다.

"아아⋯⋯."

어딘가가 세게 부딪치는 것과 함께 나리의 의식이 빙글빙글 하다가 뚝 끊겼다.

"앗!"

그리고 눈을 떴을 땐 온몸이 두드려 맞은 것 같은 타박상을 느끼며 나리는 병실의 침대 위에 누워 있었다.

"언니, 정신이 들어?"

힘겹게 깜빡거리던 눈을 천천히 돌려 옆을 보니 유리가 다급한 얼굴로 외치고 있다.

"여기가⋯⋯."

목소리가 착 가라앉아 잘 나오지 않았다.

"기억상실증이야? 나 누군지 모르겠어? 내가 누구야? 응? 내가 누구야!"

"소란 떨지 마. 누가 기억상실증이래."

나리는 수선을 떨고 있는 유리를 쩨려봐 주며 힘겹게 침을 삼켰다. 아야야! 뭐가 어떻게 고장난 건지는 모르겠지만 뒷목과 허리 쪽이 특히 더 아팠다.

"나 어디 많이 부러진 거야?"

나리는 암담함을 느끼며 물었다. 고개를 잘 들지 못해 몸 상태를 확인하기가 힘들었다.

"아냐. 다행히 부러진 덴 없대. 그래도 부딪칠 때 꽤 충격을 받아서 한동안 여기저기 많이 아플 거야."

"안 그래도 진짜 아프다. 아아……."

나리는 입술에 침을 발라가며 신음을 흘렸다. 정말이지, 이게 무슨 난리인지 모르겠다. 바빠 죽겠는데 하필이면 교통사고라니. 택시에서 부딪친 순간이 떠오르자 다시 아찔해졌다.

"올해 진짜 왜 이러냐? 아빠도 그렇고 언니도 그렇고 완전 병원에서 사네, 살아. 시작 한 번 요란하게 하지 정말. 아니지, 아직 구정이 안 왔으니까 마무리라고 봐야 되나? 마무리라면 나을 텐데. 새해를 이렇게 시작하는 건 정말 싫잖아."

"당사자만큼이야 하겠어?"

나리는 지끈거리는 이마를 누르며 중얼거렸다. 유리의 말이 옳았다. 호되게 마무리를 하거나, 새해 신고식을 하거나 둘 중 하나였다. 마치 어느 나라의 신혼부부가 결혼식 날 바가지를 탁 깨뜨리고 시작하는 것처럼.

"넌 직장은 어쩌고 여기 있어."

이쪽 직장도 문제긴 했지만. 나리가 기를 쓰며 목에 힘을 주어 말하자 유리가 어깨를 으쓱했다.

"연락받자마자 반차 쓰고 달려왔지 뭐. 엄만 아버지한테 가 있어야 해서 언니 병실로 옮긴 것만 보고 갔어. 저녁때 다시 온대."

"됐어. 어디 부러진 것도 아닌데 뭐 하러 그래. 아빠 일로도 정신없을 텐데 전화해서 오지 말라 그래."

"역시 장녀의 의식구조야! 장해."

나리는 고개를 설레설레 저었다가 골이 띵 울려서 그만두었다. 그런데도 머리 밑이 울리는 것 같아 이명이 들리나 했더니 그런 게 아니라 휴대폰 진동 소리였다. 안 그래도 회사에 전화도 해야 해서 잘됐지 싶어 유리의 도움을 받아 휴대폰을 손에 쥐었다.

"어, 선배네."

동현의 번호가 찍히고 있어 나리는 받을까 말까 재다가 이마를 한 손으로 누르며 휴대폰을 귀에 댔다.

"응, 선배."

「야, 나리나리개나리, 어제 일 대체 어떻게 된 거야? 그 난리를 쳐놨으면 가타부타 설명이 있어야 할 거 아냐!」

난리는 무슨 난리. 그리고 개나리라 부르지 말라니까.

정력 최고인 동현과 달리 나리는 힘도 나지 않아 다 죽어가는 목소리로 입을 열었다.

"선배, 머리 아파 죽겠으니까 소리 그만 질러. 나 병원이에요. 사고났다구."

「뭐야! 병원언?」

그러나 불행하게도 도리어 귀청이 떨어질 만큼 더 큰 소리가 돌아왔다.

"우리 개나리! 대체 뭐가 어떻게 된 일이야? 봄도 멀었는데 벌써 지는 거야? 왜 이래?"

채 한 시간도 지나지 않아 동현이 병실로 분주하게 들어오며 재미있지도 않은 유머를 날려가며 부산을 떨었다. 마침 유리가 없는 때라 다행이었다. 저렇게 정신없는 선배를 보여줘 봐야 뭐 하나 좋을 것도 없고.

침대를 반쯤 일으켜 기대앉아 창밖을 바라보고 있던 나리가 돌아보며 한숨을 폭 내쉬었다. 폼 잡으며 '마지막 잎새' 흉내 좀 내려고 했더니, 만족하기도 전에 컬트물부터 찍게 생겼다.

"멧돼지 다 팔았으면 빨리 내려가시죠?"

"우리 개나리가 이러고 있는데 내려가지겠어? 어쩌다가 이렇게 된 거야?"

동현이 보호자용 의자를 끌어와 털썩 앉으며 걱정스럽게 물었다. 역시 정 하나는 만빵인 남자라니까. 좀 어수선한 걸 빼면 정말이지 좋은 선배였다.

"택시가 미끄러졌어요. 좀 부딪쳤나 봐요. 그래도 뭐, 괜찮은 거 같아요."

"괜찮긴. 아주 안색이 다 파리한데. 해쓱해진 거 좀 봐. 안 본 사이에 애가 왜 더 말랐냐? 가슴도 더 없어지고."

"후배한테 덕담이라고 하는 말이죠?"

찌릿 노려보자 동현이 키득키득 웃었다.

"미안, 미안. 그나저나 얼마나 병원에 있어야 한대?"

"일단 사나흘 지켜보자고요. 어유, 정말 귀찮아. 나 병원 싫은데."

"병원 좋아하는 사람이 어디 있냐? 지랄 났네. 내일 후배 놈이랑 약속 잡아놨는데 깨지게 생겼잖아."

나리는 지끈거리는 이마를 꾹 눌렀다. 어쩐지 한걸음에 달려온다 싶었더니, 사적인 욕심이 있었던 게다.

"그러니까 그런 거 안 한다고 했잖아요."

"야! 그러니까 생각나는데, 현우 형님 왜 그렇게 분위기가 짙어? 염통이 다 쫄깃해졌잖아!"

나리는 그 부분에 대해선 말하고 싶지 않아서 고개를 쌩 돌렸다.

"몰라요."

"모르긴! 너 때문에 생긴 일인데! 걸 죄다 미주알고주알 흘리다니, 너 언제부터 그렇게 입 가벼운 여자였어?"

"옛날부터요."

"인마! 나만 찍히게 생겼잖아. 그나저나 형님 무섭게 화내던데. 아주 고요한 가운데 더 사람을 잡아요. 이름 좀 가져다 썼다고 성질난 건지, 너한테 쓸데없는 수작 붙였다고 성질난 건지."

나리는 손가락만 내려다보며 묵묵부답이었다. 두 가지 다일 테지만, 자신도 무엇이 더 그를 반응하게 한 건지 궁금하기는 했다. 후자일 거라 기대하고 싶어서, 동현 말대로 염통이 다 쫄깃해 왔다.

"아니, 그렇게 애매하게 반응할 거면 차라리 확 놔주던가. 형님도 대체 무슨 생각인 건지."

겉모습이 저렇게 둔해 보여서 그렇지, 감이 빠른 남자라 동현은 두 사람의 관계를 이미 잘 파악하고 있는 것이었다. 나리가 흰 눈으로 그를 휙 노려보았다.

"확 놔주는 거, 절대 싫거든요?"

동현이 황당하다는 듯 혀를 끌끌 찼다.

"야, 넌 텐션도 모르냐? 그 양반 마음은 누구도 모르는 거니 그렇다 치자. 그 양반만 가지고 있는 애매한 상황이란 것도 있고. 근데 넌 대체 왜 그러냐? 뭐가 확 놔주는 게 싫어? 니가 문제야, 니가 문제!"

동현이 버럭버럭 소리치자 나리가 억울하다는 듯 노려보며 되물었다.

"건 또 무슨 소리예요?"

"넌 어떻게 여자가 되선 그렇게 연애에 대해 아는 게 없냐는 뜻이잖아! 아주 손해 보는 장사를 하려고 작정을 했어요, 그냥! 그렇게 매달리는 태도가 얼마나 남자들 콧대를 높여주는지 알기나 해? 남자란 자고로 그쪽이 더 몰두를 하도록 만들어야 그 사랑을 운명이라고 생각하는 존재라고. 근데 지금 너 하는 짓들이 어떠냐? 니가 남자라면 너처럼 다 퍼주는 여자 좋아하겠어?"

"이 선배가 정말! 퍼주긴 누가 퍼줬다고 그래요, 진짜!"

"감정 퍼주는 건 퍼주는 거 아냐? 남자는 절대 낚은 고기에는 떡밥을 주지 않는 법이다, 엉? 근데 너처럼 일편단심으로 올인 홀릭해서 매달리는 여자한테 뭐 하러 경각심을 갖겠냐? 형님하고 뭔가 진전을 바란다면 차라리 튕겨! 딴 남자 만나서 질투 작전도 써보고! 흥, 콧대도 높여보고! 아유, 속 터져! 그러니까 후배 그놈 만났으면 딱 좋았을 거 아냐! 나리나리개나리 속 터져요, 진짜!"

자기 일처럼 흥분하고 있는 동현의 앞에서 나리는 씁쓸하게 웃으며 중얼거렸다.

"그러게 말이에요. 아주 제대로 바닥을 기고 있는 여자라죠."

정말 그게 방법일까? 후배란 사람을 만나서 질투 작전을 쓰면 그가 넘어올까? 넘어오든 아니든 문제는 그게 아니라는 걸 이 선배는 왜 모르는 걸까. 그는, 아직 준비가 안 된 사람이다. 그런 그를 닦달해서 얻은 사랑에 얼마나 가치가 있을까.

"쯧쯧, 알면 노선 변경해. 사랑을 얻고 싶으면 사랑에서 자유로워져라! 넌 그것도 모르냐?"

명언을 날리는 동현, 정말이지 말만큼 쉬우면 얼마나 좋을까. 질투라. 물론 그게 연인도 아니고 그렇다고 남도 아닌 남녀 관계의 불을 지피는 가장 왕도이고 지름길이긴 하겠지. 질투는 죽도 아니고 밥도 아닌 관계에 일대 혁신을 줄 수 있는 가장 좋은 수단이다. 하지만 잘못하면 죽도 밥도 아닌 재를 만들어 버릴 부작용도 있다는 걸 알아줬으면 싶다.

"바보 선배. 딴 남자 만난 김에 정말 가버리라고 하면, 선배가 책임질래요?"

"어유, 너 그렇게 자신이 없냐? 그런 사랑을 대체 왜 해? 나리

나리개나리, 너 도대체 왜 그래? 설명이 안 되네, 애가?"

"후후, 선배라면 어떻겠어요? 질투 작전이 정말 좋다고 생각해요? 본인도 하겠어요?"

"내가 그런 걸 어케 알아! 난 한 번에 골인해서 결혼한 남자라고! 텐션이고 뭐고, 우리 마누란 그저 나만 보면 하늘이라 생각하고, 나의 이 사내다움에 반해서 완전히 홀라당 발라당. 세상에 아주 사내가 나밖에 없는 줄 알아요. 내가 바로 그 나밖에 모르는 일편단심에 반했다는 거 아니……."

잘났다고 떠들던 동현이 그제야 본인 말의 모순을 깨달았는지, 합! 나리의 눈치를 보며 입을 딱 다물었다. 하하…… 염치없다는 듯 웃고 있는 그에게 나리는 대놓고 내질러 주었다.

"잡은 고기가 어쩌고, 떡밥이 어쩌고, 매달리는 여자에 남자콧대가 어째요?"

"하하……. 뭘 또 다 알면서 지적질하긴. 모순에 말 앞뒤 안 맞기로 유명한 거 다 알면서. 까칠해요, 나리나리개나리. 하, 하하하……. 그나저나 형님은? 연락은 했어?"

하도 흘겨보고 있어 꽤나 민망했는지 동현이 얼른 다른 화제를 꺼냈다. 하지만 꺼낸 화제가 별로 적절한 건 또 못 되었다. 하여간 민폐만 끼치는 선배가 아닐 수 없다.

"안 했어요."

흥! 하며 대답하자 동현이 또 답답하다는 표정을 했다.

"왜? 야, 그래도 인간사가 그게 아니다. 궂은일은 서로 알려야 나중에 서로한테도 좋은 거야."

"누가 몰라요? 그래도 그냥 안 할래요. 그러니까 선배도 하지 마요."

동현이 뭐 이런 물건이 다 있느냐는 듯 물끄러미 쳐다보자 나리가 가뿐하게 웃었다. 물론 자신도 하고 싶었다. 누구보다 이 병실에서 그를 봐서 가장 힘이 날 사람은 자신이다. 다만.

"오늘 그분 기일이잖아요. 그래서 오늘은 그냥, 귀찮게 하고 싶지 않아요. 안 그래도 마음 무거울 텐데 나까지 부담 주고 싶지 않아. 나 엄청 착하죠?"

바보 천치처럼 보이리란 건 알았지만 그래도 웃자 동현이 당연히 혀를 끌끌 찼다.

"정말 사랑 한 번 힘들게도 한다. 하나하나 다 신경 써서 머리 안 터지냐? 너 언제부터 그렇게 소심했어? 무소의 뿔처럼 들이박을 줄 알았더니 것도 아니고. 매달리는 거냐? 것조차도 못하는 거냐?"

흠…… 나리는 고심하듯 턱을 손으로 짚고서 곰곰이 생각해보다가 곧 빙긋 웃었다.

"모르겠어요. 그치만 난 몰라서 더 좋은데."

"건 또 뭐야?"

"그냥, 이 상태가 딱 좋아요. 내가 선택한 사랑의 종류예요. 사람마다 다 입맛도 다르고 취향도 다르잖아요. 그러니까 너무 닦달하지 말아요. 이게 내가 살아가는 방식이니까."

"시름시름 죽어가는 방식이겠지."

"하핫! 사랑하다가 죽어버려라! 멋지잖아요."

동현은 오로지 쯧쯧 혀를 신나게 차주었다. 한참을 아낌없이 비웃음을 퍼부어주다가 손목시계를 보더니 벌떡 일어났다.

"야, 사고날 거면 미리미리 연락 좀 하고 저질러 줘. 약속 있었는데 여기 달려오느라고 늦었잖아. 나 얼른 가봐야 한다."

나리는 큭 웃었다.

"담부턴 꼭 미리 말하고 저지를게요."

"예끼! 장난 한 번 해본 거 갖고. 말이 씨가 되니까 행여나 그런 소리 하지 마. 암튼 몸 잘 추슬러. 내려가기 전에 또 들를게."

"알았어요. 바이바이~"

"그래. 조만간 후배 한 번만 만나보고."

살랑살랑 손을 흔들고 있던 나리는 곧장 손을 휙 내리고는 못 말리겠다는 듯 고개를 저었다. 저 불굴의 진드기 선배가 한 번 마음먹은 일인데 조만간 강제로라도 끌려 나가지 싶었다.

"간다."

"선배!"

몸을 돌려 나가려는 동현을 불러 세웠다. 돌아보는 그를 보며 나리가 엷은 웃음을 지었다.

"난 사랑하기만 해도 괜찮아요."

걱정 말라는 듯, 선배를 안심시켜 주고 싶었다. 말없이 그런 나리를 잠시 쳐다보고 있던 동현이 곧 고개를 끄덕이곤 병실을 나갔다.

　현우에게는 더없이 의미가 있을 날이 서서히 지나가고 있었다. 나리는 차라리 다친 게 다행이라고 생각했다. 어쩌면 이 시간, 상심해 있을 현우에게 자신도 모르게 전화를 걸었을지도 모른다. 이제 그 마음, 좀 덜면 안 되겠느냐고. 그 비어버린 마음에 다른 사람을 받아주면 안 되겠느냐고. 그 사람이 바로 내가 되면 안 되겠느냐고. 진심이 나와 버릴지도 모른다. 그래서 차라리 간섭하지 않고 있으면 그를 이해할 수 있었다. 하지만 그와 통화를 하고, 그의 목소리를 들으면 미련이 일 것 같았다. 아직도 마음에서 못 놓고 있는 그를 느끼며 서운함을 참지 못했을지도.

　"그래도 연락 한 번 해주면 안 되나."

　유리도 들여보내고, 잠깐 들렀던 엄마도 내쫓다시피 해서 보냈다. 오늘 그녀에게 필요한 건 정적이었다. 생각할 수 있는 시간이었다. 때때로 도저히 머리로는 해결되지 않는 문제에 봉착하면 모든 것을 끊어버리고서 고독을 선택하는 게 도움이 될 때도 있다. 이런 가정, 저런 가정, 이런 방향, 저런 방향을 떠올려보며 조용히 정리를 해본다.

　그래도 못내 그와 타인이라는 것이 아쉬워서.

　오늘 같은 날, 절대 윤나리를 떠올리고 있지 않을 그에게 홀로 투정을 하고 있는데 기적처럼 휴대폰의 메시지 음이 울렸다.

확인해 본 순간 그녀의 눈동자가 놀라움으로 커졌다.

「어디야.」

현우였다. 생각지도 못한 메시지에 나리는 휴대폰을 꼭 쥔 채 뚫어지듯 들여다보며 곰곰이 생각에 빠졌다. 저녁 여섯 시, 아마도 퇴근 시각, 혹은 아내에게 가 있을 시각이었다. 아니면 벌써 돌아온 걸까.

그에게서 온 메시지 하나하나 소중하게 간직하고 있다는 걸 그는 알고나 있을까. 아무리 짧은 말이라도 차마 지우지 못하고 보관하고야 마는 이런 마음. 별것 아닌 문자의 배열일 뿐인데도, 그가 직접 선택한 단어이고 음절이라는 것에 의미는 순식간에 커져 버리고 만다.

그리워하고 있던 때라서일까. 그 그리움이 한계에 다다른 때라서일까. 나리는 천천히 휴대폰을 끌어당겨 가슴에 폭 안았다. 병실 창밖으로 눈이 내리고 있었다. 소복소복 쌓이는 하얀 눈이, 그녀에게 선물을 준 것 같았다.

나리는 곧 메시지를 작성해 보냈다.

「집이에요. 오늘 긴 하루였죠? 괜찮아요? 잘, 다녀왔어요?」

그 사람에게 인사를 하고 왔는지. 아니면 아직 가지 않은 건지. 그녀를 기억하는 그의 오늘은 아직 끝나지 않은 건지.

「아니.」

짧은 대답. 그리고 뒤이어 한 번 더 울린 메시지 음.

「아직. 그래서 지금 갈까 해.」

나리의 눈동자가 가라앉았다. 그녀는 입매를 단단히 하고서
메시지를 작성해 보냈다.

「잘 다녀와요. 다음에, 연락 줘요.」

천천히 휴대폰을 내렸다. 갑자기 공간이 확 넓어진 것 같은
느낌. 그만큼 마음의 허전함이 커져서가 아닐까.

이인용 병실은 한쪽 침대가 비어 있어 그녀 혼자 사용하는 것
이나 다름없었다. 똑똑. 그때 들린 노크 소리에 나리는 어느 틈
에 붉어진 눈을 얼른 비비고서 고개를 돌렸다.

"네에."

유리가 다시 온 건가 싶어 대답하자 문이 열렸다. 열리는 문
틈 너머로 천천히 상대방의 모습이 드러나는 순간 나리의 눈동
자가 세차게 흔들렸다.

가끔 바라는 대상에 너무 집착하고 있으면 환청이 보이기도 한다던가. 하지만 그 정도로 정신이 쇠약해진 것도 아닐 텐데, 지금 아주아주 바라는 사람이 눈앞에 서 있었다. 환영이 아니라 실제 그의 체온을 가진 진짜 그 사람이.

들고 있던 휴대폰이 시트 위로 툭 떨어졌다. 믿기지 않는 사람의 출현에 나리의 심장이 쥐어짜듯 뛰기 시작했다. 왜 오늘따라 그를 본 게 기쁘기보다 이렇게도 가슴이 아픈 걸까. 심장이 꽉 조이는 것처럼 아파서, 그의 반듯한 얼굴을 보는 게 견디기가 힘들 정도였다. 슬픔보다 걱정이, 화가 더 묻은 것 같은 그의 표정이.

「집이에요. 오늘 긴 하루였죠? 괜찮아요? 잘, 다녀왔어요?」

「아니. 아직. 그래서 지금 갈까 해.」

그가 한 대답이었다. 다녀왔느냐고 물었던 곳은 다른 장소였는데, 그가 해준 대답은 이 병실을 의미했던 걸까.

달칵, 현우의 등 뒤로 문이 닫혔다. 나리를 똑바로 쳐다보며 안으로 들어선 그가 손만 등 뒤로 돌려 문을 닫았다. 응시하는 시선, 화가 난 사람처럼 무겁게 가라앉아 있었다.

"어떻게……."

그제야 나리가 중얼거리는 순간 그가 천천히 침대 쪽으로 다가왔다. 넋이 나가서 꼼짝도 하지 못하는 그녀를, 멈춰 선 그가 훑어보듯 쳐다보았다. 그리고 계속해서 펴지지 않는 표정으로 입을 열었다.

"너, 왜 이렇게 답답해."

나리의 눈이 크게 떠졌다. 질책하듯 그의 목소리가 나리의 심장을 직접적으로 조이는 것 같다.

"왜 말 안 했어. 이런 일을, 남에게 듣게 하는 거냐?"

눈물이 왈칵 날 뻔했는데.

아, 정말이지 입 싼 딱따구리, 김동현!

선배에 대한 원망도 잠시, 현우를 올려다보는 나리의 눈빛에 의아함이 담겼다. 워낙 차분한 사람이라 알아채지 못했다. 가까이에서야 알 수 있었다. 묘하게 흐트러져 있는 그의 호흡과, 옷매무새까지. 단정한 코트 위엔 금방 녹은 듯 눈의 결정이 액체가 되어 묻어 있었다.

하지만 텅 비어버린 듯 나리는 아무 반응도 하지 못했다. 계속해서 드는 의문. 정말 달려와 준 걸까. 마치 꿈을 꾸는 소녀처럼, 결코 바라지 못할 거라 생각했는데.

오늘이라면 더더욱.

나리는 외면하듯 천천히 고개를 숙였다.

"기일이잖아요. 부담 주고 싶지 않았어요."

그런 생각을 하고야 만 건 그의 탓도 있지 않나? 금을 그어 놓아서, 내 일을 그의 일로 만들지 못하게 한 사람은 바로 그이니까. 보통 때의 평소 시간도 함부로 간섭할 수 없는데, 어떻게 오늘 같은 날 그의 시간을 간섭할 수 있을까. 그렇게 만들었으면서.

"오긴 왜 오고 그래요. 누가 오라고 했나?"

툴툴거리며 쏘듯, 마음과 다른 말들만 흘리는 나리의 옆에서 낮은 현우의 한숨 소리가 흘러들었다. 그리고 그가 천천히 침대 위에 걸터앉았다. 손을 뻗더니 나리의 머리를 쓰윽 쓰다듬으며 말했다.

"아픈 덴."

나리는 불퉁하게 고개를 저었다.

"없어요."

"있는 것 같은데."

"……허리, 그리고 머리."

투정 부리는 아이처럼 나리가 대답하자 현우가 어쩔 수 없는 아이라는 듯 고개를 저으며 웃었다.

"그분한테…… 가는 길 아니었어요? 여기 와달라고 한 적 없어요 뭐. 오지 말라고, 잘 다녀오라고 기껏 어른스럽게 맘 먹고 있었는데 왜 저래, 진짜."

뒷말은 거의 혼잣말처럼 툴툴거리듯 중얼거리자 현우가 쯧쯧 혀를 찼다.

"목적어도 쓰지 않고 잘 다녀왔느냐니, 이상한 아가씨야, 너."

"나 원래 그렇잖아요. 암튼 아직 다녀오지 않았으면 어서 가 봐요. 일부러 연락 안 했는데 괜히 찾아와서 공치사도 못하게 생겼잖아요."

"허리하고 머리, 다른 덴?"

아, 진짜. 사람이 일부러 어른스럽게 조선시대 여인의 인고의 미덕을 흉내 내고 있고만! 나리는 고개를 번쩍 들었다.

"자꾸만 말 돌리지 말아요. 기껏 각오 단단히 하고 있는데 왜 여기서 이러고 있는 거예요?"

"가기 싫어서."

나리의 심장이 흔들렸다.

"......."

"쫓겨나는 기분이라, 걸음이 안 떨어지네."

뭐야, 괜히 기대하게 만들고 진짜.

"쫓아내는 거 맞아요. 아니, 그런 거 아니니까 마음 놓고 가도 된다구요."

남은 심각한데 현우는 싱긋 웃곤 철제 침대의 가장자리를 살짝 쥐었다가 놓았다. 병실을 흘끗 둘러보곤 말했다.

"여기서 자야 하는 건가."

속 편하게 딴소리만 하고 계시는 것이다. 이보세요, 강현우 씨? 정신은 챙겨서 오셨나요?

"편하고 좋죠 뭐."

"혼자서?"

"네?"

"혼자 자야 하냐고."

맥이 탁 풀렸다. 서로의 관점이 한참은 잘못되어 있는 것 같다. 지금 저렇게 이상한 소리나 흘리고 있을 때가 아닐 텐데.

"혼자서도 충분히 잘 수 있어요. 현우 씨가 있어서 더 부담스러우니까……."

"아픈 사람은, 나을 생각만 하면 돼."

중얼중얼 이어지는 나리의 말을 끊고서 현우가 낮게 말했다. 시선이, 잘 떼어지지 않는다. 이상하게도 그녀를 바라보고 있는 지금, 동현에게서 사고 소식을 듣자마자 자신도 모르게 발이 움직여 달려와 버리고 만 지금, 그녀를 지켜보고 있는 이 시선을 떼기가 힘이 든다.

가엾다는 생각, 안됐다는 생각, 아플까 봐 걱정이 이는 마음. 무엇보다도, 이렇게 환자복을 입고 있으면서도 오히려 강현우란 남자의 마음을 생각해서 전화번호 하나 누르지 못했을 그녀의 마음이, 가장 가여워서 눈을 떼기가 힘들었다.

자신에게는 과분한 사람. 너무도 순수하고 올곧고 정직하고도 예쁜 마음을 갖고 있는 사람. 좀 더 행복해져야 하는 사람. 하지만 자신의 옆에 있으면 그 당연한 행복을 누리지 못한다. 오히려 그 행복에 찬물을 끼얹는 사람은 자신이 되고 만다. 그래서 시선을 잘 떼지 못하면서도, 결국엔 붙잡을 수도 없는 사람이기에, 가엾고도 가엾어도 이렇게 먼 거리를 유지할 수밖에 없었다.

사람은 누구나 다 마음에 윤기가 흐르는 삶을 살아야 한다.

그녀에게도 분명 그럴 권리가 있을 텐데 어째서 스스로 팍팍한 현실로 뛰어들려는 걸까. 그녀를 보고 있으면 안타깝고 애틋하고, 자신도 모르게 조바심이 난다. 아직은 변할 때가 되어서는 안 된다고 최면처럼 눌러 가라앉힐 수밖에 없는 자신 옆에서 그녀는 도대체 어떻게 그렇게도 한 가지 색의 눈동자로 오로지 머무를 수 있는 걸까.

외면하고 상처를 주어도 그녀는 예쁘고도 고운 빛으로 자꾸만 그의 시선 안으로 들어와서, 참으로 많이도 모자란 이 남자에게 괜찮다, 괜찮다 상냥하게 말을 건다. 자신도 모르게 그 고운 빛에 뻔뻔하고도 턱없는 욕심을 부리고 싶어지게끔. 정말 그렇게 되면, 이 사랑스럽고 가엾은 사람은 어떻게 하면 좋을까.

"레일을 달리는 기차라도 가끔은 간이역에서 쉬고 싶으니까."

낮게 흘러나온 그의 말에 나리는 잘 알아들을 수 없다는 눈으로 그를 쳐다보았다. 현우는 씁쓸하게 웃으며 손등으로 나리의 뺨을 톡 쳤다. 그래, 나는 지금 너를 보고 있어. 내가 네게 부족한 남자란 것도, 아내에게 가지 않고서 이 자리에 달려왔단 것도, 모든 복잡한 상황은 잠깐 잊고서. 그냥, 너는 지금 아픈 사람이니까. 몸이 아프면 마음도 쉽게 함께 아플 수 있으니까. 달려온 이유는 그저 그것뿐이라고, 지금은 잠시 그냥 그렇게만 생각할게.

"병실은, 역시 싫다."

천천히 중얼거리듯 흘러나온 현우의 상념 짙은 말에 나리는 아무 말도 할 수 없었다. 그에게 병실이 어떤 의미일지 그제야 다시 깨우칠 수 있었다. 달려왔을 때 조금은 흐트러져 있던 호흡과 옷매무새의 이유까지도.

걱정, 해준 걸까. 윤나리란 사람이 그에게 조바심을 주기는 했다는 걸까. 많이 다쳤을까 봐. 혹시라도 무슨 일이 생겼을까 봐…… 걱정하며 달려온 걸까?

하필이면 사고가 난 날이 그의 아내의 기일. 마치 일부러 그의 발걸음을 붙든 것처럼, 혹시라도 천덕꾸러기처럼 인식이 될까 봐 연락조차 하지 못했던 망설임의 결과, 그 결과가 오히려 그의 걸음을 붙든 것으로 이어지리란 걸 상상이나 할 수 있었을까. 그렇다고 단순히 기뻐하고만 있을 수 없는 이 마음의 짐까지도.

'죽은 사람하고는 경쟁할 수도 없어.'

그것이 나리의 마음을 붙드는 상념이었다. 경쟁해도 미안하고, 하지 않아도 미안한 이 마음.

오늘만은 그를 보내주고도 싶고, 또 오늘이라서 그를 보내주고 싶지 않은 욕심 사이에서 방황하고 있었다. 하지만 들리는 건 눈이 오는 소리, 그리고 그가 오는 소리뿐이었기 때문에.

걸터앉아 있던 침대에서 일어난 현우가 창가로 다가갔다. 어지럽게 흩날리는 눈을 바라보는 그의 등을 나리가 또 바라보았다. 마치 그 속으로 그가 사라질 것 같다는 생각이 든 순간 그가 낮게 말했다.

"많이, 걱정했어."

밖은 시린 눈이 내리고 있는데도, 그저 그 흰색의 포근함만 투영되어 마음이 이상하게 포근해졌다. 아마도 그건 그의 말속에 담긴 뜻이 더해진 탓이겠지.

"미안해요……."

"다치지도 말고, 아프지도 말고……."

천천히 말을 흘리는 현우의 미간이 살짝 찡그렸다.

다시 누군가를 걱정하며 가슴에 담아야 한다는 것. 그러나 단지 가슴에 담는 게 아니었다. 내내, 혹시 시드는 것은 아닐까, 아예 물뿌리개를 들고서 그 꽃 앞에서 내내 긴장한 채 서 있어야 했다. 잘 자라겠지, 건강하겠지, 그러니까 그저 예쁘게 핀 꽃을 보기만 하면 돼. 그런 생각을 할 수 있는 사람들과는 달랐다. 조바심을 갖고서, 언제 질지도 모른다고 매 순간 두려워하며, 누군가를 품는다는 건 그에게 있어 한없이 걱정이 느는 것과 같았다.

이미 많은 것을 경험하고 또 잃고 그럼에도 계속 살아가야 하는 그에게 있어, 그녀는 아직 아주 많이 순수하고 여린 꽃봉오리일 뿐이었다. 활짝 꽃잎이 열리기도 전에, 그 꽃봉오리에 햇살과 단비는커녕 어둠과 가뭄만 주게 될까 봐 두려운 마음. 그러니.

"날 위한다면 그것만은 꼭 지켜줘라."

절대, 다치지도 말고 아프지도 말라고.

'아······.'

그것은 정말 순식간이었다. 애틋한 그의 말을 들은 순간, 그 상심 가득한 등과 겹쳐서 들어버린 순간, 나리의 눈동자가 갑자기 젖어들었다. 의도한 것도 아니었고, 생각지도 못한 눈물이었기에 자신조차도 놀라 버리고 말았다. 나리는 얼른 손을 들어 눈을 비벼 눈물을 없애려고 노력했다. 하지만 빨개진 코끝과 짓무른 눈가 때문에, 천천히 고개를 돌린 현우에게 들켜 버리고 말았다. 그의 눈동자가 커지더니 옆으로 다가왔다.

"왜."

아니라고, 별거 아니라고 대답해야 하는데, 눈물이 멈추질 않았다. 상실, 그가 가장 두려워하는 것. 그것도 가장 아픈 사람의 상실. 그냥 그런 생각을 하니까 가슴이 아팠다. 그것은 앞으로 그가 살아가는 동안 계속해서 그를 사로잡을 상념일 터였다. 어쩌면 짙은 두려움. 그것에 휘둘려 살아왔을, 그리고 살아가야 할 그가 그냥 한없이 가여웠다.

현우의 손길이 나리의 머리카락 위에 닿았다.

"왜, 울고 그래."

낮게 위로하는 목소리.

"몰라요. 모르겠어요. 그냥······."

창피해서 얼른 눈물을 닦아보았지만 짓무른 눈가를 자극할수록 말은 안 듣고 왠지 더 터지는 것만 같았다. 어휴, 정말 왜 이래. 나 진짜 왜 이래. 스스로를 구박해 가면서 눈물을 그치려고 하는 그녀의 몸이 갑자기 부드러운 힘에 이끌려 갔다.

살짝 기울어진 그녀의 몸이 닿아 도착한 곳은 현우의 품속이었다. 선 채로, 침대에 앉아 갑자기 질질 짜고 있는 이상한 여자를 그가 위로하듯 폭 안아주었다. 코트를 열어 나리의 몸을 감싸고서 마치 아이 어르듯 품 안에 안은 나리를 천천히 흔들어주다가 곧 꼭 끌어안았다. 그리고 서서히 그녀를 놓았다.

지금 그거…… 한 번만 더 해주세요, 라고 주책스럽게 말하지 않은 걸 자랑으로 여기며, 나리는 쿵쿵 뛰는 심장과 함께 고개를 들었다. 현우가 한쪽 눈썹을 살짝 끌어 올린 더없이 매력적인 표정으로 웃으며 말했다.

"소질이 없는데. 아이 보는 건."

순식간에 울보 아이가 되어버린 나리는 창피해져서 얼른 시선을 돌렸다. 오늘의 그는 정말 짓궂은 것 같다.

동현에게 했던 말.

"난 사랑하기만 해도 괜찮아요."

하지만, 그 말 역시 허세가 아니었을까. 아무리 미사여구를 끌어 모아서 허풍을 떨어봤자 실은, 사람은 여자든 남자든 역시 사랑받아야 행복해지는 게 아닐지.

일방적으로 주기만 하는 것, 베푸는 것 자체로 행복한 것들이 세상엔 분명히 있다. 자비가 그렇고, 타인에 대한 희생정신이 그렇고, 선물도 줄 때가 더 행복할 때가 있다. 사랑 또한 그녀의 말처럼 주는 것만으로도 행복할 수도 있다. 하지만 함께 주고받는 것의 행복은, 주기만 할 때와 비교도 되지 않는다는 걸 그녀는 지금 가까운 거리에서 현우를 바라보며 느끼고 있었다. 그것은 실질적인 욕심의 시작, 바라보는 사랑을 처음으로 소망하게 되었다. 그저 눈이 내리는 날 그가 함께 하늘에서 내려준 것뿐인데.

'보고 싶은 날엔, 그를 보면 된다' 그게 더없이 자연스러운 일이 될 날이 하루씩 성큼 다가오기를, 사랑하는 사람과 병실에서 도란도란 이야기를 나누며 나리는 바라고 있었다.

4편 마음속에 뻥 뚫린 구멍에서
내내 비가 새는데

　대단히 어딘가 고장났기 때문이 아니라 혹시 모를 미연의 사태를 방지하기 위해, 혹은 회복 차원에서 머무르는 병실은 지루했다. 이제 하루만 지나면 퇴원이니 그나마 다행이었지만, 그래도 적막한 병실에서 보내는 시간은 보통 때의 일상보다 훨씬 더 느리게 흘러갔다. 마치 슬로모션 영상 속에서 날개가 커다란 새가 자취를 남기며 서서히 날아가는 걸 카메라가 잡는 느낌, 퍼얼러억, 퍼얼러억, 날갯짓하는 소리까지 모조리 다 들릴 것 같은 느림이었다.

　그날 새벽에야 그가 돌아간 후 나리는 하루 동안 현우를 보지 못했다.

'메시지 보내도 될까?'

중얼거리며, 참을 수 없는 병실의 지루함에 몸서리치며 나리는 휴대폰을 엎치락뒤치락하고 있었다. 물론 메시지쯤이야, 손가락이 멀쩡하니까 광속으로 찍어서 후딱 보내면 된다. 하지만 그가 윤나리의 사고 소식에 달려와 주었다고 해서 드디어 됐어! 홀랑 결론 내리고서 방정을 떨었다가 겨우 보여준 미소마저 사라질까 봐 한편 걱정도 되었다. 그래서 오버를 하지 않는 선에서, 어떻게 하면 적당하게 안부 메시지인 척, 조급해 보이지 않을까 고심했더니 벌써 반나절은 흘러가 있었다. 정말 할 일 없는 여자의 쓸데없는 입원기가 아닐 수 없었다.

'그래. 한 번 아무런 연락도 안 해보는 거야. 나리야, 넌 할 수 있어!'

이것은 바야흐로 새로운 방식의 접근 방법! 두둥! 설명하자면 일종의 부정의 접근방식으로서, 이쪽이 연락하지 않는다는 부정의 방법으로 출발해서 결국 궁금증을 참다못한 그쪽이 먼저 연락을 해오게 만드는 긍정의 결론을 도출해 내는, 바로 그런 코페르니쿠스적인 사고 전환을 기반으로 한 이론이다. 그걸 다른 말로 '택도 없는 이론'이라고 하긴 하지만 아무튼 이제부터 지능전이다! 머리를 쓰기 시작하는 것이다.

괜히 앙큼을 떨었다가 부작용이 생길 수 있다는 우려도 있었지만, 입 싼 딱따구리 김동현 왈, 연애에는 텐션이 중요하다니까. 바로 며칠 전까지는 차마 생각지도 못했던 방법이었다. 이래서 연애란 참 영악한 영역 같다.

그런데…….

"하, 할렐루야……."

놀랍게도 정말 나리의 도전이 황금빛 결실로 맺혔다. 생각지도 못한 메시지가 삐리릭 날아온 것이다. 오후 다섯 시, 현우로부터의 메시지는 이랬다.

「접대 중.」

그의 이름이 찍혀 날아온, 강현우 소인의 메시지란 것에는 정말 기뻤지만, 참으로 뜬금없는 소리이지 않은가. 접대 중이라니, 다른 사람에게 보낼 대답을 윤나리에게 잘못 보낸 건가? '접대 중?'이냐는 물음표 달린 의문형도 아니었다. 하긴, 병실에 누워 있는 사람에게 보내올 적당한 질문은 아니었다. 도대체 정체가 뭐냐고 고민하고 있는데 이어 메시지가 도착했다.

「라운딩 마치고 돌아가는 길. 들러도 될까?」

나리의 입가에 미소가 번졌다. 자신도 모르게 가슴이 부풀었다. 왠지 행복해져서 몸을 마구 꼬며 괜히 시트를 끌어다가 뺨에 비벼댔다. 잘근잘근 씹었다가 다시 액정을 확인하곤 못내 설레었다가, 그 설렘이 또 부끄러워서 시트로 얼굴을 폭 가리며 쿡쿡 웃기를 반복한 끝에, 나리는 통화 버튼을 눌렀다. 그의 목소리가 듣고 싶었다.

"저예요. 나리이."

헤죽헤죽, 자꾸만 요상하게 삐져나오려고 하는 웃음을 깨물며 나리는 엿가락 늘리듯 말끝을 늘렸다.

「검사 결과는 어때.」

"다 정상이에요. 내일이면 벌떡 일어나서 퇴원할 거예요."

「다행이네.」

"네. 회사에도 미안했는데 정말 잘됐어요. 아, 맞아. 접대는 잘했어요? 나이스 샷?"

현우가 황당하다는 듯 옅은 웃음을 흘렸다.

「그래. 나이스 샷.」

나리는 동의해 주는 그의 말이 또 좋아서 헤헤 일색이었다. 별것 아닌데도, 그가 자신의 말 안으로 걸어 들어와 준 것 같다.

「집에 들렀다가, 약 한 시간 정도면 도착할 수 있을 거야.」

물론 기다리던 말이라 좋아 죽겠으면서도 나리는 괜히 한 번 튕겨보았다.

"그치만 피곤하면 굳이 그러지 않아도 돼요. 난 괜찮으니까요. 별로 아픈 곳도 없고. 아 참, 아까 전에 목뒤가 약간, 아주 약간 뻣뻣하긴 했지만 그래도 뭐, 그게 통증 축에도 끼나? 그러니까아 일 안 바쁘면 몰라도, 만약 일부러 시간을 내라는 거라면 정말 안 와도 돼요."

도대체 오란 건지, 오지 말란 건지. 안 그래도 현우가 쿡 웃으며 말했다.

「더 무서워.」

나리도 못내 비시시 웃었다.

「종합해 보니, 안 오면 때리겠다는 소리 같아.」

청아한 하늘색 같은 미소가 떠올려지는 그의 목소리. 저절로 연하게 웃음 짓고 있을 그의 표정이, 그 부드러운 눈매가 생각나서 나리의 얼굴이 홍시 색깔로 달아올랐다.

누군가를 좋아한다는 감정은, 감정이라는 빨간 실공을 한껏 굴리며 놀고 있는 장난꾸러기 고양이의 행패 같다. 말로는 마음 넓은 척, 다 괜찮은 척, 하지만 그 속 안에 품은 마음은 '빨리 와줘요. 만약 약속 어기면 미워할 거야.'

누군가를 좋아하는 마음에 빠지면, 이성이 그만 빨간 실공처럼 휘둘려져서 자각을 찾지 못한다. 창피한 줄도 모르고서 눈에 빤히 보이는 딴소리를 늘어놓고 있다니. 내가 아니라, 그 앙큼한 장난꾸러기 고양이가 내 마음을, 내 머릿속을 마구 조종하는 것만 같다.

"정말 아닌데……."

「그래, 그래. 알았다. 아니라고 해둘게.」

하하, 감이 멀어서 확실하진 않았지만 소리 내어 웃는 웃음소리를 들은 것 같다. 잘못 들은 건가 싶어 휴대폰을 더욱 바짝 귀에 붙이는 그때, 한 남자의 소리 탐사에 열중하고 있는 나리의 병실 문이 벌컥 열렸다.

"언니! 나 왔어! 엄마도 왔어."

"좀 괜찮아?"

소리의 근원을 찾아야 하는데, 아니, 그게 아니라 그와 좀 더 긴 대화를 나누고 싶은데, 이렇게 분위기 좋고 행복하기도 쉽지 않은데, 하필이면 딱 때를 골라 민폐 모녀가 들이닥쳤다. 나리는 미치겠다는 심정으로 휴대폰을 감싸 쥔 채 살짝 몸을 틀었다.

"저기…… 현우 씨. 엄마랑 유리랑 왔는데요……."

소리를 있는 대로 낮춰 말하자 그의 대답이 넘어왔다.

「그래. 곤란한가 보구나. 끊자.」

자신도 모르게 양해를 구하는 어투가 나갔던 모양이었다. 바로 알아주는 센스가 역시 그에게 없을 리 없겠지만, 곧장 통화를 마쳐 주는 그에게 왠지 미안해졌다.

"현…… 에에, 뭐야……."

하지만 이미 통화는 끊겨 있었다. 나리는 대기 화면으로 돌아와 있는 액정을 들여다보고 있다가 곧 두 사람을 돌아보았다.

'진짜, 타이밍도 못 맞춰요.'

투덜거리는 마음이 나가는 걸 보니, 윤나리 나이 헛먹었다. 언니가 걱정되어 찾아온 동생이고, 아버지 간호하다가 달려온 엄마인데. 그래. 달려온 엄마였다. 그런데…… 저건 뭐지?

"그게 다 뭐야? 무슨 짐이 그렇게 많아?"

바리바리 싸 들고 온 짐 보따리가 신경 쓰여 나리가 묻자 엄마가 짐 보따리들을 정리하며 가뿐하게 대답했다.

"마지막 날이잖아. 신경이 쓰여서 그냥 있을 수가 있어야지. 아버지한테 말했으니까 엄마가 오늘 여기서 잘게."

빵빵한 가방들이 풀리자 나오는 건 보호자용 이불과 세면도구 같은 것들이었다. 나리의 눈이 커졌다. 엄마의 모성애 짙은 말씀, 물론 고마웠다. 하지만 그건 현우를 만나지 못한다는 뜻과 같았으니 곧장 사양의 말을 터뜨릴 수밖에 없었다.

"괘, 괜찮아, 엄마. 내가 뭐 애야? 대단히 다친 것도 아닌데 신경은 무슨 신경이 쓰인다고 그래? 이렇게 정상인 사람 옆에서 밤샌다 그러면 사람들이 욕해요. 엄마도 피곤할 테니까 그냥 유리랑 같이 들어가. 혼자 있어도 돼."

제발, 이라는 마음을 꾹꾹 감춰가며 사정했지만 불행하게도, 머피의 법칙인지 뭔지 이렇게 미친 듯이 사양해야 할 이유가 있는 날엔 꼭 상대방의 의지가 더 확고해지곤 하더라.

"피곤하긴 뭐가 피곤해? 맏딸이 교통사고가 나서 입원해 있는데 하루도 같이 못 있어주면 그게 엄마야?"

"그러게. 엄마가 아니라 계모지."

"유리 넌 또 무슨 소릴 하는 거야."

아, 정말 답답해서 속이 터질 것 같다.

"괜찮다니까 진짜?"

"엄마 걱정은 하지 말고 니 몸이나 챙겨, 이것아. 한겨울에 보통 빙판길에서 넘어져도 그 고생이 평생을 가는데, 차 타고 미끄러졌는데 오죽해? 지금은 아무렇지 않은 것 같아도 시간 지나면 꼭 문제 생겨. 그게 여자 몸이야. 물 떠올 테니까 기다려."

그리고 엄마는 더 듣지도 않고서 정수기를 찾아 밖으로 나갔다. 나리는 정말이지 하늘이 무너지는 기분으로 유리를 쳐다보며 징징거림을 토로했다.

"현우 씨 오기로 했단 말이야."

보호자용 의자에 앉아 무심한 얼굴로 껌을 짝짝 씹고 있던 유리가 그녀를 물끄러미 쳐다보며 반문했다.

"근데 그게 뭐?"

나리는 오히려 동생이 황당했다.

"엄마가 잔다잖아. 근데 현우 씨가 어떻게 오냐?"

"왜? 우리 엄마 보기 싫대?"

"그런 문제가 아니라! 넌 머리를 달고 사는 거니, 없고 사는 거니? 현우 씨랑 엄마랑 부딪쳐 봐. 아무래도 인사도 해야 할 테고, 엄마가 이것저것 캐묻기도 할 테고, 현우 씨가 설명도 해야할 테고, 부담 줄 게 당연하잖아."

친구 엄마를 불쑥 만나는 것도 아니고, 말만한 처녀의 모친을 만나는 것인데 현우도 쌈빡하고 '안녕하세요. 처음 뵙겠습니다'라며 팔랑팔랑 인사를 할 수 있을 상황도 아닐 테고, 엄마 역시 '그래요. 놀다 가요~'라며 살랑살랑 손을 흔들어줄 상황도 아닐 것이다. 그래서 그걸 왜 못 파악하느냐는 듯 유리를 다그쳤지만 유리는 풍 콧방귀만 뀔 뿐이었다.

"뭐래? 어유, 또 나왔다. 그놈의 소심병. 그렇게 생각하면 아버지 쓰러졌을 때, 나 막 불렀을 때 말야. 부담스러웠다면 그날도 오지 않았어야 하는 거 아냐? 물론 엄마랑은 부딪치지 않았지만, 자기도 생각이 있으니까 온 거 아니겠냐구."

속 편하니 좋겠다. 이럴 때 껌이나 짝짝 씹으면서 아무 말이나 흘리면 말이라고 다 내뱉을 수 있는 동생은, 정말이지 좋겠다.

"그땐 상황이 달랐지. 급박한 때였잖아. 누구에게 인사드리고 자시고, 누구 부모를 만나고 말고, 그런 걸 따질 상황 아녔어. 그런 거 따지느라 고개 돌려 버릴 만큼 본성이 나쁜 사람도 못되고."

"아, 진짜. 언니 연애하는 거 보면 머리가 터질 거 같아. 그냥 이 기회에 확 소개시켜 버려. 그렇게 생각하면 되겠네. 정말 좋아서, 잊어버리고 살 수 없을 정도로 좋아한다며. 그러니까 엄마한테 막 소개시켜서 나 이 남자 대따 좋아해요~ 선전포고해놓고, 그리고 현우 아저씨 발목도 확 묶어놓고 일석이조네. 나라면 바로 그러겠다. 뭐가 그렇게 복잡해? 뇌 구조 간단한 여자는 어디 무서워서 남자 사귀겠어? 앗! 저쪽 침대에 다른 사람 들어오려나 보다!"

투덜거리던 중에도 비어 있던 옆 침대가 분주해지자 궁금한지 벌떡 일어나서 그쪽으로 가버리는 유리였다. 그런 동생의 등을 바라보며 나리는 반은 부러운 듯, 반은 너 같은 것이 인생을 뭘 알겠냐는 듯 착잡한 눈을 했다.

이 마음을 앞세우며 감정을 강요하는 것만도 그에게는 미안한 일이었다. 허락받은 일도 없고, 허용해 준 일도 없었다. 어쩌면 이제 겨우 무언가가 시작되려 하는 단계. 그 평형 관계를 깨뜨릴 수 있는 여지가 있는 일이라면 그 어떤 일이든 내키지 않았다.

싫어하며 견제하는 사람에게, 이 짙은 마음을 혼자서는 감당하지 못해 강요한 일이 한두 번이 아니었다. 5년이 지난 것도 아니다. 10년이 지난 것도 아니다. 아직 그의 마음속에 오롯이 남아 있을 한 사람에 대한 기억, 추억, 영상, 아픔…….

그런 것까지 모두 끌어안고서, 그의 상심마저 받아들이며 100% 그를 받아들여 주는 사람으로, 그런 성숙한 윤나리가 되고 싶었다. 그런데 아직 그의 대답도 듣지 않고서, 겨우 미소를 보여주는 사람에게 어떻게 이제 그만 혼란스러워하고 결론을 내려달라고 함부로 닦달할 수 있을까.

선택해 달라는 건 기억을 정리하란 뜻이고, 기억을 정리하란 건 그가 살아온 삶의 한 부분을 뭉텅 잘라내라는 뜻일 텐데. 그러고 싶지 않은 건 오히려 그녀 쪽이었다. 모든 걸 확실하게, 깨끗할 정도로 다 경험하고 나서, 모조리 다 아파하고 고통스러워한 후에, 어떻게든 그가 나중에 후회를 남기지 않도록 그 가슴 안의 상처에서 곪은 고름이 다 빠져나오고 죽은피가 다 나온 후

껍질이 덮이고 새살이 나는 그때를 기다리고 있다. 아직 고름이 다 짜지지도 않았는데, 강제로 껍질을 덮어버려 봐야 상처는 그 안에서 다시 곪을 수밖에 없다.

'현우 아저씨 발목도 확 묶어놓고.'

하지만 유리가 했던 말이 떠오르자 정말 좋은 기회일까? 하는 망설임도 못내 또 일고. 생각하던 나리는 곧 휴대폰을 열고서 메시지를 작성해서 보냈다.

「현우 씨, 지금 어디예요?」

오래지 않아 대답이 돌아왔다. 딱 물어본 것만큼의 대답이.

「집.」

음…….

「오늘 엄마가 병실에서 주무실 거라는데, 그냥 허물없이 인사 한 번 오케이?」

웃기고 앉아 있다. 이렇게 메시지를 보낼 수 있는 날은 죽었다 깨나도 오지 않을 거다.

「우리 엄마한테 이 말 한 번 해줄래요? 따님을 저한테 주십시오.」

아, 가상 시뮬레이션하면서 장난하고 있을 때가 아니잖아.

「사실은 엄마가 병실에 있을 건가 봐요. 현우 씨, 와도 괜찮겠어요?」

가장 적당한 메시지였다. 싫으면 완곡하게 거절해 올 테니 그녀도 덜 부담스러운 방법이었다. 하지만 마음은 굴뚝같은 정도가 아니라 굴뚝을 때려 부술 것 같아도 결국 전송 버튼은 누르지 않았다. 나리가 선택한 메시지는 다른 것이었다.

「현우 씨, 오늘 엄마랑 같이 있어야 할 것 같아요. 신경 써줬는데 미안해요. 다음에 봐요.」

늘 바쁜 일상, 현우에게는 변함없는 나날의 일과였다. 일을 하는 것 외에도 그 일을 유지하기 위한 접대와 미팅의 명목으로 여러 종류의 사람을 만나고, 투자설명회를 위해 자주 외국으로도 나가야 하는 등 하루 24시간이 모자란 생활을 하고 있었다. 아내를 보내고서 더더욱 일에 매달린 경향도 있었다.

하지만 현우는 그날 웬일인지 평소와는 다른 하루를 보내고 있었다. 오전의 경영진 미팅을 제외하고는 시급을 요하는 다른 약속들마저 양해를 구해 뒤로 미루고서 내내 사무실 자신의 자리에 앉아 있었다. 규모만도 어마어마한 자동화 시스템의 사무실, 한쪽에 파티션이 된 그의 공간에서, 의자에 등을 기댄 채 조용히 눈을 감고 있었다.

무언가가 계속 신경이 쓰이고 있는데, 그게 무엇인지 희미해서 잘 파악이 되지 않았다. 눈이라도 감고서 평심을 유지하고 있지 않으면 신경줄이 팽팽하게 당겨지는 기분. 사무실로 걸려 오는 전화는 돌려놓았고, 휴대폰도 일부러 진동으로 바꿔놓았다.

분명히 그의 안에서 무언가가 변했다. 아마도 그 시점은 며칠 전 아내의 기일이었던 것 같다. 그날은 아내의 기일이라는 것 외에도 다른 일이 하나 더 있었다. 바로 나리의 사고.

당일에는 이렇게 복닥거리는 마음은 없었다. 오히려 생각은 단순할 정도로 빠르게 작동해서, 아내에게 찾아가는 길을 포기하고서 무작정 병실로 달려갔다. 이쪽으로 가야 할까, 저쪽으로 가야 할까, 두 길을 놓고 잰 일도 없었다. 누군가가 다쳤다는, 아니, 윤나리가 다쳤다는 사실에 가슴이 섬뜩해 오로지 걸음이 그곳으로 빠른 속도로 향했다.

하지만 오늘 그는 굉장히 마음이 복잡했다. 그리고 다시 깨닫고 있었다. 변한 건 아마도 그날 이후인 것 같다고.

자신의 옆에 머물러서는 안 되는 사람, 그래도 계속해서 생각 나는 사람. 그 정도였던 의미가 그날 병원으로 무작정 달려간 것을 기점으로 변해 버린 것 같다. 현우는 쓸쓸하게 웃었다.

변한 것은 아니지.

정확히 말하면 변한 게 아니라, 깨달은 것이다. 실제 자신의 마음이 무엇인지, 놓아줘야 한다고 생각하고 있지만, 사실은 그러고 싶지 않았던 게 아닐까.

"뭘 하자는 건지."

현우는 혀를 끌끌 찼다. 아내를 잊고, 여덟 살의 나이 차이, 한 번 결혼을 한 사람이라는 자신의 상황, 게다가 아직 아내를 온전히 마음에서 보내지도 못한 이런 많은 문제점들을 안고서. 그런데도, 자신은 나리가 사랑스럽고 이따금씩 불쑥불쑥 만지고 싶을 정도로 여자로 보인다는 이유로, 이 관계를 붙잡아야 하는 걸까. 그녀를 정말 아끼고 있다면 그녀를 위해 내릴 수 있는 선택의 방향이라는 것은 그것이 아니지 않을까?

그러나 차라리 그것마저도 과거의 방황이었다. 지금 그는 상처받고 있었다. 그녀가 가족들과 함께 있기 위해 일방적으로 약속을 어긴 것, 약속의 방향을 튼 것. 어린아이처럼 유치한 감정을 말하는 게 아니다. 그것으로 인해 깨닫게 된 가장 중요한 감정. 정말 잃을 수도 있다는.

정말 자신과 어울리지 않는 사람일지도 모른다는, 그녀 가족들에게 자신은 결코 용납받을 수 없는 존재라는 것에 대한 자각, 깨달음.

그래서 현우는 오늘, 자신이 예상한 것보다 더욱 커다란 부피의 상념을 접하고서 그렇게 모든 일에서 손을 놓고 있었다. 자신이 쉽게 손을 놓아버리려 한 존재가 사실은 생각보다 더 커다란 의미로 그의 가슴 안에 자리하고 있었다는 사실을 인정한다는 게, 이상하게도 가슴이 따끔할 정도로 아팠다.

"그만."

마치 스스로에게 스톱 버튼을 누르듯 현우는 생각의 고리들을 떨쳐 내고서 자리에서 일어나 옷걸이에서 코트를 벗겨 걸쳤다. 곧장 본사를 나가 오후 두 시부터 여섯 시까지 미리 잡혀 있던 스케줄대로 각 영업소와 대리점을 둘러보았다. 모두 마쳤을 때는 여섯 시를 넘어가는 시간. 하지만 잠시도 쉬지 못하고서 그는 두 번째 약속이 잡혀 있는 호텔 라운지로 직행했다. 머릿속을 온통 붙들고 있는 상념에서, 지금의 그는 단지 벗어나고 싶었다. 아마도 그건, 그만큼 무겁게 달라붙어 있었다는 말의 반증이겠지.

　오랫만에 다시 보는 두 사람을 만나기 위해 라운지에 들어서기 전 현우는 실크 타이의 매듭을 살짝 만지며 시간 체크를 했다. 좀 빡빡한 시간 진행이었는데 다행히 늦지는 않은 것 같다.

　균형 잡힌 장신의 체격, 불필요한 군살이 없어 마른 듯도 느껴지지만 또 탄탄하게 잘 그려져 있어 더없이 남성적인 체격의 현우가 들어서자 라운지 내 여인들의 시선이 집중되었다. 연필선으로 그려놓은 듯 부드럽고 섬세한 이목구비와 까만 먹물처럼 짙고도 은은한 눈동자가 특히 타인의 시선을 확 끄는 것이었다. 그러나 현우는 그 시선에 전혀 구애받지 않은 채 곧장 약속 상대를 찾아 걸어갔다. 이란성 쌍둥이, 아내의 기일에 맞춰 1년 만에 한국으로 넘어온 그녀의 동생들이었다.

　처제와 처남, 스물아홉의 두 사람은 쌍둥이라고는 해도 성별이 다른 것을 필두로 성격도, 취미도, 관심사까지 극단적이라고 할 정도로 일치되지 않았다. 한 사람은 게임 개발 분야에서 일하고 있고, 한 사람은 단편영화를 제작해 작품을 영화제에 출품하는 등 꾸준한 노력으로 조금씩 이름을 일구고 있었다. 1분 늦게 태어난 여동생 준은 게임 개발자, 1분이라는 시간 차이로 오빠가 된 준희는 미래의 영화감독이다. 둘 다 일본으로 넘어가 학업과 실제 작업을 동시에 병행하고 있었다.

호리호리한 체구에 자유분방한 옷차림, 타고난 하얀 얼굴에 새까맣고 예쁜 눈동자, 빈티지 스타일로 이것저것 겹쳐 입은 개성적인 차림새에 어디에서 구입한 건지 모를 기묘한 모양의 뿔테 안경을 쓰고 있어 더 눈에 띄는 준이 현우를 발견하곤 활기차게 웃으며 손을 흔들었다.

"형부!"

아내와 닮은 생김이었다. 하지만 그의 아내는 저런 요란한 차림을 치를 떨 정도로 싫어했다. 클래식한 정장을 선호하는 그녀에게 난해한 준의 차림새는 늘 골칫거리였다. 모자, 혹은 요상한 헤어밴드, 혹은 저런 뿔테 안경, 혹은 무차별적인 디자인의 선글라스 등이 단골 메뉴였다. 옷도 단정하게 입는 법이 없이 여러 개를 주렁주렁 겹쳐 입어, 마치 그녀의 정신 세계를 표현하고 있는 것처럼 난해하고 비상식적인 느낌이었다. 늘 그 이해할 수 없는 패션 아이템들로 외모를 가리고 있어 생김새가 잘 드러나지 않았지만 준은 미인이었다. 1년 전보다 더 성숙해졌고, 하지만 그만큼 더 자유로운 영혼이 된 것 같아 현우를 조금

난감하게 했다.

"오랜만이네."

현우가 앞에 앉자 준이 양손으로 턱을 받치곤 싱긋 웃었다. 무척 어울리게도 톡 쏘는 탄산음료를 마시고 있었다. 뭐가 그렇게 좋은지 샐샐 웃다가 턱에서 손을 치우더니 앉은 채 고개를 푹 숙였다.

"오히사시브리데스으(おひさしぶりです)!"

살갑게 인사를 하고서 고개를 드는 그녀를 보는 현우의 눈썹이 찌푸려졌다.

"한국 말."

"하이하이."

못 말리겠다는 듯 현우가 고개를 저었다.

"준희는?"

"바빠요, 그 녀석. 뭘 하고 돌아다니는지 여기 와선 얼굴도 못 봐요."

오빠라고 하지만 1분 차이라 대수롭게 생각하지 않는 준이었다. 물론 그런 것에 구애될 그녀의 성격도 아니었고. 그래서 언제는 오빠, 언제는 준희, 내키는 대로 멋대로 불렀다.

"나 밥 사줄 거죠?"

처제와 형부가 되기 이전부터 알고 또 가깝게 지내던 사이라 형부니 처제니 하는 호칭이 더 부자연스러웠다. 현우가 고개를 끄덕이며 물었다.

"호텔은 지낼 만하고?"

"그렇죠 뭐. 곧 이모네 집으로 들어갈 생각이에요. 바닥을 기는 게임 개발자랑 영감만 살아 있지 죽 쑤느라 정신없는 가난뱅이 영화감독은 돈이 없거든요, 오카네(おかね), 카네, 카네가 늘 문제죠."

현우는 큭 웃곤 코트 안주머니에서 카드키와 열쇠를 꺼내주었다.

"준희 녀석한테 전해. 갈 데 없으면 와 있으라고."

"오우, 이거 형부 집 거? 나도 가도 되는 거예요?"

"넌 안 돼."

"아, 왜요! 내가 여자라서? 너무 매력적이라서 혹시 부적절한 관계라도 생길까 봐 그러는 거예요?"

머릿속을 긁어대며 여자의 매력을 외치고 있는 신기한 처자를 쳐다보며 현우는 끌끌 혀를 찼다. 매몰차게 이유를 설명했다.

"벼룩을 사육하는 인간과는 논할 문제가 아니야."

"히잉. 좀 깨끗해졌는데요?"

준이 불만 가득한 얼굴로 사정했다. 그래도 전혀 기분 나빠하지 않고서 애걸만 하는 폼이, 본인이 벼룩을 사육하는 인간에 비유된 것에는 그 어떤 반감도 없는 듯. 워낙 시체처럼 사는 아가씨였다. 활달할 때는 더없이 활달한데 한 번 일에 빠지면 도통 옆을 돌아보지 않았다. 그뿐이면 다행이었지만 자신조차도 돌아보지 않으니, 머리는 한 달은 안 감아 이가 생겼다고 해도 이상하지 않을 지경이고, 옷도 갈아입지 않아 벼룩이 날뛴다 해도 자연스러울 꼴이었다.

"언제 돌아가지?"

잠시 후, 따뜻한 향기가 나는 커피 잔을 내려놓으며 현우가 문자 준은 셈을 해보더니 말했다.

"잘 모르겠어요. 언니 기일도 그렇지만 단편영화제 때문에 작정하고 온 거니까 료카가 가야겠다고 해야 넘어가죠."

"료카는 또 뭐야."

"준희가 그렇게 부르래요."

"흠……. 준희는 그렇다 치고."

"료카라니까요?"

"그래, 준희."

"못 말려."

"그럼 그동안 넌 뭘 할 건데."

"내가 뭐 할 일 없어서 노는 사람이에요? 늘 노는 사람이지, 하핫. 휴가 동안 미친 듯이 게임이나 해대는 거죠 뭐. 참, 그나 저나 그날 왜 안 오셨어요? 바빴어요? 형부, 커피 한 스푼만."

질문을 하는 와중에도 분주하게 현우의 커피를 한 스푼 덜어 가선 자신의 탄산음료에 커피를 섞는 것이다. 그리고 휘휘 저어 선 맛을 보는 행패까지 부리고 있었다. 참 봐주기 힘든 광경에 현우의 짙은 눈썹이 저절로 찌푸려졌다.

"뭐 하는 거냐."

"커피도 카페인, 탄산음료도 카페인, 악의 끝을 시험해 보고 있는 거예요. 웨엑, 괜히 시험했네."

현우는 이 남매만 보면 저절로 손이 움직여 관자놀이로 갔다. 앞으로도 아마 이런 일이 계속될 것이다. 두 남매가 떠나기 전까지는 내내.

"얼른 네 방에 돌아가서 게임이나 하는 게 좋겠다."

"근데 그날 형부 안 와서 료카 좀 삐친 거 같았어요. 나도 뭐, 솔직히 다르진 않지만."

준의 은근한 질타 섞인 말에 현우는 표정 없이 웃었다. 남매로서는 충분히 나올 수 있는 말이었다. 그리고 현우 본인도 그렇게 생각하고 있었다. 조용히 자신에게 말하듯 중얼거렸다.

"그럴 테지."

2년도 채 지나지 않았다. 두 번째 맞는 기일도 지키지 못하다니, 낭패였다. 준희가 화를 내고 있든, 준이 왜 그랬는지 물어보고 있든, 중요한 건 그게 아니었다. 자기 자신의 문제였다. 본인이 그녀에게 미안한…… 그럼에도 채 질서가 잡히지 않는 마음의 문제.

다시 돌아간다고 해도, 윤나리가 다쳐서 병원에 입원해 있다는 소식을 들었다면 그는 또 달려갔을 것이다. 이런데도 막상 연애 감정은 아니라고 마음의 문을 닫고 있는 척해야 한다니, 우스운 일이 아닐 수 없었다. 결국 보호받는 건 자기 자신 한 사람뿐이었다. 그렇더라도, 나리에게는 아직 더 선택의 여유를 주어야 했다. 기다리는 건 어쩌면 자신 쪽인지도 몰랐다.

현우는 씁쓸하게 웃으며 중얼거렸다.

"어떻게든 살아가진다는 것이, 참 기분 나쁘다."

준이 고개를 갸웃했다.

"무슨 뜻이에요?"

"시력이, 점점 나빠지고 있는 것 같아."

눈을 가늘게 뜨고서, 계속해서 의미를 알 수 없는 말을 흘리는 그를 보며 준은 또 고개를 갸웃했다.

아직은 더 추억하고 싶은 사람이 있다. 방해를 받지 않고서, 그녀를 기억하는 고요한 시간을, 할 수 있다면 더 늘리고 싶다. 슬픔이나 고통, 그런 것은 그녀의 투병을 지켜보면서 더 아플 수 없을 정도로 충분히 겪었다. 오히려 사후에는 똑바로 눈을 뜨고서 그녀와의 행복한 기억만을 추억할 수 있게 되었다. 그래서 그녀를 보내는 마지막 날에도, 그렇게 좋았던 날만을 생각하며 즐거운 추억들을 하나하나 되밟을 수 있었다. 오히려 아파하는 것으로 하루하루를 견디며 그녀의 옆을 지킬 때보다 똑바른 눈을 할 수 있었는데, 언제부터인가 그 눈앞이 흐려지고 있는 것 같다. 무언가에 자꾸만 시선이 흐트러져, 앞만 쳐다보던 시선이 가끔 옆으로 돌려질 때가 많다.

시력이 나빠졌다고 생각할밖에.

"안경 쓰세요. 형분 외모가 샤프해서 잘 어울릴 것 같은데."

준의 말에 현우가 쯧 혀를 찼다.

"네 얼굴 위에 있는 그런 걸 써야 한다면 사양이다."

"개성시대라구요. 암튼 잠깐 덜컥했었어요. 형부 매력적이니까 벌써 좋은 사람이 생긴 건 아닐까. 여자들도 눈이 있는데 형부를 그냥 두겠어요? 만약 그런 거면 우리 언니 너무 가엾잖아요."

현우는 씁쓸하게 웃었다. 그렇다고도, 아니라고도 말할 수 없는 복잡한 상황. 마음의 방황 같은 게 절대 아니라고 단정할 수 없는 자신이 아내에게 죄인 같다. 가여운 사람…… 그래. 그런 것일 테지.

"아무리 언니가 비운의 여주인공인 척하면서 빨리 다른 사람 만나라는 개코 멋지지도 않은 유언을 남겼다지만, 난 형부가 조금만 더 언니를 기억해 줬음 좋겠어요. 나도 아직, 형부가 내 형부만이기를 바라구…… 언니가 얼마나 형부를 사랑했는지 아니까."

쓸쓸한 얼굴로 아내를 추억하고 있는 준을 현우는 그저 조용히 쳐다보았다.

"이거, 너무 큰 욕심 아니죠?"

"욕심이다."

냉정하게 말하곤 엷게 웃는 현우를 준이 흰 눈으로 노려보았다.

"어유, 형부랑 말을 말아야지. 공연히 배만 더 고프네. 나 얼

마음속에 뻥 뚫린 구멍에서 내내 비가 새는데  125

른 밥 좀 사줘요. 배고파 죽겠어요. 뭐 사줄 거예요? 최고로 맛있는 거? 아니면 최고로 비싼 거?"

"싸고 안 팔리는 거."

웃으며 대답하는데 현우의 휴대폰이 진동했다.

"실례."

오늘 하루 동안 의식에서 정지시켜 놓았던 기계였다. 준을 만났기에 마음이 조금 풀어져 휴대폰도 다시 인식할 수 있었다. 진동하고 있는 기계를 꺼내보니 전화는 아니고 메시지였다. 별다른 생각 없이 메시지를 확인해 보던 현우의 눈이 커졌다.

「많이 바쁜가 봐요. 문자도 못 본 건 아닐까 몰라. 암튼 별일 없음 기다리고 있을게요.」

나리의 메시지. 그것을 똑바로 내려다보고 있는 현우의 표정은 굳은 채 움직일 줄 몰랐다. 그 의미를 깨닫는 순간, 아무도 없는 추운 거리에서 그래도 애써 아무렇지 않은 척 혼자 그 메시지를 보냈을 그녀의 모습을, 말간 눈동자를, 뽀얗게 흩어져 나오고 있을 입김을 떠올리는 순간 현우의 눈동자가 서서히 아련해졌다.

"얘는 대체 뭘 먹고 돌아다니는 거야? 꼭 오겠다고 약속했으면서 늘 이렇다니까."

투덜거리고 있는 준의 목소리가 귓바퀴를 돌아 아무렇게나 흩어졌다. 옆에 누군가가 앉아 있다는 것도 일시에 잊어버리고 말았다. 현우는 다급한 손놀림으로 확인하지 않은 메시지를 더 찾아보았다. 여러 군데의 일 관계 사람들, 친구의 연락들, 그리고 그녀의 메시지가 그 안에 섞여 있었다.

「퇴원 완료. 내일부터 그동안 못한 일 해야 하니까 오늘은 나랑 놀아주면 안 돼요? 자작 퇴원 파티 준비해서 현우 씨 집 앞에서 기다릴게요.」

메시지가 온 시간은 여섯 시였다. 굳어 있던 현우의 표정이 깨지고, 눈동자가 세차게 흔들리고 있었다. 투덜거리는 준의 목소리가 점점 멀어져 갔다.

"여기 말고 다른 데 가요. 뭐 먹을까? 뭘 먹어야 그 녀석 눈이 홀딱 뒤집혀져서 약속 어긴 걸 후회하게 만들어…… 형부?"

홀로 떠들고 있던 준은 갑자기 일어나는 현우를 갸웃하는 눈으로 쳐다보았다. 무엇보다, 뭔가 마음에 들지 않는 게 있는 듯 확연히 찌푸려진 그의 미간이 의문스러웠다.

"왜 그래요, 형부? 무슨 일 있어요?"

"오늘은, 안 되겠다. 나중에 연락할게."

아주 큰일이 아니면 통화 버튼을 잘 누르지 못하는 여자가 하나 있다. 늘 문자로만 보내놓고서, 만약 시간이 엇갈리면 그래도 어쩔 수 없는 일이라고, 눈동자는 쓸쓸해하면서도 입술은 끝

끝내 웃음을 짓는 바보 같은 여자가…….

그래도 안 된다고, 그녀에게 나는 안 된다고 외면하고 또 외면하다가, 그 외면의 가시에 그녀뿐 아니라 자신마저 찔려 버리고 만, 언제나 아프게만 한 사람이 하나 있었다.

이렇게 그녀 혼자 바라고 정하고서 홀로 돌아서게 한 약속이 처음 있는 일도 아니었다. 일 때문에 지키지 못한 경우도 있었고, 지금처럼 메시지를 확인 못해 본의 아니게 무시하게 된 경우도 있었고, 일부러 그 거리를 유지하고자 의식적으로 깨뜨린 약속도 있었다. 매몰찬 말로 거절을 하면, 그녀는 언젠가 혼자 스키장을 갔던 때처럼 아무 일도 없었다는 듯 자신의 할 일을 하고, 또 그에게 다시 돌아오곤 했다. 밖에서 뛰어놀다가도 해가 지면 언제나 집으로 돌아오는 장난꾸러기 아이처럼. 괜찮다는 듯 생글생글 웃으며, 언제나, 언제나.

"뭐야, 형부. 완전 치사해요. 밥 사준다고 했으면서."

"다음에."

준의 손등을 톡톡 두드려 주곤 현우는 돌아섰다. 몇 걸음 정상적인 속도로 움직이던 발걸음이 점차 빨라졌다.

'윤나리, 너는 정말이지.'

또 몇 시간이나 기다릴 생각인지. 항상 차가운 바람만 세고 또 세다가 홀로 돌아서더라도, 어깨를 짚어 돌려보면 또 애써 웃어 보일 그녀이기에.

넌 항상…… 그렇다.

하지만 그렇게 웃지 마라.

속없는 사람처럼 생글생글 웃어도, 그 미소에 얼마나 눈물이 묻어 있었는지 비로소 알 것 같았다.


"케이크 하나, 작은 와인 한 병. 초는 한 개, 두 개, 세 개……."

나리는 벌써부터 세고 또 센 초의 개수를 또 한 번 세어보았다. 총 다섯 개, 사실 세고 말고 할 것도 없었다. 다섯 개인 이유는, 유치할지 모르지만 입원한 날수만큼과 또 병원 탈출 축하 기념으로 하나를 더했다.

"한 천 개 달랠 걸 그랬나?"

그럼 덜 지루했을 텐데.

대문 앞에 쪼그리고 앉아 벌써 두 시간 이상을 기다리고 있었다. 하필이면 겨울일 건 또 뭐람. 루돌프 사슴 코 저리 가라일 정도로 추위 때문에 코끝은 빨개졌고, 따뜻한 장갑을 끼고 있어도 손가락 끝이 자꾸만 시렸다. 호호, 입김을 불어가며 목도리를 칭칭 감아 바람이 들어오는 공간을 막았다.

'이렇게 불쌍하게 있으면 제법 성냥팔이 소녀 같으려나?'

안데르센님께서도 이미 설파하시었듯, 가여운 성냥팔이 소녀처럼 앉아 있으면 아무리 그래도 동정심이 생기거나 혹은 정성이 갸륵하다 생각해 반갑게 맞아줄지도 모른다. 하지만 메시지를 두 번이나 보냈는데도 아직 연락도 없고 또 나타날 기미는 더욱 없는 것 같으니 역시 오늘도.

"바람맞는 거지."

시니컬하게 중얼거렸다가 힘 빠져 있는 자신을 보는 게 싫어서 으샤! 기운을 냈다.

"뭐, 한두 번이었나?"

그의 의견은 물어보지도 않고서 제멋대로 정한 약속이니 할 말도 없었다. 적어도 '나 오늘 여기서 기다릴 거예요? 그러니까 꼭 알고 있으라구요, 알았죠? 제대로 들었어요? 나 기다립니다! 꼼짝도 안 하고 기다립니다! 추운데도 끝까지 기다립니다!' 그렇게 확인에 확인을 거듭하고 난 후에 기다렸으면 약속 어긴 거라고 신나게 욕이라도 해주는데 말이지.

하지만 말해봐야 바쁘다고 할 확률이 50% 이상이었기에, 눈 딱 감고 다트 판을 돌려 화살을 던지듯 도전을 해보는 것이다. 말인즉, '물어보지 않고 일단 내 멋대로 약속 정해놓고 기다리고 보자' 작전!

운 좋으면 만날 수 있는 거고, 아니면 마는 거고. 어차피 함께 지내고 싶은 날이라거나 꼭 그가 필요한 날이라거나, 그런 날만 쓰는 비기였기 때문에 손해 볼 건 없었다. 하지만 앞으로는 이렇게 추운 날엔 좀 재고를 해볼 필요성이 있는 작전 같다.

"아, 또 바람이네. 버림인지, 바람인지."

툴툴거리며 휴대폰의 시간을 다시 한 번 확인해 보았다. 여덟 시, 이건 일부러 안 오는 것 아니면 못 오는 것 둘 중 하나였다. 메시지를 확인했다면 전자일 것이고, 확인했어도 전자일 수 있고, 확인하지 않았다면 겨우 후자의 가능성.

33.3333%의 긍정에 목을 매달고 있는 사랑이라니.

나리는 씁쓸하게 웃으며 초 하나를 양손으로 맞잡아 시선 높이에서 멈췄다.

"윤나리의 퇴원을 축하합니다아!"

불도 붙이지 않은 초를 마임을 하듯 혼자 힘껏 불어 후우 끄고는 내내 지키고 앉았던 대문 한쪽의 구석 자리에서 일어났다.

"자아, 오늘도 최선을 다했으니까 이제는 그만 포기하고 집으로 돌아가 보자."

돌아갈 생각으로 숨어 있던 공간에서 타박타박 걸어나와 몸을 돌리는 순간 그녀의 앞쪽에서 엔진 소리가 정지했다. 천천히 나리의 몸이 정지하고 고개가 들렸다. 겨울이라 해가 짧았다. 그래서 이미 어두워진 주위를 밝히며 차가 정지한 순간, 헤드라이트 빛이 따가워 나리는 손바닥을 펼쳐 눈을 가렸다. 차 문이 열리는 소리와 함께 차의 주인이 안에서 내려섰다. 현우의 차라는 건 이미 알고 있었다. 내린 사람이 현우라는 것도. 빛 때문에 반사되어 장신의 실루엣만 확인할 수 있을 뿐 그의 모습이 잘 보이지 않았다. 다만, 왠지 짙어 보이는 분위기로 짐작하건대, 역시 화난 걸까?

"음……."

묘한 소리를 흘려가며, 나리는 앞으로 뭐라고 잘 변명해야 덜

궁상맞아 보일까, 살짝 고민을 하며 현우를 바라보았다. 마주 선 현우의 시선이 찬찬히 나리를 훑었다. 손에 들린 작은 초 하나에 닿자 그의 눈동자가 정지했다. 그 시선을 의식한 순간 나리는 얼른 초를 들어 보이며 빙긋 웃었다.

"때앵! 시간 초과! 퇴원 축하 끝났어요."

아무렇지 않다는 듯 초를 까딱까딱 흔들어 보이며 웃고 있는 것이다.

너는 대체…….

웃고 있는데도 현우의 기분은 제멋대로 뒤틀렸다. 왜일까. 그 미소가 보기 싫다고 생각한 순간 현우는 성큼성큼 걸어갔다. 그리고 손에 닿자마자 나리의 몸을 확 당겨, 마치 질책하듯 세게 와락 끌어안아 버렸다.


언제나 그 사람의 체온이 닿기를 소망했었다. 마치 시베리아 어느 한구석에 사는 사람처럼 늘 추위를 느끼며 그의 따뜻한 체온을 직접 몸으로 느끼기를 갈구했었다. 만약 그렇게만 된다면, 마치 눈 오는 날 빨간 장화를 신고서 방방 뛰며 좋아하는 아이처럼, 추위로 볼이 빨개진 채로도 너무너무 행복해서 마냥 행복할 것 같았다.

'무슨…….'

하지만 막상 그 순간이 되고 보니 행복은커녕 심장부터 멈춰서 사고가 일시에 굳었다. 눈동자가 정지한 채 딸려간 그녀의 몸이 현우의 품 안으로 사라졌다. 아플 정도로 꽉 눌려진 몸 때문에 손에서 힘이 풀려 버려 들고 있던 초가 차가운 바닥으로 맥없이 툭, 떨어졌다. 나리의 몸이 긴장으로 점점 더 굳었다. 하지만 그 순간 현우의 신경을 온통 갉아먹어 더욱 힘껏 끌어안아 버리게 만드는 건 다른 이유였다.

온통 식어버려 한없이 내려간 나리의 체온. 그런데도 생글생글 웃고 있는 그녀가 진심으로, 미웠다.

"때앵! 시간 초과! 퇴원 축하 끝났어요."

단지 그 말을 했을 뿐인데, 그 웃고 있는 얼굴이 참 야속하리만치 아리게 다가와서, 갑작스럽게 나리를 끌어안았던 현우는 한참 후에야 그녀를 놓아주었다. 나리는 떨리는 눈으로 그를 올려다보아야 했다. 의미를 알 수 없는 행동에 놀란 눈빛, 현우는 손을 뻗어 그런 나리의 눈을 덮듯이 지나가 이마를 살짝 쓸어주었다. 그녀의 머리카락마다 묻어 있는 찬 기운을 다독이기라도 하듯.

아무런 말도 없었다. 두 사람 사이에 심각할 정도의 정적이 일었다. 현우가 코트 위에 두른 머플러를 풀어 나리의 목도리 위에 한 번 더 감아주었다. 입술을 굳게 닫은 채 가만히 머플러를 둘러주고, 입고 있던 코트까지 벗어서 나리의 어깨를 감싸주었다. 문득 뺨 위로 아주 차가운 게 닿았다고 생각했을 때 나리는 고개를 젖혀 하늘을 올려다보았다.

눈의 결정이었다.

소리도 없이, 눈이 내리고 있었다. 언젠가 눈과 함께 그가 찾아와 준 적이 있었다. 아마 오늘도 그런 것일까?

"눈이 와요, 현우 씨. 진짜 예쁘죠?"

까만 하늘에 점점이 떨어지는 눈의 결정을 올려다보는 나리의 옆모습, 현우의 시선이 응시하듯 아련하게 그녀의 옆얼굴에 닿아 있었다.

"현우 씬 안 예뻐요? 난 예쁜데."

"그래, 예쁘다."

현우의 눈가에 잔잔한 미소가 돌았다. 그렇죠? 하며 나리가 다시 시선을 내렸다. 그리고 현우를 찾아 고개를 돌리자 그가 갑자기 나리의 눈앞으로 손을 내밀었다.

"가자. 바래다줄게."

따뜻해 보이는 커다란 손. 하지만 함께 있자는 말이 아니라 가자는 것이라서 나리는 막상 그 손을 잡고 싶지 않아 가만히 들여다보기만 했다. 좀 더 함께 있으면 좋을 텐데, 그러나 그의 표정이 왠지 평소와 달리 다소 아련해 보여서 주책맞게 크게 웃으며 더 있고 싶다고 투정을 부릴 수도 없었다. 웃고 있는데도, 아니, 웃고 있기에 더 그런 걸까. 그 검은 눈동자에 애상이 담겨 있는 것 같다는, 이상하게도 그런 느낌이 들었다.

"알았어요. 가요."

나리는 고개를 끄덕이며 돌아섰다. 하지만 그의 손은 잡지 않았다. 바래다주는 그의 손은 별로 좋지 않았다. 그것은 일종의 나리가 선택한 반항이었다. 하지만 돌아서는 순간 그녀의 몸이 멈칫했다. 현우가 손을 뻗어 나리의 손을 부드럽게 쥐고 있었다.

정말, 반항도 못하게 해.

그런 눈으로 흘끗 쳐다보자 현우가 다정하게 웃었다. 따뜻하게 와 닿는 미소였다. 하지만 역시 왠지 불안하다. 그 갑작스러운 포옹도 그렇고……. 왜일까, 무슨 이유가 있는 걸까.

생각에 빠져 느리게 걸음을 옮기고 있는 나리의 손을 끌어 차로 걸어가면서 현우가 문득 말했다.

"처남이랑 처제가 있어. 오늘 두 사람 만났다."

순간 나리의 걸음이 멈칫했다. 서서히 속도를 줄인 그녀가 현우를 물끄러미 쳐다보았다.

"……네?"

생각지도 못한 말에 나리의 머릿속이 복잡해졌다. 갑자기 그건 무슨 말일까? 그리고 굳이 지금 그 말을 꺼내는 이유는 무엇일까. 혹시 내내 그가 짓고 있던 그 표정과 어떤 연관 관계가 있는 걸까? 짧은 동안에도 참으로 많은 의문이 나리의 머릿속에서 복닥거렸다.

현우의 시선이 잠시 흩날리고 있는 눈을 응시하다가 천천히 돌려져 나리에게 향했다.

"일본에서 며칠 전에 귀국했거든. 당분간, 내가 돌봐줘야 할 거야, 아마도."

물론 충분히 그럴 만한 관계였고 있을 수 있는 일이었다. 하지만 아직도 그가 말하는 의도를 잘 파악하지 못하겠어서, 나리는 고개를 살짝 반대편으로 기울였다.

"돌봐줘야…… 한다구요?"

현우가 천천히 고개를 끄덕였다.

"처남이란 녀석은 이 집에서 살 수도 있고."

"……."

그저 조용히 현우를 응시하기만 하고 있는 나리의 눈을 똑바로 쳐다보며 현우가 낮게 말을 이었다.

"그러니까 넌……."

"알았어요."

현우의 입술이 멈칫했다. 그는 자신의 말을 막으면서까지 섣부른 느낌의 대답을 하는 나리를 조용히 쳐다보며 입을 열었다.

"뭐가, 알았다는 거지?"

조바심이 나는 순간 현우의 마음이 어두운 색으로 물들었다. 화가 난 듯 그의 표정이 딱딱해졌다. 일고 있는 좋지 않은 예감, 그리고 마치 그것이 눈앞에서 증명되기라도 하듯 실제로 일어난 순간 현우의 눈썹이 찌푸려졌다. 나리의 손이 천천히 현우에게서 떨어져 나가고 있었다. 체온이 완전히 멀어지자 현우는 자신의 빈손을 잠시 내려다보았다가 곧 눈을 들어 나리를 쳐다보았다. 그러나 나리는 현우의 시선을 피하고 있었다. 또 그런 미소. 입술은 웃고 있는데도 눈은 젖어 있는 것 같은 서글픈 웃음기를 담고서 그녀가 말했다.

"안 그래도 나도 바빴어요. 정말 할 일이 산더미처럼 쌓였거든요."

그녀가 무슨 말을 하는 건지, 현우는 바로 알아차릴 수 없었다. 그래서 그저 듣기만 하는 그의 시선을 비껴가며 나리가 말을 이었다.

"그동안 입원하는 바람에 아무것도 못했잖아요. 난 걱정하지 말고 두 분한테 신경 써주세요. 그리고 여유 생기면 그때 연락해 줘요. 난 뭐, 그동안 열심히 일하고 있을게요."

한 번도 시선을 맞추지 않고서 자신의 할 말만 하고 돌아서는 나리의 팔을 현우가 붙잡아 세웠다. 무슨 말을 하는 건지 그제야 이해가 갔다. 그대로 끌어서 바로 앞에 세워놓고 그가 말했다.

"고개 들어봐."

그러나 나리는 입술을 꼭 다문 채 고개를 저었다.

"나도 그러고 싶긴 하지만, 지금은 안 보는 게 나을 거예요."

"왜."

"그냥, 고개 들면 째려볼 것 같으니까."

대답한 나리가 고개를 숙인 채로 빙긋 웃자 현우의 한쪽 눈썹이 살짝 치켜올라 갔다.

"째려봐도 좋으니까 얼굴 좀 들어봐."

"싫다니까요."

"내 의지도 아니고, 내 의도도 아닌 일로 오해받는 거 싫다고, 내가 말했던 것 같은데."

순간 아래로 향하고 있던 나리의 눈동자가 흔들렸다. 그래도 끝까지 고개를 들지 않자 현우는 결국 천천히 나리의 팔을 놓아 주었다. 답답한지 옅은 한숨을 내쉬고 머리카락을 쓸어 넘겼다.

"네 오해를 받기 싫었다. 그래서 말해야 한다고 생각했지. 하지만 말해도 넌 오해하고 있고, 말하지 않았어도 반드시 오해가 생겼을 테지. 지금도 이렇게 네 멋대로 판단하고서 네가 할 말만 하고서 가버리려고 하는데, 나중에 알게 되면 과연 어땠을까?"

나리의 고개가 번쩍 들렸다.

"그래서 직접적으로 말하는 거예요? 그 사람들 오니까, 나는 만나서는 안 되는 사람이니까, 그러니까 당분간 보기 어려울 거라고 그런 말 하고 싶었던 거잖아요! 그래서 피해 드리겠다는 거잖아요! 그치만 그냥 피한다 그럼 자존심 상하니까 그동안 일하고 있겠다고, 그렇게 말한 건데 뭐가 잘못됐던 거예요!"

그렇게 고집을 피우더니 따지고 공격할 땐 눈을 똑바로 쳐다보고 있었다. 얼마나 열렬히 따지는지 숨까지 몰아쉬고 있었다. 현우는 고개를 비스듬히 기울이고서, 애쓰는 모습까지 이제는 그저 아릿하기만 한 그녀를 가만히 내려다보았다.

"네가, 어디까지 감수하는 걸 지켜봐야 할까."

나리로서는 곧바로 이해할 수 없는 말이었다. 왜 이렇게 그의 어조에 허무감이 짙게 배어 있는 건지 그게 신경 쓰였다.

"언제까지 너만 이해하고, 너만 감수하고, 너만 희생하도록 해야 하는 걸까."

점점 더 짙게 가라앉는 어조. 나리는 조바심이 났다. 이런 게 아니었다. 나만 이해하고, 나만 감수하고, 나만 희생하고, 알아달라고 한 적도, 공치사해 달라고 한 적도 없었다.

"내가 언제, 그게 싫다고 말한 적 있어요?"

그런 거 상관없다고 말로, 표정으로, 행동으로 그동안 얼마나 표현을 했는지. 얼마나 더 그에게 강조해야 그는 알아줄까. 지금 이 순간 그가 너무도 낯설게 보였다.

"그런 거 싫으니까 그만두고 싶다고, 현우 씨한테 말한 적 있냐구요!"

"그럼, 그렇게 웃지 마."

현우가 강렬한 눈빛으로 쏘아보며 한 말에 나리의 눈동자가 세차게 흔들렸다.

"무슨……."

"남들 우는 것보다, 네 웃는 얼굴이 백배는 더 슬퍼 보여. 알고는 있는 사실이야?"

나리는 믿을 수 없다는 눈으로 현우를 쳐다보았다. 기분이 나빴다. 어째서 저렇게 말하는 걸까. 탓하듯 현우를 먼 거리에서 쳐다보았다.

"그렇게 말하지 말아요."

슬퍼 보이려고 웃은 게 아니었다. 자신도 좋아서 그런 게 아니었다. 그렇게라도 웃기 위해서 얼마나 감정을 눌러 죽여야 했는지, 얼마나 힘이 들었는지 안다면 어떻게 저런 말을 할 수 있을까.

생각하던 나리의 눈동자가 그 순간 무언가를 떠올린 듯 세차게 흔들렸다. 현우의 날카로운 시선이 그녀를 꿰뚫듯 응시하고 있었다. 천천히 그가 입을 열었다.

"그래. 네가 내 곁에서 웃는 모습이 거의 그런 거다. 네가 차라리 울지 못하고 웃는 이유가 나 때문이란 거."

"현우 씨, 그건!"

아니라고 말해야 했다. 그가 여기에서 더 혼자 폭주하기 전에서.

"그러니 이제 알겠지? 우리가 안 되는 이유."

그러나 늦어버렸다. 결국 들어버리는 순간 들끓던 나리의 눈동자가 빛을 잃고 서서히 가라앉았다.

"현우 씨, 제발……."

그런 말 하지 말아요. 나리의 시선이 갈구하듯 그를 찾았다. 그러나 현우는 냉정하게 고개를 돌렸다. 자꾸만 약해지려고 하는 마음을 끊어내 버리듯, 더욱 차갑게 입매를 굳혔다. 그래, 우리가 안 되는 이유.

내가 널 외면해야 하는 이유를.

절대 거리를 좁히지 말아야 하는 이유를. 네가 다가선 만큼 내가 물러나야 하는 이유를.

오로지 희생을 감수하며 슬픔만을 얻는 이 관계에서 그녀를 벗어나게 해주고 싶다면, 그가 욕심을 버려야 하는 것이다. 그저 지켜봐 주는 것. 단지 그 이상의 거리는 용납하지 않는 것. 그것이 그녀를 향한 그의 최대의 애정 표현이라는 걸.

"나, 갈래요. 귀가 아파서, 아무것도 모르겠어요."

더 이상 듣고 있을 수 없었다. 아무것도 못 들은 사람처럼, 아무 일도 없었던 것처럼 몸을 돌려 집으로 가서 오늘 일은 다 잊을 것이다. 그리고 아무렇지 않은 얼굴로 다시 그의 앞에 서면 그도 언제나처럼 다시 웃어줄 것이다. 그래, 그럴 것이다.

고집스럽게 돌아서는 그녀를 현우는 조용히 바라보고 있었다. 결국 이런 방법밖에 없다니. 가슴이 찢어질 듯 아팠다.

그녀를 싫어하지 않는다. 아니, 좋아하고 있었나 보다. 어느새 그녀를 좋아해 버리고 말았다. 그런데도 또다시 상처 입힌 채 돌려보내고야 말았다. 돌아서는 그녀의 작은 어깨가 그의 눈동자에 새겨지듯 들어찬 순간, 그는 처음으로 자신의 진심과 마주 보며, 그녀의 등에 대고 간절하게 입을 열었다.

"언제든, 네가 필요로 할 때까지 곁에 있을 테니 어떤 것도 신경 쓰지 말고, 눈치도 보지 말고, 처남이든 처제든 설령 그 녀석들을 마주치더라도, 네가 원한다면 넌 내 곁에 있어."

나리의 걸음이 멈칫했다. 주먹을 꼭 말아 쥔 손이 부들부들 떨렸다. 심장이 미친 듯이 요동쳤다. 화가 나서 미칠 것 같았다.

무슨 소리야. 대체 저게 무슨 소리야. 어째서 지금 저런 말을 하는 거야. 그런 식으로 듣고 싶었던 말이 아니었다. 저렇게 슬프게 들리는 어조로 그렇게나 바라오던 말이 절대 아니었다.

"네가 좋은 사람을, 네게 어울리는 사람을 만날 때까지 네가 나를 좋아해 준다면, 나는 그것만으로도 만족한다. 행복해."

받아들이는 말이 절대 아니었다. 그것은 다른 방식의 밀어내는 말과 다르지 않았다. 그런데도 그걸 배려라고 말하고 있는 것인가. 나리의 입술이 파르르 떨렸다.

"무슨, 말이 그래요? 그런 말이 어딨어요!"

"그러니까, 차라리 네가 나를 차라. 그전까지는, 나도 네 곁에 있고 싶으니까."

그녀의 의지로 먼저 떠나기 전까지는 먼저 놓아주고 싶지는 않은 마음. 결국 그것 때문에 그녀가 다가오는 건 막고서도, 막상 자신의 손으로 놓지도 못한 채 지금까지 지속되어 온 것이다. 놓지 못한 건, 자신이었다.

이런저런 현실적인 이유들 외에, 그녀를 결코 받아들이지 말아야 한다고 생각한 그런 피상적인 이유들 속에 사실은 그녀 자체가 참 예쁘고 소중했기 때문에, 그래서 더 밀어내는 모습을 하고야 말았다. 밀어내는 만큼 그녀를 옆에 붙들어둘 수 있을 거라고, 모순된 생각을 하게 되었다.

그녀의 여성적인 접근을 내켜하지 않는 것도, 전혀 여자로 보지 않는 것도 아니었다. 그녀는, 상당 부분을 잘못 알고 있다.

나보다 더 너를 행복하게 해주는 사람이 있다면 보내줄 수도 있지만, 아직은 그러고 싶지 않았다. 그 마음을, 그녀를 거부하는 것으로 지금껏 끌어온 것이다. 하지만 그녀도 어제 병실에 어머니가 있다는 이유로 그가 찾아가는 것을 막았듯, 그녀 또한 감수해야 할 게 많다는 것을 어제야 비로소 깨달았다.

과거가 있는 남자를 자신의 어머니에게 자신있게 소개할 수 있는 여자는 많지 않을 것이다. 그런 자신의 이런 상황이 그녀에게 참으로 많이 미안했다. 다른 남자였다면, 그녀에게 이런 차원의 고민거리는 주지 않았겠지. 사랑한다는 말보다, 미안하다는 말을 더 많이 해야 하는 관계가 어떻게 연인 관계일 수 있을까.

그럼에도 그가 처음으로 똑바로 마주하는 진심은 그만큼 자신을 솔직하게 노출시키고 싶다는 것이었다. 누구도 아닌 그녀에게.

나리는 눈물을 꾹 참고서 중얼거렸다.

"말도 안 돼. 그런 게 뭐가 행복이야."

"지금 내가 뭘 하고 싶은지, 누굴 행복하게 해주고 싶은지……. 너인 것 같다. 아무래도 너인 것 같아. 그러니까 넌 네가 원할 때까지 내 곁에서 있다가, 좋은 사람 만나면 떠나. 네가 날 버려도 내가 널 먼저 밀어내는 일은 절대 없을 테니까. 앞으로는 절대."

이해할 수 없는 말투성이. 반쯤은 항상 기다려 온 말들이었는데도 나머지 반의 말 때문에 절망이 되고 말았다. 정말이지 그가 미워서 미칠 것 같다.

"다시는, 현우 씨 따위 만나러 오지 않을 거야. 좋아하지도 않을 거야. 나중이 아니라 지금 찰 거예요. 뻥 차버릴 거예요."

"찰 때 차더라도 외투, 머플러, 내일까지 집에 가져다 놔라."

기가 막혔다. 너무 기가 막혀서 나리는 숫제 미칠 것도 같은 눈으로 현우를 노려보았다. 왜 저러지? 오늘따라 그가 그 같지 않았다. 처음으로 마음을 똑바로 들여다보고 있는 그라는 걸 전혀 모르고서.

"치사해."

중얼거리는 나리에게 현우는 엷게 웃으며 뻔뻔할 정도로 자신의 할 말만 했다.

"깨끗하게 손빨래해서."

"이런 옷을 무슨 수로 손빨래해요? 그리고 손빨래하면 다 망친다는 것도 몰라요?"

"망쳐도 좋으니까."

낮게 그의 말이 이어졌다.

"뭐든 좋으니까 내일 꼭 돌아와라."


눈이 내리는 거리를, 현우의 커다란 코트를 걸친 채 타박타박 걸어가고 있었다. 딱 봐도 체격 차이가 심하게 나는 남자의 코트, 우스꽝스러울 정도로 몸보다 훨씬 큰 옷에, 목엔 얼어 죽을까 봐 칭칭 감겨 있는 두 개의 머플러, 게다가 표정까지 퀭하게 눌러 붙어서 반 좀비 상태로 나리는 그 거리를 걷고 있었다. 택시도, 버스도 지나가는 교통수단은 많았지만 어느 것 하나 나리의 관심을 끌지 못했다. 따뜻한 공간 따위 싫었다. 따뜻해서 체온이 녹아내리는 공간 따위, 괜히 징징 짜버릴지도 모르니까.

그 남자의 마음속에 뻥 뚫린 구멍에서 내내 비가 새는데, 기꺼이 그 자리를 메워줄 사람으로 나리는 자신을 추천했지만, 돌아온 건 계속 비가 새더라도 지금의 상태를 유지하고 싶다는 그 남자의 대답이었다. 절대 먼저 밀어내지 않을 테니 먼저 차라니, 그러면서도 자기가 옆에 있어주겠다는 게 아니라 다른 남자 만날 때까지만 있으라니, 웃기고 있다.

"그런 식의 허용이 어디 있어. 그게 어디가 행복이란 거야!"

좋은 사람 만날 때까지만 있다가 만나면 떠나란다. 지능형 거절이 아니라면 그것을 뭐라고 설명할 수 있을까. 좋아한다면 그런 말은 절대 할 수 없을 것이다. 그러니까 결국 강현우란 남자는 윤나리란 여자에게 그 어떤 관심도 없는 것이다. 눈곱만큼도 긍정적인 감정이 없는 것이다.

"뭐든 좋으니까 내일 꼭 돌아와라."

그런데도 또 마지막 그 말은 계속 가슴에 남아서, 아려서 미칠 것 같다. 자신의 보통 머리로는 아마도 당분간은 계속 이해

불가능한 말일 것 같은 불길한 예감.

"차라리 대놓고 가라는 것보다 더 심하잖아. 왜 돌려 말해. 돌려 말해도 어차피 의미는 같잖아!"

"스미마세엥~"

아무리 생각해도 화나서 혼자서 열 내고 있는 그때 갑자기 바로 옆에서 들린 난데없는 일본어에 나리는 퀭하게 가라앉아 있는 눈을 옆으로 휙 돌렸다. 밝은색으로 염색이 된 머리카락, 어디서나 흔히 볼 수 있는 패딩 점퍼와 청바지임에도 마치 모델처럼 잘 어울리는 남자가, 게다가 눈이 번쩍 뜨일 만큼 화사한 외모까지 모조리 풀세트로 갖추고서 그녀를 물끄러미 쳐다보며 가까이에 딱 붙어 서 있었다. 안 그래도 놀랐는데, 그렇게 얼굴까지 심하게 바짝 붙이고 있으니 나리는 깜짝 놀라 자신도 모르게 성큼 뒤로 물러섰다.

밝은색 머리카락과 남자이면서도 잡티 하나 없이 깨끗한 피부, 높은 콧날과 한쪽 귀에 박힌 이어링까지, 바짝 얼굴을 붙이고 서 있는 바람에 본의 아니게도 자세히 보게 되었다. 귀에 들린 일본어 때문일까. 자니스 계열의 꽃처럼 예쁜 미소년 같다는 생각이 절로 들었다. 물론 나이는 그들보다 들어 보였지만.

"하, 하이……."

나리는 난데없이 나타난 일본 사람 때문에 당황하고 있었다. 물론 일 때문에 일본을 다녀온 일이야 몇 번 있었다. 하지만 아직 유창하게 말을 뽑아낼 정도도, 또 수월하게 알아듣는 수준의 대화가 가능한 것도 아니라 난처할 수밖에 없었다.

국내 이너웨어 디자인의 실정은 일본과 미국 등 이너웨어 선진국의 디자인을 그대로 가져와 쓰는 한계가 있었다. 물론 그녀로서는 지양해야 할 일이었지만, 모방의 이유가 아니라고 해도 외국의 앞선 패턴이나 디자인 등을 배울 필요가 있어 몇 번 나가본 것이다. 그렇다고 해도 왠지 일어는 젬병이라.

하지만 그녀의 상태를 아는지 모르는지 남자가 제 입장만 앞세우며 유창한 일본어를 흘리기 시작했다.

"すみません〜 ここは どこですか? この 邊に 地下鐵の 驛は ありますか?"

아…… 뭐야, 무슨 소리야. 전혀 알아들을 기미가 보이지 않잖아. 스미마셍, 그래, 그건 알겠는데 도코데스카…… 어디냐고 묻는 거 맞지? 그리고 너무 빨라서, 아리마스카? 뭘 묻긴 묻는 건데 뭘까.

나리는 머리가 터질 것 같아 눈앞이 팽글팽글 돌다가 겨우 입을 열었다.

"아, 아노오(あのう)…… 아노오오……."

아, 놔〜 정말 어쩌라는 거야. 어쩌면 좋을까. '영어로 말씀해주실래요? 일본어로 그걸 어떻게 말하는 거더라? 영어라면 좀 자신있는데…… 생각하던 나리의 눈이 번쩍 떠졌다. 이렇게 한심할 수가! 순간 나리는 소심하게 피하던 시선을 얼른 남자에게 맞추고서 자신있게 외쳤다.

"Can you speak English?"

열렬하게 묻는 나리를 쳐다보던 남자의 눈이 한 번 깜빡했다. 남자치고 정말 긴 속눈썹이 살짝 내리 감겼다가 올라가는 모습이 참으로 볼만했다. 흩날리는 눈발이 마치 소년처럼 웃는 남자의 머리카락에 몇 개쯤 내려앉았다. 입가에 미소를 띠고서 그가 입을 열었다.

"이 근처에 지하철역 어디예요?"

"……."

그렇다. 아주 선명한 한국어로.

뭐지? 잘못 들은 건가? 이상하게도, 정확히 한국말을 들은 것 같다, 가 아니라 분명히 한국어였다.

뭐야, 이 남자…….

나리는 그야말로 황당하다는 눈으로 입을 열어 물었다.

"지금, 한국말이 들린 것 같은데…… 요?"

"맞아요. 일본 사람 같아서 혹시나 해서 말 걸어본 거예요."

이유도 황당했지만, 것보다 처음 듣는 말이었다.

"미안하지만 전 100% 순수 토종 한국인인데요?"

"저도 그래요. 하지만 일본에서 좀 살다가 왔더니 지하철역이 다 어디로 도망가 버렸네요."

주변을 휘둘러보며 그 잘난 허리에 손을 탁 얹고서 혀를 차고 있었다.

길을 잃은 거겠지.

한심하다는 듯 남자를 쳐다보고 있던 나리는 남자가 시선을 원위치시키자마자 그 남자가 보는 눈앞에서 곧장 손가락을 들었다. 그리고 가리켰다.

"저기잖아요?"

이 남자 참 이상하다. 평범한 한국 여자를 일본인으로 착각하질 않나, 백 미터도 채 되지 않는 앞에서 밝게 존재를 드러내고 있는 지하철역도 못 알아보질 않나. 게다가 저 남자, 아까 휘둘러보다가 분명 지하철역도 봤을 것이다. 일본에 지하철이 없다면 모를까, 어디 깡촌에서 살다가 온 걸까? 낫 놓고 기역 자도 모르나? 하지만 뭐 그럴 수도 있지 싶어 문제의 지하철역을 가리키며 말해주자 남자가 '혼또?'라며 놀란 표정을 했다. 이 남자 대체 뭐니?

"그럼."

나리는 얼른 가버리는 게 좋을 것 같아 대충 정리하고서 몸을 돌리려 했다.

"잠깐만요!"

그러나 또 그 상황이라 자동적으로 나리의 어깨가 흠칫했다. 뭐야. 이 남자 왜 이러는 걸까? 혹시 길거리 헌팅?

"왜, 왜요?"

"료카예요, 내 이름."

남자가 싱긋 웃으며 자신을 설명했다. 반면 나리는 게으른 송아지처럼 눈을 꿈뻑거렸다.

"그런데요?"

그래서 어쩌라고란 뜻을 담은 눈으로 남자를 쳐다보게 되는 건 당연한 게 아닐까? 헌팅, 헌팅 별 헌팅이 다 있다지만 일본어를 나불거리며 헌팅하는 남자는 처음이지 싶었다. 일본어 하면 뭐, 좀 달라 보일 줄 아나? 저 남자, 혹시 일본어 학원 다니면서 몇 마디 주워들은 걸로 여기저기 수작 거는 얼굴만 반지르르한 이 동네 녀석 아냐?

"내 이름을 밝혔으면 그쪽 이름도 알려주는 게 예의가 아닐까 싶은데."

웃기고 서 있다. 안 그래도 감정 상해 있는데 이젠 일본어를 지껄이는 남자까지.

지금 헌팅이나 하고 있을 상황이 아니란 말이다. 감정이란 감정은 모조리 너덜너덜 찢어져서 숫제 걸레 조각이 된 것 같은 여자한테, 뭐가 어째? 너 진짜 제대로 잘못 걸렸어.

"내 이름이 뭔지 알려줘요?"

쏘아붙이듯 입을 열자 료카란 남자가 웃으며 고개를 끄덕였다. 순간 나리는 기다리고 있었다는 듯, 그녀가 현 시점에서 유일하게 완벽하게 외우고 있는 일본어를 그 남자에게 대포알 쏘듯 날려주었다.

"私の 名前は…… 시니나사이(しになさい)!"

홀가분하게 질러주고 몸을 휙 돌려 그 자리를 떠났다.

"……하아! 시니나사이이?"

한편 남은 준희는 나리가 사라진 방향을 쳐다보며 그녀가 남긴 말을 되풀이하고 있었다. 얼마나 소리를 지르고 뛰어가는지 머리카락이 마치 만화의 한 장면처럼 획 날아갈 뻔했다. 게다가 무엇보다 그녀가 한 말이라니.

그 뜻인즉, 내 이름은…… '죽어버려!'

쿡쿡!

하지만 얼마 안 가 그의 입에서 재미있다는 웃음소리가 새어나왔다. 약속을 못 지킨 바람에 현우를 만나지 못한 준희는 곧장 그의 집으로 갔다. 그때 때마침 대문 앞에서 대화를 나누고 있는 두 사람의 남녀를 발견했다. 왠지 분위기가 묘해서, 게다가 매형과 함께 있는 묘령의 여인이라니, 준희는 그 길로 당당하게 숨어서 염탐을 시작했다. 그 아가씨의 어깨 위로 현우의 코트가 덮어지고, 그 아가씨의 손을 현우의 손이 잡았다. 그리고 그 후엔 분위기가 어째 얼음 불꽃이 튀듯 냉랭해 보였지만. 다툼이라도 하듯 사나운 공기가 오가다가, 저 아가씨 쪽이 먼저 훌쩍 떠났다. 그 등을 차분한 시선으로 응시하고 있던 현우. 바로 그 시선이 인상적이었다.

'제기랄! 노내체 뭐 하는 여자인 거야!'

무슨 의미가 있는 여자냐 말이다. 설마 저 여자 때문에 매형이 기일에 나타나지 않은 것? 여자가 떠났을 때 한참이나 그 자리에서 홀로 서서 머무르던 현우의 모습을 떠올려 볼수록 가능성은 충분하다는 결론이 났다. 눈 같은 것에 딱히 흥미를 둘 만한 위인이 아닌 저 건조한 남자가, 애상적인 눈으로 그 눈 내리는 길을 한참이나 바라보고 있었던 것이다.

그래. 확인 차원이었다. 준희는 현우의 외투를 걸친 채 타박타박 눈 내리는 거리를 걷고 있는 나리를 뒤쫓아 밟다가 적당한 지점에서 일부러 수작을 걸었다. 얼굴이나 자세히 보고, 몇 마디 말도 더불어 해보려는 단순한 생각에서였다. 그런데 그 여자가 한 말이.

'죽어버려' 라니.

준희의 매끈한 입술 끝이 말려 올라갔다.

"누가 누구에게 할 말인지 모르겠네."

예쁜 빛깔이 나는 준희의 검은 눈동자에 차가운 조소가 어렸다. 호락호락한 아가씨는 아니란 건가. 좀 더 철저하게 탐구를 해볼 필요가 있을 것 같다. 매형과 무슨 관계인 건지. 만약 자신의 예상과 조금이라도 맞아떨어진다면, 여자, 너야말로 '시니나사이!' 의 신세가 될 테니.

"쟈, 마타(じゃ また)!"

또 보자고.

준희는 이미 나리가 사라진 텅 빈 공간에 대고 손을 흔들고는 몸을 휙 돌렸다.

　　며칠 만에 하는 출근으로 뛰어다니다시피 하며 바쁘게 출근 준비를 하던 나리는 머리카락을 빗어 내리면서 얼른 휴대폰을 끌어와 도착한 문자메시지를 확인했다. 순간 빗이 머리카락에 픽 걸려서 객 소리가 났다.

　　「어디?」

　　현우였다. 나리의 눈동자가 천천히 가라앉았다.
　　"흥, 어디면 무슨 상관?"
　　중얼거리며 액정을 흘겨보았다.

어제는 일본어를 지껄이는 남자에다, 무엇보다 현우에게서 들은 말들이 아직도 속을 쓰리게 해서 아침도 잘 못 먹었다. 덕분에 그 남자에게 죽어버리라는 경솔한 말이나 해버리다니, 만약 그가 정말 일본 사람이었다면 국제적인 망신에 버금가는 행동이 될 뻔했다. 아마도 화풀이였던 게지.

휴대폰을 놓고서 머리카락이 걸린 부분을 조심스럽게 다시 빗어 내린 후 답장을 작성했다.

「어디든 상관하지 마시죠?」

라고 썼다가 이런 식으로 막 나가지는 말자는 자각에 다시 작성해서 보냈다.


「준비 거의 마쳐서 지금 나가려는 길이에요.」
「그럼, 밖으로 나와.」


나리는 고개를 갸웃거렸다.


「집 근처야.」


"오잉?"

나리는 뭘 잘못 봤나 싶어 다시 메시지를 확인했다. 하지만 다시 봐도 똑같은 문자였다.

"무, 무슨 일이야. 부담스럽게……."

중얼거리던 나리는 아무튼 출근이 시급했기에 얼른 일어나 옷장 문을 열었다. 외투를 꺼내려다가 옆에 걸려 있는 현우의 코트를 발견하곤 멈칫했다. 돌려주는 게 좋겠지. 하지만 꺼내려던 손은 그냥 다시 옷장 문을 닫아버렸다.

그가 밉다. 그것은 사실이다.

하지만 아직은 밉다는 감정 안에 그를 생각하는 마음이 방울방울 묻어 있는 것 같다. 옷감에 묻어버린 비눗방울은 톡 터지더라도 그 잔재가 남아서 섬유 속으로 스며든다. 그가 미워 죽겠다는 옷감 안에 아직 그를 좋아하고 있는 감정의 잔재가 스며있어 채 증발되지 않은 것 같다.

정말 집 근처에서 그가 기다리고 있었다. 고급스러운 정장 위에 톡톡해 보이는 검은 모직 코트, 장신의 키와 잘 어울린다. 깔끔한 외모와 단정한 옷매무새. 담배를 피우지 않는 그는 차체에 가볍게 기대서 팔짱을 낀 채 차분한 시선으로 아래를 내려다보고 있었다. 부드럽게 빗어 넘긴 머리카락과 곧은 이마의 선, 참 잘생긴 높은 콧날과 뚜렷한 인중, 모양 좋게 다물린 입술까지, 그의 옆모습은 딱 나리가 두근거리며 바라보고 싶은 생김이었다.

그를 발견하자마자 멈칫 섰던 나리는 다시 자박자박 걸어 그의 곁으로 다가갔다.

기다릴 거면, 추운데 들어가서 기다리지.

"아침부터…… 웬일이에요. 바쁘지 않아요?"

괜히 그의 어깨 근처를 쳐다보며 어제 얻었던 불만을 깨끗하게 도려내지 못하고서 퉁명스럽게 중얼거리자 현우가 고개를 들었다. 어깨 길이로 청결하게 빗어 내린 머리카락과 엷게 화장이 된 깨끗한 얼굴, 가볍게 발라놓은 립글로즈 때문에 자그마한 입술이 반짝거렸다.

"오랜만에 출근하는 걸 텐데 길 잃을까 봐."

부츠의 끝을 내려다보고 있던 나리가 헛웃음을 흘리며 고개를 번쩍 들어 그를 쳐다보았다.

"말이 돼요?"

"돼."

이쪽은 지하철역을 눈앞에 두고도 찾지 못해 남에게 물어보는 그런 사람이 아닌데.

별로 심각하지 않게 말하고 있지만, 혹시 태워다 주려고 온 걸까?

"어제 퇴원 파티 못해줘서 양심이 찔리니까 태워주는 걸로 덮으려는 거죠?"

못내 진상을 따지려는 나리를 보며 현우가 빙긋 웃었다.

"아니."

"그럼요?"

"내 코트, 어디 있지?"

나리의 눈동자가 또르르 굴러갔다.

"건 왜요?"

"받으러 왔어."

하아…….

못됐다, 진짜.

"팔아버릴 거예요."

현우가 큭 웃었다.

"팔아서?"

"내 옷 살 거예요."

갑자기 현우가 손을 쓱 뻗었다. 방심하고 있던 나리는 움찔하며 상체를 뒤로 뺐다. 그러나 개의치 않다는 듯 끝까지 다가온 현우의 손이 나리의 귓불에 닿았다. 진지한 시선으로, 귓불을 만지작거리자 나리의 얼굴이 금세 새빨개졌다. 이, 이건 뭐지? 갑자기 이러는 게 어디 있어. 이건 파울이야, 파울. 그러나 붙들 듯 시선을 잡고 있어 나리는 꼼짝도 하지 못했다.

"뭐, 뭐 하는……."

아침 출근길부터 이게 웬 횡재…… 는 아니고 남세스러운 짓이냐고 항의를 하려는 찰나, 무언가가 귓불에서 스르르 빠져나가는 촉각이 일었다. 그제야 정신이 번쩍 들어 쳐다보자, 그의 손에 나리의 귀걸이가 옮겨가 들려 있었다. 본능적으로 손을 휙 들어 자신의 한쪽 귀를 만져 보는 나리를 보며 그가 빙긋 웃었다.

"옷 돌려받을 때까지 인질."

한쪽 귀를 감싼 채 나리는 억울하다는 눈으로 그를 노려보았다. 그렇다면 그 갑작스러운 손길의 목적은 방심하게 하려던 것? 아, 정말 여러 가지로 사람을 괴롭히는 남자가 아닌가!

"치사해요. 그런 게 어디 있어요!"

애초에 귀걸이가 인질이라니, 말이 안 된다. 그렇다면 교환 수단이 될 코트는 어둠의 물건이 되는 거고?

"이러면 못 팔겠지?"

정말, 오늘따라 왜 저러는지 모르겠다. 쌩 하는 얼굴로 나리가 말했다.

"나 버스 타고 갈 거예요."

현우가 혀를 차곤 나리의 손을 잡아 다시 귀걸이를 넘겨주었다.

"자, 선물 줄 테니까 웃어봐, 아가씨."

나리는 물끄러미 자신의 손을 내려다보았다.

"선물이 내 귀걸이예요?"

"그래. 내가 훔쳐 간 걸 내가 빼앗아서 돌려준 거잖아."

아아, 그렇구나. 라고 할 때가 아니잖아, 지금.

나리는 왠지 그답지 않게 장난만 치고 있는 그를 골려주고 싶어 귀걸이를 다시 그의 손에 쥐어주었다. 그리고 외쳤다.

"도둑이야!"

어때요? 라는 듯 쳐다보자 현우가 별다른 반응도 없이 그저 피식 웃었다. 그리고 한다는 말이.

"귀여운 녀석."

마치 손녀의 재롱을 흐뭇하게 지켜보는 할아버지처럼.

나름대로 이겨보려고 머리를 써본 것이었는데 왠지 한참이나 손해를 본 것 같은 나리였다. 나오느니 한숨이었다. 이러다가 쉬이 늙어버릴 것 같다.

"그럼, 슬슬 출발할까?"

"네에."

아침부터 욕먹을 짓만 한 것 같아 반항이고 뭐고 더 할 마음도 사라져 힘 빠진 모습으로 돌아서려는 나리를 현우가 조용히 불렀다.

"윤나리 씨."

"네, 왜요."

착잡한 심정으로 고개를 드는 나리의 앞으로 현우가 한 걸음 다가와 섰다.

"가져가야지."

아, 맞다. 내 귀걸이.

받으려고 손을 내미는데 현우가 먼저 상체를 기울여 와 나리의 머리카락을 귀 뒤로 쓸어 넘겼다. 조심스러운 손길로 귀걸이를 가져와 귀에 천천히 밀어 넣었다. 두근두근, 현우의 손길을 받으며 나리는 미동도 못하고 서 있었다. 마치 그대로 온몸이 굳어버린 것만 같았다. 바로 앞에 깔끔하게 면도가 된 그의 턱이 있고, 시선을 조금 더 아래로 내리자 넓어 보이는 품이 있었다. 주변의 낮은 온도 때문일까, 그의 체온이 더욱 포근하게 다가왔다. 따뜻한 향기, 아련하게 묻어나는 비누 향과 은근한 스킨 내음이 촉감처럼 금방이라도 손끝에 만져질 것 같다.

귓불에 닿은 현우의 긴 손가락 끝이 조금 차다. 그의 손끝이 살짝살짝 닿는 곳마다 저릿 하는 전류가 이는 것 같은 느낌. 닿는 건 차가운 공기와 손끝인데 왜 이렇게 감각은 뜨거워지는 걸까.

와 닿는 손끝의 서늘한 온도처럼 보통 때의 그도 다소 차가운 이미지의 사람이었다. 그래서 더, 부드럽게 웃어주는 모습이 인상적인 걸지도. 마음에 폭 와 닿는 그의 낮은 미소, 부드럽게 흘러내린 머리카락이 살짝 흔들릴 정도로 웃어주는 모습이 좋다. 웃을 때 눈꼬리가 살짝 접히면서 길게 가늘어지는 것까지.

귓불을 건드리고 지나간 손가락이 잠시 그 자리에 머물렀다. 나리의 심장도 그만큼 콩콩 뛰고 있었다. 차마 눈을 마주치지 못해 자신의 숨소리에까지 신경이 쓰이는 그때 귀 뒤로 넘겨두었던 머리카락을 다시 조용히 쓸어주고 곧 그의 손길이 멀어졌다.

"가자."

그가 먼저 돌아섰다.

"현우 씨!"

갑자기 나리가 소리를 지르자 현우가 걸음을 멈추고 돌아보았다. 나리는 그 눈을 똑바로 쳐다보며 이어 말했다.

"나 퇴원한 거 기뻐요?"

현우가 무슨 말이냐는 듯 물끄러미 쳐다보았다.

"왜?"

"글쎄, 그냥 묻는 거예요."

"기쁜데."

"그럼 선물 줘요. 어제 퇴원 파티도 나 혼자 했잖아요."

현우가 빙긋 웃었다.

"무슨 선물을 줄까?"

가장 받고 싶은 선물. 나리는 마음을 단단히 먹고 뻔뻔할 정
도로 또렷하게 직설타를 날렸다.

"키스 선물."

현우의 눈빛이 멈칫했다.

"하아······?"

곧이어 황당하다는 표정. 그리고 다소 엄한 눈으로 삼단계의
변화를 한 그가 말을 이었다.

"여기서?"

그의 눈빛 때문에 긴장이 되었지만 나리는 기왕 꺼낸 것, 턱
에 힘을 주고서 확실하게 고개를 끄덕였다.

"네!"

두 사람의 기류가 부딪쳤다. 현우는 정지해 있었고, 나리는
절대 물러서지 않겠다는 듯 버티고 있었다. 한동안 나리를 쳐다
보는가 싶던 그가 곧 주변을 흘끗 둘러보더니 말했다.

"저 아주머니, 두부 사 오는 것 같은데."

앗!

나리의 고개가 그쪽으로 홱 돌아갔다. 역시 아침이고 또 주택가라서 사람들이 지나다니고 있었다.

"저 학생은 학교 가는 길이고. 저 아저씨는……."

"됐어요. 취소."

나리는 힘이 쪽 빠져서 고개를 달칵 떨어뜨리며 한숨처럼 말을 내뱉었다. 현우가 빙긋 웃더니 나리의 머리를 가볍게 톡 치고는 손을 거두어갔다.

이게 웬 망신인지. 멋대로 남의 감정에 전기를 통하게 한 그에게 복수라도 할 요량으로 이쪽도 저쪽의 말초신경 좀 건드려봐야지 오기가 나서 저지른 행동이었는데, 오히려 자신만 이상한 여자가 될 것 같았다. 그래서 속 차리고 얼른 출근이나 해야지 싶어 고개를 들자 현우가 보조석의 문을 열고서 기다리고 있었다.

"타시지요, 떼쟁이 아가씨."

아우, 정말.

나리는 쥐구멍이라도 들어가고 싶은 심정으로 얼굴이 빨개져서 얼른 그를 지나쳐 보조석에 올랐다. 그런데 앉으면서 더듬어보니 생각할수록 화가 났다. 너무 평상시와 똑같은 그 때문에 입술도 삐죽 나왔다. 그런 말을 했는데도 저렇게 변화가 없다니, 괜히 용기 내서 난리를 친 자신이 창피하지 않은가.

그래도 그렇지, 진짜 남자 맞아? 여자가 그렇게까지 말하는데 두부 사 오는 아줌마가 있으면 어떻고, 우유 배달하는 총각이 있음 어때. 아, 진짜 창피해 죽겠네. 이걸 어쩌면 좋아. 차라리 두부에 얻어맞아 기절해서 이 추태를 잊었으면.

이런저런 생각 끝에 황당한 생각까지 하며 안전벨트를 매려고 하는데 현우가 운전석 문을 닫았다. 나리를 흘끗 쳐다본 그가 대신해 주려는 듯 손을 뻗어 나리의 손에서 벨트를 가져가자, 나리는 아직 불만이 가시지 않은 얼굴로 고개를 들었다. 혼자서도 맬 수 있지만 뭐, 고맙다고 말하려는 순간 얼굴 위로 커다랗게 그늘이 졌다. 다가온 체온, 그가 한 손으로 시트의 위쪽을 짚어 누르는 동시에 상체를 숙여 나리의 입술에 키스했다.

"아……."

현우의 숨결 아래에서 나리의 눈동자가 진동했다. 잠깐 닿았던 입술, 두 사람의 시선이 마주쳤다. 그러나 녹아들 듯 현우의 눈동자에 빠지는 나리를 바라보며 그가 다시 입술을 겹쳤다. 심장이 쿵쿵 뛰며 발작적으로 박동 수가 늘었다. 시트를 누르는 현우의 손에도 더욱 힘이 들어갔다. 그의 숨결의 하중을 받은 나리의 몸이 점점 뒤로 밀렸다. 호흡하기 위해 다시 잠깐 입술이 떨어지자, 나리는 아련한 눈으로 그를 바라보았다. 침을 꼴깍 삼키고 자신도 모르게, 홀린 듯 중얼거렸다.

"한 번, 더……."

그의 검은 눈동자가 짙게 빛났다. 입술 끝이 살짝 말려 올라간 것도 같았지만 그런 것 지금의 나리에게는 상관없었다. 그녀 쪽에서 천천히 입술을 열며 그의 목을 끌어안았다. 현우의 입술을 찾아 부드럽게 호흡을 겹치자 그의 숨결이 다시 나리의 입술을 덮었다. 겹쳐지며 맞물린 순간, 현우의 더운 혀가 나리의 입 속으로 밀려들었다. 나리의 혀를 찾아 부드럽게 섞는 순간 나리는 세차게 뛰는 심장의 고동 소리를 들으며 몸을 더욱 밀착시켰다. 그런 나리의 몸을 꼭 끌어안으며 현우의 손이 나리의 목에 둘러져 있는 머플러를 풀었다. 그리고 드러난 하얗고 가는 목을 커다란 손으로 감쌌다. 나리의 심장이 미친 듯이 뛰었다. 그의 목을 꼭 끌어안고서 더욱 입술을 벌려 그의 뜨거운 호흡을 받아들였다. 혀가 아프게 빨렸다. 주어지는 그 짜릿한 아픔이 기뻤다. 뒷목을 감싸 쥔 채 나리의 얼굴을 끌어당겨 더욱 깊이 혀를 빨아들이며 현우가 나리의 목선을 엄지로 부드럽게 만졌다. 심장 소리가, 마치 시끄러울 정도로 그의 안에서 울렸다.

겁도 없는 아가씨다. 어쩌자고 자신을 선동하고 있는 걸까. 하지만 목에 와 감기는 나리의 팔의 온기가, 촉촉하게 젖어가는 입술의 느낌이, 부드럽게 휘어 감기는 혀의 감각이 그를 매료시킨다. 몸이 뜨거워졌다. 호흡이 점점 거칠어지고 있다는 걸 깨닫는 동시에 머릿속에서 경고음이 울린 순간 현우는 힘겹게 입술을 떼어냈다. 나리의 입술 바로 위에서 가쁜 호흡을 가다듬으며 그녀의 눈동자를 들여다보았다. 나리도 시선을 피하지 않고서 그를 바라보고 있었다.

그의 시선이 자신의 입술에 와 닿는 걸 느꼈다. 나리는 아직도 제 박자를 찾지 못한 심장의 떨림을 애써 가라앉히고 있었다. 갑작스러운 키스, 순간 짧게나마 심장이 잠깐 멎은 것도 같았다. 그의 입술 끝이 살짝 말려 올라갔다. 나리의 입술을 엄지로 은근하게 쓸며 그가 나지막하게 말했다.

"선물, 만족해?"

짓궂은 남자.

정말 짓궂은 것 같다. 안 해줄 것처럼 비싸게 굴더니만.

나리는 뾰로통한 얼굴로 대답했다.

"방금 무슨 일 있었어요?"

그의 눈동자가 살짝 커지더니, 곧 큭 웃었다.

"아무래도 인상적이지 않았나 본데."

손등으로 나리의 뺨을 살짝 쓰다듬으며 일부러 선동하고 있었다. 나리는 정말이지 그런 그가 미워 죽겠다.

"그렇다면 억지로라도 기억에 새겨줄 수밖에."

긴 검지로 나리의 머리를 가볍게 톡톡 두드렸다. 마치 그 동작이 신호인 듯 더없이 부드럽게 웃으며.

"출근, 하지 말아볼까?"

너무 수위를 단숨에 높여주시는 것이다. 빙긋 웃을 때의 그가 가장 위험할 때라는 걸, 그날 아침 나리는 처음 깨달았다.


물론 현우의 그 말은 장난이었다. 그는 왠지 얄미워 보일 정도로 느긋한 미소를 짓고는 곧장 차를 움직여 나리의 회사 앞까지 직행해 정중하고도 매너있게 그녀를 내려주었다. 그날 아침의 바람은 겨울인데도 무척 상쾌했고, 추위도 그렇게 심하지 않았다. 아마도 상대적인 체감의 탓이 아닐까. 그의 마음을 마치 손끝으로 만져 본 기분이라 나리는 설레는 와중에도 기분이 좋았다.

다만 짧은 시간 동안의 여유 혹은 행복을 맛본 데 대한 대가인지 나리는 사흘 동안 내리 일에 쫓겨야 하는 지옥 같은 스케줄을 감당해야 했다. 빈 시간 동안 일은 산더미처럼 밀려 있었고, 품평회다 아이디어 회의다 정신없는 나날을 보냈다. 아침마다 시안에 대해 전체 회의를 하고서, 컴퓨터 그래픽으로 제작한 시안을 몇 번이고 꼼꼼하게 재검토를 해서 공장으로 넘기는 등 나리의 하루는 분주했다.

그날도 디자인에 맞춰 패턴을 뜨고 종이로 샘플 작업을 하고 있는데 휴대폰이 울렸다.

"네, 윤나리입니다."

「바쁜 시간이지?」

정확히 나흘 만에 들은 현우의 목소리였다. 나리는 반가운 마음에 웃으며 손목시계를 확인해 보았다. 오전 열한 시, 이런 시간에 그와 통화를 한 일은 거의 없지 싶었다. 이렇게 전화가 왔다고 바로 실실 웃으면 안 되는데 말이지. 언제 시간이 되면, 인간이란 행복을 추구할 권리와 더불어 자존심이란 것도 각자 갖고서 태어났다는 강의를 한 번 유심히 들어봐야겠다. 이 자존심 도 없는 여자 같으니라고!

"현우 씨는 안 바빠요?"

나리의 그 말에 바쁘게 움직이던 디자인실 직원들이 일제히 동작을 멈추고서 흘끗 시선을 보내왔다. 판단하건대, 아마도 벌 써 현우라는 이름이 나리가 만나고 있는 사람의 이름이라는 소 문이 암암리에 돌고 있는 모양이었다.

"어어…… 잠깐만요."

나리는 곤란함을 느끼며 슬그머니 샘플에서 손을 뗐다. 아무 일도 없다는 듯 능청을 떨며 슬쩍 일어나 사무실을 빠져나왔다. 아무튼 사람들의 저 호기심이 문제였다. 직원들 앞에서 대놓고 들뜬 모습으로 통화를 할 수도 없는 노릇이고. 현우와 통화를 할 때 자신의 표정이 어떻게 변할지는 안 봐도 비디오의 수준일 것이다. 배시시, 헤죽헤죽, 얼마나 좋은 구경거리일까.

"아, 미안해요. 이제 괜찮아요. ……아침은요?"

딱히 할 말이 생각나지 않아 가장 보편적인 안부 인사로 스타 트를 끊었다.

「아침은 지나갔지.」

"휴우, 아니구 아침 먹었냐구요."

「시간이 몇 신데. 안 먹었어.」

정말이지…….

"그럼 어떡해요. 아침은 꼬박꼬박 먹고 다녀야지 안 지치는데.”

걱정스러워 말했더니 잠시 현우에게서 아무런 말이 없었다. 나리가 갸웃거리며 그의 이름을 부르자 현우의 대답이 돌아왔다.

「그렇게 말하지 마.」

의미를 알 수 없는 그의 말. 그래서 나리는 머쓱해졌다,

“……왜요?”

「이유가 뭘까?」

“뭐가요?”

「쑥스러워지는 이유.」

나리의 뺨이 살짝 달아올랐다.

“그, 그걸 왜 나한테 물어요.”

정말이지 곤란한 남자라니까.

우리 강현우 씨가 달라졌어요. 뭐 그런 것도 아니고 자꾸만 왜 심장을 간질이는, 아니, 너무 간질여서 숫제 맞아서 얼얼해진 것 같은 말을 하는 건지 모르겠다.

「넌 아침 먹었고?」

“시간이 몇 신데. 당연히 안 먹었죠, 점심.”

낮게 그의 웃음소리가 넘어왔다. 아, 보고 싶다. 저 웃는 모습이.

「오늘, 시간 돼?」

“음, 급한 일은 어느 정도 처리한 것 같아요. 근데 왜요?”

왜긴 왜야, 보고 싶으니까겠지.

「옷 돌려받아야지.」

혼자 헤실헤실 웃으며 배배 꼬이던 나리의 몸이 동작 정지하고 더불어 기분도 확 상했다. 정말이지 옷에 목숨을 건 남자가 아닌가!

"안 떼먹을 거거든요?"

그놈의 옷! 옷!

「그럼 갖고 와.」

"지금요?"

「여기 대전이야.」

하아…… . 지친다, 지쳐.

「오려면 와도 돼.」

이 남자 정말 얄미워서 미치겠다.

"언제 갖고 가면 돼요?"

안 그래도 깨끗하게 드라이클리닝해서 준비해 두었다. 세탁비만 해도 엄청나게 들었다는 걸 기회를 잘 봐서 언급해야 할 텐데.

「음, 아마 세 시까지는 올라갈 것 같은데.」

"그럼, 세 시에 맞춰서 퀵서비스로 보낼게요."

듣기 좋은, 현우의 웃음소리가 넘어왔다.

「퇴근 시간에 맞춰서 회사로 데리러 갈게.」

"아니에요. 하루 종일 운전할 텐데 그러지 마요. 어차피 옷도

집에 있어서 들렀다 가야 하거든요. 갖고서 현우 씨 집으로 갈
게요."

늘 그랬기 때문에 한 말이었다. 하지만 현우에게서 금방 대답
이 돌아오지 않았다. 순간 나리의 머릿속에 무언가가 팟! 하고
떠올랐다. 이런 바보. 이제 그 혼자 사는 집이 아니었다. 그에게
들은 말이 뒤늦게야 떠올라 나리는 겸연쩍은 표정으로 웃으며
입을 열었다.

"지금, 같이 살고 있는 거예요?"

그때 분명히 그렇게 말했었다. 처남이란 사람과 함께 살게 될
수도 있다고.

「음, 어제 습격해 왔더군.」

"아아……."

그와는 매번 집에서 만났다. 번잡한 곳을 싫어하는 그의 성격
때문이기도 했고, 워낙 서로 일이 바빠 퇴근 시간이 들쑥날쑥하
다 보니 마음 놓고 차 한 잔 마실 수 있는 공간으로는 차라리 집
이 편했다. 시간 같은 것에 구애받지 않고 편한 마음으로 대화
를 나눌 수 있는 곳이었다. 하지만 이제 다른 사람과 함께 있으
니 그곳은 물 건너갔다고 생각하는 편이 좋을 것 같다.

만약 그에게 그들을 소개받고 싶다고, 내 존재를 알리고 싶다
는 말을 하면 그는 어떤 반응을 보일까?

「윤나리.」

혼자서 이것저것 생각하고 있는데 현우의 낮은 음성이 넘어

왔다. 나리는 자신도 모르게 긴장해서 그의 다음 말을 기다리게 되었다.

「보고 싶다.」

라는 건 나리의 자체 변환 기능에 의해 잘못 들려온 말이고.

「집으로 와.」

그의 말이었다. 나리의 심장이 일순 철렁했다. 설마 머릿속으로 쥐어짜듯 생각했던 말들이 전파를 타고서 전해진 건가? 아니면 자신도 모르게 생각들이 말로 터져 나간 것? 그 사람 때문에, 그의 집에도 못 가고 혹시라도 점점 멀어지게 되는 게 싫다고, 어느새 그런 생각을 해버렸던 것 같다.

괜히 주책맞게 집으로 옷을 가져가겠다고 해서, 서로 부담을 감수해야 할 일이라면 그건 또 싫어서 나리는 얼른 사양했다.

"아니에요. 신경 쓸 거 없어요. 밖에서 만나요. 나도 그게 좋을 것 같아."

서로 불편한 일은 만들지 말자고, 나리가 말한 그때 현우의 음성이 돌아왔다.

「네가 피해야 할 필요는 없어. 내가, 옆에 있어줄 테니까……」

나리의 눈동자가 멈칫했다.

「한 번, 깊이 생각해 보고 그래도 계속 불편하면.」

현우의 말처럼 진지하게 생각해 보려 한다. 이럴 때는 차라리 단호하게 나가는 것도 좋을지 모르겠다. 오라고 하는 그에게 굳이 안 그러는 게 좋다고 말하는 것도 싫고. 하지만 그의 말대로 애초에 불편할 일이라면 조금 더 시간을 갖고 천천히, 신중하게 생각해 보는 것도 방법이겠지. 휴대폰을 쥔 채로 이것저것 고려해 보고 있는 나리의 귓가로 그의 말이 이어 들려왔다.

「그래도 와.」


"매형사마, 부르셨습니까."

구십도 각도, 사무실로 들어서자마자 깍듯하게 인사를 하는 것으로 능청을 떠는 준희를 현우가 물끄러미 쳐다보았다. 무스 탕에 청바지 차림, 옷차림은 말끔했으나 뒷머리가 눈에 띄게 눌려 있는 걸 보니 친구들과 밤새도록 포커를 치며 놀았거나 PC방에서 밤을 새웠거나, 어느 DVD ROOM에서 밤새도록 영화를 본 것, 셋 중 하나일 것이다.

대전 지사에서 출발하기 전, 미리 연락해 둔 대로 준희는 단 1분도 어기지 않고서 현우의 명령에 따라 사무실에 도착했다. 빙글빙글 웃고 있는 준희를 잠시 쳐다본 현우가 곧 드레스셔츠의 소매 단추를 채우며 자리에서 일어났다.

"따라와."

"네, 알겠습니다."

깍듯하게 대답하곤 앞서 나가는 현우의 뒤를 따랐다.

사내의 조용한 휴게실로 준희를 데리고 간 현우가 먼저 소파에 앉자 준희가 맞은편에 앉았다. 한쪽 다리를 꼬고서 느긋하게 기대앉은 현우가 입을 열었다.

"짐은 들어왔는데 사람이 안 보이더군."

"저 눈 퉁퉁 부은 거 안 보이세요? 어제 밤새도록 최루성 멜로 영화 다섯 편 돌려보고 또 돌려봤더니 어느새 날이 샜더라구요. 혼또니 스미마셍데시다."

"한국 말."

현우가 이제 지적하기도 귀찮다는 어조로 말하자 준희가 네에, 하고 다소곳이 대답했다.

"처제는?"

"방금 전에 전화하니까, 초딩 녀석한테 세 달 동안 잠도 안 자고 모은 아이템 다 털렸다고 오열하고 있었습니다."

현우는 고개를 설레설레 저었다.

"저 두 달 정도 더 있을 건데 그때까지만 신세질게요. 이모 잔소리 때문에 미치겠어요. 아니, 영화감독이 평생 배고픈 직업이란 건 어느 고리짝적 사고방식이에요?"

"너 하는 꼴로 봐선 제대로 판단하신 것 같은데."

준희가 찔끔, 찔리는 얼굴을 얼른 거두곤 반항하듯 말했다.

"기다려 보시라구요. 기똥찬 시나리오 진행 중이니까 조만간 다들 날 괄시한 걸 후회할 겁니다."

"의식을 갖고 작업해. 누구한테 보여줄 거니까 두고 보자는 마음으로 해봐야 죽도 밥도 안 돼."

"늘 가슴을 후벼 파는 조언 진심으로 감사드립니다. 아리가또

고자이마쓰."

"내 집에서 지내는 이상은 귀가 시간 지키고, 번잡한 거 싫어하니까 이 녀석 저 녀석 끌어들이지 말고, 최소한 지내는 방 정도는 깨끗하게 정리해서 쓰고, 무엇보다 아침에 청소기 돌리지 마."

"아, 네. 전기세 물세 나눠서 내자는 말씀 안 하시는 것만도 다행이라 생각하겠습니다."

이 황당한 정신세계에서 사는 처남과 대화를 섞을 때마다 늘 골치가 아파오는 현우였다. 그때 준희가 슬쩍 현우의 눈치를 보더니 입을 열었다.

"매형사마의 처제가 자기도 같이 살면 안 되겠느냐고 살짝 매달려 보라던데요? 이모 말이에요, 여자가 게임에 미쳐서 사는 걸로도 모자라 그 게임을 만들고 있는 게 이해가 안 간다고 난리잖아요. 그건 대체 어느 고리짝적 사고방식이에요?"

현우는 그저 측은하다는 눈으로 준희를 쳐다보았다. 하지만 준희는 선심을 베풀어달라는 듯 절절한 표정으로 계속해서 말을 이었다.

"우리 준이도 들어와서 같이 살면 안 될까요?"

"안 돼."

"그렇게 속단 내리지 마시고, 그 녀석이랑 같이 살면 좋잖아요."

"어디가."

"일단 심심하진 않을 테고."

"대신 집이 쓰레기장이 되겠지."

"에 또…… 그래도 애가 귀엽잖아요. 아 참! 걔가 그래 봬도 형광등 같은 거 아주 잘 갈아요."

그것도 칭찬이라고, 쯧쯧.

"대신, 방 안에 거미줄이 생기겠지."

"물론 인정하지만…… 청소하고 요리야 제 취미니까 우리 준이 몫까지 제가 하면 되잖아요. 깨끗하게 쓰게 할게요."

"지금 말해서 변할 일이라면 29년 동안 저렇게 살지도 않았겠지."

할 말 없음이었다. 그래도 준희는 포기할 수 없어서 열렬히 덧붙였다.

"뭣보다 우린 쌍둥이라서 붙어 있어야 파워 업을 한단 말이에요!"

"아, 그래?"

드디어 말이 통했다고 생각한 준희가 반색을 하며 고개를 끄덕였다. 하지만 현우는 정진정명 마이웨이였다.

"그럼, 너도 나가."

깨갱, 준희는 약자가 될 수밖에 없었다.

"알았어요 뭐. 나라도 살고 볼게요."

"그러든가."

"엎혀사는 이 불초한 소생, 저녁은 뭘로 준비해 놓을까요? 가는 길에 장 봐서 가렵니다. 워낙 집 주인이 꼬장꼬장하고 치사해야지 원."

투덜거리고 있는 준희를 훑듯 쳐다본 현우가 곧 입을 열었다.

"최대한 맛있는 걸로, 세 사람 먹을 수 있게 준비해."

순간 준희가 반색을 하며 달려들었다.

"호옷, 역시 매형이라니까. 우리 준이 신경 쓰이시는 거죠? 같이 먹는 건가요? 지금 연락할까요?"

"아니, 다른 사람이야."

그대로 정지한 준희가 두어 번 눈을 깜빡거렸다. 곧 제자리로 돌아가선 팔을 들더니 무스탕을 툭툭 치면서 성의없는 어조로 중얼거렸다.

"그건 좀, 코마리마스네(こまりますね). 난 타인을 위해선 요리 안 하는데."

왠지 무언가 희미한 예감이 드는 준희였다. 그리고 그 예감이 단지 예감만이 아닐 것 같다는 생각이 든 순간, 현우를 흘끗 쳐다보곤 단호하게 말했다.

"그 사람 누군지, 알 것도 같아요."

현우의 한쪽 눈썹이 살짝 치켜올라 갔다.

"누구라고 생각하는데?"

"혹시 매형이 누나 기일 지키지 못한 것과 관계있는 사람 아니에요?"

왠지 그것일 것 같다는 확신. 준희로서도 확실히 짚고 넘어가고 싶은 문제였다. 바로 그 그 시니나사이 걸(しになさい GIRL)

을 말하는 게 맞는 건지. 현우가 이렇게 직접적으로 나올 줄은 몰랐기에 준희도 사실 당황스러웠다. 도대체 무슨 대답을 할지 조용히 지켜보는 가운데 현우가 곧 입을 열었다.

"그래. 같은 사람이야."

그래도 마음속으로는 설마, 같은 기대를 품고 있었던 걸까. 준희의 눈빛이 서서히 가라앉았다. 곧바로 돌아온 대답도 야속하다지만, 그렇게 되면 앞으로의 진행에 상당한 차질이 빚어지게 생겼다.

사실 그 여자에게 어떻게 또다시 접근해 볼까 생각하고 있던 차였다. 일단 얼굴을 익혀놨으니 다음번엔 또 어떤 기막힌 작전을 써서 골려먹어 볼까. 나뭇가지에 송충이라도 얹어서 눈앞에 쑥 들이밀어 볼까? 그럼 꽤액꽤액 소리를 질러대며 기절을 하겠지? 준이 녀석이라면 눈만 껌뻑거리며 휙 쳐버릴 테지만 보통 여자들이라면 분명 그런 반응을 보일 것이다. 쿡쿡, 얼마나 고소할까. 하지만 이 계절에 송충이를 찾을 방도가 없어서 다른 방법을 모색하고 있는 중이었다. 다만 반드시 매형 몰래, 안 보이는 곳에서 접근할 생각이었는데.

그런데 현우가 이렇게 확고한 의지를 표명해 왔다. 그 결과로 그 여인에 대한 사전 조사를 확실히 하기도 전에 맞닥뜨릴 지경에까지 처했고. 그건 역시 곤란했다. 둘의 관계가 확실하면 할수록 더더욱. 아직 그 여자에 대해 알아야 할 게 많았다. 경고도 좀 해야 했고.

하지만 상황이 이렇게 흘러가자 준희는 시간이라도 벌어보고자 힘없는 표정으로, 씁쓸하게 우수까지 채워 넣으며 중얼거렸다.

"다른 사람, 생기신 거군요."

"아마도."

"……차라리 제가 피해 드릴게요. 애초에 얹혀사는데 집 주인의 사생활을 방해하다니 좀 그렇잖아요."

이렇게까지 말하는데 무조건 밀어붙이겠는가. 한 번 입 밖으로 내뱉은 말은 무슨 일이 있어도 지키는 매형의 성격이긴 했지만 그래도 처남이 이렇게 나오는 이상은 됐다고, 다음에 소개시켜 주마, 할지도 모른다.

애상 짙은 눈으로 더욱더 아련한 분위기에 박차를 가하며, 한편으론 현우의 눈치를 흘끗 살피고 있는 준희의 귀로 현우의 말이 대뜸 파고들었다.

"그럼 그렇게 해."

준희의 눈이 번쩍 떠졌다. 이게 아닌데. 의도하려던 건 이 방향이 아닌데…….

"매, 매형!"

"대신 가능한 한 늦게 들어와라."

"하…… 진짜 너무하시는 거 아니에요?"

"뭐가."

"난 들어오지 말라고 하면 더 들어가고 싶단 말이에요!"

"그럼, 집에 가 있어. 가서 인사해."

"싫다구요. 어색하고 그렇잖아요!"

"그럼 나가 있어. 약속 없으면 빨리 잡고."

"아, 진짜 편한 내 집 놔두고 왜 밖에 나가 있어야 하는데요? 것도 이 추운 겨울에!"

"내 집이야."

"아, 그렇군요. 고멘나사이~ 아니, 이게 아니지. 암튼 전 싫어요. 싫습니다. 그 여인더러 오지 말라고 해요."

현우의 눈빛이 짙어졌다.

"그럼 방법은 하나군. 호텔에 다시 투숙해."

준희의 얼굴이 확 일그러졌다.

"진짜! 그쪽 때문에 절 내쫓겠다구요?"

"애초에, 네가 이래라저래라 하고 있다는 게 스스로도 뭔가 이상하다고 생각지 않나?"

"그거야! 그렇지만……."

사실 말이야 바른말이었다. 어쩔 수 없어 수긍의 말을 중얼거리던 준희는 역시 뭔가 손해 본 것 같아 고개를 획 쳐들었다.

"아니요! 다시 생각해 보니까 별로 이상하지 않아요. 솔직히 매형, 너무 이른 거 아닙니까? 우리한테, 아니, 누나한테 좀 너무하는 거 아니냐구요."

담담한 현우의 눈빛은 아무런 대답도 들려주지 않았다. 그저 응시하기만 할 뿐.

"물론 저도 이런 말 유치하다는 거 알아요."

자신이 내뱉고 있는 말의 어폐를 스스로도 인식하고 있기에 그의 얼굴은 조금 붉어져 있었다. 이건 뭐, 떼를 쓰는 초등학생도 아니고. 그래도 그는 할 말은 하고 싶었다.

　"어차피 두 달 후면 준이랑 저, 이 나라에 없어요. 두 달 동안만 모르는 체 넘어가 주면 되는 거잖아요. 집에 데리고만 오지 않으면 만날 일도 없단 겁니다. 그럼 되는 건데 뭐 하러 굳이 만나고 말고 해요? 아니면, 그것도 못 참겠단 거예요?"

　준희의 깎아놓은 듯 잘생긴 얼굴이 일그러져 있었다. 부정적인 생각에 사로잡혀 그는 현우를 힐난하고 있었다. 하지만 여전히 현우가 반응이 없자 스스로 말을 이었다.

　"매형이 좋으면 매형 마음대로 하면 되겠죠. 애초에 매형이 다른 사람 만나서 행복해지겠다는데 막는 것도 웃기니까. 넓은 가슴으로 이해해야죠. 매형도 남자고, 한 사람만 기억하고 살기에 젊고 능력도 최고고. 어차피 상관할 자격도 이젠 없으니까 따지는 것도 그만두죠. 대신, 저는 만나고 싶지 않아요."

　준희의 생각은 단호한 것 같았다. 그제야 현우가 천천히 입을 열었다.

　"하고 싶은 말, 다 했어?"

　"더 많지만 오늘은 그쯤 하죠."

　"내일 할 것도 지금 다 해."

　"여기서 오늘은, 이란 말은 그런 뜻이 아니잖습니까. 그냥 그 정도면 됐단 말입니다!"

현우가 씁쓸하게 웃었다. 처음엔, 그도 굳이 그녀와 이 두 사람이 만날 필요까지 있을까 생각했다. 그녀도 곤란할 테고, 둘도 편친 않을 테니. 둘 다 곤란할 일을 뭐 하러 일부러 만들려고 들까. 하지만……

"나는, 네가 만나봤으면 한다."

준희의 눈썹이 꿈틀했다.

"왜요?"

"네 녀석들이 왔기 때문에 내 마음을 똑바로 보게 됐으니까."

아내보다, 아내의 동생들인 이들이 나타나 외면하려고 했던 마음을 직시하게 되었다. 그렇기 때문에 더더욱 나리를 그들의 뒤편에 세워두고 싶지 않았다. 집에 오겠다던 그녀, 준희를 집에서 내보낼 필요까지는 없겠지만, 무엇보다 준희 때문에 그녀의 걸음을 막고 싶지는 않았다. 세 사람을 부딪치지 않게 하는 것으로 그녀가 감수해야 할 상황을 하나라도 줄여주는 게 옳은 것이라고 하더라도, 만약 그녀의 걸음을 막는 것으로 조금이라도 그녀에게 상실감을 주게 된다면…….

그러기 싫은 것이다.

그저 지금까지처럼 살아가고 싶었다. 무엇 하나 변하는 것 없이. 그녀가 원하는 시간에 자신의 집을 찾을 수 있도록.

준희는 물끄러미 현우를 쳐다보고 있었다.

"그건 또, 무슨 뜻이에요?"

"나는 너희들을 배제하고 살고 싶지 않으니까, 배제하고 싶지 않은 또 한 사람을 소개해 주고 싶은 것뿐이야."

그래도 준희의 달갑지 않아 하는 기색은 펴지지 않았다. 머리카락을 흩뜨리곤 말했다.

"솔직히 이해가 안 가요. 했던 말 다 다시 철회할게요. 평생 누나를 기억하고 살라는 말은 못해요. 그런 말 했다간 벌받아서 나도 똑같이 홀아비 되면 어떡합니까. 하지만 다른 거 다 떠나서. 겨우 1년 지났어요. 2년도 안 됐는데 벌써 다른 사람이라니. 우리 누나가 불쌍하잖아요!"

준희의 입장에서는 충분히 나올 수 있는 말이었다. 그래, 틀리지 않았다. 현우는 씁쓸하게 웃었다. 자신에게도 가장 아픈 부분이다.

"하지만 이미 그렇게 됐다면 사랑하시든 연애를 하시든 마음대로 하세요. 대신 저는 만나기 싫다구요. 일단 난 누나 동생이니까. 저도 그렇지만 준이 그건 저보다 더 소갈머리가 좁아 터져서……."

"적당한 때라는 건, 언제를 말하는 거지?"

한참 흥분해서 쏟아내고 있던 준희가 멈칫했다. 깊은 눈빛으로 자신을 물끄러미 쳐다보고 있는 현우. 필라멘트가 끊긴 듯 머릿속이 잠깐 동안 텅 비었다가 곧 정신을 차린 준희가 반문했다.

"무슨 뜻이에요? 뭘 물으시는 건데요?"

"네가 말하는 적당한 때. 1년? 2년? 그래. 네가 말한 대로 아직 2년도 되지 않았지. 그럼 10년 후에는 괜찮다는 건가? 그때는 배신이 아니라는 거냐."

현우의 낮은 질문에 준희는 막상 대꾸할 말이 쉽게 떠오르지 않았다. 그의 표정은 고요했다. 그러나 그 안에 쓸쓸함과 쓰림, 안타까움, 그리고 슬픔, 모든 것이 담겨 있는 것 같아, 처음으로 준희는 매형의 쓸쓸한 안쪽의 모습을 본 것도 같았다.

"어차피 가슴에 묻은 사람을, 2년, 10년이면 무슨 소용이야. 10년 동안 잊지 않고 있으면, 그래, 네 말처럼 적어도 2년, 아니, 5년이라도 넘기면 충분히 할 일을 한 거냐. 그때는 미안해하지 않아도 되는 거냐."

"제 말은……."

"그래. 틀리지 않지. 2년도 안 되어 다른 사랑에 대한 가능성을 얘기하다니. 한심할 노릇이지. 이별은 이별이지, 아름답고 사랑스러운 이별이란 건 없어. 아프고, 슬프고, 기억하고 싶은 건 내가 더 해. 너만큼, 아니, 너보다도 내가 더 쓰리다."

준희의 눈빛이 현우에게서 떠나질 못했다. 뭐라고 말을 하려다가도 곧 입을 다물었다. 돌려 생각했을 때, 현우가 힘들다는 건 그도 인정할 수밖에 없는 사실이었다. 표정에서도 괴로움이 묻어나는데, 그런데도 놀라울 정도의 차분함을 유지하며 그가 말을 이었다.

"잊고 싶지 않아. 맞는 말이야. 잊었다고 생각하면 그녀가 가엾지. 안타깝지, 불쌍하지. 참 많이, 미안하지."

그의 가슴에서, 눈이 내리고 있는 것 같다고 준희는 생각했다. 가장 사랑하던 사람을 추억하고 있는 그의 눈매는 쌓이는 흰 눈처럼 포근하고 다정한 빛을 띠고 있으면서도, 사실은 막상 만져 보면 너무 시려서 손끝을 얼게 만들고야 마는 것처럼 추워 보였다. 추억하고 있어서 그나마 포근하지만, 추억하는 것 자체로 괴로운 그의 상념이 마치 펑펑 쏟아져 내리는 눈을 홀로 서서 맞고 있는 사람처럼, 외롭고 시린 모습으로 다가왔다.

"매형⋯⋯."

"중요한 건, 2년 안에 윤나리가 내 앞에 나타났다는 거야. 그리고 내 입으로, 내 마음으로 그녀를 인정했어."

"윤⋯⋯."

나리였어요? 그 시니나사이 걸 이름이?

라고 잘못 물을 뻔한 걸 준희는 겨우 입을 틀어막아 스스로 말렸다. 잘못하면 그날 고의로 미행한 일을 제 입으로 실토할 뻔했다.

내 입으로, 내 마음으로 그녀를 인정했어.

괴로운 것 같은, 아련한 것 같은, 그러면서도 그 어느 때보다 선명한 눈빛의 현우를 준희는 물끄러미 바라볼 뿐이었다. 나지막하게 그의 말이 이어졌다.

"내 입으로 인정한 사람에게, 만약 10년 후였다면 이 만남이 지금보다는 덜 힘겨웠을 거라고, 그렇게 말할까?"

그래. 이미 마음으로 인정한 사람이다. 다시 만난 순간, 놀란 것 같은 표정과 동그래지던 눈매, 곧 환하게 웃던 미소가 잘 지워지지 않았다. 그렇게 2년을 지속해 온 만남. 거리를 두면서도, 그러면서도 끝내 멀어지는 건 허락하지 않고서 내내 옆에 붙들어두었다.

그리고 직시한 진심, 표현한 마음.

다른 곳에 가는 한이 있더라도, 가기 전까지는 내 곁에 있으라고. 차마 내 욕심대로 눌러 앉힐 수도 없고 그러면서도 놓지도 못해서. 매너있는 신사인 척 네 행복을 위해서라면 보내줄 수도 있다느니, 또 한 번 그녀를 아프게 할 말을 내세우며 마땅히 보내주어야 옳았을 사람의 손목을 꽉 움켜쥐고서 놓아주지 않았다.

지금 그의 눈빛이 짙어지고 있었다. 사무실로 돌아가면서 현우는 휴대폰을 꺼냈다. 속도를 늦추지 않고서 번호를 눌러 귀에 댔다.

"어디야."

여보세요, 라고 나리의 목소리가 들리자마자 물었다.

「아…… 퇴근 준비하고 있어요. 현우 씨, 오늘 말인데요.」

역시 신경이 쓰이는 듯 나리가 그 말을 꺼냈다. 현우는 듣지 않았다. 그녀의 말을 자르고서 말했다.

"나는 망설이지 않을 테니까."

「현우 씨.」

"너도 망설이지 마."

헤어지는 게 어렵지, 괴롭고 아프더라도 만날 수만 있다면 그게 뭐가 힘들까. 서로를 아프게 하는 관계라고 하더라도 만날 수만 있다면, 아예 못 보는 것과 어떻게 비교를 할 수 있을까.

지금 만날 수 있는 사람에게, 그는 최대한 집중하려고 한다. 붙들고 싶어도 붙잡을 수 없어 놓쳐 버린 사람이 있다. 아무리 붙들려고 해도 될 수 없는 일이었다. 하늘은 그에게서 그 사람을 빼앗아가고 말았다. 이제 한 사람, 겨우 다시 선택한 사람만은 무슨 일이 있어도 맥없이 손에서 빠져나가는 걸 손 놓고 지켜보고 싶지 않았다.

헤어지는 게 어렵다는 걸 인정했다면, 죽도록 부딪치고 깨지고 찢기고 해지더라도, 만남 속에서 해답을 찾으려고 한다. 받아들이기로 한 마음이 소중하듯이, 자신을 받아준 그녀의 마음 또한 비교할 수 없을 정도로 소중하므로.

그녀에게 보답하는 마음으로.

사랑을 잃고서, 잊고서, 다시 찾은 이 남자를 그렇게나 끈질기게 열렬히 두드려 댄, 오로지 그녀를 향해.

"누구도 피하지 말고, 누구에게서도 숨지 말고, 내 곁으로 와."

현우는 마음의 단호함을 토해냈다. 기쁜 듯…… 슬픈 듯, 나리의 떨리는 목소리가 넘어왔다.

「내가 그 사람을 만나면, 현우 씨는 좋아요?」

"좋을 것까진, 없어."

「그럼요?」

"피하는 게 싫을 뿐이야."

「나를, 소개해 주고 싶은 건가요? 어느 누구도 아닌 나를?」

"그래."

눈물을 반 섞은 채 나리의 웃는 목소리.

「그쪽에서 싫어하면? 불쾌해하면?」

현우의 입가가 살짝 말려 올라갔다. 타이를 느슨하게 풀었다.

"몇 대 때려줄게."

「때려도 싫다고 하면?」

"너는 어때."

「…….」

"너는 괜찮겠어?"

「난…….」

잠시간의 두 사람 간의 정적. 현우의 걸음이 멈추었다. 차분한 표정으로 대답을 기다리는 그에게 나리의 대답이 넘어왔다. 현우의 입가에 비로소 빙긋 미소가 돌았다.

「계속 싫어하고 밉다 그러면 내가 그 사람 때려도 돼요?」

지금, 당신은 누굴 행복하게 해주고 싶나요?

윤나리라는 여자를, 강현우라는 남자를, 아마도 서로는 행복하게 해주고 싶었나 보다.

6편 고코와 도코데스카 (ここは どこですか)?

"어이어이. 당신 뭐 하는 여자야?"

대문 앞에서 별생각 없이 고개를 돌린 나리의 동공이 커다랗게 열렸다. 누군가를 발견한 반응이 그랬다.

'저…… 남자는?'

눈에 익은 사람이지만, 이곳에 서 있을 이유가 절대 없는 남자라서 놀랐다. 덕분에 잠깐 머리가 윙 울렸다.

기억이 틀림없다면 분명히 저 남자는 그 일본어를 앞세우며 이상한 수작을 걸던 남자인데 왜 그가 이 집 앞에 있는 거지?

그것도 상당히 불손한 표정으로, 고개를 삐딱하게 틀고서 사납게 팔짱을 낀 채로, 왜인지 모르겠지만 '너한테 상당한 불만

이 있으니까 이 각종 포즈들로 단번에 알아차려!' 라는 듯 심상 찮은 표정으로 서 있었다.

"누구세요?"

도무지 머릿속이 정리가 되지 않아 나리는 일단 직접적으로 물어볼 수밖에 없었다. 이상하잖아, 정말 이상하잖아.

"진짜 머리 안 돌아가네. 그 머리로 남의 매형을 유혹하다니. 요즘은 연애도 센스와 재치가 있어야 하는 거 아니었어? 대체 뭘 보유하고 있어? 아이템이 뭐야? 내공이 얼마야? 어디가 잘난 거야? 허 참, 어디 하나라도 볼 구석이 있어야지. 얼굴도 평범, 몸매도 평범, 목소리도 평범, 평범, 평범, 평범, 도대체 뭐 하는 여자야?"

뒤통수를 후려치는 '평범'의 압박. 기분 나쁘고 짜증나서 백 대는 때려줘도 이 성질난 속이 가라앉지 않을 것 같은 깐죽거림 은 그렇다 치더라도, 나리는 지금 다른 한 단어에 정신이 팔려 있었다.

"매형…… 이라고?"

뒷머리를 무언가에 세게 얻어맞은 기분.

매형? 매형의 뜻이 뭐지? 자, 일단 진정하자. 매형이 매형이 지 무슨 뜻이겠는가. 하지만 거기부터 또 꼬인다. 어째서 저 남 자가 지금 이곳에서 저 호칭을 입에 올리고 있는 거지?

이 집에 있는 사람을 만나러 왔다. 아, 그보다 현우에게 옷을 전해주고 얼굴도 보고, 그런 이유도 있었지만 오늘 누군가와 부덮칠 각오를 단단히 하고 온 것이다. 솔직히 긴장도 되고, 마음도 좀 무겁고, 보면 무슨 대화를 나눠야 하나 잔뜩 걱정도 일었지만 그래도 만나기로 결정했다면 잘해야지 생각하고 있었다. 현우는 태우러 오겠다고 했지만 나리는 사양을 하고서 혼자 집에 들렀다가 코트를 챙겨서 다시 나온 길이었다. 한데 좀 일찍 도착한 것 같아서, 이제 곧 도착한다는 현우를 기다리고 있었는데.

갑자기 대문 앞에 일본어 남자가 나타났다! 그리고 저가 그의 처남이란다. 아니, 그렇게 굴고 있다.

'진짜로, 이 남자가?'

침이 꼴깍 넘어갔다. 그리고 이어서 드는 경악!

어떻게 이런 일이 가능할까. 길거리에서 우연히 만난 그 지하철역도 모르는 일본어 남자가 그의 처남이었다는 걸 대체 어떻게 받아들여야 할까. 우연도 이런 황당한 우연이 있을까 싶었지만, 기가 막히게도 그게 사실인 모양이었다. 정신병원을 탈출해 온갖 집을 돌아다니면서 그 가족의 처남인 척하는 병증을 가진 남자가 아니라면, 이 집 앞에서 매형을 외치고 있는 저 남자가 바로 현우의 처남이란 소리였다.

하지만 역시나 머리가 얼얼해지는 건 사실이었다. 아무리 사람이 살아가면서 별의별 기막힌 우연들을 다 겪는다지만 이건 좀 허용 한도의 초과가 아닌가 싶다. 어떻게 살면 이렇게 만나지는 걸까? 설마 준희가 고의적으로 접근했다는 생각은 떠올리지도 못하고 있는 나리였다.

고민에 고민을 거듭하고 있는 나리를 살벌한 눈으로 노려보고 있던 준희가 입을 열었다.

"어이, 당신 몇 살이야? 몇 살인데 나한테 반말이야."

"그러는, 너는…… 몇 살인데 반말이신데요?"

"하!"

매너를 일본에 버리고 온 것 같은 남자 때문에 나리는 애초의 목적도 잊어버리고 뒷골이 당기고 말았다. 이 남자 말하는 방식이 왜 이렇게 막 나가지? 아, 정말 어느 시궁창에서 살다 온 거야? 일본 시궁창이니? 일본 시궁창이야?

"초면부터 말을 심하게 하시잖아요?"

"초면이면 이런 말도 안 나가지."

"내가 할 말이네요. 초면이었다면 차라리 이해가 가겠어. 대뜸 공격부터 하고, 좀 심하다고 생각하지 않아요?"

"하아……."

관계는 관계인 거고, 나리는 이 남자와 말을 섞은 요 짧은 몇 분 동안 생각지도 못한 불합리한 대우를 받아 심란하고 우울한 눈으로 준희를 노려보게 되었다. 물론 달갑지 않으리라는 생각은 했다. 굳이 표현하자면, 서로 땅 사면 배 아플 관계 정도로 언급하면 좋을까.

하지만 이렇게 대놓고 배타적으로, 아니, 난폭하게 굴 줄은 몰랐기에 인간 자체의 실망감에 대해 따져 보게 되었다. 아니,

그렇더라도 윤나리, 부디 마음을 가다듬자. 일단은 성인이니 예의있게 행동해야 하지 않겠는가.

"됐고. 매형은 지금 어디 있어?"

"알고 싶으면 찾아보시죠?"

하지만 불행하게도 저쪽이 저렇게 나오니 이쪽도 도통 고운 말이 나가지 않았다. 마음은 어른스럽게, 어른스럽게를 외치고 있었지만 속상한 입이 제멋대로 행동하니. 나리가 노려보자 준희도 만만치 않게 쩨려봐 주었다. 두 사람의 시선이 한가운데에서 부딪쳐 시베리아 기단보다 더 살벌한 고기압 골을 형성하고 있었다.

"하아…… 황준희, 진짜 성질 많이 죽었지."

"만만치 않다, 이걸 일본어로 어떻게 말해요?"

"정말이지, 우리 매형사마 눈 많이 낮아졌다. 진짜 궁하긴 궁했나 보네. 나 참."

나리의 기분이 확 상했다. 이 남자에게 말을 들으면 들을수록, 생생하게 살아 있던 배추에 왕소금이 확 뿌려지는 느낌. 숨도 죽어버리고 맥도 빠져 버리고, 무엇보다 감정 상한다! 대체 어디서 이런 못된 남자가 솟아오른 걸까?

"그쪽이 나한테 감정이 안 좋다는 건 알겠는데요."

"알면 입 다무시지. 확실히 당신, 나한테 짜증나는 존재니까."

"왜요?"

나리의 반문에 준희가 황당하다는 듯 눈을 깜빡거렸다.

"뭐?"

"내가 왜 그쪽한테 짜증나는 존잰데요?"

정말 모르고서 묻는 건지. 알면서도 확인차 물어보는 건지.

"그걸 몰라서 물어? 나 우리 누나 동생이야. 더 이유가 있어야 해?"

나리의 눈빛이 움찔했다. 그제야 준희의 입가가 슬쩍 말려 올라갔다. 만족감의 표시인 듯. 그 행태를 보니 잠깐 주춤해졌던 속마음에 다시 열이 올라 나리는 냅다 공격을 가했다.

"하, 진짜 초등학생도 아니고. 나, 우리 누나 동생이야? 진짜, 다 큰 어른이 말투가 웃기잖아. 나, 이런 사람 아들이야! 우리 아버지가 누군지 알아? 그 말 하고 싶은 거예요, 지금?"

가해진 공격에 준희의 표정에서 승리의 빛이 사악 가셨다. 잘난 얼굴이 서서히 소악마처럼 변했다.

"난다요, 소레(なんだよ, それ)!"

흥분하면 일본어가 튀어나오는지, 또 나불거려 주고 계시다.

"최소한 필요한 말도 나눠보지 않고 공격부터 하다니 참 실망스럽네요. 그래요. 나 강현우 씨 좋아해요. 그래서 당신들이랑 만나는 거 껄끄럽고 미안한 마음도 있었는데 이상하게 그게 막 가시려고 하네. 당신한텐, 그런 마음 사치인 것 같아요."

무조건 공격부터 하는 사람에게, 아무리 그가 공격할 사정이 있다고 해도 허허 웃으면서 무방비할 사람은 없다. 입술을 꼭 깨물며 턱 끝을 보란 듯 치켜들고서, 이 상황에 대해 불만을 표현하고 있는 나리를 준희의 달갑지 않은 시선이 쭉 훑었다.

하지만 못내 말이 막힌 것도 사실이었다. 처음부터 이렇게 심하게 할 생각은 없었다. 그냥 이때쯤이면 오지 않을까 싶어 대문 근처에서 기다리고 있었다. 매형과 삼자대면을 하기 전에 먼저 몇 마디 해두고 싶었다.

하지만 얼굴을 보자마자 대뜸 나쁜 말부터 나가니 문제였다. 왠지 딱 골려주고 싶을 정도의 동그란 눈동자 때문일까? 아니면 그날 지하철 물었다가 제대로 당한 일이 떠올랐기 때문일까. 이유는 스스로도 설명하기 힘들 정도로 여러 가지였다. 매형이 이 여자를 사랑하는 것 같다, 그런 생각에 휘둘리고 있기 때문인지도.

오후에 현우와 나눈 대화들 때문에 준희의 마음이 조금 흔들린 것도 사실이었다. 그의 마음이나 입장은 전혀 생각해 보지 않고서 이쪽의 입장과 마음만 앞세웠다. 늘 커다랗게 보이던 사내였기에 그도 외로울 줄 알고 힘들 줄 아는, 자신과 똑같은 사람이라는 걸 잠시 잊은 것 같다. 그래서 철없이 군 자신의 언행에 대해 조금은 반성도 하고 있었다. 스물아홉이면 그렇게 앞뒤 상황 판단 안 하고 말만 앞세울 나이가 아닌데.

하지만 현우의 입장은 이해가 갈지언정 이 여인에 대해서는 아직도 반감이 남아 있었다. 굳이 표현을 빌자면, 아직 엄마를 잊지 못했는데 새엄마를 맞아야 하는 무방비 상태의 어린아이의 상황이라고 할까. 나쁜 사람이 아닌데도, 단지 아빠를 훔쳐가는 여자 같다는 생각에 무조건 비난부터 하게 되는.

그런데 양손 가득 힘을 꾹 싣고서 고집스럽게 자신을 노려보고 있는 나리의 모습을 보자, 얄미운 건 얄미운데도 동시에 마음이 심란해지고 있었다. 이렇게 공격하는 건 역시 심한 것 같다는. 에잇, 내가 무슨 상관이야. 뿔나서 뿔났다고 표현하는 건데, 자유민주주의 국가에서 내 감정조차 내 의지대로 표현 못해?

그래도 역시 이건 수준 낮은 반칙 같잖아. 치사하기도 하고. 아, 내가 왜 이러지? 이럼 안 되는데. 더 심하게 쏴붙여 줄 못된 말들이 머릿속에 백만 스물 두 가지 플러스 내 나이 숫자만큼이 더 있는데.

"내가 왜 당신이 입에서 나오는 대로 한 기분 나쁜 말들을 감수하면서까지 당신 앞에 있는 건지 알아요?"

모멸스러운 표정을 힘껏 누르며 말하는 나리를 흘끗 쳐다본 준희가 대답했다.

"알 게 뭐야."

"그건 현우 씨를 사랑하고 있기 때문이에요. 더, 이유가 있어야 해요?"

준희의 안면근육이 일순 꿈틀거렸다. 이 여자, 너무 직구 날려주신다. 부담스러울 만큼 똑바른 감정 표현으로. 그 바람에 마치 자신이 사랑 고백을 듣기라도 한 듯, 준희는 이 여자가 생소하고 신기했다.

"하…… 그래. 그런 거겠지. 사랑이란 그런 거니까. 대신 매형 오기 전에 하나만 물어보자. 왜 하필 우리 매형이야?"

나리의 입술이 반자동적으로 열렸다.

"하필…… 이라고 했어요?"

"그래. 하필! 당신만 아니었다면……! 제길, 나 왜 이렇게 갈수록 유치해지냐? 아, 진짜 미치겠네."

혼자서 주먹을 말았다 폈다, 머리카락을 쓸어 넘겼다가 흐트러뜨렸다가, 자신을 감당하지 못하고 있는 준희를 나리는 고개를 살짝 기울이며 쳐다보았다. 처음에는 좀 특이하고 기분 나쁜 사람이라 관조할 면보다 놀랄 면이 더 많았는데, 조금 지켜보다 보니 그냥 자신의 마음속에 있는 생각, 행동들을 다 노출시키는 타입의 사람 같다.

아무것도 숨기지 못하고. 그건 그만큼 자유롭다는 의미겠지만, 요즘 세상엔 저렇게 자신의 감정을 제어하지 못하면 욕먹는다. 순수해 보이긴 하지만, 순수가 장점으로 통하지 않는 요즘 같은 때엔 왠지 측은해지는 모습이기도 했다. 그래서 더욱 현우에 대한 집착이 심한 걸지도. 시스터 콤플렉스만 심한 줄 알았더니 매형 콤플렉스는 더한 것 같다. 누가 보면, 매형을 저가 사랑하는지 생각하겠다.

그럼, 같은 사람을 사랑하는 것이 되나?

나리의 입가에 씁쓸함이 돌았다. 고개를 비스듬히 한 채로 대답했다.

"당신은, 아마 사랑 같은 거 해보지 않았나 봐요."

"……뭐? 지금 나 무시하는 거야?"

"그러니까 이유를 묻고 있죠. 사랑하는 데, 이유가 필요해요?"

"그럼, 이유도 없이 사랑해?"

하필, 이라는 단서가 달린 사랑이라니. 생각도 하기 싫었다. '이 사람은 절대 사랑해선 안 되니 눈이 돌아가더라도 참으십시오' 그런 팻말이 붙은 것도 아니고. '이 사람을 사랑하면 곤란해지니 맘 편하게 연애하고 싶으면 아예 생각도 마십시오' 그런 금지 팻말은 더더욱.

금지된 장난처럼, 그런 팻말이 붙었기에 더 마음이 끌리고 도전해 보고 싶다? 그런 하찮은 이유로 이렇게 가슴이 망가질 정도로 깊은 사랑에 빠져 괴롭고 싶은 사람은 없을 것이다. 눈이 멀어 사랑하게 되었다. 눈을 떴더니 그 사람밖에 앞에 없더라. 귀가 안 들려서 그 사람의 이름밖에 들리질 않았다. 그저 온 세상이 단 한 사람으로 좁혀지는 기적이었다. 좀 더 일찍 그를 만나지 못했던 것이 가슴을 베는 듯 고통으로 다가왔지만, 늦게라도 당신이라는 기적을 잡게 되어 다행이라고. 늘 비가 내리면 당신을 생각하고, 눈이 오면 당신을 기억하고, 바람이 불면 당신을 곱씹는다. 사계절에 당신이라는 남자가 묻어 있을 뿐.

사계절 속에서 살고 있기 때문에, 이미 그 사람을 떼어놓는 건 불가능하게 되었다.

"현우 씨…… 니까."

잔잔하게 흘러나온 나리의 말에 준희의 표정이 주춤했다. 곧 땅바닥에 시선을 박아가며 발을 쿵 굴리기도 하고 뭔가를 중얼거리기도 했다. 속사포처럼 낮은 웅얼거림으로 여러 가지 말을 쏟아내는 바람에 거의 알아듣진 못했지만 쏟아지는 단어 중에 칙쇼(ちくしょう)라든가, 그런 말이 들린 것도 같다. 겨우 가라앉힌 건지, 곧 그가 정색을 하고서 나리를 쳐다보았다.

"소레데(それで)?"

나리는 빙긋 웃었다. 세상의 햇살 전부를 마치 혼자 받고 있는 듯 환한 미소로.

"지금 내 마음이라면, 강현우라는 이름을 갖고 있는 지구상의 모든 남자를 사랑할 수 있을 것 같아요. 그게 이유예요. 이유 물었잖아요."

굳이 이유를 붙인다면, 'Because of you'.

준희의 표정이 한꺼번에 엉망진창이 되고, 도대체 말이 통하지 않는 여자 때문에 기분도 왕창 상해 버렸다.

고코와 도코데스카(ここはどこですか).

딱 그런 심정. 정말이지, 여기는 어디일까. 어디서 이런 여자가 툭 튀어나온 걸까. 나는 대체 어디에 있는 걸까. 예감이 좋지 않았다. 하필이면, 가장 대적하기 어렵다는 순정파아? 왜 하필…….

"잠깐 어디 가서 얘기 좀 하지."

준희가 급하게 내쏟았지만 나리는 고개를 저었다. 그것도 단호하게.

"난 할 말은 다 한 거 같아요. 더 따지고 짚어보고 그럴 게 없잖아요. 서로 달갑지 않다는 건 확인한 것 같고, 또 지금으로선 그게 맞……."

"아, 글쎄. 잠깐 얘기 좀 하자고…… 요!"

왜 그렇게 조급한 마음이 드는 건지, 준희는 다짜고짜 나리의 손목을 홱 잡고서 자신도 놀랄 정도의 파워를 이용해 그녀를 끌고 있었다. 마치 싫다는 여자애를 강제로 끌고 가고 있는 유괴범처럼.

그 바람에, 방심하고 있다가 엄청난 완력에 틀어잡혀 대뜸 홱 끌려가는 신세가 된 나리는 기겁을 하고서 준희의 손을 밀어냈다.

"이, 이게 무슨 짓이에요? 대체 왜 이래요, 정말!"

하지만 아무리 발버둥을 치고 부츠 밑창에 힘을 줘서 바닥과의 마찰을 이용해 버티려고 해도, 반반하게 생긴 남자는 결코 허약 체질이 아니었다.

"아, 진짜 시끄럽네! 우루사이(うるさい)! 이건 또 뭐야!"

거치적거리는 종이가방, 바로 현우의 코트를 넣어놓은 가방까지 홱 빼앗아 들고서 준희가 속력을 초고속으로 올렸다.

"이거 놔요, 진짜? 꺄악! 사람 살려! 사람 살려요!"

목청껏 소리쳤지만, 불행하게도 나리는 일단 튀고 보자는 생각에 온통 사로잡혀 있는 준희의 제물이 되고 말았다.


"료카라고 불러."

"리어카요?"

"료카! 료카!"

답답하다는 듯 료카라는 남자가 거듭 제 이름을 강조했지만 더 답답한 건 나리였다. 왜 저렇게 그 이름에 집착하는지 모르겠지만 무슨 이름이든 불러주는 거야 어렵지 않았다. 다만 아까부터 계속 울리고 있는 휴대폰이 신경 쓰일 뿐. 받아야 하는데, 휴대폰이 자신의 수중에 없다는 것이 문제였다. 벌써 저 잔인한 료카라는 남자의 손에 압수되어 손도 못 대는 형국이었다. 꽃처럼 생긴 남자가 무슨 힘이 저렇게 센 걸까? 이참에 확 몸싸움이라도 해버려?

"내놔요. 내 휴대폰."

최대한 목소리를 깔고서 나리가 손바닥을 척 내밀었지만 료카는 그 손에 자신의 손을 짝 치고는 다른 소리만 흘려댔다.

"대화 나누는데 휴대폰 때문에 막히면 기분 나빠. 훔쳐 가지 않을 테니까 걱정 마."

"지금 그런 걸 훔쳐 간 거라고 한국에선 표현하다죠. 일본에선 안 그래요?"

"말했어. 난 그쪽하고 잠깐이라도 좋으니까 진지한 대화를 나누고 싶다고. 그 시간을 휴대폰으로 방해받아야겠어?"

"현우 씨 전화면 어쩔래요? 찾고 있는 거면?"

"현우 씨일까 봐 겁나서 못 받는다는 걸 거 참 모르시네. 진짜 센스없네, 센스."

뻔뻔하게 고개를 내젓는 준희를 나리는 무감동하게 지켜보았다. 진짜 이 남자 뭐니, 뭘까? 현우를 배제한 상태에서 무슨 할 말이 있는 모양이긴 했다. 그래, 하고 싶은 말이 여러 가지 있긴 하겠지.

"하지만 이렇게 휴대폰까지 빼앗긴 상태에서 취조당하는 것처럼 대화를 나누고 싶진 않다면요?"

"취조가 아니라 대화 신청이라고 했습니다만?"

"대화 신청을 이렇게 강제적으로 해요?"

"개인차지, 개인차."

기가 막혔다. 이렇게 저렇게 아무리 타협점을 찾아봐도 결국 대화를 마쳐야 돌아갈 수 있을 것 같은 분위기다. 무슨 대화를 원하는 건지 감이 잡힐 것 같기도 하고, 아니기도 하고. 나리는 일단 차분하게 입을 열었다.

"그래요, 좋아요. 대체 원하는 게 뭐예요, 료카, 료카, 료카, 료카, 료카."

"데메에(てめぇ)······ 그만 하시지?"

준희의 짙은 눈썹이 나리로서는 고소하게끔 휘어졌다. 불러 달래서 불렀는데 왜 또 기분은 나쁘고 난리이실까. 데메, 라고 하면 욕 같은데.

"그쪽 마음은 알겠는데……."

준희가 서두를 꺼내자 나리는 욕한 건 나중에 복수해 주기로 하고 일단 차분하게 응수했다.

"그런데요?"

"그거 알아? 늑대는 평생 한 마리의 암컷과 사랑을 한다지. 제 암컷을 위해 목숨까지 바쳐 싸우는 유일한 포유류야. 제 새끼를 위해 목숨까지 바쳐 싸우는 유일한 포유류. 늑대는 사냥을 하면 암컷하고 새끼한테 먼저 음식을 양보하고, 인간이 먼저 그들을 괴롭혀도 절대 인간을 먼저 공격하지 않아."

말을 끝낸 준희를 나리는 빤히 쳐다보았다. 늑대 강의, 잘 들었다. 하지만 그 의도까지는 감이 안 잡힌다. 평생 한 마리의 암컷과 사랑을 한다고 하지. 그 부분에서 무언가가 목에 탁 걸린 듯 막힌 것만 빼고.

"……그래서요?"

"난, 늑대야."

맥이 쭉 풀린다.

"아아, 그렇군요. 그러시군요. 대단해요! 늑대님. 짝짝짝!"

입으로 박수까지 쳐주었다. 그러나 료카는 제 할 말만 했다.

"아마도, 강현우 씨도 마찬가지겠지. 아니, 남자라면 모두 내가 말한 그런 이상을 갖고 살 거라 생각해. 사랑을 위해, 가족을 위해, 희생을 해서라도 의지를 지키면서. 멋지게, 자랑스럽게,

꿋꿋하게, 폼나게."

"하아…… 남자들은, 대체로 늑대에 비유되지 않나요?"

"그때의 늑대는 부정적인 의미지! 지금 내가 말하고 있는 의미는 그것관 정반대야. 남자는 사랑이든, 가정이든, 의리든, 뭔가를 지키기 위해 필사적으로, 맹목적으로 달려가면서 살고 싶은 존재라고."

"그래서요?"

도대체 준희의 말뜻을 이해하지 못하겠다. 설마 현우가 이미 자신의 누나라는 한 여자를 선택했고 아직도 사랑하고 있으니 그 여자를 위해 살게 그냥 두라는, 그러니까 넌 그만 떨어져 나가라는 그런 말을 하고 싶은 걸까? 이 남자의 시스터 콤플렉스의 강도로 보면 충분히 가능성있는 말이다. 하지만 그런 말 했담 봐라. 나도 가만히 참고 있진 않을 테니. 벼르면서 나리가 쏘아보자 준희가 말을 이었다.

"결혼을 했었다고 해도, 매형이라는 늑대가 선택한 단 한 마리의 암컷은 누가 될지 아직 모르는 거 아닐까?"

그건 또 예상외의 전개라 나리의 눈이 깜빡거렸다.

"대체 논점이 뭐예요? 날 놀리고 싶은 거라면."

준희는 단호하게 그녀의 말을 잘랐다.

"뭔지 모르겠지만, 자기 여자가 아니라고 생각했으면 모를까, 매형은 자기 거라고 생각한 이상은 여자를 울리지 않을 거야. 그럴 남자지."

"······."

"그러니까 한 번 내기해 보는 게 어때?"

준희의 본론이 나왔다. 하지만 그와 동시에 덜컹, 소리를 내며 나리의 의자가 뒤로 밀렸다. 벌떡 일어나는 그녀를 준희가 흘끗 올려다보았다. 그 눈빛이 여유로워서 더 감정이 상했다.

"당신, 진짜 저질이네요."

"허······. 왜?"

"우습지 않아요? 무슨 내기인지 모르겠지만 들어볼 가치도 없겠네. 유치할 게 뻔하니까."

준희가 픽 웃었다.

"유치해도 어쩔 수 없어. 웃기면 웃으라지? 난 그쪽이 내 누나 자리에 있는 게 더 마음에 안 드니까. 매형이 누나를 벌써 잊었다는 것도 믿기지 않아. 확인해 보고 싶을 뿐이야. 확인되면 곧장 깨끗하게 손 뗄 테니까."

나리는 준희의 의식 세계가 도저히 감당이 되지 않았다. 동조할 수는 더더욱 없고.

"그렇게 아끼던 누나를 마음에서 밀어낼 만한 상대, 그쪽이라면 어쩌면 강현우라는 남자가 정말 마지막까지 지켜내고 싶을 여자일지도 모르지. 그래서 난, 그쪽이 강현우라는 늑대가 지키고 싶어할 유일한 운명이 맞는지 그걸 확인하고 싶은 거야. 하지만 그저 누나를 보내고 외로울 뿐인 시기에 만나 그저 눈이 간 거라면."

순간 나리의 심장이 자신도 모르게 세차게 뛰었다. 이 남자, 너무 직설적으로 짚고 나온다. 절대 자신의 머리로는 생각하고 싶지도, 고려해 보고 싶지도 않은 부분을 어떻게 저렇게 멋대로 들출 수 있을까. 절대 아니라고 말하고 뺨이라도 한 대 쳐버리면 얼마나 통쾌할까.

아니잖아요. 그죠? 강현우 씨? 그건 아니잖아요.

아 정말, 어떻게 저렇게 못됐을까.

자존심이 상하지만, 지금 뒤돌아 뛰쳐나간다면 뒤통수가 화끈거릴 것 같아 그러고 싶지 않았다. 강현우 씨가 마지막까지 지켜내고 싶어할 운명의 여자라. 그래, 자신이면 좋겠다. 얄궂게도, 사람의 욕심이란 계속해서 현재진행형으로 커가는 거라, 눈덩이처럼 불어나는 거라, 현우 씨가 순수하게 날 좋아하게 되었으면 좋겠다고 생각하고 있다.

어떤 이유도 없이 그저 당신을 사랑하게 된 내 마음처럼.

당신 또한 아무 이유 없이 그저 윤나리 자체를 좋아하게 되었다고.

"도대체 왜 그걸 그렇게 확인하고 싶어 안달인데요?"

"이유는 간단해. 사실은 그쪽한테 그만한 의미가 없는데, 나 혼자 누나 생각하면서 그쪽한테 경쟁의식 느끼면 허무하잖아. 사실은 당신도 알고 싶지 않아? 매형의 그쪽에 대한 마음. 그저 지나가던 바람이 잠시 멈춘 건지, 아니면 애초부터 그 방향으로 불려 했던 건지."

누나에 대한 집착도 저 정도면 병이 아닐까 싶다. 나리의 가슴속 우물에 날아드는 돌멩이들이 점점 더 늘어가고 있었다. 고요하던 수면이 자꾸만 장난꾸러기 아이들이 던진 돌에 일렁거리고 있다. 돌멩이가 어지러뜨린 물결의 자취가 하나둘, 물의 고리들이 자꾸만, 자꾸만 겹쳐져 번져 갔다가 사라진다. 어지럽게 흔들리고 있다.

"사람의 마음을 갖고 내기를 하자고 하는 거예요? 할 거라고 생각한 그쪽이 황당해."

"모, 이이쟈나이(いいじゃない)? 사랑은 확인이라는데, 그쪽도 매형 마음 확인해 볼 기회도 되고 좋잖아?"

"좋긴…… 뭐가 좋아."

나리의 눈빛이 매섭게 차가워졌다. 그 눈빛에 준희도 잠시 뜨끔한 것 같았지만 표정을 싹 지우고 말을 이었다.

"당신하고 나, 한 번 가까워져 보면 어때. 매형이 질투하면 나 포기하고, 안 하면 그쪽 포기하고."

무슨 대단한 전략이라도 있는 줄 알았더니 겨우 그 정도?

나리의 입술 끝이 말려 올라갔다.

"그런 식의 확인이 있어야 계속될 만남이라면 이 만남 선택하지도 않았어. 나 독한 여자라서, 아무리 싫다고 거부해도 계속 안 들리는 척 외면했어. 현우 씨는 날 여리고 약하다 생각하고 있을지 모르겠지만 나 그런 여자 아냐. 알고 보면 제일 계산적이고 독한 여자야. 왜냐하면, 남들은 몇 번이나 뺨이 달아올라서 절대 먼저 연락 못할 상황에도 난 했어. 힘들게만 하는 이런 감정 이제 그만 포기하고서, 차버리고서 홀가분하게 다른 남자 만났어도 몇 번은 더 그럴 수 있었지만 그러지도 않았어. 포기? 웃기지 말라 그래. 그게 뭐가 포기야. 굴복이지. 마음에서 지는 거지. 그런 걸 한국 말론, 난 절대 포기하지 않아, 라고 하고 미국에선 Never Surrender라고 하지. 일본에선 뭐라고 해?"

나리의 박력에 이끌려 준희는 저도 모르게 멍하니 대답했다.

"아키라메나이(あきらめない)."

"그래. 포기하지 않아. 난 절대 이 진심에서 지고 싶지 않아. 그래서 내 마음만 앞세워서, 내가 하고 싶은 사랑에만 집중해서 계속해서 달려들었어. 그런데 그걸, 지금 와서 확인해서 흔들릴 마음이었다면 애초에 그 사람 그냥 뒀어. 당신은, 사랑에 대해 좀 배워야 할 것 같아."

매섭게 쏘아보며 마지막까지 할 말을 던진 나리는 그대로 몸을 돌려 뒤도 돌아보지 않고 커피숍을 나가 버렸다. 문이 닫히고 그녀의 모습이 완전히 사라진 후에도 준희는 웬일인지 잡을 기미도 없이 조용히 그녀가 사라진 자리만 쳐다보고 있었다.

곤란하게 되어버렸다. 뱀 앞의 개구리 신세, 라는 표현이 적당할까. 나리는 착잡한 마음으로 서 있었다. 거실에서 두 사람을 물끄러미 쳐다보고 있는 현우. 한마디의 언급도 없이 그저 훑는 눈매로 쳐다보고만 있어 나리의 입장은 더욱 옹색했다. 아무 말도 없이 지켜보고만 있는가 싶던 현우가 곧 나리가 보는 앞에서 천천히 팔짱을 꼈다. 짙은 한쪽 눈썹이 드러나게 휘어져 올라갔다.

"설명해 봐."

화가 난 어조. 왜 아니겠는가. 나타나야 할 사람들이 갑자기 한 덩어리가 되어 사라졌는데. 그것도 모자라 그 두 용의자가 이번에는 또 세트로 어깨를 나란히 하고서 들어왔으니.

"그게, 대문 앞에서……."

설명하려고 하는데 준희가 불쑥 끼어들었다.

"일단 이 짐부터."

그러면서 그가 나리에게 내민 건 종이가방과 휴대폰이었다. 아, 맞다. 내 종이가방! 아, 맞다. 내 휴대폰도! 현우의 코트가 들어 있는 것이었다. 흥분해서 나오느라 종이가방의 존재를 잊어버렸다. 막무가내로 강탈당했던 휴대폰까지. 그런데 이걸 왜 하필 이 타이밍에서 주는 겁니까!

왜겠어. 일부러지, 일부러야.

이미 흔적을 지우긴 글렀고, 휴대폰이라도 얼른 받아서 감춰야지 싶어 불쑥 손을 뻗어 두 가지 인질을 넘겨받았다. 그리고 얼른 휴대폰을 핸드백 안에 넣어버렸지만, 이미 현우의 눈 안에는 나리의 휴대폰이 똑똑히 담긴 후였다. 짙은 눈동자를 조용히 종이가방에 고정시킨 채 침묵하고 있었다.

설명하기도, 그렇다고 하지 않기도 애매한 상황에 나리는 머리가 다 지끈거렸다. 준희와 이미 한판 거나한 감정 다툼을 했다는 걸, 자랑이라고 늘어놓을 수는 없었다. 이 나이 먹고 뭐 하는 짓이며, 그걸 강현우 씨 앞에서 무슨 면목으로 미주알고주알 흘릴까. 하지만 무엇보다 정말이지 치사한 남자가 아닌가. 분명 방금 전 대문 앞에선 화해의 손을 내밀어놓고는 이런 식으로 뒤통수를 치고 나올 줄이야.

"미안. 오늘 여러 가지로 내 멋대로 굴었고, 또 말실수도 한 것 같아. 그쪽 말 듣고 진지하게 생각해 봤는데, 기회가 되면 사랑이 뭔지 한 번 배워보고 싶기도 해."

갑자기 태도를 백팔십도로 바꾸고 나오니 견제도 되었지만 사과를 하는 얼굴에 침을 뱉을 수는 없었다.

"뭐랄까, 말 듣고서 깨달은 게 많아. 내가 아주 많이 이기적이었던 것 같아. 진심으로 사과할게. 모우시와께고자이마스(申し 譯ございます)!"

그렇게 깍듯하게, 구십도 각도로 진심의, 아니, 진심인 듯한 사과를 했던 것이다. 마음을 다해 미안하다는 듯이.

하지만 그건 다 수작이었다. 나리가 쥐어짜듯 고심하고 있던 그때, 현우가 천천히 입을 열었다.

"황준희, 가서 골프채 갖고 와."

나리가 고개를 들고서 갸웃했다. 하지만 발견한 건 오로지 준희를 쳐다보는 냉정한 시선이었다. 어조도 더없이 차분하고 낮았다. 그렇기 때문에 더욱 절대 무시할 수 없는 강제성이 배어 있긴 했지만.

"골프채는…… 왜요?"

준희도 잘 모르겠다는 표정으로 나리와 함께 고개를 갸웃했다. 현우의 눈썹이 더욱 찌푸려졌다.

"잔말 말고 가져오라면 가져와. 넌 들어오고."

그 말에 나리가 현우의 눈치를 흘끗 살피는 동시에 내밀어진 손이 나리의 팔을 휙 잡아끌어 자신의 뒤편으로 옮겨놓았다. 눈이 마주치는 순간, 현우의 짙은 눈동자가 짧은 찰나 나리의 얼굴을 쭉 훑는 느낌으로 쳐다보았다.

"옷은."

하아, 역시나 그 옷 타령이 안 나오면 강현우 씨가 아니다. 하지만 그 옷이란 게 지금 참으로 묘한 타이밍에 건네받은 주역이라서 나리는 기어들어 가는 목소리로 대답했다.

염치없지만…….

"……여기요."

배시시, 종이가방을 들어 보이고선 자신도 모르게 이상한 표정으로 웃으며 말하자 현우의 눈빛이 더욱 짙어졌다.

"흐음."

"……?"

"내 방에 가져다 놔. 그리고 바로 나오지 말고 잠깐 안에 있고."

"……안에서요? 나오지 말고?"

"그래."

원하신다면야.

안 그래도 여기 있는 것보다야 얼른 피해 버리는 게 상책일 듯싶고, 무엇보다 평상시보다 훨씬 더 날이 선 표정이라 나리는 몇 마디 더 첨언할 생각 같은 건 홈런을 쳐서 날려 버리고선 슬그머니 뒤로 물러나 얼른 현우의 침실 쪽으로 날아가듯 달려갔다.

나리가 침실로 가는 동안 두 사람은 움직이지 않고서 그 자리에 서 있었다. 아니, 아무런 동작의 변화도 없는 건 현우였다. 준희는 왜 자기는 두고서 윤나리만 집 안으로 들인 건지 안달이 난 표정이었다. 탁! 문이 닫히는 소리가 나는 것으로 나리가 침실 안에 들어간 걸 확인한 현우는 그제야 길게 이어지던 침묵을 깼다.

"저녁 준비를 시킨 걸로 아는데, 하라는 건 안 하고 멋대로 협상해도 좋다고 누가 허락했지?"

말과 함께 준희를 훑는 현우의 냉담한 눈매에 준희의 어깨가 움찔했다. 일이 생각보다 더 커진 것 같아 어떻게 하면 좋을까 가늠하다가 일단 분위기를 띄워보고자 어색하게 웃었다.

"지금 이 시점에서, 골프채의 용도를 좀 물어봐도 될까요?"

현우가 피식 웃었다. 뭘 묻느냐는 듯 단호하게.

"매너가 없는 녀석에게는 매가 약이지."

준희의 눈이 휘둥그레지고 나리는 숫제 목에서 흐억! 소리가 나오려는 걸 겨우 삼켰다.

사실 나리는 두 사람이 서 있는 현관에서 가까운 거리에 위치하고 있는 침실의 문을 살짝 열고서 분위기를 살피고 있었다. 떨어져서 보니 저 안에 속해 있을 때보다 더 분위기가 심상치 않아 보였다. 그런데 현우가 한 말까지 상당히 전투적인 느낌으로 더해지니 한바탕 걱정이 일지 않을 수 없었다. 이거 잘못하면 골프채가 료카란 남자의 머리통을 나이스샷할 일이 생겼다. 그래 준다면야 솔직히 통쾌할지도 모르겠다고 약 1초 동안 생각했지만 금세 생각을 지웠다. 상황이 더 안 좋아지면 언제라도 달려나가야지 싶어 나리는 문의 손잡이에 매달리듯 기대 밖의 상황을 주시했다.

한편 준희는 어이가 없다는 얼굴로 눈을 치켜떴다.

"그래서 지금 저를 골프채로 스윙을 하시겠단 말이에요? 아, 진짜 열받아. 진짜 서운하네!"

배신감에 치를 떨며 머리카락을 마구 흩뜨리는 준희를 현우가 건조한 눈으로 지켜보았다.

"네 건방이 도를 넘었다는 걸 아직도 모르겠다면, 네 녀석에게 더 이상 기대할 건 없어."

아……. 어쩌면 좋아. 나리는 심장이 목까지 올라와 벌떡이는 것 같았다. 두 사람이 싸우는 건 싫다. 게다가 그의 마음이 언짢게 된 배경에 자신의 경솔한 행동의 결과가 섞여 있다면 더더욱.

"제가 저쪽한테 무슨 억울한 말이라도 했을까 봐 그러는 겁니까?"

준희의 어조에도 반항과 분노가 묻어 있었다.

"네 생각엔 무슨 이유일 것 같아."

"그런 말 같은 거 하지 않았어요. 단지!"

그런 말 같은 거 해놓고선, 심하게 뻔뻔한 남자라고 나리는 생각했다. 째려보고 있는 나리의 귓가로 현우의 낮은 어조가 흘러들었다.

"사람에게 사람을 소개하겠다는 거였다. 네 녀석은 기본적인 예의도 없는 녀석이냐. 아니면 그리 어렵지도 않은 단순한 사실도 못 알아먹을 정도로 머리가 모자란 거냐."

"매형!"

"내가 네게, 한마디라도 이해를 바란다는 말을 한 적이 있었냐?"

"……."

"내가 너를 인정한다고, 그 어떤 행동도 용납될 수 있다고 생각하는 건 자만이지. 잘못된 자만을 정상으로 돌려주는 것도 너보다 하루라도 더 산 연장자의 몫이다."

칼로 자르는 듯한 단호함, 나리는 조용히 입을 다문 채 두 사람을 지켜보았다. 처음 생각은 말릴 상황이 생기면 언제라도 달려나가야겠다, 라는 것이었지만 지금은 그냥, 끼어들어선 안 될 것 같았다.

한동안 서로를 응시하기만 하던 두 사람이었다. 먼저 고개를 숙인 건 준희였다.

"죄송합니다."

진지하게 고개를 숙이며 흘러나온 건 의외로 반성의 말이었다. 나리는 조마조마한 심정으로 계속해서 그들을 지켜보았다. 왜인지는 모르겠지만, 현우가 준희의 사과를 받아주었으면 좋겠다고 생각했다. 두 사람 다 자신만의 합리적인 정당성이 있는 상황에서 반목하고 있는 것이다. 누구도 상처받지 않는 선에서 끝났으면 좋겠다.

"뭐가."

현우가 냉정하게 물었다.

"간섭이 도를 지나쳤고, 주제넘었던 것 같아요. 반성합니다."

그렇게 제멋대로인 남자였는데도 현우의 앞에서는 진지하고 고분고분한 태도였다. 그래서 왠지 마음이 놓이기도 하고, 또 준희가 성실하게 사과를 해주어 다행이라고 생각하며 나리는 조심스럽게 방문을 닫았다. 천천히 문에 등을 기대고 섰다. 자신도 모르게 긴 한숨이 흘러나왔다. 막상 그의 입장을 피부로 접한 느낌은, 이 관계의 무거운 질량을 다시 한 번 인식하게 되었다는 것이다.

당신이 힘겨워하면 나도 힘겹고, 당신이 웃으면 나 또한 웃음이 나. 사랑을 하게 되면, 마치 그라는 거울을 앞에 두고서 한시도 눈을 떼지 않고서 지켜보는 것처럼, 그의 행동, 그의 감정 하나하나를 어느새 내가 따라 하고 있는 것 같다. 나를 따라 거울이 움직이는 게 아니고, 그라는 거울의 변화에 따라 내가 움직이고 만다. 그러니 기왕이면 그가 웃었으면 좋겠다. 그러면, 나도 웃을 수 있으니까.

서로 바라보면서 웃을 수 있는, 그런 관계가 되었으면 좋겠다.

조금 어두운 느낌의 현우의 침실 안, 커튼도 닫혀 있고 조명도 꺼져 있었다. 실내 디자인 자체가 차갑고 어두운 계열의 색이 많이 사용되어서 나리는 안으로 들어선 현우의 표정을 잘 읽지 못했다. 나리는 창문 근처에, 현우는 문을 등지고 서서, 방금 전에 나리가 등을 붙였던 바로 그 자리에 기대서 있었다. 응시하고 있는 것 같은데도, 움푹 들어가 있는 깊은 눈은 주변의 낮은 명암으로 인해 더 그늘진 느낌만 선명했다.

"불이라도 켤까 봐요."

"그냥 둬."

네에…….

조명이라도 밝히려 했지만 바로 꼬리를 내리고서 나리는 창문 앞의 자리에 만족했다. 그렇다면 커튼을 조금 여는 건 어떨까 생각했다가 그것도 관뒀다. 그는 왠지 이 정도의 밝기를 원하는 것 같았다.

"딱 한 번만 말할 테니까 잘 들어."

가깝지 않은 거리에서 들린 말에 나리는 고개를 끄덕였다.

"……미안하다."

나리의 눈이 커졌다. 현우의 씁쓸한 느낌의 입 모양, 그가 차분히 눈꺼풀을 내리감았다가 곧 다시 들어 올렸다.

내려앉은 침실 안의 공기, 어두운 공간 안에서 나리의 모습을 찾아 바라보았다. 본래 그리 빛을 허용해 두지 않은 공간임에도 그녀의 모습만은 흰빛으로 빛나는 것 같다. 놀란 듯 눈을 동그랗게 뜨고서 자신을 바라보고 있는 하얀 얼굴이 어느 때의 기억과 겹쳐서 떠올랐다.

습관적으로 찾은 전시회에서 야경이 세세한 터치로 섬세하게 표현된 작품을 관조하듯 무심한 시선으로 지켜보고 있었다. 흰빛보다 검은색이 더 많은 작품, 4분의 3이 칠흑 같은 어둠이었다. 하지만 시선은 저절로 검은색보다 흰빛을 찾게 되었다. 뚜렷한 명암의 대조 때문일까, 흰 여백이 더욱 강렬하게 느껴졌다. 바로 그 작품 앞에서 그녀와 다시 재회했다. 놀라서 깜빡거리던 눈이 정지했을 때, 그녀의 입가에 돈 것은 바로 그 작품 속에 있는 것과도 같은 하얗게 부서지는 미소였다. 함빡 뿌려지는 조명처럼 하얀 미소.

자그마한 체구, 아직 바깥의 찬 기운이 묻어 있는 것처럼 발그레한 뺨까지, 손을 뻗으면 닿을 거리에 있는데도 막상 함부로 건드려지지 않는다. 하나씩 하나씩 손가락을 조심스럽게 엇갈려 겹쳐 그 온기를 느끼면서 마침내 내 커다란 손안에 그녀의 손이 모조리 다 담겼을 때 살며시 그 몸을 끌어안아 품에 가두고도 싶다. 남자가 여자를 사랑하는 저변의 방식이란, 보통 다 그러한 것을.

"나한테, 미안해요?"

현우가 천천히 등을 떼고서 그녀가 서 있는 창가로 다가섰다. 빤히 올려다보고 있는 동그란 눈동자의 바로 앞까지 갔다가 몸을 틀어 창문 근처 콘솔에 가볍게 기대섰다.

"한 번만 말하겠다고 한 것 같은데?"

"나한테 미안하면 나 그만 놓을래요?"

현우의 눈썹이 치켜올라 갔다.

"……뭐?"

그의 심장이 사납게 뛰었다.

"나한테 미안하면, 그런 말 말고 그냥 웃어주는 게 더 좋아요."

그제야 다시 평심을 찾은 심장. 그녀의 한마디 말 때문에 이렇게나 사납게 마음이 흔들리다니, 자신은 어떻게 지금껏 그녀를 보낼 수 있었다고 생각한 걸까.

"나 여태껏 현우 씨 좋아한다고, 옆에 있고 싶다고 말로만 했지, 나 때문에 행복하고 좋아서 현우 씨가 웃는 건 못 본 거 같아요. 즐겁게 해주지도 못하고, 행복하게 해주지도 못하고, 나 여태껏 뭘 했나 몰라."

자조하듯 쓸쓸하게 웃는 나리의 얼굴이, 생각을 고스란히 표현하는 말과는 달리 먹먹하고 안타깝게만 보였다.

"그럼 나는 뭘 한 것 같아?"

쓸쓸하게 웃으며, 아련한 미소를 지으며 현우가 한 말에 나리의 눈이 크게 떠졌다.

"……네?"

"나도 너와 함께 있으면서 즐겁게 웃도록 해주지 못했는데."

"그렇지 않아요. 난 현우 씨 때문에 많이 웃고 즐거웠는걸요."

현우의 눈가에 잔잔한 주름이 잡혔다.

"마찬가지야."

나리의 선명한 동공이 그를 향했다.

"뭐가요?"

"네가 웃은 만큼, 즐거웠던 만큼 나도 그랬다는 얘기야. 그런 건, 꼬치꼬치 묻는 게 아냐."

웃는 느낌으로 현우가 한 손을 뻗어 나리의 뺨을 엄지로 살짝 만지며 지나갔다. 그가 지나간 자리에는 늘 두근거리는 감각이 꽃잎처럼 모양져 떨어져 남는다.

"준희를 이해해. 여러 가지 곤란한 점이 많은 녀석이지만 알고 보면…… 더 곤란한 녀석이야."

나리가 풋 웃었다. 정말이지 그게 정답인 것 같다. 그래서 한 대 딱 패주고 싶을 만큼 얄미운데도 그게 다가 아니게 될 것 같은 예감이 든다.

"아마 앞으로 골치 아픈 점들도 남아 있을 테고."

그와 준희만 아는 다른 여러 가지 일들이 있다는 듯 느껴지는 어조였다. 나리는 웃으며 고개를 끄덕였다.

"오늘은, 첫 대면이 좀 복잡해지긴 했지만 그렇게 나쁘진 않을 거라고 생각해요. 근데…… 이름이 료카가 아니었어요?"

현우가 벌써 골치가 아프다는 듯 관자놀이를 꾹 눌렀다.

"준희야."

"료카라던데."

"그 녀석 말 한마디 한마디에 휘둘리다 보면 끝이 없어."

그건 나리도 이미 동의하는 사실이었다.

"사실은 오늘 마주쳤을 때, 처음 만난 게 아니라서 놀랐어요."

"……?"

나리의 말에 현우의 눈빛이 조금 짙어졌다. 천천히 몸을 떼 나리 쪽으로 돌아섰다.

"며칠 전에…… 아, 맞아. 현우 씨가 퇴원 파티에 늦은 날, 그러니까 현우 씨 외투 입고 집에 갈 때요. 료카…… 아니, 준희 씨 거리에서 만났거든요. 일본어로 지하철역을 묻는 거예요. 지하철역이 바로 코앞에 있는데도 모르는 거 있죠. 자꾸만 계속 말을 걸길래 그런 식으로 작업 들어오나 싶어서 좀 쏘아붙여 줬거든요. 첫 만남부터 그 모양이었다니, 진짜 이상하죠. 근데 집 앞에서 다시 만났을 땐 정말이지 머리가 팽글 도는 것 같았어요.

그때 그 사람이랑 바로 동일 인물이라서……."

나리의 호흡이 멈췄다. 갑작스레 무언가 형용할 수 없을 정도로 뜨겁고 촉촉한 감각이 입술에 닿았다고 생각한 순간, 턱이 들리고 입술이 맞물려졌다. 머릿속의 퓨즈가 툭 하고 끊어졌다. 겨우, 그것이 키스라는 걸 깨달은 순간 자신도 모르게 움직이려는 나리의 손을 현우가 잡아 고정시키고서 오히려 각도를 틀어 더욱 깊게 키스를 했다.

뒷목이 끌어당겨진 채 정신이 아찔해질 정도로 입술과 혀가 빨렸다. 숨을 쉴 틈도 없이 그의 숨결 안으로 흡수되는 것만 같았다. 뜨거운 온도에 녹아내리는 마시멜로우처럼, 뜨거움이 만들어낸 압력에 귀가 꽉 막히는 것 같고, 심장이 무언가에 탁 치받쳐 발끝부터 위로 온몸의 감각이 엄청난 속도와 압력으로 상승했다. 저절로 발꿈치가 들렸다. 현우의 입술과 숨결이 닿고 있는 부분으로 세포의 민감한 감각들이 모조리 집중되어 까치발로 종종거리며 그에게 매달리듯 안겼다. 깊이 들어와 치열을 훑는 그에게 더욱 달라붙었다. 손은 움직이지 못하도록 그의 힘에 고정되어, 바들바들 떨릴 정도로 적나라한 키스를 받아가며, 나리는 잠시 입술이 떨어졌다가 다시 겹쳐지는 찰나의 틈을 이용해 겨우 숨을 돌려받아야 했다. 섬세하게 움직이다가 아찔하게 다시 겹쳐지는 젖은 입술, 그 감각 속에서 자신을 안고 있는 현우의 한 팔에 강한 힘이 들어가는 걸, 아련하게 느끼고 있었다.

마치 죽을 것 같은 감각으로 이 키스에 매달리고 있는 그녀의 심장, 차라리 가장 열렬하게 살아서 숨 쉴 때와 같았다.

오늘 준희와의 일은 그의 일방적인 행동 때문에 윤나리가 불쌍하게 당한 것만은 아니라고, 자신도 어수선한 상황들이 있었기 때문에 준희와 따로 대화를 하고 싶기도 했었다고, 그런 말을 설명하고 싶었다. 현우와 가까운 사람을 그렇게 만났던 우연의 신기함에 대해서도 말하고 싶었다.

하지만 그런 생각들은 어느새 기포처럼 몽글몽글 솟아오르다가 투명한 방울이 된 순간 탁 터져 공기 중에 흩어지고 말았다. 그가 지펴주는 뜨거운 열(熱)에, 다른 생각들을 붙들고 있을 여유가 없었다. 나리의 몸을 꽉 끌어안아 자신에게 붙이는 현우의 행동에서, 왠지 모를 조바심 같은 걸 느꼈다면 그건 너무 많은 감정상의 선물을 받은 자신의 마음이 무척이나 풀어져 있는 탓이겠지.

"왜, 너만 보면 머리가 아플까."

바래다주는 차 안에서 현우의 그런 말을 들었던 것도 같다. 하지만 그의 목소리는 낮고 아주 많이 가라앉아 있어서, 차 안에서 흐르고 있는 녹턴의 선율 안으로 스며들었다. 특이하게도 바이올린으로 듣는 쇼팽의 〈Nocturne Op. 9 No.2〉

비가 오지 않는데도, 감정은 최고조로 치달아 여린 바이올린 소리가 어느새 청명한 피아노 음으로 바뀌어, 나리는 마치 그 소리들이 피부 속으로 파고드는 것 같은 전율이 일었다.

이미 차는 도착했는데도 시동은 끄지 않은 채로 일 분, 일 분

시간이 흘러가고 있었다. 눈도 없고, 비도 없고, 그저 까만 하늘에 별만 총총히 박힌 밤이었다. 겨울인데도 이렇게 밝은 별이 점점이 보인다는 게 그저 신기할 뿐이었다. 차의 전면 유리로 탁 트인 하늘을 올려다보며, 그 별이 금방이라도 별사탕이 되어 유리창에 톡! 톡! 부딪쳐 튕겨질 것 같다는 생각을 했다.

현우는 깊은 생각에 빠진 듯 말이 없었다. 그녀를 인식하고 있으면서도 또 혼자만의 세계에 따로 떨어져 있는 것 같기도 했다.

"현우 씨."

나리가 불렀을 때 현우는 생각에서 깨어난 듯 속눈썹을 살짝 움직였다. 갑자기 상체를 숙여 핸들을 감싸듯 안더니 고개만 돌려 나리를 바라보았다.

"음…… 왜?"

"녹턴…… 한 번 더 듣고 싶어요."

현우는 조용히 재생 버튼을 눌러주었다. 다시 차 안 가득 감싸듯 흐르는 여린 듯 강한 바이올린 소리.

"소년 시절에, 쇼팽은 성악을 전공하는 소녀 콘스탄치아를 사랑했대요."

나리가 천천히 말을 시작하자 현우는 음미하듯 편안한 표정으로 그녀의 말을 들었다.

당시 쇼팽의 조국은 전란에 휩싸여 있었기 때문에 가족들은 쇼팽이 조국을 떠나기를 원했다. 그러나 그는 말을 듣지 않았다. 오로지 그녀, 콘스탄치아의 곁을 떠나고 싶지 않다는 이유로. 아주 많이 사랑하고 있었지만, 쇼팽은 늘 묵묵히 그녀의 곁에서 앉아 있을 뿐이었다. 점점 더 가슴을 치게 하는 깊은 사랑, 하지만 표현하지 못하는 쇼팽은 그 아름답고 슬픈 무언(無言)의 노래를 마지막까지 콘스탄치아에게 전하지도, 그녀 역시 알아듣지 못했다.

"콘스탄치아는 가사와 말이 있는 노래만 공부하는 성악도라서, 무언의 노래가 얼마나 황홀한지 미처 알지 못했기 때문이래요."

현우는 핸들에 엎드린 채, 마치 잠들기 직전의 소년 같은 나른하고도 아련한 눈매로 찬찬히 나리를 훑고 있었다.

"그렇지만 현우 씨는 내가 부르는 무언의 노래, 알아채 줄 거죠?"

말로 표현하는 사랑이든, 차마 표현하지 못해 눈짓으로 손짓으로 표현하는 사랑이든, 그가 알아차려 주었으면 좋겠다고.

그를 사랑하고, 놓치고 싶지 않고, 빼앗기고 싶지 않고, 곁에 있고 싶은 모든 마음들. 그게 어떻게 앵앵거리며 매달리는 몇 마디 안에 다 포함될 수 있을까. 그러니 이렇게나 당신을 사랑하고 있으니 많은 복잡한 상황 속에 있는 당신이라도 내가 미처 표현하지 못해 가슴으로 흘리는 당신을 향한 무언의 노래가 있다면 아무리 사소한 것이라도 꼭 알아차려 달라고. 가능하면 모든 말을 당신이 직접 들을 수 있도록 아주 크게, 정확한 발음으로 소리 내어 말하겠지만, 만약이라도 미처 놓쳐 버린 진심의 말이 있다면, 음파를 잡아내듯 당신의 어른스럽고 차분한 귀가 제발 알아채 달라고.

현우가 천천히 몸을 바로 했다. 잠시 나리를 쳐다보던 시선을 돌려 녹턴을 툭 껐다. 짙어진 눈매로 아래를 내려다보는 그에게서 쓸쓸한 어조가 흘러나왔다.

"네 노래는 알아차려 달라면서, 내 노래는 들을 생각도 안 하는 거지."

항상 표현하는 것은 그녀. 차마 큰 소리로 또박또박 말하지 못한 사람은 자신. 소중하고 사랑스러운 사람. 그러나 성대를 통해 흘러나가진 않았을지라도 이 눈으로, 이 심장으로 그녀에게 이미 숱한 구애를 했을지도 모르겠다. 지금까지는 짧은 자신의 생각 안에만 갇혀 잘못 흘려보낸 시간. 하지만 앞으로는……

"언제 시간나면 내가 부르는 음치 노래도 한 번 알아차려 봐."

어떻게든, 서투를지 몰라도 최대한 표현하고 살아가겠노라고.

비록 주정뱅이의 콧노래처럼 우아하지 못할지라도, 세련되지 못할지라도 지금껏 그녀가 참아준 만큼, 베풀어준 만큼, 아니, 그 이상을 반드시 그녀에게 돌려주겠노라고.

무언의 노래가 아닌, 음치라고 하더라도 확고한 언어로서 표현하는 노래로, 바로 귀에 들리는 노래를 그녀에게 불러주겠다고.

"여보세요."

나리는 낯선 번호를 궁금해하며 전화를 받았다.

「よう! 食事はしましたか?」

그러나 귀에 대자마자 터져 나오는 일본어의 홍수에 삐용삐용 경고음과 함께 나리의 미간이 즉시 찌푸려졌다. 만약 그 목소리를 알아채지 못했다면 국제통화의 혼선 여부를 고려해 봤을지도 모른다. 하지만 이 목소리의 주인공, 이미 너무 잘 알고 있다.

"료카 씨, 저 지금 매우 바쁘거든요?"

「알아, 알아. 나도 바빠.」

나리는 고개를 절레절레 저었다. 이 남자, 어쩌다가 얼굴이 이렇게 두꺼워진 걸까. 아무래도 성장 배경에 문제가 있었던 것 같지?

"대체 휴대폰 번호는 어떻게 알았어요?"

「내 손에 갇혀 있을 때 알아뒀지요. 야레야레, 점심시간이잖아. 자, 함께 식사나 합시다!」

"혼자 실컷 하시죠."

정말 황당한 남자이지 않은가. 어쩜 이렇게 제멋대로일 수 있을까.

「그러지 말고 여기 회사 앞이니까 봅시다.」

"그러니까 혼자 실컷 보시라구요. 그럼 바빠서 이만 끊겠습니다?"

더 들어볼 필요도 없어 나리는 쌩하니 전화를 끊었다. 또 무슨 속 뒤집는 소리를 늘어놓으려고 이러는지 모르겠다. 물론 이 남자와 현우의 반목이 더 이상의 부딪침 없이 차분하게 정리된 건 다행이었지만 현우를 제외한 상태에서 또다시 이 남자를 만날 생각도, 이유도 없다고 생각하는 바였다. 그래서 나리는 바로 신경을 끊어버리고서 아이디어 수집을 위해 수북이 쌓아놓은 잡지를 넘겨보았다.

여러 파트가 통합되어 모여 있는 사무실은 넓었다. 한창 바쁘게 오가는 직원들과 이곳저곳에서 울려대는 전화벨 소리. 그 정신없는 사무실의 문이 문득 활짝 열리며 낯선 침입자가 보무도 당당하게 성큼성큼 안으로 들어선 것을 알아챈 사람은 그리 많지 않았다. 사무실을 휙 둘러본 낯선 침입자는 어느 한 지점을 발견하자마자 매끈한 입술에 고소한 참깨 같은 미소를 확 풍기고는 휘적휘적 디자인 파트의 팀장 자리로 걸어갔다. 고개를 푹 숙이고서 잡지에 시선을 박고 있던 나리의 머리 위로 귀에 익은 목소리가 뚝 떨어진 건 그때였다.

"안녕하십니까. 속옷이 차암~ 많군요."

뒤통수를 치듯 위에서부터 떨어진 목소리. 나리는 설마 싶어 고개를 번쩍 들었다. 순간 그녀의 눈이 터질 듯 커졌다. 맙소사! 절대 이곳에 나타나선 안 되는, 아닌 밤중에 홍두깨 같은 인물이 또다시 그녀의 눈앞에 두둥 버티고 서 있었다. 찡긋 윙크까지 하며.

"완전 천국이네. 나도 여기 취직하고 싶다."

멋대로 손을 뻗더니 나리의 책상 위에 쌓아놓은 여성용 언더웨어 하나를 쑥 집어서 쫙 펼쳐 요리조리 살펴보는 것이다. 턱이 빠질까 의심이 될 정도로 나리의 입이 쩍 벌어졌다. 벌써부터 의아함을 가득 담은 눈으로 웅성거리며 두 사람을 쳐다보고 있는 직원들은 오히려 문제가 아닐 정도였다.

"어, 어떻게 여길……!"

황당하다 못해, 이젠 박수까지 쳐주고 싶었다. 유, 브라보~ 유, 윈!

"코딱지만 한 회사에서 디자인실 윤나리 씨 찾는 게 뭐 어려운 일이라고."

"아, 아니, 우리 회사는 대체 어떻게 알았냐구요!"

"매형 방 좀 뒤졌지."

기가 막혀서.

"흐음, 난 이런 것보다 좀 더 안이 비치고 좀 더 아슬아슬하고 좀 더 원색적인 레드가 좋은데. 아니, 섹시는 역시 검정인가?"

"나가욧!"

버럭 소리쳤던 나리는 직원들의 시선을 인식하곤 흠칫했다. 골치 아파 죽겠다, 진짜. 푸르락누르락한 얼굴로 나리는 어쩔 수 없이 자리에서 벌떡 일어났다. 최대한 감정을 내리누르며 건조하게 말했다.

"나가 있어요. 금방 따라 나갈 테니까."

"같이 나갑시다. 나 정말 할 말 많아서 온 사람이라구."

누군 입 없어서 하고 싶은 말 다 안 하고 사나!

쏘아주고 싶었지만 골치 아프게도 준희의 시선이 또 이상스러울 만큼 진지했다. 아, 왜 또~! 그것보다 그 진지한 시선을 하고서 속옷은 왜 주머니에 슬쩍하는 건데?

"하던 일은 마무리하고 나가야 할 거 아니에요!"

나리는 시제품을 휙 빼앗아 제자리에 돌려놓고는 등을 떠밀어 일단 준희를 내보냈다. 반투명한 유리문 반대편으로 그를 몰아낸 후에야 자리에 돌아오니 여직원들이 벌써부터 호기심을 가득 담은 반짝이는 눈을 나리에게 고정시키고 있었다.

"팀장님, 저 킹카 누구예요?"

저런 질문, 십중팔구 등장할 줄 알았다. 껍질만 보면 참 알찬 속을 기대하게 만드는 인물인데 말이지, 저 인물이.

"그냥 아는 사람이야. 신경 꺼."

나리는 듣기 싫어서 일갈하곤 데스크 위를 정리하는 척했다.

"그치만 마스크도 신선하고 키도 크고 몸매도 죽이고, 모델 할 마음 없대요?"

순간 데스크를 정리하던 나리의 손이 삐끗하더니 기가 막힌다는 눈을 홱 돌려 그 말을 한 여직원을 쳐다보았다. 하지만 그와 동시에 그녀의 걸음이 주춤하며 뒤로 밀렸다. 그녀뿐 아니라 다른 여직원들까지 합세해서 그 생각에 동조한다는 듯 몽롱한, 아니, 침을 질질 흘리는 눈을 하고 있는 것이다.

입히고 싶어! 입혀보고 싶어!

바로 그 오라가 사정없이 날아와 나리의 얼굴에 콕콕 박혔다. 일이 일인지라 이 바닥에서 '입혀보고 싶다'라는 건 '벗겨보고 싶다'와 하나 다름없는 말이었다. 하긴 자신들의 속옷을 입혀볼 괜찮은 모델감을 발견하면 늘 나타나는 하이에나의 반응이긴 했고 그게 또 프로의 자세이니 뭐라고 할 수는 없었지만.

절대 그 생각에 동조할 수는 없어 나리는 얼른 핑계를 끌어다 붙였다.

"그게 말야. 얼마 전에 일본에서 넘어왔는데, 야쿠자 꼬봉으로 있었다던가 뭐라던가. 마음도 몸도 온통 문신투성이라던데……. 괜찮겠어?"

"도대체 사무실까지 밀고 들어오는 사람이 어디 있어요?"

잠시 후 나리는 식당에서 있는 대로 준희를 노려보며 질타에 성토를 하고 있었다. 하지만 준희는 놀라울 정도로 여유만만이었다.

"여기 있지. 난 알밥 정식, 나리 씨는?"

"진짜, 계속 이렇게 일방적으로 굴면 정말 화낼 거예요. 같은 걸루요."

그러면서도 시킬 건 시키는 나리를 준희가 피식 웃으며 쳐다보았다. 그 웃음의 의미를 알아챈 나리는 흥! 하며 쏘아붙였다.

"그런 눈 하지 말죠? 점심시간이니까 일단 뭘 먹긴 먹어야 할 거 아니에요."

"역시 실용적인 사고방식."

"잘 아는 것처럼 말하지 말고, 할 말 있으면 얼른 해요. 먹다가 들으면 체할 것 같으니까."

"그럼 다 먹고 얘기하면 되겠구먼."

하긴 밥 먹으라고 있는 점심시간을 낭비할 수는 없어, 어쩔 수 없이 두 사람은 식사부터 하기로 최종 합의를 봤다. 그리고 식사가 끝났을 때.

"커피라도 마시면서 대화를 나누는 건 어떨까?"

"여기 물 좀 더 주세요!"

준희가 제안했지만 나리는 커피 같은 사치스러운 코스 따위 택도 없다는 확고한 의지를 물 컵에 냉수를 쪼르르 따라 준희의 앞에 탁 놓는 것으로 대신 표현했다. 준희는 착잡하다는 눈으로 자신의 앞에 놓인 물 컵을 흘끗 쳐다보았다.

"난 에비앙 아니면 안 마시는데."

웃긴다, 정말.

"할 얘기가 뭐예요. 나 빨리 들어가 봐야 해요."

나리가 냉담한 눈으로 팔짱을 척 끼며 묻자 준희가 귀를 후비 며 중얼거렸다.

"난 시간 많은데."

"준희 씨!"

"료카라고 부르라니까. 뭐랄까, 나리 씨가 웃으면서 료카~ 라고 불러주면 정말이지……."

갑자기 정색을 하고 요상한 분위기를 풀풀 풍기며 나오기에 나리는 고개를 갸웃했다.

"……정말이지?"

"너무 닭살 돋을 것 같다. 취소."

"하……."

이런 비정상적인 대화를 계속 지속하고 있어야 하는 거야?

알밥 정식에 독 들었니? 독 들었어?

"왠지 미안해서."

하지만 이어 흘러나온 건 또 한 번의 진지 포즈라서, 나리는 몇 번이나 속았으면서도 또 고개를 갸웃해야 했다. 과연 이 남자는 표정 연기를 잘하는 걸까. 사기꾼 체질인 걸까. 지금껏 몇 번이나 당했는데도 저 애상을 담은 눈으로 진지하게 지껄이고 있으면 한 번은 흘끗 들어봐 주고 싶은 것이다.

"괜찮아요."

가뿐하게 흘러나온 나리의 대답에 이번에는 준희가 고개를 갸웃했다.

"뭐가?"

"계산 나더러 하란 소리잖아요. 여자한테 돈 쓰게 해서 미안하다, 그런 뜻이죠?"

준희가 쿡쿡 웃음을 터뜨렸다. 한참 웃다가 고개를 한 번 살짝 저었다.

"아닌데."

나리는 도대체 그의 정체를 잘 파악할 수 없었다. 저 남자의 속마음을 짐작하는 것보다 차라리 로또 당첨번호를 찍어보는 게 훨씬 더 실용적이겠다.

"아마도…… 내가 미숙해서, 매형을 빼앗긴다는 생각에 그쪽한테 실례를 많이 저지른 것 같아."

그것은 거의 불시의 습격과도 같은 말이었다. 마음의 준비 같은 거 하지도 않았는데 갑자기, 공양미 삼백 석을 바다에 던져 넣으면 아버지 눈을 뜰 거라고 사기 친 사람은 사실 나라고 고백하고 나오는 뱃사람인 양, 고해와도 같은 뉘앙스의 말을 흘리면 나리는 또 견제와 당황 사이에서 방황해야 하는 것이다. 저러다가 또 뒤통수를 맞아버리면 그것도 또 맥이 빠지는데.

"그 말은 전에도 했잖아요."

"사실은, 매형에게 여자친구가 생겼다는…… 그래서 누나의 동생으로서 서운하다는, 그런 의미보다 아마도 다른 이유 때문에 더 나리 씨를 견제한 건지도 모르겠어."

"……"

계속 듣고 있어야 하는 건지 여기에서 적당히 막아야 하는 건지. 사실 그 얘기는 이제 더 하고 싶지도 않았고, 그래서 끊어버릴지 잠깐 더 놔둬볼지 고민한 끝에 나리는 그래도 일단 들어보기로 했다.

"그런데요?"

"누나와 우린…… 나랑 우리 준이, 세 살 차이가 나. 아 참, 우리 준이는 알고 있지?"

"쌍둥이라는 건…… 알아요. 이름이 너무 비슷해서 헷갈리지만."

준희가 크게 웃었다.

"맞. 구분하고 싶지 않아서 엄마가 그렇게 붙였대나 어쨌대나."

나리의 고개가 완전히 옆으로 경사가 졌다.

"보통 쌍둥이 낳으면 구분하려고 하지 않아요?"

"그거야 보통 엄마들 생각이지. 우리 어머니, 정신세계가 좀 특이한 분이셨나 봐. 일란성으로 똑같은 쌍둥이를 낳고 싶었다나 봐. 근데 남자애 여자애 이렇게 나오니까, 이름만이라도 일란성의 목적을 이루고 싶은 마음에 막 비슷하게 갖다 붙였다지 뭐야."

아…… 댁의 특이한 정신세계는 외탁을 한 것이로군.

"하지만 지금 생각해 보면 그런 의미는 아니었던 것 같아. 그냥 니들 둘은 남자애 여자애 이렇게 다르게 태어났더라도 쌍둥이니까 늘 붙어 있고 늘 함께하라는 의미에서 비슷한 이름을 지어준 게 아닐까 싶어."

"흠……."

"흠……."

"근데 왜 료카라고 부르래? 엄마한테 반항하는 거예요, 지금?"

"하……."

"아니면 쌍둥이 동생이랑 이름이 너무 비슷하니까 신경질나요? 이제 그만 벗어나고 싶어요? 독립의 욕구?"

"무슨 소리! 나 우리 준이 사랑하거든?"

"아…… 그거군요."

갑자기 나리가 애매하게 중얼거리자 준희가 의심스러운 눈을 했다.

"그거라니?"

"쌍둥이 남매를 사랑해 버리고 말았으니, 자연의 법칙을 거슬러도 한참을 거스르는 일이죠. 하지만 그건 불가능한 일이잖아요. 그래서 그 마음에 벌을 주려고 이름을 바꾼 거군요. 너무 슬프고도 아름다운 사랑 이야기예요."

냅킨을 동그랗게 말아서 톡 던져 버리며 이상한 소리를 하고 있는 나리를 보며 준희가 혀를 끌끌 찼다.

"소설을 쓰세요, 소설을."

나리가 풋 웃었다.

"미안해요. 장난. 그냥…… 준희든 료카든, 어떤 이름이든 당신은…… 정말이지 나한텐 골치 아픈 사람이란 건 분명해요."

제대로 훅을 먹여주자 준희가 바로 표정을 구겼다. 두 사람은 한동안 서로를 째려봐 주다가 곧 각자의 앞에 놓인 냉수를 동시에 벌컥 들이켰다.

"나, 말해도 돼!"

준희가 컵을 탁 놓으며 소리치자 나리도 컵을 내려놓으며 어깨를 으쓱했다.

"하시죠?"

"누나랑 우린 세 살 차이였어."

그분의 말이 나오면 나리로서는 또다시 공손해질 수밖에 없었다. 다소곳한 태도로 그의 말을 경청하겠다는 의지를 보이자 준희가 말을 이었다.

"세 살 차이, 그거 별거 아니지. 하지만 누난 우리한테 그 이상이었어. 누나는 늘 차분하고 어른스러운 사람이었는데, 준이랑 난 정반대였으니까. 나랑 준이랑 똑같다고 보면 돼. 정신없고 통제 안 되고…… 어디로 튈지 모르는 럭비공 같지. 누나는 아버지를 닮았다고 하고, 준이랑 난 어머니를 닮았다고 하더라. 대충 상상이 가지?"

제대로 상상이 가서 나리는 다소곳한 가운데에서도 열렬히 고개를 끄덕였다. 일부러 살짝 비웃는 조소까지 더불어 지어주자 의미를 알아차린 준희가 기분 나쁘다는 얼굴로 찌릿 째려보고는 말을 이었다.

"아버진 고고학에 심취한 분이셨지. 차분하고 멋진 사람이었지만 단 하나, 틀에 갇혀 사는 걸 답답해했어. 그걸 역마살이라고 하나? 떠나고 싶으면 언제든 홀쩍 떠나야 해. 어느 날엔 이집트에 있고, 어느 날엔 인도에 있고, 어느 날엔 페루, 어느 날엔 멕시코……. 지금은 또 어디에 있는지 모르지. 연락이 끊긴 지 벌써 6년도 더 됐거든. 누나가 죽었다는 것도, 아마 모르고 있겠지. 전하고 싶지만 어디에 있는지 알아야 편지라도 보내지. 빈 병에 넣어서 코르크 마개 꾹 닫아서 띄워 보내면 또 알아? 아버지한테 닿을지……."

나리는 생각지도 못한 준희의 말에 아무 말도 할 수 없었다. 하지만 자신의 이야기를 하고 있는 그는 지금껏 알고 있는 그의 모습과 무척 달라서 차마 균열을 일으킬 수가 없었다. 얇은 철판 위에 자석 가루가 자기장의 방향에 따라 사르륵 소리를 내며, 정지한 듯 보이지만 내부에서는 끊임없이 움직이고 있는 느낌. 정지해 있는 것 같지만 준희의 표정은 계속해서 변화하고 있었다. 설명 조에서 고백 조로, 그러다가 그리움을 담았다가 씁쓸하게 웃음 짓기도 했다.

지금 툭 치면 자기력은 없어지고, 긴장감을 유지하고 있던 철 가루도 모두 흩어질 것 같았다.

"아버지와 어머니가 이혼한 게 10년 전이니까. 언제나 떠나려고만 하는 아버지를, 몸은 여기에 있어도 마음은 항상 타박타박 어딘가를 걷고 있는 아버지를 어머니는 더 이상 붙들 수 없었던 건지. 엄마도 인고하면서 견딜 수 있는 성격이 아니었으니까. 오히려 특이하고 개성적인 영혼의 소유자였지. 다만 아버지는 여행을 사랑하고 엄마는 울타리 안의 행복을 사랑하는 쪽이었어. 무척 어울릴 것 같은 두 사람은 결국 합치될 수 없는 서로의 근본적인 차이를 인정하고서 이혼을 했어. 정말이지 우리 아버지, 성격도 급하지. 그 후로 어느 날 날라 버려서 지금까지 연락도 안 돼. 어느 랍비 아래에서 수행을 하고 있을지, 피라미드 안에 갇혀서 빠져나오지 못하는 건지, 남극기지에서 에스키모와 데운 술이라도 한 잔 마시고 있을지."

나리는 자신도 모르게 한숨을 폭 흘렸다. 그냥 다른 사람의 이야기인데도 한숨이 나왔다. 너무 개성적인 것도 참 모두를 힘들게 하는 거구나 싶어서. 평범한 자신에게 왠지 감사하다는 생각까지 들었다.

"어머니의 재혼을 강요한 건 누나였어. 이미 다 큰 성인들인데, 두 분도 당신들의 인생이 있을 테니까. 하지만 그 바람에 우리 셋은 세상 한가운데에 뚝 떨어지게 된 거지. 그래서 매형은 우리한테 단지 매형이 아니라 처음부터 보호자였던 것 같아. 누나와 결혼한 것으로 우리라는 가족을 책임지게 된 보호자. 어머니도, 아버지도, 없는 건 아니었는데 한 번도 가족으로 묶인 적은 없었으니까. 늘 어딘가 비어 있고 늘 외로웠는데, 아마도 따뜻했던 건 처음이었던 것 같아. 매형이란 사람 때문에."

"……."

"누군가의 보호자로서의 강현우 씨. 사실 완벽하잖아."

나리는 섣불리 고개를 끄덕일 수 없었다. 그 말이 너무도 명백한 사실이었으므로.

"준이 녀석은 더할 거야. 누나가 죽고 일본으로 건너간 건 큰집에 있고 싶어서였어. 큰집이 일본에 있거든. 이제 누나가 없으니까 매형한테 부담이 되어선 안 된다고, 준이랑 같이 머리 맞대고 결론 내렸어. 하지만 큰집인데도 왜 그렇게 우리 둘은 겉돌기만 하는 건지. 결국 누나 기일 핑계 대고 한국으로 넘어온 거야. 준이는 이모네 집에 있고 난 매형 집에 있고. 할 수만 있다면 돌아가지 않을 생각으로 건너왔지."

나리는 물끄러미 준희를 쳐다보았다. 모든 게 행복해 보이는 겉모습과는 다르게 참 많은 상념을 어깨에 진 남자 같았다.

"그래서 말인데……."

문득 준희가 조심스럽게 말을 이어와 나리는 천천히 고개를 끄덕였다.

"말해요."

"기왕 내 얘기들 들었으니까 내친김에 나리 씨가 나 좀 도와주면 안 될까 해서."

"……뭘요?"

또 뭘 말하고 싶어 저러나 불안한 마음으로 나리가 묻자 준희가 절실한 눈으로 말을 이었다.

"매형한테, 우리 준이도 매형 집에서 살면 안 되겠느냐고 나리 씨가 말 좀 해줘라."

하……

나리는 기가 막힌다는 눈으로 준희를 쳐다보아야 했다.

"그걸 내가 어떻게 말해요? 내 영역도 아닌 일인데."

"거 참 매정하네. 준이, 이모 집에서 사는 거 엄청 불편해하고 있어. 그리고 준이하고 난 언제 어디서든 붙어 있어야 쌍둥이 파워가 넘쳐 난다고. 떨어져 있으려니까 맥이 쭉 빠지는 것 같아. 하지만 나리 씨가 부탁하면 들어줄지도 모르잖아."

나리는 절레절레 고개를 저으며 손목시계를 보았다. 마침 점심시간이 끝나가고 있어 어쩔 수 없이 자리에서 일어나며 말했다.

"미안하지만 내가 상관할 부분도 못 되는 것 같고, 내가 말한다고 현우 씨가 들어줄 문제도 아닌 것 같네요. 그럼 난 점심시간이 끝나서 이만."

더 말을 섞으면 분명히 휘둘릴 것 같아 나리는 준희가 대답하기도 전에 얼른 식당을 나갔다. 오늘 여러 가지 이야기도 많이 듣고, 그런 면에서 좀 더 가까워졌다는 생각은 들었지만 역시 황준희라는 남자는 마지막까지 마음을 놓기에는 불안한 면이 있었다.

그러나 회사 방향으로 몇 걸음 옮기기도 전에 갑자기 무언가가 등 뒤에서 나리의 손을 획 잡더니 바람과 같은 속도로 그녀를 도로로 끌었다. 확인해 보나마나 그 엄청난 완력으로 끌려본 경험이 있었기 때문에 누구인지 정도는 바로 알 수 있었다.

"황준희 씨, 지금 도대체 뭐 하는 거예요?"

나리가 반항하며 소리쳤지만 준희는 막무가내였다. 마치 유괴범이 아이 납치하는 포즈로 그대로 나리를 끌어당겨 택시에 억지로 밀어 넣고서 자신도 홀랑 탔다.

"이, 이봐요! 정말 이렇게 막무가내로 나오면 나도 화낼 수 있어요!"

나리는 정말이지 이번엔 너무 기분이 나빠 사납게 쏴주었다. 하지만 준희는 더없이 간절한 표정으로 부탁을 해왔다.

"딱 한 번. 딱 한 번만 준이 얘기 좀 해줘라. 부탁이야, 응?"

그리고는 택시 기사에게 현우의 회사가 있는 주소를 목적지로 홀랑 말하는 게 아닌가. 나리는 택시 안에서 싸울 수도 없고, 그렇다고 저렇게 예의없게 멋대로 구는 걸 봐주기도 그렇고.

"점심시간 지나간단 말이에요, 진짜."

"나리 씨, 팀장이잖아. 외근 좀 나간다 그래. 그 정도 파워도 없나?"

모든 걸 제멋대로 판단하는 준희를 나리는 착잡한 심정으로 바라보아야 했다.

"하나만 물어도 돼요?"

"응."

"뭐 먹고 컸어요?"

"왜?"

"나중에 내 아이 낳으면 절대 그건 피해서 먹이게."

준희가 빙긋 웃었다.

"걱정 마. 독버섯 같은 거에다 이유식 섞어서 먹었다니까."

택시 기사가 허허 웃는 통에 나리는 화도 내지 못했다.


현우의 회사 앞에서 나리는 참으로 착잡한 심정으로 서 있었다. 딱 한 번만 부탁해 달래는데 그걸 거절하기도 매정한 것 같고, 세상에 딱 두 사람 쌍둥이끼리 서로를 의지하면서 살고 있는 준희의 처지를 생각하니 안됐기도 하고, 그렇다고 현우에게 제삼자로서 그런 월권과도 같은 부탁을 하자니 그 상황 참 웃길 것 같고. 하지만 못할 것도 없다는 생각이 들자 정말 자신의 말을 들어줄지 어떨지 한 번 시험해 보고 싶기도 하고.

이런저런 생각으로 망설이다가 기왕 온 거 그의 얼굴이나 보고 가자는 생각에 막 앞으로 나서던 나리의 걸음이 우뚝 멈췄다. 타이밍도 기가 막히게 마침 현우가 빌딩의 회전문을 지나 밖으로 나오고 있었다. 물론 일부러 위까지 올라갈 일이 없어졌으니 다행스러운 일이 되었어야 했는데, 오히려 나리의 걸음은 뒷걸음질치고 있었다. 나리의 눈동자가 현우에게, 아니, 정확히 말해 현우의 바로 옆에서 환하게 웃고 있는 여자에게로 향했다.

"어라? 매형이네. 안 부르고 뭐……."

뒤에 서 있던 준희도 현우를 발견했는지 막 입을 열려다 서서히 말을 멈췄다. 왜 그러는지는 나리가 더 잘 알고 있었다. 준희도 그 여자를 발견한 것이다. 나리는 천천히 뒷걸음질을 쳐서 저쪽에서는 보이지 않을 건물 한쪽 구석으로 숨었다. 준희가 그런 나리를 물끄러미 들여다보더니 옆으로 다가왔다.

"왜 말 안 걸어?"

나리는 아무 대답도 하지 못했다. 먼 거리였지만 척 보기에도 참 예쁜 아가씨였다. 나이는 이십대 후반 정도로 나리와 비슷한 또래로 보였다. 이런 회사 앞에서 자주 발견할 수 있는 포멀한 정장 차림은 아니었지만, 워낙 예쁜 얼굴이라 어떤 타입도 잘 소화해 내는 것 같았다. 오히려 똑같은 정장이 아니라서 더 눈에 띄었다. 치렁치렁하다는 느낌보다는 자유롭고 세련된 트렌드 세터의 느낌이 났다. 하지만 문제는 그게 아니었다. 현우가, 그가 그 아가씨를 향해 더없이 부드럽고 다정한 미소를 짓고 있다는 것이었다.

"매형 옆에 있는 저 사람 때문에 그러는 거야?"

아직도 안 간 건지 준희가 이해가 안 간다는 듯 옆에서 중얼거렸다. 나리는 픽 웃었다.

"누가 그렇대요?"

"그럼 왜 여기에 숨어 있는데."

"숨긴 누가 숨었다 그래요? 애초에 댁이 막무가내로 끌고 오지 않았으면 현우 씨 저런 표정도 안 봤을 거……!"

자신도 모르게 뾰족해져서 날카로운 말을 퍼붓던 나리는 겨우 중간에 말을 멈췄다. 이런 감정 노출을 이 남자 앞에서 해봐야 좋을 거 없었다. 나리는 한숨을 폭 내쉬고 다시 현우 쪽으로 시선을 돌렸다. 그는, 본래 부드러운 미소가 어울리는 사람이다. 하지만 지금의 그 미소는 나리도 그렇게 많이 본 적 없는, 사적이고도 친밀한 미소였다. 아니, 자신의 앞에서 그가 저렇게 따뜻하고 편하게 웃은 적이 있었던가. 나리의 머릿속이 복잡해졌다.

"세상의 반이 남자고, 나머지 반이 여잔데, 매형이 여자랑 좀 웃으면서 지나갔다고 그렇게 숨어버리는 거 나리 씨답지 않은데. 그렇게 안 봤는데 소심했나 보다, 나리 씨."

아직까지도 현우는 그 여인에게 다정한 눈길을 보내며 짧은 대화를 주고받기도 하며 등을 보인 채 멀어지고 있었다. 나리는 한 번 더 그 뒷모습을 흘끗 보았다가 곧 상체를 끌어당겼다. 여전히 복작거리는 표정으로 바닥을 구두 끝으로 툭툭 차며 말했다.

"그러게, 나 소심했나 봐. 그냥…… 현우 씨가 저런 눈으로 다른 누군가를 본다는 게……."

너무 싫었다. 단지 여자와, 다른 성별을 가진 사람과 걸어가기 때문은 아니었다. 그를 오랫동안 봐왔기 때문에, 그가 다른 곳을 보고 있어도 지치지도 않고, 질리지도 않고 해바라기처럼 미친 듯이 바라봐 왔기 때문에 알 수 있는 것이었다. 그는 결코 아무런 관계도 없는 사람에게 저런 미소를 함부로 보내는 사람이 아니다. 그렇다는 건 저 사람이 '아무런 관계도 아닌' 사람이 아니라는 거겠지.

"그러고 보니 저 여자, 우리 누나 분위기를 조금 닮았네."

그 순간 옆에서 흘러든 준희의 그 말에 나리의 고개가 번쩍 들렸다. 그녀의 동공이 믿을 수 없다는 듯 커져서 준희에게 향했다.

"지금…… 뭐라고 했어요?"

이 남자가 지금 불난 집에 기름을 들이부어도 유분수지.

"응? 뭐?"

그러나 준희는 자신이 무슨 말을 했는지 잘 모르겠다는 표정으로 오히려 고개를 갸웃거리고 있었다. 나리는 참을 수 없어 버럭 소리쳤다.

"방금 뭐라고 했냐고 물었잖아!"

준희가 깜짝 놀라서 어깨를 흠칫하더니 나리를 쳐다보았다.

"나, 나리 씨. 왜 그래, 갑자기. 놀랐잖아."

"그러니까 저 사람이, 누굴, 닮았냐고, 물었잖아요오."

"우리 누나 닮았다고. 분위기하고 뭐 그런 데가 약간 비슷해서 그리운 마음에 좀 말해봤는데 그게 그렇게 화낼 일이냐? 아이고, 나리 씨 앞에서 이젠 입도 닫고 살아야겠네."

자신이 더 억울하다는 듯 노려보는 준희를 무시한 채 나리는 천천히 몸을 돌렸다.

"그래요. 이젠 내 앞에서 제발 입 좀 닫아줘요."

중얼거리며, 힘이 쭉 빠진 얼굴로 준희를 스쳐 지나 걸어갔다. 어이가 없는지, 이해가 안 되는지 준희가 뒤에서 그런 그녀를 계속해서 불렀다.

"나리 씨, 왜 그래? 어디 가는데. 대체 갑자기 왜 그러는데."

왜 그러느냐고? 그건 나리가 묻고 싶은 말이었다. 황준희의 무심함은 동현을 뛰어넘는다. 아니, 아무리 동현이라도 저 남자처럼 악독하지는 못할 것이다. 어떻게 그런 말을 아무렇지도 않게 할 수 있을까.

그래도 자신은 그의 이야기를 다 들어주었고, 그가 어떻게 정신없이 나와도 많은 부분 이해해 주었다. 귀찮고 뜬금없고 화가 난 적이 한두 번이 아니었지만 그래도 현우의 처남이라는, 단지 그 하나의 의미가 너무도 컸기에 웬만한 일은 이해해 주고 넘어간 것이다. 그런데 저 남자는 어떻게 저렇게 자신의 입장에만 서서 말을 하는 걸까.

무엇 때문에 이렇게 머릿속이 텅 빈 것 같은지, 생각이 복잡하게 섞여서 미칠 것 같은지, 조바심이 나는지 알고서도 저런 말을 하는 걸까? 아니면, 아이큐가 100도 안 돼서 전혀 추측하지 못해 저러는 걸까.

만약 그 사람의 앞에 그녀와 비슷한 이미지를 가진 사람이 나타난다면…… 많이도 사랑한 그 사람의 향기를 풍기는 여자가 다가온다면, 그는 그 여자를 거부할 수 있을까? 눈이 가지 않을 수 있을까? 그녀에게서 등 돌리고서 윤나리라는 사람을 만나러 올 수 있을까? 자신의 이 사랑을 받아줄 수 있을까?

생각해 보는 것만으로도 아찔해지고 등허리가 서늘해진다.

나리는 천천히 휴대폰을 열었다. 그리고 현우의 번호를 눌렀다. 떨리는 손으로 휴대폰을 귀에 대고 착신이 떨어지길 기다렸다.

「여보세요.」

현우의 낮은 음성이 넘어왔다. 나리는 넋이 나간 사람처럼 자꾸만 초점이 흐려지려는 눈에 핏발이 설 정도로 힘을 주고 입을 열었다.

"잠깐, 만날 수 있어요? 지금 현우 씨 회사 앞인데."

도전하듯 입 밖으로 내뱉은 말, 현우의 대답이 돌아왔다.

「회사라니. 이 시간에?」

"네……."

그가 와주기를 기다리고 있다. 오기만 하면 된다. 옛사람을 닮은 그녀를 버려두고서 자신을 만나러 와주기를. 이 관계가 쓸데없는 오해나 불안 같은 것으로 흔들리지 않기를 바라고 있다.

그러나 현우의 대답은.

「흠, 어쩐다. 지금 중요한 약속이 있어서 안 될 것 같은데.」

곤란하다는 듯한 어조.

「혼나야겠군, 윤나리. 그래도 조금만 기다려 주면…….」

"아니에요, 됐어요."

나리는 처음으로 그의 말을 잘랐다.

"생각해 보니까 시간이 빡빡할 거 같아요. 다음에 연락할게요."

그리고 그가 뭐라고 더 말할 새도 없이, 먼저 전화를 끊어버렸다. 처음으로 그의 말을 먼저 자르고, 처음으로 전화를 먼저 끊고, 그리고 처음으로 자각하게 되었다.

만약 윤나리가 그렇게나 매달리지 않았다면, 이 남자는 조금이라도 자신을 돌아봐 주었을까? 언젠가 동현에게 했던 말. 사랑하기만 해도 괜찮아요. 그러나 지금 그녀는 명백히 조바심을 느끼고 있었다. 그리고 심장의 아픔도 함께.

만약, 너무도 이 사람만을 해바라기하는 자신의 처지가 가여워서 그가 동정의 눈으로 자신을 돌아봐 준 것이라면, 결국 자신이 그토록이나 바란 게 사실은 그에게 폐가 되는 사랑의 모습이었다면.

폐가 되어도 좋다, 라고 생각한 건 어제까지. 폐를 끼친 만큼 자신의 사랑으로 행복하게 채워줄 수 있을 것이다, 라고 생각한 건 방금 전까지. 하지만 만약, 그 사람이 그 사람 본연의 마음으로 누군가를 좋아하는 감정을 다시 기억해 낸다면…….

모든 것의 전제는 현우가 더 이상 누구도 사랑할 마음이 없다는 것이었다. 그의 굳어버리고 얼어버린 심장을 나리는 자신의 힘으로, 노력으로 녹이고 싶었다. 하지만 만약 그의 자력으로도 그 심장이 녹아서 다른 사람을 찾는다면, 오늘처럼 그렇게 따스하고 다정한 눈으로 쳐다봐 준다면, 그럴 수 있는 사랑이 그의 심장 한구석에 아직 남아 있다면.

자신은 그를 사랑해서는 안 되는 게 아닐까?

너무 사랑하기에, 더욱 그래서는 안 되는 게 아닐까.


그날 저녁, 휴대폰이 울린다는 걸 나리는 알고 있었다. 하지만 외면한 채 전화를 받지 않았다. 만약 유리가 있었다면 시끄럽다고 투덜거렸겠지만 오늘은 그런 잔소리를 해줄 동생도 없었다. 몇 번이나 울리던 휴대폰은 곧 잠잠해졌다. 침대에 얼굴을 묻고 있던 나리는 그제야 천천히 휴대폰을 끌어당겨 보았다.

부재중 통화 5통, 모두 현우에게서 온 것이었다. 메시지는 없었다.

나리는 가만히 휴대폰을 내려놓았다. 눈을 감았지만 잠이 오지 않았다. 시계 초침이 째깍째깍 움직이는 소리가 이렇게 큰지 미처 몰랐다. 전화를 받으면 뭐라고 말해야 할까. 자신은 이 마음의 불안함을 감추고서 그와 자연스럽게 통화할 수 있을까?

"그러고 보니 저 여자, 우리 누나 분위기를 조금 닮았네."

준희의 목소리가 떠올랐다. 그리고 자연스럽게 이어 떠오른 현우의 다정한 미소. 누구를 향해서도 그렇게 편안한 미소를 주지 않았던 사람. 아마도 본인이 원해서 지은 미소는 그렇게 살갑고 다정하겠지. 그런 미소를 그는 아내에게 내내 지어주었던 것이겠지.

바로 그런 미소를 자신이 갖고 싶었다. 하지만 그건 자신의 몫이 아닌 것 같아서, 나리의 눈꼬리를 타고 눈물이 흘러내렸다.

계속해서 전화를 무시하고 있을 수는 없었다. 오전에도 부재중 통화가 3통, 오후에 6통, 계속해서 현우의 부재중 메시지가 찍혔지만 나리는 모르는 척 일만 했다.

아마도 지금까지의 패턴대로라면, 그 사람은 이렇게 전화를 해보다가 바쁜 일에 쫓겨서 잠시 잊을 것이다. 그리고 다시 생각이 나면 다시 연락을 해올 수도 있겠지. 그러나 그때에도 만약 전화를 받지 않으면 또다시 그는 일이 바빠 잠시 잊을 것이고, 그것이 반복되다 보면 어느 순간 완전히 잊힐 수도 있다. 그렇게 생각해도 무방한 관계라는 게, 왜 지금에야 이렇게나 선명하게 자각이 되는 건지.

힘이 나지 않아 일도 어떻게 했는지 모르겠다. 회식이 있었지만 다 귀찮아서 일찍 퇴근을 했다. 아닌 게 아니라 몸이 으슬으슬 추워지는 게 몸살 기운이 겹쳐서 온 것 같기도 했다. 한 사람을 이렇게나 많이 사랑했구나. 그저 그 사람을 잠깐 무시하고 있는 것뿐인데도 몸의 신경세포가 왜 너답지 않은 짓을 하느냐며 아우성을 치다가 병까지 걸려 버린 것 같다. 심장이 아프면 몸도 함께 아파지는 걸까. 집으로 이어진 길을 걸어 올라가는데도 땅이 달려드는 것 같아 일순 어지럽고 휘청거렸다.

"윤나리."

내내 바닥만 쳐다보며 힘없이 걷고 있던 나리의 귓가로 익숙한 목소리가 흘러들었다. 나리는 자신도 모르게 화들짝 놀라 고개를 들었다. 현우의 차가 있었고, 그는 그 옆에서 나리를 물끄러미 응시하며 서 있었다. 나리는 갑자기 더 덮쳐 오는 몸살의 기운과 아직은 이 사람을 보고 싶지 않다는 거부감이 겹쳐져 몸이 다 떨렸다.

혼자서 아주 많이 매달려 오고 무조건적으로 부담을 주었던 그동안의 자신의 행동들이, 그 모든 감정이 객관적으로 인식이 된다는 것은 얼마나 비참한 일인지.

"……현우 씨네."

나리는 으슬으슬 추워지는 몸을 팔로 감싸 안고서 그를 바라보며 살짝 미소 지었다. 현우가 그 음영이 깊이 지는 눈으로 나리를 바라보았다. 화가 난 듯 차가운 그 눈매. 하지만 나리는 자꾸만 그 눈동자가 어제 그 여자를 바라볼 때의 눈동자와 겹쳐져서 보기 싫었다.

찾아오리란 생각은 하지 않았다. 그의 삶 속으로 들어가려면 꼭 자신이 몇 걸음 다가가야 했고 자신이 달려가야 했고 자신이 힘을 내야 했다. 아니면 금세 뒤로 밀려나서 그에게는 없는 존재가 되어버리고 만다. 그게 두려워서, 그렇게 될까 봐 겁이 나서 늘 종종걸음으로 숨도 쉬지 않고 달려가 무심한 그 문을 두드렸었다.

"얼굴이 왜 그래. 어디 아프니?"

다정한 어조에 가슴이 욱신거렸지만, 나리는 아무렇지도 않다는 듯 웃으며 고개를 저었다.

"별거 아니에요. 그냥 몸살감기가 좀 왔나 봐요."

그러니 지금은 나 좀 그냥 둬줄래요? 잠깐이면 되니까.

그가 다가왔다. 왜 전화를 안 받았느냐고, 다그쳐 오기라도 하면 좋을 텐데 애초에 그는 그런 걸 따질 사람이 아니었다.

"많이 아파?"

오히려 이렇게 부드러운 어조로 달래듯 말하는 사람이었다. 나리의 심장이 물에 젖어갔다. 그래서 이 사람을 사랑했다. 지금도 사랑하고 있다. 너무너무 사랑해서, 그 너무 많이 사랑하는 것이 그에게, 또 자신에게 이렇게나 미안해지는 것이다.

그래서, 그가 천천히 손을 뻗었을 때 나리는 의식적으로 그의 손길을 피해 버렸다. 너무 사랑하는 건 차라리 덜 사랑하는 것만 못한 것 같다. 그에게도 의무를 지우고, 또한 자신의 감정에게도 강요만 하는 사랑, 그런 모습이란 걸 깨닫지 못하고서 마냥 행복하기만 했을 때가 차라리 편했다.

"나, 현우 씨한테 할 말 있어요."

거부당한 현우의 손이 허공에서 멈췄다. 나리의 표정이, 또 행동들이 평소와 다르다는 걸 그가 모를 리가 없을 것이다. 하지만 그가 어떤 표정을 짓고 있는지 나리는 확인할 수 없었다. 고개를 들고 싶지 않았다.

"해봐."

낮게, 그의 대답이 돌아왔다. 나리는 입술을 질끈 깨물었다.

"당분간 연락하지 말고 지내요, 우리."

자신의 입으로는 절대 하지 못하리라 생각한 말을 해버리고 말았다. 조금만 덜 사랑했어도 이렇게나 자신의 에고에 휘둘려서 그에게 먼저 이별을 고하지는 않았을 것이다.

"지금, 뭐라고 했지?"

현우의 어조가 조금 높아졌다. 화를 내고 있었지만 지금의 나리로서는 그의 낮은 분노를 책임질 수가 없었다.

"나, 현우 씨를 잠시 놓고 싶어요. 현우 씨한테 시간을 주고 싶어요. 정말 현우 씨가 원하는 걸 할 시간을 주는 게, 내가 해야 할 일 같아요. 애초에 그게 내가 현우 씨를 사랑한 방식……."

"지금 무슨 소리를 하고 있는 거야!"

처음 들었다시피 한 커다란 호통 소리에 나리의 말이 뚝 끊겼다. 자신도 모르게 고개를 들어 현우를 쳐다보자 그의 더없이 차갑게 식은 눈동자가 나리를 꿰뚫을 듯 노려보고 있었다. 나리의 복잡한 마음속에서 부정적인 웅성거림이 일었다.

"그만두려구요. 현우 씨 좋아하던 거, 몇 번이나 그러지 말라고 했는데도 끊지 못했던 거, 이제 다 그만둘래요. 그 말 하고 싶었어요. 전화로는 하지 못할 말이잖아요. 그럼 난, 갈게요."

냉정하게, 그를 계속 보고 있으면 마음이 약해지고 말아서 어떻게든 급하게 말을 끝내 버리고 돌아섰다. 지금이라면, 이 사람과 헤어지고도 죽지 않을 수 있을 것 같았다.

그래서 더 그의 얼굴을 보지 말아야 했다. 자꾸만 마음이 아파서 휘청거리는 땅을 어렵게 밟아가며 걸어가던 그녀의 손목이 뒤에서 가해온 힘에 비틀리듯 잡혔다. 그대로 빙글 돌려져 현우의 가슴에 부딪치듯 정지했다. 손목이 끊어질 듯 아파서 나리는 울 것 같은 눈으로 현우를 올려다보았다. 순간 그녀의 얼굴 전체에 드러난 혼란을 마주한 현우의 눈썹이 사납게 찌푸려졌다. 차갑게 가라앉아 있던 현우의 눈동자는 이제 활활 타오르고 있었다. 무섭게 끓어오른 눈으로 그가 나리를 내려다보았다.

"왜. 이유가 뭐야. 갑자기 이러는 이유, 나도 알아야 해!"

속박하듯 뜨거운 온도로, 그가 처음으로 데일 정도의 뜨거운 온도로 닦달하고 있었다. 나리는 아픈 눈으로 그를 바라보았다. 이 사람도 이렇게 열정적일 수 있는 사람이구나. 늘 은은하게,

무심하게 다가오기만 한 사람이라 전혀 알지 못했다.

"지쳤어요. 그래서 그만두려는 거예요. 이유 같은 거 없어요. 나 혼자 시작하고 나 혼자 키워왔으니까 끝내는 것도 내가 하겠다는 거예요. 그게 뭐가 잘못됐어요?"

나리는 그의 손을 밀어냈다. 하지만 현우는 돌아서려는 나리의 다른 쪽 팔마저 사납게 잡고서 그대로 끌어당겨 입술을 삼켰다. 뜨거운 입술이 강렬한 온도를 머금으며 다가와 덮치듯 겹쳐 온 순간 나리의 심장이 쿵 떨어졌다. 그러나 나리는 그 해일에 빨려 들어가는 대신 있는 힘껏 현우를 밀쳐 버리고서 뒤돌아 달려갔다. 입술이 떨어져 나가는 순간 심장도 함께 떨어진 것 같았다. 그런 건, 절대 해결 방식이 될 수 없는 것이다.

혼자 남은 현우는 나리를 놓쳐 버린 자신의 손을 내려다보고 있었다. 어떤 말도, 어떤 행동도 그녀를 잡지 못했다. 다만 떠난다고, 이제 끝내고 싶다고 그녀는 똑같은 말만 되풀이하고 있었다.

이유를 알 수 없었다. 심장이 한 움큼 베어져 나가는 것 같다. 어쩌면 자신이 서 있는 지반 전부가 무너진 것도 같았다.

"나 혼자 시작하고 나 혼자 키워왔으니까 끝내는 것도 내가 하겠다는 거예요. 그게 뭐가 잘못됐어요?"

아프게 메아리치는 그녀의 말. 하지만.

"어째서…… 몰라주는 거냐."

결코 그녀 혼자만의 사랑이 아니었다는 걸.

너무도 오랫동안 홀로 두어 그녀를 웃는 얼굴로 울게 만들었기 때문에. 지쳐서 그녀가 가려고 한다면 그는 그녀에게 아무 말도 할 수 없다. 하지만 이제는 보내줄 수 없게 되어버렸다.

"살아갈 수 없단 말이다."

그녀가 없다는 생각만 해도, 헤어진다는 생각만 해도, 이제 그녀가 자신의 사람이 아니란 생각만 해도 심장이, 너무도 아팠다.

한 시간이나 늦은 출근이 되었다. 나리는 퉁퉁 부은 얼굴로 대문을 나섰다. 엄마가 해준 배즙을 먹어서 그런지 몸살 기운은 많이 가셨지만 밤새도록 울어서 부은 눈과 아픈 머리는 어쩔 수가 없었다. 덕분에 출근도 한 시간이나 늦어 맥이 쭉 빠진 걸음으로 위태롭게 땅을 밟아 걸어가던 그녀의 몸이 멈칫했다.

집에서 조금 떨어진 거리에 눈에 익은 차가 서 있었다. 나리의 눈이 터질 듯 커졌다. 그건 현우의 차였고, 현우는 운전석에 기댄 채 잠이 들어 있었다. 혹시나 싶어 현우가 입은 옷을 확인한 나리의 심장이 저미듯 아려왔다. 어제의 차림 그대로였다. 설마 그는 돌아가지 않고 밤을 샌 걸까.

나리는 떨리는 걸음을 옮겨 차 바로 앞에 가서 섰다. 피곤한 얼굴로 시트에 기대 잠들어 있는 현우를 바라보는 나리의 눈시울이 뜨거워졌다. 흔들리는 눈동자로 가만히 쳐다보고 있는 그 때 현우가 천천히 눈을 떴다. 늘 단정하게 정돈되어 있던 머리카락이 살짝 흘러내려 그가 몸을 움직이는 대로 흔들렸다. 피곤이 묻어 있는 그의 검은 눈동자가 드러나고 시선이 마주친 순간 나리는 어쩔 수 없는 심장의 아픔을 느꼈다. 금방 일어나 초점이 잘 잡히지 않는지 잠깐 앞을 노려보듯 눈에 힘을 주고 있던 그가 천천히 관자놀이를 누르더니 차 문을 달칵 열고 내려섰다.

나리는 도망가고 싶은 마음 반, 그리고 싶지 않은 마음이 반이었다. 그를 이렇게 괴롭힐 생각은 없었다. 그저 자신의 마음이 너무 힘겨워서, 잠시라도 숨을 쉬고 싶어서 그에게 딱 한 번, 이기적으로 행동했을 뿐이다.

"왜…… 거기서 그러고 있어요."

자신도 모르게 원망의 말이 쏟아져 나갔다.

옷매무새를 정돈하면서 현우가 천천히 나리의 앞으로 다가왔다.

"몸은, 괜찮아?"

서투르게 사랑한 탓에 그렇게 서투른 이별을 선고하고서 혼자서 편하게 방 안에서 자고 나온 여자에게, 그는 여전히 저런 말만 하는 사람이다.

"왜 그러고 있느냐고 물었잖아요. 여기서 밤샌 거예요? 도대체 왜요?"

현우의 눈동자가 무겁게 가라앉았다.

"내가 묻고 싶은 말이다. 왜…… 떠나려는 거지?"

나리는 입술을 꼭 깨물었다.

"왜 날 포기하려는 거냐."

"어제, 다 대답했잖아요."

"이유는 없었어. 그 어디에도 없었어."

"……."

"왜 멀어지겠다는 거야. 어째서, 이유를 묻고 있어."

나리는 고개를 돌렸다.

"헤어지고 싶어서요. 그게 이유예요."

그를 스쳐 지나갔다. 적당한 이유, 생각나지 않았다. 그런 게 있다 해도 말할 수 없었다.

"내가 안 돼!"

그 순간 뒤에서 울린 목소리에 나리의 걸음이 우뚝 멈췄다. 현우가 성큼 다가와 나리의 앞을 막아섰다.

"내가 안 돼. 내가 널 놓지 못하겠어. 아니, 안 놔."

그대로 나리의 어깨를 끌어당겨 가슴에 와락 안아버렸다. 숨을 쉴 여유도 주지 않겠다는 듯 사납게 안고서 현우가 말을 이었다.

"길들여 놓고서, 이렇게 만들어놓고서 어째서 그런 말을 하는 거야."

점점 더, 강한 팔이 압박해 왔다. 나리의 몸이 맥을 잃어가며 온몸에서 힘이 풀렸다.

"왜…… 이렇게 못됐어요. 왜 이렇게 나빠요. 현우 씨가 원하는 사람을 선택할 수 있게 해주고 싶었는데."

괜찮은 척 웃어야 하는데 오히려 눈물이 났다. 순간 현우가 나리의 양팔을 꽉 쥐고서 나리를 떼어냈다. 똑바로 눈을 쳐다보며 입을 열었다.

"내가 원하는 사람이 누군데. 너 말고 내가 원하는 사람이 누구라는 거야."

나리의 눈이 커졌다.

"무슨……."

"도대체 무슨 생각을 하고 있는 거야. 내가 그렇게 한심한 남자로 보였나? 널 선택한 것도 나고, 네 손을 잡은 사람도 나야. 네가 먼저 시작해서, 너만 늘 고생하고, 네가 항상 다가왔기 때문에 나는 선택도 하지 않은 것처럼 보였나? 네 눈엔 내가 그렇게 하찮고 무능한 남자로 보였어?"

"현우 씨……."

"백 번도 더 먼저 다가가고 싶었어. 천 번도 더 먼저 네 손을 잡고 싶었어. 수없이 널 내가 사랑하는 사람이라고, 내 연인이라고 외치고 싶었단 말이다."

나리의 뒷머리를 끌어 그녀의 얼굴을 자신의 가슴에 붙였다. 심장으로 끌어안듯이 현우는 그녀를 부드럽게 안았다. 지금 놓쳐 버리면 앞으로 영영 못 볼지도 모른다는 압박감이 그를 초조하게 했다.

나리는 믿을 수 없는 마음으로 그의 가슴에 안겨 있었다. 그가 한 모든 말이 마치 환청처럼 귓가에서 웅성거렸다. 몸살과는 다른 느낌의 열이 몸을 달아오르게 하고 심장이 어수선하게 쿵쿵거렸다. 그리고 그가 한 모든 말이 다른 사람이 아닌 자신을 향한 말들이라는 걸 깨달은 순간 나리는 자신도 모르게 입을 열었다.

"회사 앞에서…… 현우 씨가 어떤 사람이랑 같이 가는 걸 봤어요."

그렇다면, 어째서 그 사람에게 그런 표정을 지었던 것인지. 죽은 아내를 닮았다는 그 여자에게 어째서…….

"그 사람을 보면서 현우 씨, 마치 현우 씨가 아닌 것처럼 웃었잖아요. 나는 한 번도 현우 씨한테 그런 표정 짓게 만든 적 없었는데. 내가 아니라도 좋았을 거잖아요. 내가 매달려서 겨우 웃어준 거라면 의미가 없잖아요. 아니, 의미가 없어도 좋다고 생각했어요. 하지만 그건 내 만족일 뿐이잖아요. 현우 씨 그런 얼굴을 못 봤으면 모를까, 봤는데 어떻게 내 감정만 내세우면서 지금처럼 계속해서 쫓아다녀요."

서럽다 토해내며 그동안 느껴왔던 상심을 그에게 죄다 말하는 순간, 벌써부터 정지해 있던 현우의 눈동자에 기가 막힌다는 표정이 어리더니 그가 입을 열었다.

"아니, 계속 쫓아다녀."

나리는 눈매에 힘이 들어갔다.

"무, 무슨 말이 그래요?"

"계속 쫓아다녀도 된단 말이다. 전혀 상관없는 일이니까. 기가 막히는군. 고작 그런 일 때문에 사람을 이렇게 화나게 해?"

나리는 이해를 할 수 없었다. 고작 그런 일? 이젠 준희에 이어 이 사람까지 무심해지고 있는 걸까. 어떻게 그게.

"그게 어떻게 고작 그런 일이에요! 준희 씨가 그랬어요. 그 사람, 현우 씨 그분이랑 닮았다고. 그런데 어떻게……!"

나리의 입술을 손바닥으로 툭 막은 현우가 한숨을 푹 내쉬었다. 입이 막힌 채 나리의 눈동자가 젖은 그대로 깜빡거렸다. 천천히 나리에게서 손을 뗀 그가 고개를 저으며 말했다.

"당연히 닮았겠지. 자매인데."

나리의 눈이 번쩍 떠졌다.

"……네?"

지금 그가 뭐라고…… 하는 거지?

현우의 싸늘한 시선이 나리에게 돌아왔다. 너무 차가워서 얼려 버릴 듯 냉정한 눈으로 그가 정확하게 말을 이었다.

"네가 본 그 여자는 아마도 처제일 가능성이 크단 뜻이야. 내가 요 며칠 함께 움직인 여자는 그 인물밖에 없으니까."

쾅! 하고 나리의 머릿속에서 그야말로 굉음이 일었다. 그렇게나 고민했던 그 모든 일이 허무하게 와르르 쏟아져 내리면서 머릿속이 텅 비어버린 기분. 그 순간 떠오르는 얼굴 하나, 못되고 사악한 인종의 얼굴 하나.

믿을 수 없었다. 분명히 그는 전혀 그 여자를 모르는 태도였다. 하지만 그것까지도 설마, 쌍둥이 동생이라는 티를 내지 않으려고 연기를 한 것이라면! 그렇다면 애초에 얼토당토않은 부탁을 해가며 회사까지 나리를 데리고 간 것마저도 다 쌍둥이의 계획이었다는 것인가! 이런 결과를 만들기 위해서? 자신은 보기 좋게 그 계획에 걸려든 희생양이고?

거기까지 생각하자 나리는 그야말로 머릿속이 어질해지고 분노가 치솟았다. 손발이 와들와들 떨리고 심장의 솟기가 마구 툭툭 터질 것 같은 이런 기분을 어떻게 표현하면 좋을까. 황준희, 아무리 그래도 어떻게 그렇게까지…….

"그렇군, 그렇다면 고작 처제 때문에 이런 일이 일어났다는 말이로군. 윤나리 입에서 그만두자는 소리가 나왔다 이건데."

하지만 준희를 향한 증오는 지금 이 순간의 낭패와 공포에 비해서는 아무것도 아니었다. 차마 자신의 손으로는 해결할 수 없는 커다란 일이 산적해 있었던 것이다. 바로, 뭐라고 설명할 수도 없을 정도로 망쳐 버린 이 상황이.

"혀, 현우 씨, 난……."

어떻게 설명할 수 있을까. 그날 들었던 그 수많은 절망을, 상념을.

지금은 이렇게 다시 생각해 볼 수 있었지만 그때는 정말이지 괴로웠다. 심장이 한꺼번에 뜯겨져 나가는 기분이었다.

"그리고 첨언하자면, 처제하고 그 사람, 전혀 안 닮았다."

나리는 슬슬 뒷걸음질을 치며 눈동자를 또르르 굴렸다.

"하, 하지만 준희 씨가……."

"왜 그 녀석과 함께 있었지?"

나리는 눈을 깜빡거렸다. 이상하게도, 상황이 오히려 역전이 되고 있는 것 같았다. 왜 이렇게 되는 거지? 이래서는 안 되는 건데. 하지만 확실히 현재 분위기로는, 오히려 그에게 준희와 함께 있었던 이유를 설명해야 할 듯했다. 황준희, 그 남자의 유치한 연극에 제대로 걸려들어 끝내주는 이별 선언을 하고 만 이 머리 나쁜 여자의 울고 짜고 신파극 덕분에 오히려 닦달을 당해야 하는 상황이 되다니.

"그건 준희 씨가 갑자기 찾아오는 바람에……. 제, 제가 회사에서 열심히 일을 하고 있었거든요? 그런데 어느 순간 낮도깨비처럼 한 남자가 나타난 거예요. 진짜 뜬금없이. 하지만 사실 저도 그렇게 대단히 차분한 성격은 아니잖아요? 그러다 보니 내가 황준희 씨한테 휘말린 건지, 황준희 씨가 나한테 휘말린 건지, 암튼 같이 밥을 먹게 됐어요. 아, 알밥 정식으로요. 아…… 메뉴까지 밝힐 필요 없나? 암튼 그래서 같이 밥을 먹고 커피 대신 맹물만 마시면서 이런저런 얘기를 하게 됐는데……."

어떻게든 이 상황을 넘기기 위해 혼자 주저리주저리 설명하던 나리는 어느 순간 현우가 성큼 다가와 있다는 걸 깨닫고서 천천히 말을 멈췄다. 다가온 현우는 나리의 설명을 듣는 건지 마는 건지, 그저 깊은 눈동자로 나리의 얼굴을 가만히 응시하고 있었다. 천천히 손을 뻗어 나리의 뺨을 만지고 지나갔다.

"다시는."

나리의 눈동자가 떨렸다.

"다시는 그런 말 하지 마라."

그의 손이 아래로 내려가 나리의 손을 잡았다. 그 손을 끌어당겨 손가락 끝에 신중하고도 깊게 입을 맞추는 그의 모습은 너무도 애상적이었다. 나리는 정신없이 뛰는 심장을 억누르며 그를 바라보아야 했다. 입술을 뗀 그가 가만히 고개를 들었다.

"부탁이니까 다시는 하지 마."

이 사람의 마음을 떠보려고 한 행동도 아니었고, 이 사람을 향한 사랑이 옅어져서도 아니었다. 단지 너무 많이 사랑하고 있기에 저질러 버린 경솔한 행동. 잘못은 자신에게 있었고, 탓해도 뭐라고 하지 못할 일이었는데도 이 사람은 여전히, 그런 말을 입 밖에 내고야 만 윤나리를 탓하기보다는, 이렇게 아프게 부탁을 해오고 있었다.

그래서 나리는 두 번, 세 번, 아주 많이 가슴이 아팠다. 그가 그녀의 손가락 끝에 키스를 하는 횟수만큼 그렇게. 어느 순간 나리는 자신 쪽에서 현우의 손을 끌어 그의 손바닥에 키스를 했다.

미안해요. 정말…… 미안해요.

날, 놓지 않아줘서 고마워요. 정말 고마워요.

그 마음이 전해지도록 깊이, 아주 깊이.

그 입맞춤으로 현우의 가슴이 세차게 떨리고 있다는 걸 아는지 모르는지, 몇 번이고 나리는 그의 손에 입을 맞추고 있었다.

"나 쫓겨났어. 밥 사줘."

그것은 웬수 중에서도 백 년을 아그작아그작 씹어 먹고도 모자랄 웬수인 황준희라는 인간이 어느 날 또 회사 앞에 불쑥 찾아와 날린 말이었다. 불행 중 다행으로 그날은 사무실까지 온 건 아니었고 마침 점심을 먹기 위해 건물을 나서던 나리를 휙 붙잡아 세워 말을 건 것이었다. 그의 등장에 사무실 여직원들은 '꺄아악!' 이라는 둥, '반가워요!' 라는 둥 호들갑을 떨고 난리였지만, 나리는 그대로 준희를 낚아채 그 근처에서 가장 싸고 허름하고 지저분한 식당 앞으로 끌고 갔다.

"뭐야, 소머리국밥? 나 이런 거 안 먹는데."

"야! 황준희!"

투덜거리던 준희는 갑자기 버럭 소리를 지르는 걸로도 모자라 살심까지 섞인 나리의 외침에 눈을 동그랗게 뜨고 그녀를 돌아보았다. 그러나 채 고개를 다 돌릴 새도 없이 그대로 아랫배에 정통으로 훅을 먹어 허리를 활처럼 접어야 했다.

"커억! 이, 이게 무슨 짓……!"

제대로 먹긴 먹었는지 준희가 아랫배를 양팔로 눌러가며 괴로운 호흡을 토해했다. 그러나 나리는 지금 보통 증오에 차 있는 게 아니었다.

"계급장 떼고 오늘 한 번 붙어보자. 너, 나한테 죽고 싶지?"

"이야, 사람을 패질 않나, 이젠 아주 막 나가기까지 하네? 말하는 것 좀 봐. 완전 여깡이네, 여깡이야."

이 뻔뻔한 인종은 대체 어느 별에서 온 걸까.

기가 막혀서 헛웃음을 치던 나리는 준희가 잠깐 고개를 내린 사이 그 정강이까지 신나게 걷어차 주었다.

"으악!"

덕분에 준희는 제대로 얻어맞은 정강이의 고통 때문에 비명을 지르며 깡충깡충 뛰었다.

"아우! 아우!"

아프다고 난리를 떨어가며 환장하는 모습을 보니 그나마 속에 쌓여 있던 울분이 조금은 가셨지만, 그렇다고 하더라도.

"그 정도로 봐주지 않을 거니까 더 맞고 싶지 않으면 앞으로 내 눈앞에 띄지 마라, 응?"

"하……. 정말 막 나가시네."

"먼저 막 나간 게 누구더라. 한 번 양심에 손을 얹고 생각해 보시지."

"가슴에 손을 얹고, 겠지."

중얼거리며 준희가 허리를 쭉 펴고 섰다. 그런데 금방까지 깡충깡충 뛰던 인간이 금방 제 얼굴빛을 찾고 있었다. 나리가 흘끗 쳐다보자 준희가 싱긋 웃었다.

"사실은 그럴 줄 알고 다리에 뭘 좀 차고 나왔거든."

그러면서 청바지의 밑단을 살짝 들어 올렸는데, 세상에, 양쪽 다리에 운동할 때 쓰는 모래주머니를 든든하게 차고 있었다.

"얻어맞을 줄 알았거든. 이거 차고 오느라고 땀을 몇 바가지는 쏟았다. 설마 배에 잽이 들어올 줄 몰라서 어쩔 수 없이 그건 먹었지만. 여기가 미국이 아니라서 다행이야. 안 그랬으면 방탄복 구해서 입었어야 할 거 아냐."

나리는 그야말로 기가 막혀서 혀를 찼다. 정말이지 무슨 이런 인간이 다 있을까?

"사실은 매형한테 쫓겨나서 요 며칠 집에 못 들어갔거든. 보통 무시무시하신 게 아니라서 일난 줄 일찌감치 알고 있었지."

"근데 감히 내 앞엘 뻔뻔하게 찾아오셨다?"

준희가 어깨를 으쓱했다.

"속은 게 잘못 아닌가? 난 거짓말한 거 하나도 없거든."

"뭐가 없어! 누나 닮았다고……!"

"그럼 자매가 닮지, 안 닮나?"

우문현답이로고. 물론 현우의 증언으로는 별로 닮지 않았다고 했지만.

문제는 그게 아니었다.

"일부러 짜고 친 고스톱이었잖아! 고의로 나 데리고 간 거지? 동생이랑 짜고서!"

"아니, 준이는 전혀 몰라. 갠 정말 일이 있어서 매형 만난 거고, 난 잠깐 그 상황을 이용한 거뿐이거든. 준이를 발견하고 어?

내 동생이네? 라고 말하지 않은 일은 있지만, 말 안 한 게 거짓말한 건 아니잖아? 멋대로 놀라서 멋대로 질투하고 멋대로 상처받은 사람은 나리 씨 아니었나?"

분하고 분했지만, 틀린 말은 없었다. 그래서 더 분하다는 걸 이 남자는 도대체 왜 모르는 걸까. 멍석을 깔아준 사람은 그였지만, 열심히 칼춤 추고 신나게 무당굿 한 사람은 역시 자신인 것이다. 안다. 알기 때문에 더 화가 나는 것이다. 남의 감정을 저렇게 아무렇지도 않게 파고들어 와 정곡을 건드려 펄쩍 뛰어오르게 만든 저 남자의 용의주도함, 거기에 신나게 놀아난 자신이 참으로 창피했다.

"아무튼 가버려요. 나 당신하고 할 말 없어. 보기도 싫으니까."

"그래서 결국 우리 매형 마음 확인한 거잖아? 안 그래?"

순간 돌아서려던 나리의 몸이 우뚝 멎었다.

"그날 나리 씨 보니까 보통 혼란스러운 게 아닌 것 같던데 이제 보니 잘된 것 같고, 매형도 그 일로 호시탐탐 눈빛으로 날 죽이려 드시는 걸 보니 내가 원흉인 걸 알아냈다는 말인데, 그렇다는 것은 매형이 나리 씨 마음을 풀어준 걸로 일이 매듭지어졌다는 게 아닌가? 사랑한다는 고백이라도 했나?"

나리의 얼굴이 새빨갛게 달아올랐다. 아마도 능구렁이 천 마리는 보유하고 있을 인간인 거다. 어쩌다가 이런 인간이랑 엮여서 이 모양 이 고생일까.

"아니면 너 없인 못 산다는 멘트 정도? 우리 매형이 겉은 그
래 보여도 사실은 무지 열정적이고 정열적인……."

"아, 알았어! 알았으니까 그만 좀 하세요, 응?"

도저히 더 들어줄 수 없어 나리는 얼른 준희의 입을 막았다.
이 남자의 입을 통해 현우가 했던 말을 되감기하자니 참을 수가
없었다. 그건 그의 낮은 음성으로만 듣고 싶은 말이었지 이런
설레발치는 남자의 입으로 다시 듣고 싶은 말이 절대 아니었다.

나리가 손을 떼자 준희가 싱긋 웃었다. 눈물 섞인 사죄를 해
도 모자랄 판에 건들거리는 폼으로 이렇게 말했다.

"잘못했어. 그러니까 한 번만 용서해 줘."

하…….

"그게 사과하는 사람의 태도예요? 그리고 한 번 용서해 주면
두 번, 세 번 똑같은 행동을 할 수 있다는 건 잘 모르나 본데."

"이젠 절대 안 그래. 난 정말 테스트를 해보고 싶었을 뿐이야.
그때 나랑 사귀는 척하자고 한 제안도 나리 씨가 깔끔하게 무시
했잖아. 나로선 뭐라도 해보고 싶었어. 두 사람이 정말 끈끈한
연인 관계인 건지 아닌지 확인해야 내 포기도 빨라질 거 아
냐."

지나가는 차 소리가 일순간 크게 울렸다가 사라졌다. 나리는
물끄러미 준희를 바라보며 낮게 입을 열었다.

"본인 마음 편하려고 남을 이용해요? 남의 아픔을 즐겨요?"

준희가 진지한 표정으로 고개를 저었다.

"즐긴 건 아니야. 그냥…… 어떻게 될까 궁금한 건 있었어."

나리는 참으로 한심하다는 눈으로 준희를 쳐다보았다.

"그게 왜 그렇게 궁금해요?"

"매형이 사랑하는 방식."

"……."

"우리 누나가 아니라 다른 사람을 사랑하는 방식이 어떤지 알고 싶었어. 혹시 아직도 누나를 못 잊어서 그 허전함을 채우려고 다른 사람을 만나는 거라면, 그건 서로에게 좋은 사랑이 아니잖아. 그런 거라면 일찌감치 끝내게 해주고 싶었는데."

준희의 시선이 똑바로 나리를 찾았다.

"그런데 아니었더라. 매형은 나리 씨를, 나리 씨이기 때문에 사랑하나 봐. 그날 저녁에 나리 씨랑 통화 안 됐었지? 그때 매형, 참 많이 쓸쓸해 보이더라. 불안해 보이더라."

나리의 눈동자가 서서히 가라앉았다. 이런 정보를 이 남자에게서 얻으면 안 되었다. 좀 더 많이 미워해 주고, 좀 더 많이 복수해 줘야 하는데.

"누나를 사랑할 때의 매형은 물론 멋진 남자였지만 보호자의 느낌이 더 강하고 늘 어른스럽기만 했는데, 나리 씨랑 통화 안 될 때의 매형은…… 조바심 내는 소년 같다, 그렇게 느껴졌어. 누나 투병할 때도 한 번도 흐트러진 모습 보인 적 없는 사람이야. 그렇게나 강하게 다 이겨내고 늘 단단하게 우리 세 사람 지켜줬는데, 전화 통화 좀 안 된다고 불안해하는 모습이라니. 덜

컥, 하고 놀랐어. 나리 씨랑 같이 있으면 매형이 좀 풀어진다고 할까, 애상적이 된다고 할까. 그런 느낌이야."

어쩌면 두 사람이 처음 함께 있는 걸 본 그 눈 내리던 밤, 그때부터 준희의 머릿속에 든 생각인지도 모르겠다. 하염없이, 나리의 뒷모습이 사라진 텅 빈 거리를 바라보고 있던 현우의 슬픈 눈동자, 상념이 섞인 애상적인 눈동자 안에서 눈보라가 휘몰아치고 있었다. 참 많이 외로워 보이던 그 모습.

"치사하게 당근 작전 쓰고 있어."

나리는 이 황준희라는 남자가 못내 미우면서도 또 어쩔 수 없이 휘말리는 느낌이라 고개를 저으며 중얼거렸다. 신나게 두들겨 패줬겠다, 여기서 더 윽박질러 봐야 무슨 소득이 있을까. 게다가 저렇게 감사한 정보까지 주었으니 이쯤에서 봐줘야지.

"그렇게 된 사연이니까 화 풀어줘. 진짜 미안하게 생각해. 그리고 시간나면 매형 화도 좀 풀어주……."

또 뻔뻔한 소리를 잘도 늘어놓고 있는 그때 갑자기 준희의 휴대폰이 요란한 소리를 내며 울렸다. 심각하게 시끄러운 하드락 같은 벨소리, 덕분에 주변을 지나가던 사람들이 동시에 두 사람을 흘끗 쳐다보았다. 뭐든 튀고 요란한 이 남자와 함께 있는 게 나리로선 여간 신경 쓰이는 게 아니었다. 현우의 지적이고도 차분한 분위기를 좋아하는 그녀이기에 더더욱 준희의 금방이라도 밧줄을 달고 번지점프를 할 것 같은 낭랑한 분위기가 낯선 건지도 모르겠다.

"여보세요. 네, 제가 준이 쌍둥이 오빤데요."

주변 사람들이 쳐다보거나 말거나 자신의 볼일을 보는 준희를 물끄러미 쳐다보고 있는데 갑자기 그의 눈이 번쩍 떠졌다.

"네? 아, 알았어요! 지금 가요!"

대답까지 그렇게 급박하게 하더니 휴대폰을 꾹 덮어버렸다. 그리고 동시에 손을 휙 뻗어 나리의 손목을 턱 잡았다. 황당해진 나리는 무슨 일…… 이냐고 물을 새도 없이 준희가 잡아끄는 대로 어! 하며 휙 끌려갔다.

"자, 잠깐만요! 또 왜 이래요, 정말!"

또 똑같은 일의 반복이었다. 이 남자는 도통 자기 혼자 가는 날이 없는 것이다. 어이가 없어 나리가 외쳤지만 준희는 뭔가 혼란스러운 눈빛으로 횡설수설 대답했다.

"미안하지만 나랑, 잠깐만 같이 좀 가줘. 잠깐이면 돼."

늘 느끼는 거지만, 이 꽃처럼 생긴 청년은 한 번 힘을 주면 완력이 장난이 아니었다. 무엇보다 표정이 무슨 일이라도 생긴 것처럼 안 좋아서 나리는 일단 침착하자는 취지로 말했다.

"알았어요. 알았으니까 나는 좀 놓고 가라구요. 이러는 거 정말 실례예요. 네?"

그러나 들리는지 마는지 벌써 택시를 잡은 준희가 다급한 음성으로 말을 이었다.

"준이, 쓰러졌대. 병원이라고 연락 왔어."

나리의 눈이 번쩍 떠졌다. 이건 또 무슨 갑작스러운 말인지.

물론 안타까운 일이다. 준이라면 그의 쌍둥이 여동생이며 현우에게는 처제인 사람이다. 하지만 며칠 전 그 괴로웠던 이별의 일과 맞물려 있는 사람일뿐더러 나리에게는 이렇게 준희와 함께 들고 뛸 의무가 없는 인물이기도 했다.

"그런데 왜 내 팔은 끌고 있냐구요. 이거 좀 놔요. 나 회사 들어가 봐야⋯⋯."

"우리 준이, 죽으면 어떡해!"

순간 준희의 억센 손아귀를 밀고 있던 나리의 동작이 멈칫했다. 초조하고 절박한 준희의 표정에 시선이 갔다. 잘은 모르겠지만 심각한 분위기라는 건 알 수 있었다.

"주, 죽다니⋯⋯ 요?"

침을 꼴깍 넘기며 나리가 되물었다.

"죽으면 안 돼. 우리 준이, 죽으면 어떡해."

하지만 준희는 이미 정신이 나간 듯 지켜보고 있는 사람의 정신까지 불안정하게 만드는 표정으로 눈동자를 한시도 가만히 두지 못했다.

아우, 진짜 이 남자는 왜 이렇게 사연이 많은 거야!

사연 많은 남자 중에 아주 제대로 사연 있는 남자 하나를 알고 있다. 그런데 눈앞에 있는 이 젊은이까지 윤나리에게 제대로 사연을 심어주고 있으니. 결국 나리는.

"있어봐요!"

오히려 준희를 확 끌고는 택시가 잘 잡히는 지점으로 바람처럼 날아가 곧장 택시를 잡아탔다.

"무슨 병원이라고 했죠?"

"아…… XX병원! 빨리 좀."

"들으셨죠? XX병원이요! 빨리요!"

기사를 닦달해 출발했다.

'근데 내가 지금 회사는 안 들어가고 뭐 하고 있는 거지?'

나리가 겨우 정신을 차린 건, 택시가 회사와 완전히 다른 방향으로 쌩쌩 달리고 난 후였다.


"준아!"

병실 문이 열리자마자 쳐들어가다시피 한 준희가 마치 세상다 끝난 사람처럼 절절하게 외쳤다. 그 절규에 어느새 동화된 나리도 헐떡거리며 함께 뛰어들었다. 나리는 목까지 차오른 숨을 겨우 몰아쉬며 침대를 쳐다보았다. 준희와 닮은 것도 같고 아닌 것도 같은, 예쁘장하지만 초췌한 느낌으로 누워 있는 아가씨가 보였다.

너무나도 잘 알고 있는 얼굴, 현우가 이미 설명해 준 대로 그의 회사 앞에서 마주친 사람과 동일 인물이었다. 그 얼굴을 다시 보고 있자니, 그때는 정말 간절했었다고 해도 준희가 만들어 낸 도발에 가뿐히 넘어가 서로 그렇게나 고생했던 일들이 떠오르자 너무도 어처구니가 없었다.

잠든 그녀의 손목에는 링거가 연결되어 있고 안색은 파리했다. 택시를 타고 오는 와중에도 워낙 안절부절못하던 준희였던 지라 사태가 심각하다는 건 알았지만 막상 병자를 직접 접하고 보니 나리의 마음도 확실히 심란해졌다. 혹시 정말 죽을병이 걸린 건 아닌가 싶어서.

"준아, 나 두고 죽으면 안 돼! 준아!"

그래서일까. 준희의 절절한 외침이 마치 울부짖음처럼 들렸다. 세상천지 아무도 없는 남자다. 부모는 있어도 있느니만 못하고, 친척들에 섞여 있어도 진심으로 섞이질 못한다. 하나뿐인 누나는 레테의 강을 건넜고, 누나의 죽음으로 인해 매형에게도 더 이상 의지해서는 안 된다고 생각하는 세상에 홀로 뚝 떨어진 남매였다. 그런데 저 준이라는 아가씨마저 만약 병이라도 걸린 것이라면, 지금 이렇게 심각하게 반응하는 준희의 행동이 이해가 가기도 했다.

나리는 숨을 몰아쉬며 나쁜 방향만은 아니기를 바라며 준의 잠든 얼굴을 쳐다보고 있었다. 준의 손을 부여 쥔 준희가 엎어지듯 침대로 쓰러지자 준의 상태를 봐주고 있던 간호사가 그를 흘끗 돌아보았다.

"괜찮으니까 너무 걱정 마세요."

백의의 천사답게 부드럽게 미소 지으며 허리를 펴고 섰다. 고마운 위로였지만 안타깝게도 준희의 정신은 이미 유체를 이탈한 것 같았다.

"대체 왜 이래요? 무슨 병이래요! 어디가 아픈 거래요!"

"아, 그게, 아픈 건 아니고……. 영양실조."

순간 준희의 표정이 멈칫하고, 더불어 나리의 눈도 번쩍 떠졌다. 잠깐 머리가 윙 하고 울렸다. 내가 지금 무슨 소릴 들은 거지? 분명 영양 머시기라고 한 것 같은데. 요즘 세상에도 그런 병이 존재했던가?

"듣기론, 게임 때문에 며칠 동안 아무것도 입에 안 대고 게다가 수면도 취하지 않은 모양이에요. 몸이 버티지 못해서 일어난 일시적인 탈수 증상이니까 너무 걱정 마세요."

생긋 웃는 간호사, 그러나 나리의 몸은 그대로 휘청거렸다. 세상에 이렇게 기가 막힌 경우도 있을까. 나리는 눈을 있는 대로 찢어서 준희의 뒤통수를 찌릿 노려보았다. 하지만 준희도 이미 뭐 씹은 표정으로 변해 있긴 마찬가지였다. 한마디로 지금껏 그렇게 절절하게 절규하며 울부짖던 모든 것이 다 뻘 짓이었다는 것이다. 그 정도로 심각하게 오열을 흩뿌리지만 않았다면 조금은 덜 겸연쩍지 않았을까? 물론 영양실조도 병이긴 하다! 그걸 뭐라고 하는 게 아니다. 단지 사람을 이렇게 정신없이 휘두른 저 황준희의 오버가 심히 마음에 안 들 뿐.

자신도 민망하다는 걸 느꼈는지 그가 잡고 있던 준의 손을 슬쩍 놓았다. 그리고 잠든 여동생에게 도리어 성질을 냈다.

"식겁했잖아! 난 또 무슨 큰일이라도 난 줄 알고 얼마나 놀랐는지 알아! 넌 애가 대체 매사가 왜 그러냐? 엉?"

매사가 왜 그러는 사람이 지금 누군지 모르겠다. 나리는 그제야 한숨을 폭 내쉬고 이 모든 사태의 원흉인 누구의 어깨를 뒤에서 톡톡 두드렸다.

"이보시죠?"

너 나 좀 보자, 란 듯 목소리를 짝 깔고 불렀더니 준희의 어깨가 움찔했다. 하하…… 웃으며 고개를 돌리는 그를 팔짱을 착 낀 채로 노려보며 나리가 입을 열었다.

"대체 이게 뭐예요? 댁 때문에 나 회사도 못 들어가고 진짜!"

도끼눈을 부라리며 닦달하자 준희가 반사적으로 어깨를 움찔했다.

"난 뭐, 이럴 줄 알았나. 정말 심각한 일이라도 생긴 줄 알았…… 다구?"

"그러니까 제대로 알아보지도 않고 오버부터 하면서 사람을 질질 끌고 가고, 사람이 왜 그래요, 정말! 도대체가 제어가 안 돼."

"그게 내 매력이잖아."

"매력은 무슨 매력! 진짜 담부터 한 번만 더 사람 정신없게 만들면."

"미안, 미안. 쏘리. 꼬맨나사이~"

"진짜, 못살겠어."

"어허! 그렇다고 또 못살 것까진. 나리 씨, 진짜 까칠하다."

"그렇게 부르지도 말아요!"

"이봐, 거기 두 사람."

한창 잡아먹을 듯 으르렁거리던 두 사람의 뒤에서 갑자기 어떤 목소리가 들려온 순간, 준희를 닦달하고 있던 나리의 어깨가 곧바로 움찔했다. 정신없는 쌍둥이 남매 때문에 혼이 팔려 있느라 인식하지 못한 병실 뒤편에서 아주 많이 들어본 음성이 낮게 흘러든 것이다. 느낌만으로도 알 수 있는 사람. 그녀가 세상에서 가장 잘 알고 있고, 아무리 많은 사람들 속에 섞어놓아도 알아차릴 수 있는 단 한 사람의 목소리.

오 마이 갓!

삐거덕거리듯 나리의 고개가 천천히 돌아갔다. 그리고 그대로 심장이 철렁 내려앉았다. 맙소사! 현우가 벽에 기댄 채 고개를 비스듬히 하고서 이쪽을 쳐다보며 서 있었다.

딸꾹!

얼마나 놀랐는지 심장이 다 울렁거렸다. 어, 어째서 그가 여기에 있는 거지? 그것보다 왜 지금껏 한마디도 안 한 걸까. 아니, 도대체 내가 왜 여기에 있는 거야! 이젠 윤나리의 유체 이탈 상황이 진행될 판이었다.

그러나 나리가 어떤 정신적 충격을 받고 있든 말든, 현우는 차분한 태도로 나리가 보는 앞에서 천천히 팔짱을 꼈다.

"혀, 현우 씨……."

뭐라고 말해야 할지 몰라 입만 뻥긋거리며 그를 부르고 있는 나리에게 고정되어 있던 현우의 시선이 다음 순간 준희에게로 옮아갔다. 다만 그 눈빛은 차갑고 담담했다.

"두 사람, 지금 뭐 하고 있는 거지?"

지독할 정도로 착 가라앉은 목소리. 평소 때의 부드러운 울림이 전혀 느껴지지 않는 음성이었다.

나리는 '황준희, 고 헬!'을 외치며 침을 꼴깍 삼켰다. 저 남자와 같이 있으면 늘 사건에 휘말리고 만다. 도대체 이 상황을, 그것도 평소라면 회사에 있어야 할 시간에 황준희와 함께 이곳으로 들이닥친 걸, 거기다 바로 이 장소에서 그와 마주친 걸 어떻게 자연스럽게 설명할 수 있을까?

현우 씨, 이건 내 의지가 절대 아니구요, 료카라는 저 남자 정말 귀찮아 죽겠어요! 그렇게 말하면 상황이 좀 나아지려나?

"그, 그러니까…… 병문안이요."

나리는 최대한 자연스러운 분위기로 몰아가기 위해 겨우 입을 열고서 생긋, 웃어 보였다. 하지만 역시나 그의 차가운 표정에 막혀서 미소는 흐지부지되고 말았다.

아아…… 죽고 싶다.

"매형, 그러니까 여기에는 좀 복잡한 사정이……."

준희도 상황이 이상하게 돌아가는 걸 느꼈는지 입을 열기 시작했다. 하지만 저쪽에 맡겨두었다간 잘될 일도 엎어진다. 나리가 얼른 말을 끊고 나섰다.

"마, 맞아요! 복잡한 사정이 있었어요. 그러니까……."

"이봐요, 윤나리 씨. 내가 먼저 설명하려고 하잖아…… 요. 왜 끼어들고 난립니까?"

"끼어들긴 누가 끼어들었다 그래요? 그쪽은 그냥 가만히 있는 게 도와주는 거거든요?"

"아, 진짜 자존심 마구 상하네. 사람 입이란 건 변명하라고 있는 거거든…… 요?"

"변명이 아니라 설명이겠죠. 제대로 아는 게 없어."

"그만."

아웅다웅 다투던 두 사람의 기세가 그대로 멈칫했다. 각자 어깨가 움찔거리며 누가 먼저랄 것도 없이 말 잘 듣는 애들처럼 고요해졌다. 두 사람의 정적을 확인한 현우가 곧 조용히 말을 이었다.

"준이 잘 돌봐라."

준희를 향해 흘끗 쳐다보듯 명령하고서 그가 조용히 벽에서 몸을 뗐다. 그리고 차라리 자기가 병상에 누워서 링거를 맞는 게 나을 것 같다고 생각하고 있는 나리에게로 성큼 다가가 손목을 휙 잡고서 그대로 병실 문으로 향했다.

"매형!"

뒤에서 준희가 부르는 소리에 현우의 걸음이 잠깐 멈칫했다. 그저 나 죽었소, 의 표정으로 현우를 흘끗 올려다본 나리는 갸웃하며 그를 쳐다보아야 했다. 혹시나 싶었지만, 현우의 표정이 심각하게 굳어 있었다. 하긴, 이 장소에서 이렇게 마주칠 관계들은 아니지. 게다가 바로 며칠 전에 그 사단이 났고…….

하지만 너무 심각하게 가라앉아 있으니 역시 겁이 나서 화 좀 안 내주면 안 되나, 하는 바람을 갖게 되었다. 잠깐 멈춰 섰던 현우는 그 이상의 반응 없이 나리의 손목에 힘을 주어 병실을 나가 버렸다.

다만 문이 닫히기 직전 나리는 눈치껏 고개를 돌려 준희를 쏘아보았다. 있는 대로 눈을 부라리며 빠른 속도로 입술만 움직여 저주를 퍼부었다.

'시니나사이! 고 헬!'

그때까지 자신의 매형만 뚫어지게 쳐다보고 있던 준희도 나리와 눈을 마주했다. 하지만 그는 그 저주의 표현을 알아들은 건지 아닌지 찡긋 윙크를 해오는 작태를 벌이고 있었다. 뒷골이 당기는 어떤 여자의 얼굴 바로 앞에서 탁! 문이 닫혔다.

"휴우, 우리 매형 겁나 분위기 세네."

문이 닫힌 후, 준희는 낮게 중얼거리며 피식 웃었다. 그 신사 자체의 남자가 소유권 주장하듯이, 마치 1초라도 더 이 장소에 있게 하기 싫다는 듯 자신의 연인을 반강제적으로 데리고 나간 것이다.

"준아, 네 덕분에 쫓긴남의 위기에서는 구해진 것 같은데 어째 더 큰 산을 넘어야 할 것 같네."

잠든 준을 바라보며 준희가 씁쓸하게 중얼거렸다. 물론 일부러 그런 것도 아니었고 매형의 속을 상하게 해서 자신이 기쁠 것도 없었지만, 이렇게 엮이는 게 왠지 나쁘지만도 않다, 라고 뻔뻔하게 혼자 생각하고 있는 준희였다.

한편 밖으로 나온, 아니, 정확히 말해 끌려 나온 나리는 기가 잔뜩 죽어 어깨를 움츠린 채로 현우에게 질질 끌려가고 있었다.

"저기…… 현우 씨?"

"회사, 끝났나."

딱딱하게 그의 대답이 질문으로 돌아왔다.

"아뇨. 아직."

"그럼 타. 데려다 줄 테니까."

어느 틈에 벌써 주차장까지 와 있었다. 자세한 상황 설명이나 추궁 없이 나리의 눈앞에서 차의 보조석 문이 열렸다. 현우는 나리와 시선을 맞추지 않으려는 것 같았다. 그저 건조한 표정으로 차 문을 잡고서 서 있었다. 여기서 변명이라도 좋으니 좀 늘어나 볼까 말까, 잠시 고민하던 나리는 일단 차에 타는 게 순서일 것 같아 보조석에 올랐다. 탁, 하고 그의 차가운 표정만큼이나 냉담한 소리로 차 문이 닫혔다. 이어 차체를 돌아 운전석에 올라탄 그가 곧바로 차를 출발시켰다.

'으앗!'

잠시 후 나리는 이 불편한 침묵의 의미를 속으로만 토로하고 있었다. 차가 출발한 후 단 한 마디도 오가지 않은 차 안은 적막했다. 물론 본래 말이 많은 사람은 아니었다. 하지만 그렇다고 심하게 무뚝뚝한 사람도 아니었다. 가라앉을 수 있는 분위기를 그만의 특유의 부드러운 어조와 차분한 미소로 언제나 상냥하게 풀기도 했던 사람이다. 하지만 오늘의 그는 마치 혼자만의 생각 나라로 가버린 사람처럼, 아주 많이 멀게 느껴졌다.

화가 난 것 같기도 하고, 그냥 생각할 게 필요한 사람 같기도 하고.

안절부절, 현우의 눈치를 보며 나리는 잠시 전의 상황을 한 번 떠올려 보았다. 역시 뜬금없는 출현이었을 것이다. 게다가 그 남자와의 동반 출현이라니.

하지만 무엇보다 가장 지독한 건, 두 사람이 난데없이 들이닥친 이후로도 계속해서 두 사람을 지켜보고 있었을 강현우라는 사람이었다. 아니, 사람이 어떻게 그렇게 조금의 기척도 없이 한마디 말도 없이 있을 수 있는 걸까. 하지만 그게 가능한 그라서 더 무서웠다.

"안 되겠어요."

결국 나리가 먼저 입을 열었다. 그러나 듣는 건지 마는 건지 현우는 별다른 반응 없이 정면만 주시하고 있었다.

"저기…… 오늘 있었던 일, 설명하고 싶은데요."

눈치껏 열심히 말하려는 나리를 룸미러를 통해 흘끗 쳐다본 현우가 조용히 입을 열었다.

"해. 하고 싶다면."

그제야 그의 목소리를 들어 다행이긴 하지만.

여전히 좀 차가운 것 같지?

"그러니까 준희 씨가 오늘 사과를 하러 회사 앞으로 찾아왔거든요. 그래서 서로 짚고 넘어가야 할 일도 있고 해서 좀 다투고 있는데 갑자기 병원에서 전화가 온 거예요. 준희 씨는 아무래도 준이 씨한테 엄청 의지하고 있는 것 같더라구요. 심적으로, 라고 할까. 병원에서 연락이 오니까 혼이 빠진 사람처럼 굴었어요. 솔직히 좀 귀찮기도 했지만 그래도 사람이 아픈데, 게다가 그렇게 걱정이 심한데 어떻게 혼자 쫓아버리겠어요. 그래서 같이 병원으로 달려온 거예요."

긴말을 순식간에 끝내고서 나리는 약간 고양된 표정으로 현우를 쳐다보았다. 누군가가 물어보면 이제부터 자신은 정리의 여왕이라고 대답하리라.

"흠⋯⋯."

하지만 그 상당히 긴 변명들에 대한 현우의 대답은 그렇게나 간단했다. 나리는 왠지 맥이 탁 풀려서 한숨을 폭 내쉬었다. 뚱해져서 말을 이었다.

"전 그렇게 생각해요. 쓸데없는 노파심일지도 모르겠지만, 준희 씨가 그렇게 정신없이 군 거, 어쩌면 성격 탓만은 아닌 것 같았어요. 그냥, 혹시 정말 두려웠던 게 아닐까. 암은⋯⋯ 가족력이 있다잖아요. 누나를⋯⋯ 그렇게 보냈으니까 준이 씨가 입원했단 말 듣고 그렇게나 여유가 없어진 게 아닐까. 지금 와서 생각난 거지만, 그때 정신없이 뛰어갈 땐 정말 절박했거든요. 저도 말려들었다지만 확실히 그럴 만한 이유가 있었던 거⋯⋯ 같아요."

쉽지 않은 말을 겨우 마쳤지만 현우는 여전히 무표정이었다. 눈썹을 살짝 찌푸린 채로 정면만 응시하고 있었다. 그 옆모습을 바라보며 나리가 물었다.

"궁금했던 거, 아니에요?"

"궁금했지."

거 봐, 그럴 거면서.

"근데 왜 반응이 하나도 없어요?"

"반응했는데."

"흠…… 하는 거요?"

"그럼, 뭐라고 반응하지?"

그렇게 물으신다면, 물론 모르겠다.

"좀 흥분한 것 같군. 윤나리."

나리는 흘겨보는 눈으로 현우를 쳐다보았다.

"흥분하게 만든 건 현우 씨잖아요."

그날 일 때문일까, 나리는 사실 아직도 현우에게 미안하고 염치가 없었다. 그때는 기세 좋게 쏟아낸 말들이었지만, 만약 그 말을 되돌려받기라도 한다면, 차라리 등에 실을 매달고 뛰어내리는 게 나을 것이다. 복잡하고도 심도 깊은 상념에 빠져 있는 나리의 옆에서 현우가 손가락으로 핸들을 톡톡 두드리더니 입을 열었다.

"그런 상황에서 함께 달려와 준 건 고마운 일이지. 만약 준이가 영양실조가 아니라 다른, 이를테면 좀 더 깊은 병이었다면 준희에게 아주 많은 위로가 됐을 거야. 병원에서 연락받고 달려오는 동안 그 녀석, 이것저것 걱정이 많았을 테니까."

동조해 주는 말인데도 이상하게도 어감이 계속 무거워서 나리는 신경이 쓰였다.

"하지만."

그래서 뭐라고 반론을 하려는 순간, 갑자기 현우가 끼익 하고 차를 세웠다. 무슨 일인가 싶어 정면 유리를 통해 흘끗 밖을 살펴보니 벌써 회사 앞이었다.

나리는 아쉬운 눈으로 회사 건물을 아련하게 쳐다보았다. 좀 더 대화를 나눌 시간이 필요한데 벌써 도착이라니. 이래서 사람은 죄 짓고 못 사나 보다. 회사로 들어갈 땐 들어가더라도 그의 풀린 표정을 보고서 들어가고 싶은데. 게다가 오늘은 정차마저 평소와 달리 터프하게도 해주시는 그였다. 아무튼 도착은 했으니 고맙다는 말을 하기 위해 나리가 고개를 돌리는 순간, 나리의 뺨에 갑자기 따뜻한 온기가 와 닿았다. 현우의 다정한 손길이 나리의 뺨을 쓸더니 그 손이 아래로 내려가 나리의 턱에 닿았다. 엄지가 턱을 조심스럽게 건드리자 나리의 심장이 언제나처럼 콩닥콩닥 뛰었다.

"현우 씨……."

현우의 검은 눈동자가 나리의 얼굴을, 마치 훑어보는 것처럼 하나하나 들여다보았다. 지그시 바라보며 말을 이었다.

"하지만, 굳이 네가 아니었으면 싶다."

나리는 그 말의 의미를 단번에는 이해하지 못했다. 무엇보다 닿아 있는 현우의 손길에 이미 온몸의 신경이 쏠려 있었기 때문인지도.

"준희 녀석, 여러 가지로 마음이 불안정하게 깨져 있지. 혼란도 많고, 생각도 많은 녀석이야. 그래. 네 말대로 안됐기도 하고, 안타까울 때도 많다. 그 녀석이 힘들 때 누구든 옆에 있어주었으면 싶지. 하지만 그게 네가 되는 건, 싫다."

준이 입원했다는 사실에 준희가 흥분해서 달려올 수밖에 없는 이유, 그래. 그녀의 말이 옳았다. 그녀가 제대로 본 것이다. 아내의 투병을 오랫동안 지켜본 사람은 자신만이 아니었으므로.

하지만 준희의 곁에 있었던 사람이 왜 하필이면 나리였던 걸까. 어째서 그녀가 그토록이나 상세히 준희의 상념에 대해 제대로 꿰뚫고 있는 건지. 그날 그 일까지 포함해서 계속, 그녀와 준희가 관련이 되고 있다. 그는 그 자체가 싫은 것이다. 어느 누구에게도, 잠시라도 내주고 싶지 않다. 이런 마음을, 너는 알고나 있을까.

"네가, 그 녀석의 이해자가 되는 건 싫어."

나리는 넋이 나간 사람처럼 그를 바라보고 있었다.

싫다, 라고 말해오고 있었다. 그가…….

그것은, 너무나 똑바로 전해오는 고백.

느낄 수 있었다. 지금 그의 초조함을. 자신과 다르지 않은 마음으로 전해오는 조바심을.

"아주 많이 싫어. 화가 날 정도로."

가슴이 아릿할 정도로 계속해서 거듭, 거듭 이어지는 그의 말.

그의 마음이 있는 그대로 표현된 순도 100%의 고백이라고 나리는 생각하고 있었다. 소중하고도 고마운 말. 좋아하고 있으니까, 라는 말보다 더욱 심장에 와 닿는 말이었다.

만약 사랑이라는 단어를 다섯 글자로 늘려서 표현한다면 '보고 싶어요', '그리워져요', '떠나지 마요', '내 손잡아요', '아프지 마요' ……. 너무나 많은 예쁜 방식으로 다르게 표현될 수 있는 말들. 하지만 '그런 건 싫다'라고 표현하고 있는 그의 보듬어주고 싶을 정도로 아릿한 마음, 그 표현이 너무나 애틋해서 나리의 심장은 그를 만난 이후로 가장 세차게 뛰고 있었다.

윤나리가, 다른 남자의 옆에 있는 게 싫다, 라고 그는 지금 말해주고 있는 것일까. 그의 지금 이 말을, '좋아하니까'라는 말의 다른 표현으로 알아들어도 되는 걸까. 그가 자신의 음성으로 직접 드러내 주는 윤나리를 향한 마음의 표현이라고 생각해도 되는 걸까.

"그 말…… 현우 씨가 부른 음치 노래라고, 생각해도 돼요?"

그는 늘 이렇게 마음으로, 몸짓으로 표현해 주고 있었던 걸까. 알아채 주길 바라면서, 언제나 낮은 허밍으로 그녀의 귓가에 흘려보내고 있었던 걸까.

심장이 두근두근 뛰어서 어쩔 줄을 모르겠다. 그냥 그러려니 하고서 혼자서 생각하고 멋대로 좋아라 하면 될 것을, 이렇게 굳이 확인하고 있는 자신은 왜 이렇게 주책 맞은 성격인 걸까. 하지만 오랜 시간 혼자서만 바라보았던 가뭄 같은 외사랑에 지금 단비처럼 그의 마음이 그녀를 적셔주듯 내리고 있었기 때문에. 혹시라도 자신이 혼자 멋대로 상상하는 건 아닐까 싶어서, 불안해서.

아니면, 사실이라고 확인하고서 이보다 더 행복해지고 싶어서?

현우의 입가에 그제야 낮으면서도 부드러운 미소가 돌았다. 바라보고 있으면 감미로워지고 향기로운 바람이 불 것 같은, 그녀가 가장 사랑하는 미소였다.

"그래."

그가 수긍했다. 눈가를 살짝 접으면서 웃는다.

"잘했어."

손을 옮겨 나리의 머리카락을 다정하게 쓸어주며.

"앞으로도 내 음치 노래, 계속해서 잘 알아차려 줘라."

장난스럽게 말하는 그의 모습은 정말이지 나리의 마음에 딱 맞는 사람이었다.

연하게 웃고 있는 나리의 미소에 현우의 검은 눈동자가 닿아 있었다. 두 사람이 함께 병실로 들어온 순간 그는 심장이 두근거렸다. 철렁한다거나, 아프다거나 그런 감정보다 확실히 두근거림이었다. 왜 그렇게 심하게 뛰었던 건지.

두근거림은 단지 설렘의 표현만은 아니다. 그것은 두려움의 표현 방식이기도 하다는 것을 그는 깨달았다.

둘이서 툭탁거리며 다투고 있는 모습을 고스란히 지켜보고 있었다. 그 모습을 본다는 게 이렇게 감정을 건드리라곤. 다투고 있는데도, 그것이 오히려 두 사람의 가까워진 거리로 인식이 되다니. 그래서 심각하게 심장이 두근거리면서 또 불안해지다니. 질투에 눈이 멀어 있는 한창 때의 반응도 아니고. 지금에 와서 이렇게나 거센 소유권을 주장하자는 건 또 뭔지.

"윤나리."

부드러운 저음으로 불리자 나리가 천천히 고개를 들었다. 현우가 더없이 신사적인 미소를 보이며 말을 이었다.

"어서 들어가서 일해. 한 번만 더 내 허락 없이 땡땡이치면 혼날 줄 알아."

여전히 그는, 조금은 어려운 상사 같은 연인이었다.


"인마, 너 정말 왜 그러냐? 심장 떨어질 뻔했잖아. 놀래키지 좀 마, 응?"

한편 준희는 가까스로 눈을 뜬 준이 정신을 차리자마자 몰아붙이기 시작했다. 준이 갈라진 입술을 몇 번 축이고는 힘없는 목소리로 말했다.

"미안. 게임에 빠져 있을 땐 몰랐는데 어느 순간 바닥이 훅 꺼지더니 눈앞이 핑글 돌더라."

"제발 정신 좀 차리고 살자, 응? 인간이 살아가기 위해 기본적으로 필요한 필수 행위는 하고 살잔 말이다! 그걸 세 글자로 식. 도. 락."

"푸하, 너 정말, 링거 단 사람 웃기고 싶니?"

준이 깔깔 해맑은 표정으로 웃자 그제야 준희의 얼굴에도 미소가 돌았다.

"근데 너 요즘 왜 그렇게 바쁜 거야? 얼굴도 통 보이질 않구. 일했어?"

준이 걱정스럽단 얼굴로 묻자 준희가 고개를 저었다.

"일보다 더 중요한 걸 했지."

그리고는 의미심장한 표정으로 고개를 끄덕이는 그를 준은 대수롭지 않게 생각했다. 워낙 별난 반쪽이라 상관하는 것 자체가 불가능한 인물이었다.

"아까 혼수상태에서 형부 얼굴이 보였던 것 같은데……."

"넌 나만 있으면 됐지, 뭘 또 깨자마자 형부 타령이야?"

"타령은 누가 타령을 했다고 그래. 그냥 보였으니까 하는 말이지."

"상상 아니야? 매형이 한창 바쁜 시간에 왜 보이겠어?"

"하긴."

준이 씁쓸한 얼굴로 웃었다. 가만히 그 모습을 보고 있자니 속상해져 버린 준희가 준의 머리카락을 쓸어 올려주며 말했다.

"우리 이제, 매형한테 독립하자."

준이 눈꺼풀을 깜빡거렸다. 어이가 없다는 표정으로 입을 열었다.

"언젠 뭐 형부한테 물귀신처럼 매달렸어? 독립할 생각 있었으니까 일본 갔던 거 아냐."

"하지만 돌아왔잖아."

"돌아왔다고 해도 그건 니 일 때문이기도 했고 언니 기일 때문이기도 했고. 그래서였던 거지, 뭐 형부한테 들러붙으러 왔나? 나도 면목있는 사람이야. 형부한테 계속 매달리는 철부지 되고 싶진 않다구. 그리고 너 황준희, 애초에 독립이고 어쩌고 할 양이면 먼저 그 집에서 붙어사는 니 처지부터 살펴보고 말하시지 그래? 제일 독립할 정신머리가 안 돼 있는 주제에 지금 누구한테 누명 씌우는 거야, 진짜."

듣고 보니 구구절절 다 옳은 말이라 준희는 쩝 하며 겸연쩍게 웃었다.

"하하하…… 그러게."

"형부한테 뭘 더 어떻게 해달란 것도 아니고, 우리한테 일 터질 때마다 달려와 달란 것도 아냐. 형부도 형부 인생이 있고, 이제 서로 독립적으로 살아갈 필요도 있겠지. 그치만 그렇다고 완전히 남이 될 필요까진 없잖아. 언니가 없다고 우리 존재까지 지워 버리는 건 싫다구. 난 언니와 별개로, 설령 형부가 재혼을 하더라도 계속 형부랑 만날 거야. 인간적으로 친구처럼, 선배처럼, 알고 지내도 되는 거잖아. 그게, 이기적인 거야?"

준의 반문에 준희는 낮은 한숨을 흘렸다. 저 모습, 저 말투, 그리고 말들, 모두 다 무척 낯익었다. 바로 얼마 전까지 자신이 주구장창 외치던 논리였던 것이다. 쌍둥이이기 때문일까? 어쩜 저리 면목없이 고집부리는 면까지 똑같은 걸까. 자조하며 생각하던 준희가 곧 입을 열었다.

"하지만 난, 그렇게 생각하지 않아."

한참의 생각 끝에 토해져 나온 반론에 준이 고개를 갸웃했다.

"뭐?"

준희의 시선이 준을 향했다. 하지만 그건 평소 때와 같이 조금은 가볍고 또 낙천적이기만 한 그런 눈빛이 아니었다. 진지하게, 쌍둥이 동생을 바라보고 있었다.

"누나가 살아 있었을 땐, 분명 우린 매형한테 가장 가까운 존재였어. 하지만 누나가 없는 지금까지 그런 걸 바라는 건 무리야. 독하게 말해서, 어쩌면 가장 먼 존재일지도 몰라. 굳이 매형, 처남, 형부, 처제가 아니더라도 넌 계속 이대로 지내고 싶단 거잖아. 그렇지만 그건 우리의 욕심일 뿐이야. 매형, 처남이기 때문에 더 안 될 수도 있단 건 생각해 보지 않았지? 그래, 그런 관계가 아니었다면 곤란할 것도 없겠지. 하지만, 매형한테 다른 여자가 생긴다고 해도, 그 여자가 우리랑 부딪친다고 해도, 지금처럼 말할 수 있을까? 말해도 될까?"

준의 얼굴이 조급하게 달아올랐다. 날카롭게 소리쳤다.

"너 진짜 왜 그래? 아직 생긴 것도 아니잖아! 근데 뭐 벌써부터……."

그 순간 준의 입술이 멈추더니 눈을 깜빡거렸다. 침을 꼴깍 삼키고서 말했다.

"설마…… 생긴 거야?"

"……."

"말해봐. 현재진행형인 거냐구!"

초조한 표정으로 답을 요구하고 있는 동생. 그러나 준희는 천천히 고개를 저었다.

"그걸 내가 어떻게 알아? 그렇게 된다면, 의 가정이지. 만약 그렇게 된다면 우린 그만 물러나 주는 게 옳지 않을까. 우리 욕심만 조금 접으면 되는 일이니까."

"그래서. 그 욕심이란 게 형부를 아예 모르는 사람처럼 인식하면서, 형부 인생에서 영영 사라져 주잔 거야? 없어져 주잔 거야?"

준의 반응이 생각했던 것보다 더 냉담해서 준희는 착잡해졌다. 확실히 이런 말, 준에게는 가슴 아픈 의미일 것이다. 하지만 준희는 마음을 단단히 잡아먹고 말을 이었다.

"필요하다면 그래야 하지 않아? 옛 아내의 동생들, 그것도 평범하지도 않은 쌍둥이 남매라니, 상대방 여자가 편하게 받아들일 수 있을까? 시동생이라고 해도 어려울 텐데. 우린 그것보다 훨씬 더 먼 관계잖아. 형부하고 상대방 여자한테 실례되는 일일

게 분명하고, 오해가 생길 수도 있고……."

"야, 너 언제부터 그렇게 속 깊었어? 진짜 안 하던 짓 하고 있어. 닭살 돋게."

더 듣기 싫었는지 준이 화가 난 듯 고개를 돌려 버렸다. 받아들이고 싶지 않다는 다른 표현의 일종이리라.

"황준, 가볍게 받아넘기지 말고 내 말을 잘 좀 들어봐."

"아, 진짜. 듣기 싫다니까 그래. 형부는 그냥 형부야. 언니가 있든 없든. 왜 갑자기 아직 있지도 않은 여자 때문에 우리가 물러나잔……!"

순간 준의 표정이 우뚝 멈췄다. 병실 문이 열리며 현우가 천천히 안으로 들어섰다. 그 바람에 한참 흥분해 있던 준과 준희의 시선이 동시에 현우에게로 향했다. 다소 상기된 얼굴을 하고 있는 쌍둥이 남매를 조용히 훑어보던 현우가 곧 낮게 입을 열었다.

"정확하게 말해서, 있지도 않은 여자는 아니다. 진지하게 생각하는 사람이 생겼고, 앞으로도 계속 내 옆에 있어줬으면 한다."

준의 동공이 천천히 커지다가 활짝 열렸다. 그에 반해 준희는 이미 예상했던 일이기에 그저 씁쓸한 웃음기만 묻혔다. 옆에서 준이 달싹거리며 입을 열었다.

"혀, 형부…… 그치만."

"그렇다고 니들을 모른 체하진 않을 테니까, 그렇게 젖 뗀 아기처럼 보채는 거 그만 해라, 황준희. 내 말 알아들었겠지?"

"옛 써!"

벌떡 일어나 거수경례까지 올려붙이는 준희를 보며 현우는 고개를 설레설레 저었다. 급속도로 골치가 아파져 관자놀이를 꾹 누르고는 고개를 들었다. 그리고 나리의 회사에 함부로 찾아간 의도를 탓하듯, 그것에 관해서만은 질타를 하고 싶어 준희를 차가운 눈매로 쳐다보자, 안 그래도 찔려 있던 준희가 너털웃음을 터뜨리며 중얼거렸다.

"회사는 잘 데려다 주셨죠, 매형?"

"나, 멱살 잡으면서 싸우는 거 아주 싫어하는 사람이다."

"아, 알죠, 매형. 당연하죠. 어디 매형이 그런 걸 하실 분인가요?"

"하지만 자꾸 거슬리면 그럴지도 모르지."

그 한없이 우아한 협박에 준희의 어깨가 바로 움찔했다. 다소곳이 긴장 상태로 들어가는 준희를 흘끗 쳐다본 현우가 곧 준에게로 시선을 돌렸다.

"일하던 중에 나온 거라 들어가 봐야 해. 병원 지시대로 잘 듣고 빨리 회복해라."

"혀, 형부. 잠깐만요. 누구…… 생긴 거예요? 그건 제대로 설명해 주고 가야죠!"

"황준희."

준의 항변에 현우는 오히려 나직하게 준희 쪽을 불렀다. 한창

긴장한 상태로 대기하고 있던 준희가 곧바로 넵! 하며 현우를
쳐다보았다. 현우가 싸늘하게 쩌려보며 입을 열었다.

"내가 네 여동생의 저 말에 뭐라고 대답하면 옳을까."

본인의 대답을 자신에게서 요구하고 있는 현우를 쳐다보며
잠깐 눈동자를 굴려보는가 싶던 준희가 곧 무언가를 알아챈 듯
고개를 끄덕였다. 싱긋 웃으며 대답했다.

"알았으니까 그만 가보십쇼."

"그래."

"도대체 뭐야, 두 사람?"

준은 자신만 소외시키는 두 사람을 불만스럽게 쏘아보았다.
하지만 현우는 더 이상의 설명 없이 병실을 나가 버렸다. 문이
닫히자 준은 아직도 이해가 안 간다는 눈으로 준희를 노려보며
다그치듯 물었다.

"뭐야? 뭐라고 대답했다는 건데?"

"어…… 그게, 잘은 모르겠지만 아마도 이게 아닐까? 잠깐 매
형 흉내 좀 낼게."

갑자기 흠흠 헛기침을 한 준희가 돌연 한껏 진지해진 표정으
로 준의 얼굴을 응시하며 낮게 입을 열었다.

"내가 너한테 그녀와의 일에 대해 이것저것 설명할 필요는 없
을 것 같은데."

잠시간의 정적.

"……."

"……."

준의 표정에 경악이 돌았다.

"뭐야. 지금 설마 형부 흉내 낸 거야?"

"어. 근데 제법 알아보네? 난 첨 해본 거라서 영 어색한데."

뒷머리를 긁적거리며 웃는 준희와.

"대체 넌……. 근데 엄청 비슷하다. 나 잠깐 소름 돋았잖아."

그걸 또 칭찬하고 있는 그의 여동생 준.

"정말?"

"엉, 완전 비슷해."

잠깐 논점을 놓쳐 버린 두 사람이었다. 하지만 둘은 곧 현실로 돌아왔고, 준희에게 휘말린 준은 뒤늦게 신경질을 부렸다.

"진짜 사람 혼 빼놓는 데 뭐 있다니까. 그러니까 형부가 나한테 그렇게 말했을 것이다?"

"어, 나한테도 그랬거든."

"……말도 안 돼."

"거기에 이렇게 덧붙였겠지. 황준, 건방져졌구나. 네가 나한테 설명을 요구할 정도였던가."

또다시 한껏 폼을 잡으며 현우 흉내 내기에 맛을 들이고 있는 준희였다. 침묵 속에서 그 모습을 바라보고 있던 준이 더 이상 참지 못하겠는지 버럭 소리쳤다.

"야, 황준희! 니가 흉내 내니까 형부 완전 마피아잖아!"

안 그래도 감정 상해 있는 쌍둥이 여동생에게 준희는 한참을 구박받아야 했다.

「청아한 하늘색의 때 묻지 않은 미소를 가진 그는 미묘한 푸르름의 결정체.

터프한 재규어의 몸 선에 사슴과 같은 맑은 눈빛을 가진 남자.

저 멀리 동떨어진 세계에서 온 미지의 왕자님 같다가도,

어느 순간 보면 마치 오래전부터 알던 사이 같은 친근감을 주는 소년 같기도 한 남자.

장난기 어린 미소와 그 눈빛만이 뿜을 수 있는 진지한 열정.

그 넘쳐 나는 열정에 녹을 것 같다.

탄탄한 어깨를 소유한 그는 하얀 와이셔츠가 잘 어울리는 남자.

하지만 그에게 정말 어울리는 건.」

"바로 이번 시즌에 중점으로 밀고 있는 이 언더웨어죠!"

도대체…….

나리는 황당하단 눈으로 팀원들을 돌아보고 있었다. 회의가 시작되자마자 웬 들어본 적도 없는 찬양가가 흘러나오기 시작하더니, 그 '누군가를 심하게 찬양하고 있는' 구절구절들이 죄다 한 남자를 향한 어휘의 나열들이라니. 하지만 가장 심각한 건 그 찬양의 대상, 즉 왕자님과 소년 사이의 애매한 경계에 딱 걸린 미지의 남자가 바로 황준희일 가능성이 크다는 것이었다.

"설마, 그 미묘한 푸르름과 사슴의 눈을 가진 그 남자가, 낮에

봤던 그 인물은 아니겠지?"

그래도 혹시 몰라 나리는 최대한 인내심을 가지고 물었다. 제발 팀원들이 정신을 차려주길 바랐건만. 20대 초반으로 이루어져 있는 아가씨들은 이미 눈에 하트를 그리고 있었다.

"왜 아니겠어요. 팀장님이 아시는 분 맞죠? 컨택 좀 해보세요. 네?"

아이고, 두야.

기가 막힌다. 도대체 자신이 언급해 둔 야쿠자 스토리는 어디로 말끔하게 소화를 시켜 버린 건지.

"안 된다고 했잖아. 무엇보다 아마추어야. 말이 되는 소릴 해."

"요즘 쇼에 서는 모델이 프로 아마추어가 따로 있나요? 워킹 한 번 안 해본 스포츠 스타도 쇼에 서는데."

"대중 앞에 서본 경험이 있느냐, 없느냐가 중요한 거잖아. 게다가 이번 컬렉션이 얼마나 중요한지 자기들도 잘 알잖아."

"그러니까, 이번 컬렉션에 세울 모델로서 적격이니까 하는 말이잖아요. 이번 패션쇼, 해외 투자가들에게도 관심받고 있고, 또 회사에서도 집중적으로 밀고 있구요. 그러니까 지금까지와 전혀 다른 새로운 기획, 새로운 인물, 생동감 넘치는 페이스! 즉, 신선함을 전면으로 내세우는 거예요. 너무 프로의 기운을 묻힌 일률적인 쇼보다 확! 하고 시선이 가는 금방 살아서 날뛸 것 같은 용암 같은 열정을 가진 페이스의 등장! 정말 괜찮지 않아요?"

"맞아요. 그 마스크, 그 몸매, 정말 딱이잖아요. 팀장님, 저희들 눈 정확하다는 거 아시죠? 그 사람 얼굴 보자마자 확 꽂혔다니까요."

정말이지 한마음 한뜻으로 몰려드는 이 여인들의 한참 잘못 꽂힌 눈들이라니.

나리는 한숨을 폭 내쉬었다.

"그래. 신선함, 생동감, 다 좋아. 좋다고. 하지만 잘나가는 프로 모델 놔두고 그런 천방지축 망아지를 무대에 올려봐. 만약 제대로 안 되면 그 책임 다 자기들이 질래?"

"질게요! 우리 팀원들 벌써 이구동성으로 뜻을 모았어요. 만약 잘못되면 우리 팀 전체가 책임져요! 그러니까 팀장님은 섭외 좀 해주세요. 네?"

황당하고 어이가 없어서 반응할 말을 찾지 못하겠다. 도대체 어쩌자고 저렇게들 맹목적이 된 걸까. 아니, 책임이란 게 입으로 지는 건가? 결국 가장 심하게 책임질 사람은 최종 기획자이며 팀장인 자신이었다. 하지만 무엇보다 가장 문제는, 이 여인들이 한 번 꽂히면 절대 물고 놓지 않는 승냥이 떼의 특성을 갖고 있다는 사실이었다.

"무엇보다."

나리는 일단 이 후끈 달아오른 분위기부터 가라앉히기 위해 차분하게 어조를 누르며 입을 열었다.

"그 남자가 속옷만 입고 무대를 활보해 줄 마음이 있을까?"

"그건……!"

누구도 쉽게 대답할 수 없는 부분이긴 했다.

"아무리 요즘 속옷 패션쇼에 대한 시선이 달라졌다고 해도 그 사람은 업계 사람이 아니라 그냥 보통 인물이야. 절대 될 리가 없지."

"그러니까 한 번 말씀만이라도 건네보면……."

"의도를 알고 싶다, 이거지?"

"네!"

모두가 이구동성으로 눈을 반짝이며 기대를 쏟아붓는 이 분위기. 하지만 나리는 곧바로 찬물을 들이부어 주었다.

"잘 들어봐. 나 자기들 상사야. 팀장이라구. 직업병이 있어도 내가 더 있지, 안 그래? 그 남자, 우리 언더웨어를 잘 표현해 줄 만한 조건을 갖추고 있어. 그러니 내가 당신들보다 먼저 생각을 해봤을까, 안 해봤을까?"

"해보신, 거예요?"

"물론."

나리는 표정 하나 바꾸지 않고서 거짓말을 흘렸다. 하지만 이럴 수밖에 없는 타당한 이유가 있다. 강현우 씨의 X─처남을 속옷 패션쇼에 세운다고? 아니, 그것보다 그 남자와 여기에서 더 얽이라고? 100% 사양이었다.

"물어봤더니 본인은 다수의 앞에 서는 것부터 찬성하지 못하겠고, 뭣보다 마음이 안 내킨다더라. 그렇게 완곡하게 사양을 하는데 내가 더 뭐라고 하겠어. 게다가 내가 말했잖아. 그 남자, 문신 엄청나다고. 말은 대중의 앞이니 어쩌니 했지만 아마 그것 때문이겠지."

이래저래 황준희를 여러 의미로 침몰시키고 있었지만 어쩔 수 없었다. 모두의 표정에 깃드는 실망과 맥 빠짐을 훑어본 나리가 얼른 정리를 했다.

"자자, 말도 안 되는 기획 그만 하고 시제품 체크부터 하자. 먼저 미희 씨가 시작해. 얼른!"

그들 승냥이 집단이 또 다른 미련을 가지기 전에 나리는 얼른 다그치는 수법을 썼다. 이럴 땐 그저 이런 방법이 최고다. 다행스럽게도 방법이 통했는지, 그들은 눈앞에 떨어진 불똥 때문에 황준희 찬양으로부터 자연스럽게 멀어질 수밖에 없었다. 바쁘게 움직이는 팀원들 틈에서, 나리는 그제야 남몰래 안도의 한숨을 쉬었다.


「지금 뭐 해요?」


야근이 있어서 늦게까지 회사에 머무르게 되었다. 나리는 하던 일을 잠시 미루고서 까만 밤을 감상해 볼까 싶어 창가에 다가가 섰다. 따뜻한 향기가 퍼지는 커피를 창틀에 놓고서 현우에게 문자를 보냈다.

「일하는 중. 넌?」

그만의 딱딱하지만 그러면서도 부드러운 어감이 못내 느껴지는 대답이 돌아왔다.

「저도 일하고 있어요. 아무래도 아주 늦게 끝날 것 같아요.」

웃는 표시 같은 이모티콘도 함께 보낼까 하다가 그만두었다. 왠지 그에게는 정석대로의 행동만 하게 되는 것 같다. 그게 그에게는 어울린다. 또, 나리는 그의 그런 면을 사랑하고 있다.

「준이 씨는 괜찮아요?」

일은 해야 하는데 손에 잘 잡히지 않는 밤, 나리는 괜히 그를 괴롭히고 있었다. 혹시 귀찮은 건 아닐까, 방해하는 건 아닐까, 그런 걱정이 들지 않는 것도 아니었지만 그저 이 밤의 정적을 그와 함께 보내고 싶은 마음으로. 이것이 그에게 바라는 연인으로서의 욕심이었다.

「괜찮겠지. 영양실조는 며칠 푹 쉬고 잘 먹으면 낫는 병 아닌가.

한심한 녀석.」

「뭔가에 그렇게 푹 빠질 수 있다는 게 대단한 거 같아요.」

「그런 면을 좋게 말할 수 있는 네가 더 대단해.」

나리는 푸하 웃어버렸다. 정말이지 강현우 씨, 이렇게 아무렇지 않게 내뱉는 독설들, 그럼에도 가끔 귀엽게 느껴진단 말이지.

「안 바빠요? 귀찮은 거 아니에요?」

「난 괜찮은데.」

한 번 끊겼다가 그의 메시지가 이어 도착했다.

「일부러 야근 때문에 남았을 텐데 나랑 놀아주느라 누구씨 일 밀릴까 봐 걱정이지.」

나리는 쿡쿡 웃으며 하나하나 자음과 모음을 찍었다. 정말이지 너무 예쁘게 말하는 남자다. 직접 만나서 말하는 것보다 이렇게 문자로 주고받으면 좀 더 다정하게 느껴지기도 했다. 아마도 실제로는 저렇게 편하게 말해주지 않을지도.

"거 봐, 김동현 딱따구리 선배! 만날 나한테 맘 접으라고 했던 거 취소하시죠?"

괜히 동현에게 혼잣말을 하며 쿡쿡 웃었다. 그나저나 선배는 잘 내려갔나 모르겠네. 생각하며 작성된 문자를 보냈다.

「나 오늘 일하느라 잡지 뒤적이다가 이런 기사 봤어요.」
「어떤?」
「상심 증후군.」

대답이 돌아오지 않아서 나리는 이어 문자를 작성했다

「이별 같은 커다란 심리적인 고통이 육체적인 증상으로 나타나는 증후군이래요.」

괜한 간섭이 아닐까 싶어 망설이다가 메시지를 보냈지만 현우에게선 계속 답장이 없었다. 역시 자신이 오버했나 싶어 나리는 휴대폰을 꼭 쥐고 창밖의 야경을 바라보았다. 어떤 생각으로 내 문자를 이해하고 있을까. 그런 생각을 하며 망설이는 시간, 그에게서 답장이 돌아올 때까지의 텀, 그걸 이쪽의 의도가 받아들여지기까지의 허용의 시간이라고 표현해도 될까? 그 시간까지의 기다림이 무척이나 길고도 불안했다.

다행히도 그는 메시지를 받고서 혼자 소화시키는 그런 매너 없는 사람이 아니었다.

「무슨 의미일까?」

나리는 커피를 한 모금 마셨다. 따뜻함이 목으로부터 식도로, 그리고 가슴으로 번져 가는 걸 느끼며 문자를 만들었다.

「사랑하는 사람과의 이별이 마음의 병이 되면, 그 병 때문에 심장이 약해질 수도 있대요.」

문자의 길이가 애매해서 두 번을 나누어서 작성했다.

「난, 현우 씨의 약해진 심장을 건강하게 해주는 사람이 되고 싶어요.」

"아니, 될래요."
고개를 살짝 기울이고서 문자를 전송한 후 그의 대답을 기다렸다. 휴대폰을 양손으로 폭 감싸 쥐고서 기계의 끝부분에 입술을 대며 두근거림을 진정시키고 있었다. 곧 현우의 대답이 돌아왔다.

「잠깐, 키스하러 가도 될까?」

아…… 정말이지.

나리의 입가에 안도의 미소가 걸렸다. 상기된 뺨에 싱그럽게 미소가 돌고 있었다. 나리는 부드럽게 웃으며 답장을 보냈다.

「글쎄요. 이 몸이 좀 바빠서요.」

당신과 키스하고 나면 일할 정신이 아마도 남아 있지 않을걸요?

현우의 대답은.

「입술만 잠깐 시간을 내주면 될 텐데.」

풋! 나리는 웃음을 터뜨리며 어깨를 움츠렸다. 점점 더 짓궂은 강현우 씨가 되어가고 있다.

「입술이 제일 바쁘다고 하던데요?」
「그렇다면 할 수 없지. 다음엔 스케줄 좀 빼달라고 전해줘.」

까만 밤, 하지만 불빛이 점점이 박혀 있어 꼭 예쁜 까만색 도화지 같다.

그 밤, 나리와 현우는 각자의 눈앞에 떨어진 바쁜 일들을 뒤로한 채, 잠깐 번호를 눌러서 통화를 하며 직접 해도 될 말들을 한 글자 한 글자 문장으로 만들어가며 동시에 부드러운 미소를 머금고 있었다.

한 문장을 보내고 답이 올 때까지의 잠시간의 두근거림. 그것을 충실하게 느낀 후 도착하는 메시지, 그리고 또 그 답에 대한 답을 보내고…… 이런 두근거림을 마치 처음 연애를 해본 사람처럼 충실히 느끼며 즐기고 있었다.

아무리 많은 말이 오가더라도 결국 공통적인 의미는.

보고 싶어요. 좋아해요. 사랑해요…….

그러니 이 사람에게 더 이상의 상심 증후군 같은 건 없었으면 좋겠다.

제발, 윤나리로 인해, 강현우로 인해 서로가 심장이 아플 이유는 절대 없었으면 좋겠다고.

이 사람으로 인해 받게 될 심장의 아픔은, 왠지 지금까지와는 비교도 되지 않을 정도로 아플 것 같다고, 그러니 부디 영원히 헤어지지만은 말자고.

현우는, 나리는, 작은 액정 화면을 채우는 짧은 말들로 계속해서 마음을 반복해서 보내고 있었다. 그 밤을 하얗게 지새워가며.

8편 왜 그렇게 아프게 해요.
괜찮다, 괜찮다, 마음을 다독이기 위한
거짓말들만 늘어갈 뿐

"선배, 지금 뭐라구요?"

나리는 기가 막혀서 휴대폰을 붙들고 있었다. 잘 내려가긴 했
을까, 잠깐 궁금해하긴 했지만 그 인물이 막상 호랑이 제 말 하
면 나타나는 식으로 연락을 해오니 괜히 떠올려 봤다는 생각이
들었다. 게다가 이런 용건으로 해온 연락이라면 더더욱!

「나리나리개나리, 제발 이 선배 얼굴 좀 세워줘라. 나 완전 거
짓말쟁이 되게 생겼잖아. 그 녀석, 그렇게 기대를 하고 있을 줄
누가 알았겠냐고. 난 그저…….」

"그저?"

「니 사진 한 장 살짝 보여준 것뿐이거든. 사실 니 사진 보여주

면 제풀에 나가떨어질 줄 알았지, 그 얼굴이 마음에 든다는 취향 이상한 인류가 있을 줄 상상이나 했겠냐?」

여기서 잠깐.

일을 크게 만든 건 저 사람 특징이니 그렇다 치더라도 지금 뭐라는 거야, 이 선배가!

"내 얼굴이 어디가 어때서요! 취향 이상한? 지금 취향 이상하다고 했죠?"

「이크! 우리 개나리 화났다. 농담이지, 인마. 암튼 한 번만 나가줘라. 내가 아무리 술김에 헛소리하는 게 특기라고 해도 후배한테까지 쉰소리 흘리는 사람으로 찍힐 순 없잖냐.」

"그 쉰소리에 열받는 후배, 나도 해당되거든요? 바쁘니까 그만 끊죠."

안 그래도 바빠 죽겠는데 아침부터 전화해서 이상한 소리만 해대는 동현이 반가울 리가 없었다.

「자, 잠깐만. 나리야! 제발 선배 좀 살려줘라, 응?」

모니터를 째려보며 나리는 한숨을 폭 내쉬었다. 그 순간에도 동현의 징징거림은 쭉 이어지고 있었다.

「일단 나가는 거야. 나가서 우린 인연이 아닌 것 같아요, 라든가, 별로 취향이 안 맞네요, 라든가, 제가 변비가 있어서요, 라든가, 방법은 많잖아. 아니면, 니가 웬일로 요즘은 그 포악한 성깔머리를 고치고 조금 착해졌다면 말이다, 상대방을 생각해서 잠깐 데이트를 좀 해주던가, 아니면 정중하게 사양을 해주던가.

봐, 이렇게 방법이 많잖아. 응?」

이 선배가 점점…….

"아, 글쎄. 난 그런 거 싫다구요. 선배 말처럼 나 그렇게 착한 성격도 아닌데 선배 하나 구해주자고 맞선 자릴 나가겠어요?"

「맞선 아니고 소개팅!」

"아무튼요!"

「개나리, 너 정말 이럴 거냐? 우리 옛정이 이렇게 금세 깨지는 유리 같은 거였어?」

그때부터 시작된 업그레이드된 징징거림. 도대체 끊을 생각을 하지 않고 전화통을 붙들고 늘어지는 김동현만의 특기. 나리는 골치가 지끈거리는 걸 느끼며 이마를 꾹 눌렀다.

"정말이지, 선배 때문에 못살겠어."

「너 못살기 전에 내가 먼저 세상 하직할까? 나 여우 같은 마누라랑 토끼 같은 자식도 있는 사람이야. 엉?」

"휴우."

나리는 한숨을 폭 내쉬었다. 손가락으로 볼펜을 톡톡 굴려보다가 어쩔 수 없어 입을 열었다.

"알았어요. 나가기만 하면 되는 거죠? 가서 내 멋대로 딱 끊어버려도 나중에 딴소리하기 없기예요."

「우와~ 정말! 윤나리이! 땡큐, 땡큐, 완전 땡큐! 나 너 완전 사랑해.」

"됐어요. 뭐, 죽은 사람 소원도 들어준다는데, 곧 나한테 얻어

왜 그렇게 아프게 해요.
괜찮다, 괜찮다, 마음을 다독이기 위한 거짓말들만 늘어갈 뿐

맞아 죽을 선배 소원 하나 못 들어주겠어요?"

「하여간 말을 해도 꼭.」

"그리고 제대로 알아요. 나 깨끗하게 정리하려고 나가는 거예요. 알았죠?"

「물론 니 멋대로 해. 상관없어. 대신 살살해 줘야 해. 내 입장도 좀 봐주면서. 부탁해, 나리야~」

"대신."

히끅 하고 놀라는 동현의 반응을 무시한 채로 잠깐 생각에 잠겼던 나리가 말을 이었다.

"현우 씨한텐 이번 일 절대 말하면 안 돼요. 반칙하면 정말이지 안 참을 거예요."

「야, 내가 삐꾸냐? 그런 걸 뭐 하러 형님한테 말해? 그리고 사실 말이야 바른말이지, 형님이 니가 뭘 하든 관심이나…….」

"저주 내릴 거야."

나리는 냉랭하게 전화를 뚝 끊었다. 이 선배, 아직도 윤나리를 과소평가하는 그 버릇 못 고쳤다. 이쪽은 무언가가 조금씩 시작되고 있어서 이렇게나 행복한데, 꼭 저렇게 찬물을 끼얹어야 속이 시원하지. 아무튼 동현의 징징거림을 적당히 떼어내긴 했으니 이제 일을 시작해야 했다. 하지만 자유의 시간도 잠시, 곧장 동현에게서 또 하나의 메시지가 도착했다.

"웬수."

중얼거리며 확인해 봤더니 친절하게 약속 장소가 찍혀 있었다. 나리는 기가 막힌다는 얼굴로 곧장 통화 버튼을 눌렀다. 그리고 동현이 뭐라고 할 새도 없이 먼저 다그쳤다.

"무슨 약속이 이렇게 번갯불에 콩 구워 먹듯 해요? 오늘 저녁이잖아요!"

얼마나 화가 나는지 사무실 사람들이 흘깃거리든 말든 보이지도 않았다. 그제야 동현이 그게 뭐 그렇게 문제냐는 듯 대수롭지 않은 어조로 대답했다.

「약속이야 벌써 잡혀 있었지. 너한테 말하기가 뭐해서 계속 허송세월하느라 시간을 놓쳐 버린 거거덩. 나리나리개나리, 기왕 약속한 거 마지막까지 화끈하게, 쿨하게, 알았지?」

"아, 몰라요. 이건 너무하잖아요. 만약 오늘 저녁에 스케줄 있었으면 어쩔 뻔했어요?"

「야, 애인도 없는 노처녀가 무슨 스케줄이야. 내가 다 아는데.」

윤나리 자존심에 금이 쫙쫙 가는 소리가 여기저기서 들리고 있다.

"나 노처녀 아니거든요? 그리고 나도 바쁘거든요?"

「알았어, 알았어. 너 바쁜 안 노처녀야. 됐지?」

이 선배와 말해봐야 힘만 소모될 것 같아 나리는 신경질적으로 휴대폰을 확 엎어버렸다.


택시를 타고 약속 장소에서 내린 나리는 신경질적인 눈으로 건물을 휘이 훑어보았다. 이게 정말 잘하는 짓인가, 라는 생각이 하루 종일 내내 들었으니 확실히 잘하는 짓이 아닌 건 맞는 모양이다. 그래도 동현과는 질기디질긴 미운 정이, 그것도 꽤나 오랜 기간 들었으니 그렇게 밉상인데도 고개를 휙 돌려 버릴 수가 없는 것이다.

"솔직하게 있는 그대로 말하고 나오면 되는 거야. 어휴, 정말 인생에 도움이 안 되는 김동현!"

이를 갈며 걸음을 옮기려는데 휴대폰이 울렸다. 분명 확인차 전화한 동현일 거라 생각했는데 액정에 찍히고 있는 번호는 맙소사! 현우 씨였다. 알고 있기론 오늘 저녁에 중요한 약속이 있어서 바쁘다고 들었는데.

나리는 제 발 저린 격으로 혼자 흠칫해서 안절부절못하다가 겨우 휴대폰을 귀에 댔다.

"여보세요……. 현우 씨."

설마 벌써 입 싼 딱따구리 김동현과 통화를 한 건 아니겠지? 그래서 이 일이 누출된 건 더더욱 아닐 거야. 하지만 현우의 어조는 여느 때와 같았다.

「목소리가 왜 그렇게 풀이 죽어 있지?」

기가 막히게 감이 좋은 남자였다. 그 감을 오늘은 조금 떨어뜨려서 제발 오늘 일은 모르고 넘어갔으면 하는 소망이 있었다. 김동혀언. 아, 정말. 왜 이렇게 곤란한 상황에 빠뜨리는 겁니까. 료카란 남자가 조용하니까 이제 웬수 선배가 날뛰고 있었다.

"아니에요. 풀은 무슨……. 근데 오늘 바쁘다고 하지 않았어요?"

「음, 가는 길이야.」

순간 나리의 머릿속에서 경고등이 번쩍했다.

"서, 설마 그 약속 장소 우리 회사 근처는 아니죠?"

「거긴 아니지.」

제 발 저려서 쏟아낸 질문에 가뿐한 대답이 돌아왔다. 하지만 역시 해놓고 보니까 대놓고 의심해 주세요, 라는 꼴이었다.

「왜, 회사 근처로 가면 안 될 일이라도 있나.」

윽! 역시.

"아, 아니에요. 만약 회사 근처면 왜, 왠지 반갑잖아요. 끝나면 만날 수 있을지도 모르고."

만나면 큰일 난다. 절대 안 될 일이다.

「흠…….」

의심하고 있는 거지? 연기가 부족했던 거 맞지!

「거리는 멀지만 끝나면 잠깐 볼까?」

"아…… 그럴까요, 그럼?"

그와 만날 수 있다는 생각에 나리의 표정은 금세 둥실 환한 보름달이 되었다.

「그럼 그때 보자.」

"네. 현우 씨도 오늘 일 파이팅!"

현우의 낮은 웃음소리가 넘어왔다.

왜 그렇게 아프게 해요.
괜찮다, 괜찮다, 마음을 다독이기 위한 거짓말들만 늘어갈 뿐

"왜, 왜요? 왜 웃어요?"

「아니, 왠지 네 말투, 들뜬 것 같아서.」

나리의 표정이 씁쓸해졌다. 들뜬 게 아니라 정확하게 말해서 오버하고 있는 것이었다.

현우와 통화를 마치고 나리는 앞으로 전쟁이 일어날 약속 장소로 전진했다.

"아, 안녕하세요."

나리는 김동현의 말끔하게 생긴 후배를 향해 어색하게 인사를 했다. 후배는 점잖게 웃는 표정으로 나리를 맞이했다. 김동현에게 익히 들어온 스펙과 더불어 인물도 나름대로 괜찮은 남자였다. 이런 남자에게 이 몸의 사진이 통했다니 괜히 우쭐해지기도 했다.

"안녕하세요. 선배님한테 말씀 많이 들었어요."

친근하게 말도 건네고, 연신 환하게 웃고. 나쁘지 않은 첫 만남이었지만 나리는 역시 마음이 불편했다.

"나리 씨, 사진보다 실물이 훨씬 아름다우시네요."

쑥스러워하면서도 제 할 말은 다 하는 남자였다. 하지만 덕분에 나리는 소름이 쫙 돋고야 말았다. 아름답다니……. 평생 들어본 칭찬 중 최고의 찬사이긴 했지만 듣기에 자연스러운 표현은 아니었다. 만약 저 말을 현우의 입을 통해서 듣는다면, 상상만 해도 아찔했다. 역시 이렇게 계속 강현우 씨 생각밖에 나지 않는다. 나리는 더 대화가 진행되기 전에 얼른 끝내야겠다 싶어 입을 열었다.

"저기요, 제가……."

그때였다. 어떻게든 정중하게 빨리 말하고 얼른 바이바이 하고서 헤어져야 하는데 가방 안에서 휴대폰이 진동했다. 이번에야말로 분명 김동현일 거라 생각한 나리는 남자에게 양해를 구하고서 휴대폰을 꺼냈다. 하지만 전화를 건 인물은 전혀 예상권 밖의 인물이었다.

"응, 유리야. 왜."

남자에게서 약간 몸을 틀고서 전화를 받았더니 유리가 짧게 말했다.

「언니, 그대로 고개 들어서 정면 쳐다봐.」

들으니 뜬금없는 말이었지만 나리는 반사적으로 고개를 들었다. 순간 나리의 눈이 휘둥그레졌다. 놀랍게도 정면 출입구 옆에 유리가 두둥 버티고 서 있었다. 게다가 먼 거리이긴 했지만 그 표정은 확실히 노려보는 폼이었다. 나리는 화들짝 놀라 자신도 모르게 휴대폰을 덮었다. 그리고 벌떡 일어나 얼른 남자에게 거듭 양해를 구했다.

"저, 잠깐 손 좀 씻으러 갔다 올게요."

난데없이 동생 만나러 간다고 할 수는 없을 것 같아 그렇게 두루치기하듯 말했더니 남자는 선선히 응해주었다. 나리는 냉큼 몸을 돌려 유리에게로 날아갔다.

한편 나리가 나오길 기다리고 있던 유리는 나리가 다가오자마자 얼른 손목을 끌고서 밖으로 데리고 나갔다.

"야, 아프잖아. 왜 이렇게 급하게 굴고 난리야?"

밖으로 나온 나리는 손목을 문지르며 유리를 뜨악하게 쳐다보았다.

"언니, 내가 아까 전부터 지켜봤는데 지금 뭐 하는 거야? 저 남자, 일 관계로 만나는 거 아니지? 설마 소개팅하는 거야?"

"소, 소개팅은 무슨! 일 관계로 만나는 거야. 일 관계."

나리는 펄쩍 뛰며 거짓말을 줄줄 늘어놓았다.

"일은 무슨. 분위기 보니까 완전 소개팅인데. 지금 내 안목을 무시하는 거야? 딱 봐도 소개팅이구만, 뭘!"

"아니라니까 그러네. 근데 너 왜 여기 있어?"

여기 또 한 마리의 암컷 승냥이가 진을 치고 있었던 것이다. 일이 왜 이렇게 꼬이는 걸까.

"왜 있긴 왜 있어. 친구 만나러 왔지. 근데 현우 아저씬 어쩌고 소개팅이야? 완전 맘 접은 거야? 이제 괜찮은 거야? 끝내기로 한 거야?"

나리의 눈이 번쩍 떠졌다.

"무, 무슨 말이니! 절대 아니야. 그럴 리가 없잖아. 나한테 남자는 영원히 강현우 씨 한 사람뿐이라구."

그때는 그 말이 어떤 파장을 불러일으킬지 전혀 몰랐다. 나리는 그저 자신의 마음을 있는 그대로 말한 것뿐이었다. 그것으로 유리가 어떤 생각을 하게 될지, 그것까지 그녀가 알 수는 없었으므로.

"이건 그냥 비즈니스 차원이니까 괜히 이상한 생각 말고 친구 만나면 딴 데로 이동해라. 아무튼 언닌 바빠서 갈게. 시간을 끌면 끌수록 불리해지는 비즈니스거든."

대충 설명을 하고서 나리는 유리의 어깨를 두드려 주었다. 그리고 별생각 없이 다시 안으로 들어갔다. 만약 거기에서 일이 일단락되어졌다면 다행이었겠지. 하지만 나리는 알지 못했다. 혼자 남은 유리가 얼마나 씨근덕거리고 있었는지, 그리고 얼마나 망상의 나래를 펼치고 있었는지, 나리로서는 전혀 몰랐던 것이다.

나리가 안으로 들어가자마자 유리는 오래된 통화 목록에서 한 인물을 건져 냈다. 그리고 곧장 통화 버튼을 눌렀다. 꽤 오래 신호가 갔지만 유리는 참을성있게 기다렸다. 이윽고 기다림의 대답이 돌아오자 유리는 차갑게 눈매를 번뜩였다.

「여보세요.」

무척 잘 알고 있는 남자의 목소리.

유리는 상대방이 전화를 받자마자 마치 동현에게 나리가 퍼붓듯, 비슷한 어조와 까칠함으로 말을 퍼붓기 시작했다.

"여보세요. 저 유린데요. 갑자기 전화해서 이런 말 하는 거 실례라고는 생각하지만 정말 현우 아저씨한테 너무 실망이에요. 싫으면 싫다고 확실하게 말을 하던가. 이것도 아니고 저것도 아니게 희망 고문하는 거, 남자로서 좀 비겁하다고 생각하지 않으세요? 언니 소개팅하는 거 보니까 어떻게든 아저씨 잊어보려고 노력하는 거 같은데, 아저씬 우리 언니 가엾지도 않아요? 마음은 아저씨한테 가 있으면서도 어떻게든 마음 접어보려고 저러는 거 불쌍하지도 않냐구요. 아저씨도 우리 언니 맘 모른다고 하진 않겠죠? 아, 진짜 열받아. 소개팅하면서도 아저씨만 좋아한대. 진짜, 우리 언니 저런 캐릭 아니거든요? 저렇게 멍청한 짓하는 거 보고 싶지 않다구요! 아저씨가 뭔데 자꾸만 우리 언니 맘만 헤집어서 비참하게 만들어요? 진짜 비겁해! 그러지 말자구요, 우리!"

어찌나 한번에 몰아서 쏟아냈는지 말을 마친 후에 유리는 숨까지 몰아쉬었다. 그러나 그 많은 말을 하는 와중에도 현우는 그 어떤 말도 없이 가만히 듣고 있기만 했다. 유리는 더욱 입술을 삐죽거렸다. 이렇게 사람 같지 않은 건조한 태도나 보이는 남자가 도대체 뭐가 좋다고 저렇게 혼자 비운의 여자 흉내 내면서 미련을 떨고 있는 건지. 유리는 언니가 도저히 이해가 가지 않았다.

이제 더 이상 언니의 언니답지 않은 행동을 보고 싶지도 않았다. 구질구질한 캐릭은 딱 질색인 유리였다. 현우에게서 계속 대답이 없자 유리는 툭 던지듯 말했다.

"전화 끊으셨어요?"

「음…… 아직.」

여전히 무척이나 고요한 현우의 반응. 거 봐, 이런 관계, 절대 안 된다니까? 더욱 확신만 늘어가고 있었다. 유리는 휴대폰을 노려보며 투덜거렸다.

"근데 어쩜 그렇게 반응이 전혀 없을 수 있어요? 설마 언니가 혼자 좋아서 혼자 청승 떠는 거니까 괜찮다고 생각하는 건 아니겠죠? 아저씨, 그렇게 못된 사람은 아니잖아요. 그죠?"

「지금, 일본인 바이어와 대화 중이었는데 네 목소리가 휴대폰 너머까지 흘러나와서 좀 놀란 모양이야.」

헉!

그 말이 옳다면 제대로 국제적인 망신이었다. 유리는 뜨악해서 얼굴이 빨개졌다가 곧 이게 아닌데 싶어서 휴대폰을 찌릿 노려보았다.

"지금 장난할 상황 아니지 않아요?"

「그렇지. 장난할 상황은 아니지. 그런데 지금, 윤나리가 뭘 하고 있다고 했지?」

유리는 한숨을 폭 내쉬었다.

"소개팅요, 소개팅! 남자 만나고 있다구요!"

또다시 앙칼지게 소리치는 유리의 목소리가 여기까지 넘어올 것 같았다. 상대방에게 양해를 구한 현우는 미팅 장소에서 조금 멀어진 거리까지 걸어가 장식용 콘솔에 가볍게 기대섰다. 반들거리는 대리석 바닥을 내려다보며 그는 휴대폰을 귀에 댄 채로 천천히 팔짱을 꼈다. 아래를 내려다보고 있는 현우의 표정이 깊

왜 그렇게 아프게 해요.
괜찮다, 괜찮다, 마음을 다독이기 위한 거짓말들만 늘어갈 뿐

이 가라앉아 있었다.

「차라리 아저씨 깨끗하게 잊고서 포기하고서 만나는 거면 낫잖아요. 그러니까 아저씨가 먼저 나서줘요. 우리 언니한테 헤어지자고, 미련 갖지 말아달라고 말해줘요.」

유리의 냉정한 말은 계속 이어지고 있었다. 지금, 아주 많이 가슴이 아프다는 걸 말해봐야 얼마나 전해질 수 있을까.

"아마도, 그런 말은 못할 것 같다."

추워지려 하는 마음을 못내 다독이며 현우가 천천히 입을 열었다.

「네? 그게 무슨 뜻이에요? 우와, 아저씨 진짜 이기적이다. 정말 너무하는 거 아니에요?」

자매는 많은 면이 닮았다. 사람 말을 끝까지 안 듣는 면도 그렇고, 쉽게 흥분한다는 점까지.

"옆에 있어줬으면 하는 사람한테 어떻게 떠나달라는 말을 하지? 좋아하고 있는데 어떻게."

음의 고저가 없는 고요한 어조가 흘러나갔다. 휴대폰 너머에서 유리는 놀란 듯 말이 없었다. 현우는 씁쓸하게 웃으며 말을 이었다.

"그런데 나리는 아니었던 걸까? 내가 아는 윤나리가 왜, 다른 남자를 만나고 있다는 걸까. 잘 모르겠군."

확실히 혼란스러웠다. 현우로서는 잘 이해가 가지 않는 일이었다. 솔직한 마음으로 이해하고 싶지도 않았다. 그저 많이 혼란스러웠다. 자신이 아는 윤나리를 함부로 오해하기도 싫었지만, 아무렇지도 않게 받아들일 수도 없다는 게 그의 현재 심정이었다. 이유를, 알 수가 없었다. 어째서 이런 대화들이 오고 가는 건지.

그제야 뭔가가 이상하다는 걸 깨달은 듯 유리의 목소리가 당혹한 어조로 넘어왔다.

「뭐, 뭐지? 아저씨, 나 지금 머리가 굉장히 복잡하거든요? 아저씨가, 우리 언니 좋아해요? 정말로 아저씨도 우리 언니 좋아한단 말이에요? 우, 우리 언니도 그거 알아요?」

현우는 그저 씁쓸하게 웃었다.

"지금 좀 바빠서 끊어야겠다. 다음에 통화하자."

「아, 아저씨!」

"아, 그리고 나하고 통화했다고, 나리에겐 말하지 마라. 부탁한다."

유리가 더 뭐라고 말을 하는 것 같았지만 현우는 천천히 휴대폰을 내렸다. 혼란이 가득한 그의 표정, 지금으로선 유리에게도, 또한 나리에게까지 무슨 말을 해야 할지 어떻게 대해야 할지 아무것도 생각나지 않았다.

늦게 인정한 마음, 새로이 시작된 감정.

그것이 이렇게 버겁게 그의 심장을 짓누르며 다가올 줄은 미처 몰랐기 때문인지도.

두 번의 이별은 정말 아플 것 같기에, 시작한 이상은 절대로,

왜 그렇게 아프게 해요.
괜찮다, 괜찮다, 마음을 다독이기 위한 거짓말들만 늘어갈 뿐     323

절대로 있을 수 없으리라 생각한 슬픈 일. 절대 안 된다고, 죽도록 싫다고, 그렇게 생각한 마음의 고집. 그 고집을 그저 조용히, 침묵하며 홀로 다독이고 있을 수밖에 없었다.

「야, 인마! 아무리 그렇다고 좋아하는 사람 있단 말까지 할 건 뭐냐, 엉!」

나리는 고래고래 소리를 지르는 동현의 말을 한 귀로 듣고 한 귀로 흘려 넘기며 걸어가고 있었다. 절규하든 말든 휴대폰을 멀찌감치 떨어뜨려 놓고서 날씨가 좋네, 거리 구경만 하고 있었다.

「좋은 방법도 많잖아. 아니, 솔직히 내가 왜 이렇게 사정까지 하면서 널 그 자리로 몰았겠냐? 나 솔직히 니가 그놈이랑 잘됐으면 하는 소망도 있었다고. 근데 넌 애가 왜 그렇게 매사 비뚤게 나가는 거야?」

하여튼 이 선배, 오지랖도 병이다. 누가 그런 거 신경 써달랬나? 누가 시집보내 달랬냐구요.

"언젠 내 멋대로 해도 된다면서요. 지금 와서 말 달라지네, 이 선배."

「나 이 선배 아니라 김 선배거든?」

"말장난하지 말고 그만 끊어요. 내가 이 맞선인지 소개팅인지 뭔지 왜 나간 것 같아요? 선배한테 제대로 복수하려고 나간 거거든요? 멋대로 약속 잡고, 멋대로 판단 내린 모든 죄에 대한 벌! 그러니까 그만 하시죠?"

「멋대로 약속 잡은 건 내 인정한다. 근데 뭘 멋대로 판단 내렸
단 거야?」

사람이 이렇게 자기 자신을 모르다니, 나리는 혀를 끌끌 찼
다.

"도대체 왜 내가 선배가 소개시켜 준 후배랑 사귀어야 하는
건데요? 왜 날 멋대로 시간도 헐렁헐렁한 노처녀로 단정 짓는
건데요?"

「그거야 니가 만날 현우 형님만 목 빼고 바라보면서 그 좋은
나이에 독수공방을 하니까 그런 거잖아. 이번 기회에 너도 짝사
랑 말고 제대로 된 사랑 좀 하라고……!」

나리는 얼른 동현의 말허리를 자르고 끼어들었다.

"그러니까 남이사 독수공방을 하든 짝사랑을 하든 허벅지에
서 피가 한 대야가 나오건 선배가 왜 상관이냐구요, 왜, 왜! 자,
이제 후배 사랑하는 연기는 그만 하시죠? 사실, 100% 나 걱정
해서가 이유는 아니잖아요. 후배 관리 목적. 내 말이 틀려요?"

사람 좋아하고, 후배들은 더 좋아하고, 후배들과 술 마시면서
인생 이야기하며 노는 걸 아주 좋아하는 김동현을 누가 모를 줄
알고.

「그, 그거야! 있긴 있지만…….」

이 인간을 진짜. 나리는 쯧쯧 혀를 차며 말을 이었다.

"바로 그런 면 때문에 복수해 주고 싶었던 거라구요. 암튼 내

왜 그렇게 아프게 해요.
괜찮다, 괜찮다, 마음을 다독이기 위한 거짓말들만 늘어갈 뿐

가 현우 씨 등만 바라보면서 망부석을 하건 얼음땡을 하건 내 인생이니까 내가 헤쳐 나가도록 놔둬요, 좀."

「어휴, 저 답답한 개나리.」

나리는 훗 웃었다.

"그러게요. 선배 말대로 나 개나리고, 개나리는 봄에만 피는 꽃이잖아요. 근데 그 개나리더러 너 이제부터 봄 말고 가을에 펴, 이러면 개나리가 말 들어요?"

「하…… 그러니까 말인즉슨 넌 현우 형님이라는 봄 안에서만 피는 꽃이고 싶다?」

"아무렴요!"

「허허! 허허허!」

동현이 곧장 너털웃음을 터뜨렸다. 나리도 쿡쿡 하며 함께 웃었다. 한참을 웃다가 나리가 말을 이었다.

"선배가 나 생각해 주는 건 알겠는데 이젠 그만 해요. 그만 하라고 했는데도 계속 간섭하면 상대방 화날 수도 있어요."

「아주, 선배 대접 제대로 하는 후배라니까. 아유, 저것도 후배라고 챙긴 내가 바보지.」

"암튼 다음에 올라오면 연락해요. 제대로 때려줄 테니까."

두 사람은 서로를 답답해하며 그렇게 전화를 끊었다. 통화를 마치고 나리는 싱긋 웃었다. 물론 동현은 자신을 생각해서 벌인 일일 것이다. 이름하여 동현의 윤나리 싱글에서 탈출시키기 프로젝트. 그래. 그런 마음을 아니까 오늘도 이렇게 반쯤은 말을 들어주고 반쯤은 퍼부어준 것이었다.

"암튼 일건낙찰."

동현과의 일을 해결 지었다고 생각한 나리는 곧장 현우의 일이 끝났을지 가늠을 해보며 손목시계를 들여다보았다. 하지만 아직은 이른 시간 같았다. 그래서 그에게서 연락이 올 때까지 서점에나 가 있어야지 싶어 근처에 있는 대형서점으로 향했다.

빨리 만나고 싶다.

좋아하는 책을 읽으며 좋아하는 사람을 기다린다.

그런 생각만 해도 즐거워서 서점으로 향하는 나리의 걸음은 무척이나 들뜨고 경쾌했다.

두 시간, 서점의 한쪽 구석에 앉아 책 삼매경에 빠져 있던 나리는 문득 휴대폰을 들여다보았다가 깜짝 놀랐다. 벌써 두 시간이나 흘러 있었다.

"일이 길어지나?"

입술을 몇 번 꼼지락거렸다가 끝나면 연락하겠지 싶어 다시 책에 시선을 두었다. 강현우 씨와 연애를 하려면 기다리는 건 기본이다. 지금껏 홀로 예행연습을 해왔었고, 또 이제는 많이 익숙해졌다고 할까. 게다가 지금은 다른 것도 아니고 일 때문에 늦어지는 것이었다. 또 만나자고 한 사람도 그였기 때문에 좀 더 진득하게 기다려야지 싶어 다시 책장을 넘겼다.

하지만 거기에서 또 한 시간이 더 흘러 뒷목이 뻐근해지고 어깨가 덜그럭거리기 시작하자 슬슬 생각이 바뀌었다. 좀 빨리 오면 안 되나 싶은 것이. 손목을 높이 들어 시계를 한동안 쳐다보던 나리는 결국 책을 제자리에 꽂았다. 그리고 오랫동안 앉아 있던 자리를 털고 일어나 한쪽에 따로 놓아둔 책 두 권을 집어 들었다.

판매대로 가서 책값을 치르고 밖으로 나가자마자 현우에게 전화를 걸었다. 오래지 않아 현우가 전화를 받자 나리는 앙탈을 조금 섞어 투정을 부렸다.

"현우 씨, 아직 멀었어요? 글쎄, 벌써 세 시간이나 기다린 거 있죠. 책 완전 많이 읽었어요. 근데 일 아직도 안 끝났어요?"

「음, 아직.」

원래 목소리가 저음이긴 했지만 다른 때보다 훨씬 낮은 음성이라 나리는 고개를 갸웃했다. 혹시 일에 무슨 차질이 생겼나? 그만큼 그의 대답에 다른 때와는 다른 긴장감, 혹은 낮은 어두움이 섞여 있었다. 나리는 자신이라도 밝게 분위기를 띄워줘야지 싶어 활달하게 말했다.

"나 지금 책 사서 밖으로 나왔는데, 그럼 좀 더 기다릴까요?"

그러나 현우에게선 곧장 대답이 돌아오지 않았다. 그 침묵이 일순, 마치 기다리지 말라는 소리의 다른 표현처럼 들렸다. 그래서 지금껏 활발하게 샐샐거린 것도 괜히 분위기 파악 못하고서 혼자 오버하는 주책처럼도 느껴졌다. 그만큼 뭔지 모르게 착 가라앉은 분위기가 이어지고 있었다.

"음, 현우 씨?"

나리는 어떻게 하면 좋을까 싶어 그를 다시 불러보았다. 왜인지 모르겠지만 예전의 어렵고, 말 한마디 하는 것마저 신경 쓰이게 하던 그때의 먼 거리에 있는 강현우 씨로 돌아간 것 같은 기분.

왜 이런 느낌을 받는 걸까, 싫다.

"그럼, 나 그냥 먼저 갈게요. 현우 씨 아무래도 많이 바쁜가 보다. 그냥 가지 뭐."

나리는 최대한 어색하게 보이지 않으려고 애썼지만 이미 한참은 어색한 웃음을 지으며 얼른 둘러댔다. 그냥 가지 뭐, 라고 말하긴 했지만 금방 갈게, 라고 대답해 주길 기대한 건지도 모르겠다.

「아직, 서점이니?」

현우의 목소리가 돌아왔다. 조금 마음이 놓이긴 했지만 아직도 그 음성엔 어딘가 불편한 기운이 서려 있어서 나리는 얼른 고개를 저었다.

"아뇨. 책 읽는 거 좋아하지만 슬슬 어깨 아파오길래 거기서 딱 끊었어요. 벌써 버스 정류장 다 온걸요. 내일 전화할게요."

「서점, 어디야. 지금 갈게.」

"괜찮다니까요?"

그즈음엔 나리도 서운함의 감정이 앞서 버렸는지도 모르겠다. 화난 사람처럼 굴고 있었다. 대답해 놓고서도 나리는 뜨끔

왜 그렇게 아프게 해요.
괜찮다, 괜찮다, 마음을 다독이기 위한 거짓말들만 늘어갈 뿐     329

해서 잠시 머뭇거렸다. 하지만 오늘의 현우는, 이해가 가지 않는다.

왜 또 이렇게 먼 사람처럼 구는 건지, 갑자기 또 선을 긋는 것처럼 느껴지는 건지, 왜 자신에게 이런 감정을 갖게 하는 건지 지금 와서 과거로 돌아가는 건 싫었다.

그냥 바라보기만 해도 좋다고 생각한 사람이다. 혼자 사랑하기만 해도 행복하다고, 그렇게 자신있게 말한 사람인데, 조금 마주 보게 되었다고 벌써 이렇게 서운함부터 앞세우며 자존심 싸움에 휘말리고 있다니. 이래서 사람의 감정이란 간사하다고 하는 걸까.

"어차피 다시 가봐야 하잖아요. 혼자 못 가는 것도 아니고. 현우 씨 목소리, 많이 피곤한 것 같아."

「그래도 바래다줄게.」

나리는 휴대폰을 쥔 채로 우뚝 멈췄다. 그래, 이렇게 헤어지는 것보단 얼굴이라도 보는 게 나을지도 모른다. 성급한 판단 같은 건 만나보고 나서 해도 늦지 않을 것이다.

나리는 자신이 있는 곳을 그에게 알려주었다.


서점 근처에서 만나 그의 차에 올랐다. 차는 곧바로 나리의 집 방향으로 향했고, 그때부터 차 안엔 낯설면서도 또 낯익은 정적이 감돌고 있었다. 그는 생각보다는 더 안정된 미소를 지어 보이긴 했지만, 역시나 어딘가 달라 보였다. 입술은 웃더라도 눈매는 착 가라앉아 있는 느낌. 마치 큰 고민을 떠안은 사람처럼, 어두운 미소가 언뜻언뜻 보였다.

나리는 혼자 고개를 갸웃거리며 뚱하게 입술을 삐죽 내밀기도 했다가, 눈치를 흘끔흘끔 살피며 홀로 그의 분위기를 읽어보려 노력하고 있었다. 기온이 뚝 떨어진 것처럼 급강하한 분위기, 그런 것에 잘 적응하는 사람은 역시 현우 쪽이라 불편했던 나리가 먼저 입을 열었다.

"혹시, 일이 잘 안 된 거예요?"

오랜 침묵 끝에 나리가 묻자 현우의 표정이 아주 미세한 떨림을 일으키며 움직였다. 아마도 다른 생각에 한참이나 빠져 있다가 돌아온 사람들이 보이는 표정이리라. 도대체 무슨 복잡한 일이 있길래 저렇게 딴 세상에 홀로 여행을 간 것 같은 얼굴일까. '매너 갑'이라는 별명을 붙여줘도 모자랄 사람이 옆에 사람을 앉혀두고서 자기 혼자 동떨어져 있다는 게 영…….

"흐음, 왜?"

"느낌이 그런 분위기를 많이 풍기고 있거든요."

나리의 직구에 현우가 설핏 웃었다. 미간을 살짝 문지르곤 고개를 저었다.

"괜찮아. 넌 그런 거 걱정 안 해도 돼."

글쎄 말이에요. 근데 자꾸 걱정이 되는 걸 어찌할까요.

"난 자꾸만 신경 쓰이는데. 현우 씨 웬만한 일 아니고서는 옆에 사람 전혀 돌아보지 않는 성격 아니잖아요."

왜 그렇게 아프게 해요.
괜찮다, 괜찮다, 마음을 다독이기 위한 거짓말들만 늘어갈 뿐

현우가 나리를 흘끗 쳐다보았다.

"전혀 안 돌아본 건 아니야. 계속 신경 쓰고 있었어."

"거짓말. 딴생각했으면서."

"아마, 그 딴생각에도 네가 포함되어 있을 거야."

상당히 로맨틱한 멘트이긴 했지만, 상황이 상황이다 보니 걱정스러운 방향으로만 생각이 흘러갔다.

"근데요, 현우 씨."

"응."

"나, 현우 씨가 아주 작은 변화만 보여도 그게 눈에 확 들어와요."

현우가 나리를 조용히 쳐다보았다. 곧 정면으로 시선을 돌리고는 부드럽게 핸들을 돌렸다.

"그래?"

나리는 천천히 고개를 끄덕였다.

"이럴 때의 강현우 씨, 저럴 때의 강현우 씨, 아주 정확히 알고 있는 게 많아서, 오늘처럼 갑자기 어두운 표정이 되면 말 안 해도 무슨 일이 있겠다, 싶거든요."

"……."

"그러니까."

"그러니까?"

"그렇게 혼자 생각하지 말아요. 서운한 것도 서운한 거지만, 불안해요."

현우의 입가에 낮은 미소가 돌았다.

"그래."

수긍해 주어서 다행이긴 했지만.

"그렇게."

그 말을 하는 그의 표정은 그냥 씁쓸해 보였다. 미소가 개운치 않았다. 아, 정말이지 왜 그러는 걸까. 속 시원하게 말해주면 좋겠지만, 그런 걸 강현우 씨한테 기대하는 건 무리이지 싶다.

집 근처에서 차가 도착했을 때 현우는 운전석에서 먼저 내려 나리가 앉은 쪽의 차 문을 열어주었다. 배려와 다정함은 그대로인 것 같은데, 왜 알게 모르게 괴리감이 이는 걸까. 골똘히 생각하면서 나리는 차에서 내렸다.

"들어가라."

사실은 좀 더 이야기를 하고 싶은데, 현우는 그렇게 말하곤 나리의 어깨를 스치듯 만지고는 운전석으로 돌아갔다. 그 순간 나리의 머릿속에서 심각한 경보음이 울렸다. 확실히 뭔가가 있다. 이건 여자의 감이니 하는 걸 들먹이지 않아도 명백한 것이었다.

"현우 씨!"

깊이 생각하기도 전에 먼저 그를 불렀다. 불안하다. 왠지 모르지만 그랬다.

현우의 걸음이 우뚝 멈췄다. 운전석의 옆에서 그가 조용히 나리를 건너다보았다. 그를 똑바로 쳐다보며 나리가 입을 열었다.

왜 그렇게 아프게 해요.
괜찮다, 괜찮다, 마음을 다독이기 위한 거짓말들만 늘어갈 뿐     333

"나, 안아주고 가요."

현우의 고개가 살짝 기울어졌다. 나리는 몸에 힘을 주고서 더욱더 선명하게 말했다.

"안아주고 가라구요. 현우 씨, 오늘 이상해. 내가 틀린 거 아닌 것 같아요. 계속 고민해 봤는데 아무래도 안 되겠어요. 현우 씨 오늘 이상해. 달라요."

하지만 현우는 그 자리에서 움직이지 않았다. 나리의 불안함은 이제 현실이 되어 있었다. 그래서 나리는 현우를 조금 노려보고 있었다.

"상대방을 불안하게 만드는 건 실례예요. 알잖아요, 현우 씨가 그런 걸 모를 리가 없어. 내 앞에서 그런 모습 보인 적 없었어요. 일부러 그러는 것도 아니고, 모르고 그러는 것도 아니에요. 아니면 내가 민감해진 걸까. 내가 변한 거예요?"

똑바로 물어오는 나리를 조용히 들여다보는 현우의 가슴이 낮게 가라앉았다.

글쎄. 누가…… 변한 걸까.

물어보면 된다. 오늘 왜 그런 자리에 나갔느냐고. 그게 너 맞느냐고. 오해일 거야. 잘못된 게 틀림없지? 라고. 하지만.

'그만두자.'

씁쓸하게 웃게 된다. 그런 말을 묻고 있을 자신의 표정이 얼마나 희극적일지. 차라리 이십대의 청년처럼, 한창 열정적이던 때의 그 저돌적인 행동을 할 수 있다면 얼마나 좋을까. 왜 그랬느냐고, 아니면, 내 오해가 맞았구나, 라고 빨리 따지고 빨리 안도할 수 있다면…….

그럴 리가 없다. 생각을 하면서도 혹시나 하는 마음에 이렇게 불안하다. 자신이 아닌 다른 사람의 곁에 있는 그녀를 상상하는 것만으로도 괴롭다. 솔직해지자. 자신은 나리가 그런 자리에 나갔다는 사실을 생각하는 것 자체가 싫은 것이다. 다른 남자와 같은 시간을 공유했다는 사실 자체가.

한 가지 확실한 게 있다면, 윤나리는 지금껏 그가 살아온 세월 안에 있던 그 어떤 사람과도 다르다. 의미도, 느낌도, 차지하는 비중도, 모든 것이 다 달랐다. 누가 더 소중한가의 문제가 아니었다. 그녀는, 단지 다르다는 것.

현우는 천천히 걸음을 옮겼다. 그리고 나리의 앞에 서서 가만히 그녀를 내려다보았다. 억울함이 잔뜩 깃들어서 원망스럽다는 듯 노려보고 있는 동그란 눈동자, 현우는 가만히 팔을 벌려 그녀의 그 시선을 가려 버리려는 듯 커다란 품에 나리를 폭 안았다. 가만히 끌어안고서 정수리에 입을 맞췄다. 나리의 부드러운 몸이 감기듯 그에게로 닿아왔다. 등을 부드럽게 쓸어주고서, 좀 더 깊이 안고 싶어지기 전에 놓아주듯, 현우는 가만히 나리의 몸을 떨어뜨렸다. 그리고 몸을 돌려 차에 올랐다.

이해하지 못하겠다는 나리의 시선이 아직도 그 자리에 남아 있었지만 현우는 그대로 차를 출발시켰다. 그리고 사이드미러에 담긴 나리를, 마지막까지 돌아보지 않았다.

왜 그렇게 아프게 해요.
괜찮다, 괜찮다, 마음을 다독이기 위한 거짓말들만 늘어갈 뿐

마음을 얻을 수 있다면 어떻게 되어도 좋아.

그런데 막상 얻고 나니 욕심이 더해져.

차 후미가 완전히 보이지 않을 때까지 지켜보고 있던 나리는 더 이상 차체가 보이지 않자 한숨을 폭 내쉬며 집으로 향했다.

잘 다녀왔느냐고 묻는 엄마의 질문도 시큰둥하게 지나치고서 방문을 벌컥 열자 마침 퇴근했는지 방 안에 서 있던 유리가 화들짝 놀란 얼굴로 그녀를 돌아보았다.

"어, 언니 왔어?"

"……뭘 그렇게 놀라?"

나리는 별 이상한 애 다 보겠다는 얼굴로 유리를 지나쳤다.

"노, 놀라긴 누가 놀랐다고 그래."

찔릴 이유가 구천구백 가지는 되었던 유리는 얼른 한쪽으로 피해가서 앉았다. 나리는 핸드백을 침대에 던지고서 그 옆에 털썩 앉았다.

"왜 그래? 표정이 엄청 안 좋다?"

제발 자신이 저질러 버린 일 때문이 아니기를 바라며 유리가 눈치껏 묻자 나리는 고개를 저으며 침대에 드러누웠다.

"안 좋긴 뭐가. 내 표정이 원래 이렇지 뭐."

천장을 향해 긴 한숨을 내뿜으면서 말은 그렇게 딴소리를 흘리고 있었다.

"어, 언니가 표정 안 좋을 때야 현우 아저씨 일밖에 더 있어?

……왜? 무슨 일 있었지, 그치?"

"몰라. 무슨 일이 있는 것 같긴 한데 도통 말은 안 해주고. 내 레이더에 걸린 표정을 봐선 무슨 일이 있는 게 틀림없는데."

유리는 한숨을 폭 내쉬었다. 그 아저씨, 참말로 혼자서 속 썩이고 있는 게 분명하리라.

"근데 언니."

침을 꼴깍 삼킨 유리가 나리의 눈치를 보며 슬그머니 입을 열었다.

"응?"

"그 아저씨랑 언니랑…… 좋아진 거야?"

순간 나리의 눈이 번쩍 떠졌다.

"무, 무슨 소릴 하는 거야. 쑥스럽게."

나리는 괜히 옆으로 뒹굴 굴러서 침대에 얼굴을 푹 박았다. 타조가 저리 가라 할 만한 장기였다.

"아저씨랑 언니랑 맘 통했어, 아니야? 그것만 말해줘 봐."

"아, 진짜. 시끄러워. 지금 무슨 소릴 하는 거야!"

"것만 말해달라고. 중요한 일이란 말야, 응?"

"몰라. 내가 왜 너한테 걸 말해야 하는데?"

"오늘 언니 소개팅한 거, 그 아저씨한테 내가 따져 버렸단 말이야."

순간 아직까지도 침대에 얼굴을 박고서 뒹굴고 있던 나리의 몸이 움찔했다. 그대로 벌떡 일어나서 유리를 쳐다보았다. 그 눈이 있는 대로 커져 있었다.

"지금…… 뭐?"

나리는 도대체가 믿기지 않는 청천벽력을 접하고서 반쯤 넋이 나가 버렸다. 하지만 그 청천벽력이 잘못 들은 소리가 아니라는 걸 증명이라도 하듯 유리의 표정은 불안으로 흔들리고 있었다.

"그러니까, 내가 현우 아저씨한테……."

더 말이 이어지기도 전에 나리는 침대에서 날다시피 해 유리의 앞에서 착지했다. 고개를 번쩍 치켜들고서 이 믿을 수 없는 현실을 닦달했다.

"아저씨한테 뭐! 현우 씨한테 뭐라고 말했는데!"

"아, 아저씨한테 따졌다구! 언니 아직도 아저씨한테 마음 있으면서도 어떻게든 잊어보려고 소개팅하고 있다구. 왜 저렇게 사람을 청승맞게 만드냐구. 그럴 거면 차라리 깨끗하게 끝내주라고 내가 막 뭐라고 했단 말야!"

유리는 자신의 죄를 있는 그대로 실토했다. 물론 전화를 걸 때엔 요만큼도 망설임이 없었고, 또 언니를 위해 꼭 해야 할 일이라고 자신하고 있었지만, 현우가 그때 흘린 말의 뉘앙스에서 한 번 뒤통수를 맞았을 뿐 아니라 지금 완전히 소금에 절인 배추 꼴로 어슬렁거리며 침대에 엎어져 있는 언니의 꼴을 보니 더욱 사태의 심각성을 깨달았다.

유리의 어마어마한 실토에 나리는 정신을 차릴 수가 없었다.

기가 막히고 어이가 없고.

"마, 말도 안 돼. 그런 말을…… 했단 말야? 니가?"

정말이지 말도 안 된다. 어째서 다른 사람도 아닌 동생이 이렇게 고춧가루를 팍팍 뿌릴 수 있는 걸까.

"미, 미안해. 난 정말 몰랐어. 아저씨를 잊지는 못하고, 그래도 잊어보려고 소개팅하는 걸로…… 그렇게 생각했어. 그러니까 화나잖아. 현우 아저씨 정말 너무한다는 생각만 드는 걸 어떡해!"

나리는 손바닥으로 이마를 탁 치고선 꾹 눌렀다.

"니가 너무한다. 유리야, 니가 정말 너무해."

미치겠어서 중얼거림을 이었다. 그런 언니를 가만히 쳐다보고 있던 유리가 냉큼 외쳤다.

"그럼 뭔데! 현우 아저씨랑 잘돼가고 있는 거면 소개팅은 왜 한 건데?"

"그거야! 그럴 일이 있었단 말이야. 비즈니스 같은 거라고 했잖아. 분명히 좋아하는 사람이 있으니까 미안하다고, 사과하러 나간 자리였단 말야!"

순간 유리의 눈동자가 우뚝 멈췄다. 그제야 자신의 얼마나 경솔한 행동을 했는지 완벽하게 정리가 된 것이다. 마지막 남은 의문까지도 깨끗하게 사라지고 나니, 이거 정말 큰일 저질렀구나, 란 생각밖에 남지 않았다.

"어, 어떡해, 언니. 아저씨한테 미안해서 나 어쩌지?"

왜 그렇게 아프게 해요.
괜찮다, 괜찮다, 마음을 다독이기 위한 거짓말들만 늘어갈 뿐     *339*

"이 계집애야, 지금 니가 문제가 아냐. 나야말로 뭐야? 현우 씨 붙잡아두고 뒤론 딴짓하고 다니는 여자나 된 나 말야. 이 명예훼손 어떻게 해결할래? 엉? 엉?"

"그, 그러게, 어떡하지? 언니야, 나 어떡하면 좋지?"

유리가 거의 울 것 같은 얼굴로 미안함을 표현하자 나리도 그런 동생을 더 다그치지는 못하고 자리에서 벌떡 일어났다. 지금 문제는 그게 아니었다. 동생은 충분히 오해할 만한 상황이었고 동생의 의리로서 충분히 저지를 수도 있을 법한 일이었다. 다만 문제는 이미 이렇게나 꼬여 버린 상황이었다.

그제야 현우의 표정이 왜 그렇게 어두웠는지. 왜 그렇게 먼 사람처럼 느껴졌는지 이해할 수 있었다. 그는 아무 말도 하지 못하고서, 닭달 같은 거 차라리 포기하고서, 대체 무슨 생각으로 집까지 바래다준 걸까. 안아달라고 투정 부렸을 때는 또 무슨 생각으로 안아준 걸까.

화를 낼 수도 있었을 텐데.

적어도, 실망했다는 눈빛이라도 보일 수 있었을 텐데.

그가 보여준 건 마지막까지 참으려고, 참아보려고 노력한 모습뿐이었다. 나리는 얼른 휴대폰을 꺼내 번호를 눌렀다. 하지만 연결되기도 전에 먼저 들려온 일률적인 기계음은 휴대폰이 꺼져 있다는 건조한 소리만 내뱉을 뿐이었다.

현우는 아내의 유골이 안치되어 있는 납골당 안을 거닐고 있었다. 균열을 일으키지 않기 위해 휴대폰은 꺼두었다. 서영의 밝게 웃는 사진 앞에서 현우의 걸음이 멈추었다.

애잔한 시선으로 깊은 잠에 빠져 있는 서영의 얼굴을 훑었다.

"오랜만이지?"

현우의 입가에 쓸쓸한 미소가 어렸다. 마치 화답을 하듯 사진 속의 서영은 항상 웃는 표정이었다. 언제나, 언제나 그녀는 이제 웃기만 한다.

"내가, 밉지 않아?"

손을 들어 서영의 뺨을 가만히 만져 보았다. 이제 세월이 지나 손에 잡힐 듯 선명하던 촉감도 사라져 있었고, 늘 귓가를 울리던 목소리도 희미해져 있었다. 시간이란 이런 걸까. 왜 이렇게 미안한 마음만 앞서는 걸까.

"뭐가 그렇게 괜찮다고 웃고만 있어."

그렇게 고통스럽게 갔으면서, 이렇게 아름다운 미소만 짓고 있는 그녀가 안쓰럽다.

"나는, 좀 슬프다."

손등으로 아내의 머리카락을 천천히 쓸어가며 현우가 낮게 말을 이었다.

"왜 이렇게 두려운 걸까. 야속하다는 생각보다, 오해일 수도 있다는 생각보다, 그냥 두렵네."

어느덧 많이 사랑하고 만 자신이 이렇게나 황당해서, 아내의 앞에서 이 사실을 말하면서 현우는 심장이 젖는 느낌이었다.

"나 이렇게 빨리 다른 사람을 보게 될 줄 당신도 몰랐지?"

서영의 편안한 미소.

이제 대답을 들려줄 수 없는 사람.

그래서 다른 사람을 선택한 건 절대 아닌데. 당신이 없으니까 다른 사람을 보게 된 건 더더욱 아닌데. 어느 순간 눈에 들어오게 된 그 사람 때문에 가슴이 아프다고 이렇게 이 사람을 찾아오다니.

"나 정말, 어리다. 아주 많이. 당신도 그렇다고 생각하고 있지?"

천천히 손을 거두어들였다. 아내의 얼굴을 한 번 더 쳐다보고는 고개를 돌렸다.

"사랑해, 서영아."

차마 아내의 얼굴을 마주 보지 못하고서.

"마지막까지 너만 사랑하면서 살지 못한 날, 용서해 줘."

슬픈 고백.

하지만 나리로 인해 아픈 심장의 고통이 고개 돌릴 수 없는 진심이기에, 어쩌면 이렇게 아내를 보내려 온 건지도 모르겠다.

질투도, 두려움도, 원망도, 미움도.

그 모든 것을 이제 생기는 그대로 온전히 표현하며 살고 싶기에, 이제 아내를 보내려 한다.

마지막까지 지켜주지 못한 나는 이렇게도 미안한데, 너는 여전히 웃고만 있다.

지금도 이 가슴 안에 이는 고통은 아내에 대한 미안함보다 그 사람을 잃을지 모른다는 두려움으로 가득 차 있는데도.

　살아 있는 자와 죽은 자.

　그 둘 사이의 거리가 너무 커서, 현우는 정말이지 가슴이 아팠다.


　"아직도 안 받아?"

　방 밖에서 휴대폰을 붙들고 멍하니 서 있는 나리의 뒤편에서 방문이 열리더니 유리가 쭈뼛거리며 나왔다. 나리는 한숨을 폭 내쉬곤 동생을 짝 째려보았다.

　"김동현, 황준희, 그리고 너!"

　갑자기 낯선 이름들을 나열하는 나리를 유리가 기죽은 눈으로 흘긋 쳐다보았다.

　"그게 뭐?"

　"다 인생에 도움이 안 되는 인물들이라구!"

　"허……. 동생이 언니를 극진히 생각하다 못해 오버 좀 했기로서니 결과가 나쁘다고 그 과정까지 왕창 싸그리 무시해도 되는 거야? 언니, 진짜 나쁘다~"

　"어유, 웬수."

　유리가 칫 하면서 중얼거렸다.

　"근데 말야, 언니. 현우 아저씨랑 오늘 만난 거지?"

　"만나긴 만났지."

"현우 아저씨가 완전 화내? 그래서 그렇게 풀이 죽어 있었던 거야?"

"아냐, 인마. 현우 씨 그런 성격 아니야. 함부로 화나 내는 사람인가 뭐. 그냥…… 다른 때랑 다르게 완전 어두워 보였달까. 무거워 보였달까."

"삐친 사람 같진 않던?"

"야! 너 어디 감히 우리 현우 씨한테 그런 속물적인 단어를!"

흥분하던 나리가 갑자기 우뚝 멈추더니 고개를 갸웃했다. 턱에 손을 괴더니 흠, 하고 생각에 잠겼다.

"글쎄. 왠지 그냥 보내기 불안했고, 좀 위태로워 보였거든. 삐친 거하곤 좀 거리가 있지만……."

"그러니까 언니가 아저씨 냅두고 소개팅했다는 사실을 듣고서 불쾌한 티를 팍팍 내셨다 이거구만."

나리가 이번에는 반대편으로 고개를 기우뚱했다.

"팍팍?"

"그래. 불쾌했다는 거지. 딱이네! 아저씨 질투네!"

마치 삼십 년 정도 점집에서 일해본 사람처럼 유리가 뜬금없이 예언을 하자 나리는 뒤로 펄쩍 뛰며 물러섰다. 머릿속에서 뭔가가 쾅 하고 울린 느낌.

"지, 지금 무슨 소릴 하는 거야. 현우 씨가 어디 질투 같은 걸!"

"왜? 아저씬 사람 아니래? 남자 아니래?"

나리의 입이 합! 하고 다물어졌다. 만약 그런 거라면…… 유리를 업고서 동네 한 바퀴를 돌아도 모자랄 일이겠지만.

　"그냥 성질낸 거 아닐까?"

　"어머, 또 자학 콘셉트 나오네. 그대~ 앞에만 서면 나는 왜 작아지는지~"

　갑자기 철 지난 노래를 부르며 언니 놀리기에 박차를 가하는 유리였다. 하지만 이 자매는 용감했던가. 한술 더 떠 나리까지 동조되어 거들었다.

　"그치마안…… 그분께서 어떻게 나 같은 것한테 질투씩이나 베풀어주시겠어~"

　"얼씨구."

　나리는 연극 조의 표정을 걷고서 한숨을 푹 내쉬었다.

　"현우 씨 마음 아직 잘 모르겠어. 함부로 단정 내리기도 싫고."

　"언니, 내가 언니한테 선물 하나 줄까?"

　갑자기 눈을 빛내며 달라붙어 오는 유리를 나리가 경계의 눈으로 쳐다보았다.

　"갑자기 웬 선물?"

　"선물 줄까, 말까?"

　"아, 글쎄. 뭔데."

　"내가 단언하건대, 언니한테 무지 좋은 선물이니까 선물이 고마우면 앞으로 한 달 동안 언니가 방 청소하기."

"미쳤니? 얼마나 좋은 선물인지 모르겠지만……."

"현우 아저씨랑 관계된 건데?"

"할게! 한 달이면 돼?"

"내가 미쳐."

나리의 주책 맞은 사랑에 감동해서 유리는 풋 웃음을 터뜨리고 말았다.

"진짜 완전 대박이라니까. 그렇게 아저씨가 좋아?"

"시끄럽다, 응?"

"그 애정이 가상해서 얘기해 줄게. 통화할 때, 현우 아저씨가 나한테 뭐라고 했냐면."

나리는 침을 꼴깍 삼키며 유리의 입술에 집중했다.

"옆에 있어줬으면 하는 사람이래. 좋아하고 있대. 근데 언니는 왜 다른 남자를 만나고 있는 건지 잘 모르겠다고 말하던걸?"

마치 점토 인형처럼 나리는 그대로 굳어버렸다. 바람이 후 불어도 먼지만 날릴 뿐 절대 움직이지 않을 사람처럼 완전히 굳어 있었다. 그 반응을 지켜보며 유리가 히죽 웃었다.

"봐, 질투 맞는 거 같지?"

표정이 멈춰 버린 나리가 천천히 손을 뻗더니 별안간 유리의 양손을 꽉 잡았다. 그대로 힘주어 들어 올리곤 유리와 똑같이 히죽 웃었다.

"정말, 그렇게 말했어?"

"어. 내가 확실히 들었어. 종로 3가에서 엊그제께 보청기 새로 했잖아."

"장난하지 말고."

유리가 쿡쿡 웃었다.

"그렇다니까?"

"그럼. 어쩌면 나, 현우 씨 두고 소개팅한 거 전화위복일 수도…… 있는 거야?"

"뭐, 제대로 오해 풀어줄 자신만 있다면 그렇게 될 수도 있겠지. 그치만 이미 신뢰에 금이 가버린 상황인데 그게 쉽겠어? 확률은 반반이겠지."

정말이지 아군인지 적군인지.

"시끄러워. 사람은 항상 긍정적으로 생각해야 해. 긍정의 기운, 몰라? 될 수 있다! 라고 생각하면 우주의 기운이 모이고 모여서 알게 모르게 날 도와준다는 거."

"뭘 또 우주까지. 현우 아저씨 한 사람만 알아주면 되는 것을."

유리가 쯧쯧거리든 말든 나리는 배시시 웃었다. 그런 나리를 쳐다보며 유리가 고개를 설레설레 저었다.

"언닌 현우 아저씨가 얼마나 충격받았을지 걱정도 안 돼? 소셜 포지션도 있으니 함부로 화도 못 내고, 대놓고 질투도 못하고, 혼자 우수에 빠져서 괴로움의 늪에서 허우적거리고 있는 아저씨 걱정은 되지도 않냐구. 나이 먹어서 연애하는 거 진짜 힘들겠다. 우리 현우 아저씨."

"조용히 해라, 응?"

이 모양으로 만들어놓은 사람이 누군데 오히려 딴소리를 하고 있다니.

"그래. 물론 나도 걱정돼. 하지만 아주 잠깐만, 현우 씨가 나한테 질투해 줬단 거 기뻐하고 싶어. 비록 내일 더 안 좋은 일이 생긴다고 해도."

"얼씨구."

동생의 황당해하는 반응. 물론 이해되었다. 하지만 나리는 엷게 웃었다. 그 사람의 마음을 들여다보고 싶어서 언제나 돋보기를 가까이 대고서 그렇게나 많이 궁금해했었다. 하지만 이쪽의 열정만 매번 지나쳐서 마음을 건너다보기는커녕 보기도 전에 돋보기의 열이 너무 세 그 사람의 마음을 덮고 있는 껍질부터 먼저 타버려서, 심장이 철렁 내려앉아 뒤로 덜커덩 물러나 앉았던 적이 한두 번이 아니었다.

동생을 통해 겨우 알게 된 사실이기는 했지만, 이렇게라도 현우의 마음 하나를, 아주 연약할 수 있지만 그렇기에 가깝게 느낄 수 있는 인간적인 마음 하나를 알게 되어서 다행이었다.

그 사람도 나를 신경 쓰고 있었구나.

그런 걸로 기뻐할 수 있는 건, 사랑에 푹 빠진 사람들만이 누릴 수 있는 특권이리라.

조금 유치하고 우습긴 하겠지만, 나리로서는 굳이 그 기쁨을 숨기고 싶지도 않았다.

대문을 밀고 집 안으로 들어선 현우는 거실의 불이 환하게 밝혀져 있어 고개를 살짝 기울였다. 설마…… 하는 생각에 그는 얼른 현관으로 걸어가 문을 벌컥 열었다. 하지만 나리일 수도 있다고 생각한 예상은 보기 좋게 깨져 버리고, 거실엔 민폐 남매 둘이 오붓하게 앉아 피자를 나눠 먹고 있었다. 현우의 입술 사이로 옅은 한숨이 토해져 나왔다.

　"이제 오셨어요, 형부?"

　영양실조로 쓰러진 잘난 처제는 벌써부터 병원을 도망 나온 건지, 아니면 퇴원을 한 건지 잘도 남의 거실에 죽치고 앉아 있었다. 낯빛도 퀭하고 얼굴 살이 홀쭉 빠져서 모양새가 말이 아니었다. 그런데도 피자 하나를 사이에 두고 저렇게 좋아하고 있다니.

　"퇴원한 거냐, 도망친 거냐."

　거실로 들어선 현우가 재킷을 벗으며 쯧쯧 한심함을 표명했지만 준은 헤헤 웃느라 바빴다. 준희가 옆에서 시원하게 거들어 주었다.

　"퇴원 안 된다는 거 막 우겨서 데리고 나왔어요. 개인병원이라서 다행이었다니까요. 하하하."

　"그래, 잘했다."

　"그러지 말고 형부도 피자 먹어요. 준희가 오늘 왕창 쐈거든요. 여기 오기 전엔 꽃등심이랑 해물탕이랑 파전이랑 초밥이랑,

있는 대로 다 사줬어요."

"걸 다 먹고 피자까지 먹는 거 봐요. 우리 준이, 완전 다 나은 거 같죠?"

죽이 척척 잘도 맞았다. 현우는 속도 쓰리고, 기분도 개운치 않아 떨떠름한 표정으로 소파에 기대앉았다.

"드려요?"

"아니."

"아님 치킨 시켜 드릴까요?"

"절대 싫다."

"여전히 변치 않는 확고한 종결 어미! 멋져요, 형부!"

박수까지 짝짝 치고 있는 황준, 그 옆에서 덩달아 박수를 맞춰 치고 있는 팔불출 오빠 황준희까지.

"그런데 저 짐은 뭐냐."

그들이 아무리 이목을 다른 곳으로 돌리려고 발버둥을 쳐도 현우의 예리한 시선을 피해가기란 불가능했다. 현우의 손가락이 정확하게 짐 가방을 가리키자 준과 준희는 그대로 피자에 고개를 박고서 더욱 열심히 먹는 척을 했다.

"고개 들어."

"준아, 이 피자 정말 맛있지?"

"응. 그치?"

"좋은 말로 할 때 실토해."

단호하게 떨어지는 종결 어미의 피날레. 결국 어쩔 수 없다는 듯 남매가 천천히 고개를 들었다. 드러난 두 얼굴은 동시에 배시시 웃고 있었다.

"그러니까 그게 어떻게 된 일이냐 하면요."

"준아, 오빠가 설명할게. 넌 가만있어."

"오빠, 걸 다 떠맡으려구?"

"오빠잖아."

"여기에서 더 정신 사납게 만들면 변명의 기회도 없이 퇴출이다."

둘이 어떤 설레발을 쳐도 절대 휘말릴 리 없는 유일한 남자가 있다면 바로 현우였다. 냉정하기 그지없는 그의 태도에 준과 준희는 그제야 진지한 표정으로 복귀했다. 준희가 먼저 무릎에 양손을 얹은 매우 경직되어 있으면서도 공손한 자세로 입을 열었다.

"매형, 그러니까 있잖아요. 우리 준이 몸이 아직 노쇠…… 아니, 쇠약해서 제가 좀 데리고 있으면서 제대로 먹여야 할 것 같아요."

"그렇게 해."

"정말요?"

"내 집 밖에서."

역시나 쉽지 않은 상대였다. 현우의 딱 잘라 버리는 어감에 기대감에 가득 차 있던 남매의 눈동자가 일시에 파삭 늙었다.

"매형."

"형부."

매달리듯 달라붙어 오는 철부지 남매 때문에 현우의 미간에 세 줄 주름이 졌다. 소파에 비스듬히 기대고서 입을 열었다.

"내가, 니들한테 전생에 빚 진 거라도 있나?"

"그, 글쎄요."

준희가 겸연쩍어하며 웃었다. 하지만 웃는 게 웃는 게 아니었다.

"매형, 그러니까 우리가요. 이 삭막한 도시에서 매형 없이 어디에 의지하고 살겠사옵니까."

"난 불편해."

언제나 칼같이 자르는 말투. 그러나 한두 해 당한 게 아니기 때문에 이미 면역이 착실히 되어 있어서 남매도 쉽게 물러서지는 않았다.

"형부, 준희는 되고 난 불편하다는 게 말이 안 되잖아요."

"누가 준희는 된다고 했지?"

이윽고 준희의 얼굴이 왕창 찌푸려졌다.

"저, 저까지 버리실 생각이시옵니까?"

"애초에 버리고 말고 할 것도 없었어. 그리고 말투 똑바로 안 할래!"

"죄송합니다."

쭈뼛거리며, 그래도 절대 뒤로 물러나지 않겠다는 의지를 구걸하는 표정으로 보이고 있는 답이 없는 남매였다.

"애초에 니들이 내 집에 있으면 내 사생활은 어떻게 되는 거지?"

"절대 상관하지 않겠습니다."

"그렇다니까요? 그런 의미로 형부한테 새로 생긴 사람이요, 그 사람도 완전 인정하려고 마음먹고 있거든요."

준의 말에 현우의 눈썹이 움찔했다. 천천히 상체를 일으키는 순간 준희가 얼른 추가 어시스트를 했다.

"무, 물론 우리가 인정하고 말고 할 자격은 없지만요. 안 그래요? 어떻게 우리가 감히 형부의 사생활에 간섭을 하겠어요. 당연한 사실이죠! 하하하……."

눈치 빠른 황준과 황준희, 현우에게서 시니컬한 질타를 받기 직전 미리 연막 작전을 펴는 중이었다. 두 남매가 하는 양을 보고 있던 현우가 쯧쯧 혀를 찼다.

"형부, 그런 의미에서 그분, 이름이……?"

"윤나리 씨."

준희가 거들자 준이 얼른 말을 이었다.

"그래요. 윤나리 씨랑 저녁 한 번 같이 해요. 만약 형부가 우리를 내세우는 게 진정 창피하고 내키지 않아서 필요없다고 생각하면 어쩔 수 없지만…… 우린 그저 형부가 좋아하시는 분의 얼굴이나 익히고 서로서로 좋은 의미로 지내고 싶은 의미에서."

준의 혼신의 힘을 다한 연기를 현우는 잘 논다 하는 얼굴로 쳐다보고 있었다. 그저 보고 있는 것만으로도 머리가 아픈 철부

지들이란 생각뿐.

"근데 윤나리 씨란 사람 어떤 사람이야?"

준이 고개를 돌려 묻자 준희가 흠, 생각하더니 대답했다.

"재미있는 사람."

호오?

현우의 한쪽 눈썹이 치켜올라 갔다. 이제 당근 작전인가, 라고 생각했지만.

"순수하기도 하고 까칠하기도 하고, 잘 웃고, 잘 화내고, 표정도 엄청 다양해. 때때로 귀엽기도 하고…… 앗, 죄송해요, 매형. 어디까지나 이건 제 개인적인 의견이니까요."

단지 강현우의 기분을 맞추기 위해서 입속의 혀처럼 듣기 좋은 말을 흘리는 거라고, 그것뿐이라고 생각했는데 점점 이어지는 말과 준희의 표정은 다른 걸 말하고 있었다. 진심으로 그렇게 생각하는 듯, 그는 수다스러웠고 또 진지했다. 현우가 낮게 입을 열었다.

"그래서?"

"네?"

"그래서, 결론이 어떻단 얘기야."

그러니까 그 말은.

"더 지껄여 보란 뜻이신가요, 매형?"

"말해보란 뜻이다."

"네……. 암튼 윤나리 씨, 매력있어요. 처음엔 솔직히 눈엣가

시였는데 보면 볼수록 분위기도 잘 타고, 째려보는 와중에도 수
긍할 건 수긍해 주고, 맹하게 잘 속는 것 같다가도 똑 부러지게
자기 생각 표현하기도 하고."

현우의 표정이 점점 가라앉아 갔다. 검은 눈동자를 속눈썹이
한 번 가렸다가 뜨는 순간 그 눈동자에 드러난 표정은 분명 차
가움이었는데도, 남매들은 자신들의 이야기를 하는데 바빴다.

"뭐야, 완전 쿨하네?"

"So cool이지. So cool."

"료카, 니가 So cool이라고 표현할 정도면 제대로 So cool
일…… 텐데?"

뭣도 모르고 응수하며 수다를 떨고 있던 준의 말끝이 흐려졌
다. 떠들다가 현우를 쳐다본 순간 분위기가 이상하게 흘러간다
는 걸 깨달은 것이다. 차갑게 침체되어 있는 그의 표정, 불쾌한
듯 찌푸려져 있는 눈매. 연인의 칭찬을 듣는 게 나쁠 리 없을 테
지만, 다른 남자가 저렇게 대놓고 자기 타입이란 듯 떠벌리고
있다면…….

오빠야, 너 대체 언제 철들 거니?

"주, 준희야. 오빠? 일단 입을 좀……."

"그리고 생긴 것도 꽤 괜찮아. 좀 쳐서 예쁘다고 해주지 뭐.
내가 또 여자 보는 눈이 상당히 까다롭잖냐. 근데 이 정도면 참
많이 봐준 거다? 그리고 일할 때 보니까, 사실 너무 동안이고 또
순진해 보여서 처음엔 팀장씩이나, 했거든? 근데 진지하게 일하

는 거 보니까 나름 워킹걸의 이미지도 느껴지는 것이……."

"호오, 그러셨군."

순간 주저리주저리 말을 늘어놓던 준희의 표정이 그제야 주춤했다. 현우가 검은 눈동자를 똑바로 고정한 채 뚫어질 듯 그를 쳐다보고 있었다.

"왜…… 그렇게 저를 잡아먹으실 듯 쳐다보고 계신지?"

"야, 황준희! 니가 반한 거 아냐?"

현우가 아니라 준이 참다못해 버럭 질타를 하자 준희가 펄쩍 뛰며 손을 엑스 자로 엇갈렸다.

"타임! 타임! 지금 애가 무슨 소리야! 매형한테 골프채로 얻어맞을 일 있어?"

그제야 사태를 깨달은 준희가 질색을 하며 강조를 했지만 이미 상황은 보란 듯 나빠져 있었다. 준은 그럴 줄 알았단 얼굴로 준희를 보며 혀를 찼다.

'너 일부러 그랬지? 형부 속 긁는 거지, 지금?'

'야! 아, 아니야! 절대 아니라니까?'

'아닌 게 더 이상한 거야, 이 바보야! 그럼 정말 그 윤나리한테 반하기라도 했단 거야, 뭐야?'

'모, 몰라. 나도 모르게 그만.'

'이게 지금 나도 모르게란 말로 해결될 일이야? 너 아이큐 두 자리지, 응?'

남매만이 주고받을 수 있는 텔레파시로 질타와 변명을 하고 있는 두 사람을 응시하고 있던 현우가 자리에서 벌떡 일어났다. 그 바람에 푼수를 떨고 있던 남매는 곧장 정자세가 되어서 몸을 굳혔다.

"몸 나을 때까지만이다."

하지만 던지듯 흘러나온 의외의 허락의 말에 남매의 고개가 번쩍 들렸다.

"저, 정말요, 매형?"

"형부! 최고!"

"대신, 남들 잘 때는 자고, 밥 먹을 땐 먹고, 씻을 땐 씻어. 가끔씩 외출도 하고, 기본적으로 인간들이 하고 사는 건 하고 살아. 지키지 않을 시엔 곧장 추방이니까."

딱딱하게 흘러나온 말이었지만 누구보다 다정한 말이라는 걸 준도, 준희도 알고 있었다. 남매의 입가에 미소가 어렸다.

"그럼 쉬어라."

"네, 매형."

"그리고 황준희."

등을 보인 채로 현우의 걸음이 우뚝 멈추자 준희의 몸이 긴장으로 굳었다.

"넌, 골프채로 좀 맞아야겠다."

그대로 맥이 빠져 버리는 준희였다.

9편  네가 흘릴 눈물까지
네가 다 흘릴 수 있도록

참자, 참자. 조금만 더 버티자.

나리는 회의를 하면서도, 외근을 하면서도 또 책상머리에 앉아 디자인 패턴을 뜨면서도 계속 똑같은 말을 머릿속으로 되풀이하고 있었다.

질투를 이끌어낼 수 없을 줄 알았던 사람이 질투를 보였다.

그렇다면 다음 단계는 과연 무엇인가.

얼른 달려가서 오해를 풀어주고 그 후로 오랫동안 행복했습니다, 라는 엔딩을 끊을 것인가? 아니, 젊음이 무엇인가. 바로 도전이란 것. 이런 천재일우의 기회를 그냥 놓치면 안 된다. 질투라는 감정을 이끌어낸 이상, 이번엔 그다음 단계의 감정, 즉 확고한 사랑의 확인을 이끌어내기 위해 한 번 더 튕겨보는 것이다.

이런 걸 속된 말로 간이 배 밖으로 나왔다, 라고 표현하던가.

"참아, 참는 거야."

그래. 연애가 아닌가. 그 어떤 연애지침서를 보더라도 연애에는 이 밀고 당기기가 중요하단다. 그리고 이번에야말로 전에 못 들었던 사랑고백까지 확실하게 받아내는 것이다! 사랑한다, 라는 말을 자신의 귀로 직접 듣고야 말겠다.

톡, 톡, 톡.

그렇게 확고한 마음으로 시작한 시도이건만, 계획의 거대함과 다르게 하는 행동은 그렇게 추접스러울 수 없었다. 휴대폰을 책상 한가운데에 비치해 놓고서, 일하다가도, 전화기로 통화를 하다가도, 회의를 하다가도 문득문득 액정을 흘끗흘끗 쳐다보고 있었다. 손가락을 초조하게 톡, 톡 두드리면서.

'아우, 정말 연락 안 하네.'

나리는 속이 뒤집힐 것 같은 마음으로 휴대폰을 짝 째려보았다. 그 후에 도대체 어떻게 된 건지, 지금 뭘 하고 있는 건지 정보가 하나도 없으니 더욱 답답했다. 그래, 이럴 때 쓰라고 있는 게 그 황준희라는 정신없는 남자인데. 하지만 이쪽에서 그 남자에게 먼저 전화를 거는 일은 아마도 백만 년이 흘러도 결코 없을 것이다.

그런 생각에 빠져 있는데 문득 휴대폰이 징, 하고 진동을 했다. 나리는 보고 있던 잡지를 팽개치고서 넙죽 엎드리다시피 해서 휴대폰을 집어 들었다. 앉은 채로 슬라이딩을 하는 그 엄청난 자세를 보며 직원들이 눈을 휘둥그렇게 떴지만 나리는 어색하게 웃으며 얼른 액정을 확인해 보았다. 하지만 액정에 찍히는 건 유리의 번호였다.

"뭐야."

맥 빠져서 퉁명스럽게 전화를 받았더니 유리가 이쪽과는 무척이나 다른 팔팔한 목소리로 물어왔다.

「화해했어?」

"너, 니가 지금 하고 있는 행동에 대한 적절한 표현이 있는데 말해줄까? 불난 집에 부채질하기야, 이 계집애야."

속닥거리며 질타를 해주었더니 유리가 한숨을 폭 내쉬었다.

「못했구먼? 뭘 그렇게 소심하게 눈치만 보고 있냐? 당장 전화해서 오해 풀라니까. 오해가 쌓이면 곡해가 되고 곡해가 쌓이면 이별이 되는 거야.」

"끊어라, 응?"

「네, 네. 알았어요, 알았어. 대신 꼭 전화해. 내가 아저씨한테 사과하더란 말도 더불어 전하고. 알았지?」

나리는 투덜거리며 전화를 끊었다. 결국 지 입장 때문에 전화까지 하는 거다. 인간들이란 왜 이렇게 이기적인 존재들인지.

쯧쯧거리다가 휴대폰을 든 김에 문자라도 한 번 보내볼까 하는 유혹이 일었지만 나리는 불굴의 의지를 앞세워 겨우 휴대폰을 내려놓을 수 있었다. 기왕 시작한 거, 마지막까지 한 번 버텨 보는 거다. 누가 먼저 연락할지, 이번에야말로 강현우 씨를 함락시켜 보자. 하하하!

"팀장님, 매장에 가보신다고 하셨죠?"

"안 해. 이번엔 절대 내가 먼저 안 할 거야. 진짜야."

중얼거리며 고개를 들던 나리의 눈이 멈칫했다. 여직원 한 명이 고개를 갸웃거리며 그녀를 바라보고 있었다.

내가 못산다, 진짜.

백화점 내 매장에 도착해서 디피와 판매대를 체크하던 나리는 동행한 직원이 디테일한 사항들을 기록하고 있는 동안 슬쩍 몸을 돌려 카운터로 갔다. 설마 금고를 열어 그날 매출을 직접 눈으로 확인하는 것이냐? 그건 아니고, 그녀의 시선은 오로지 카운터에 비치된 전화기로 향해 있었다. 그 눈동자엔 마치 하이에나의 굶주림과 같은 부족 상태가 가득 들어차 있었다.

"전화 좀 잠깐 써도 될까요?"

나리의 질문에 매장 여직원은 흔쾌히 고개를 끄덕였다. 나리는 얼른 다가가 수화기를 들고서 현우의 휴대폰 번호를 눌렀다.

여자가 칼을 뽑았으면 무라도 베야지. 한 번 이쪽이 연락 안 하기로 했으면 끝까지 안 하는 거다! 그래. 내 휴대폰으론 절대 안 한다는 소리다.

요즘은 시대가 발달되어 어디에서든 발신자 표시가 나타나는 세상이 되었다. 그러니 자신의 휴대폰으로 전화를 거는 망할 행동은 하지 말아야 했다. 그러기 위해선 이렇게 타인의 번호를 사용하는 게 무척 지혜로운 행동일 터. 잘 지내고 있는지, 목소리는 어떤지, 그것만 확인하고 끊을 생각이었다. 단, 이쪽의 정체는 완벽하게 감추고서.

'윤나리, 점점 스토커돼 가는 것 같지 않아?'

번호를 꾹꾹 눌러 수화기를 조심스럽게 쥐었다. 목소리만 확인하고 바로 끊어야지. 얼마간의 연결음 후에 드디어 현우의 목소리가 들렸다. 여보세요, 하는 심장을 두근거리게 하면서 동시에 머리가 맑아질 것 같은 서늘함이 공존하는 저음.

뚝! 그대로 전화를 끊어버렸다. 휴우……. 스토커도 아무나 하는 게 아니지 싶었다. 이쪽의 정체가 들킬 염려 따위 전혀 없는데도 심장이 마구 콩닥거리고 식은땀까지 흘렀다.

"팀장님, 뭐 하세요?"

한쪽에서 여직원이 나리의 행동을 영 수상쩍다는 눈으로 쳐다보며 물었다. 나리는 겸연쩍게 웃으면서 몸을 돌렸다.

"뭐야. 잘 지내잖아."

평소와 다름없는 그의 어조, 음성.

그렇다는 건, 어젯밤 윤나리와 그렇게 헤어지고도 아무렇지 않다는 뜻일까?

뭔가 아래에서 확 솟구치는 게 느껴졌는데 가만히 확인해 보니 그건 신경질이었다. 나리는 그대로 몸을 돌려 이번 시즌 가장 인기있는 상품을 성별로 하나씩 가져와 포장을 부탁했다. 그리고.

"나 곧장 퇴근이야."

건네받은 종이가방을 받자마자 휙 돌아서서 빠른 걸음으로 돌진했다.


열심히 온 것까지는 좋았는데.

남성용, 그리고 여성용 언더웨어를 각각 포장한 종이가방 두 개를 꼭 움켜쥐고서 현우의 집 앞에 서 있었다. 한마디로 그녀가 전투 태세를 하고 들이닥친 곳은 현우의 집이란 뜻이었다. 선물은 황준희와 황준, 쌍둥이 남매의 것이었다. 빈손으로 찾아오기는 그러니까.

손목시계를 보니 그가 퇴근하려면 적어도 세 시간 정도는 더 있어야 했다.

"바보. 차라리 전화를 할걸."

하지만 여자로 태어나서 한 번 마음먹은 건 지켜야지. 그나마 먼저 찾아오진 말아야지, 란 계획을 세워두지 않은 건 정말 다행이었다.

그런데 오긴 왔는데 이제부터 어쩐다……. 안에는 황준희가 있을 것이고, 아니라면 빈집일 테고. 곰곰이 생각하며 집 앞을 오가고 있는데 갑자기 대문이 덜컹 소리를 내며 열렸다. 얼마나 놀랐는지 심장 소리가 귀에까지 들렸다. 설마 현우는 아니겠지,

두근거리며 쳐다보았더니 다행히도 그는 아니었다. 대신 더 위험한 인물이 대문 안쪽에서 이쪽을 쳐다보며 서 있었다.

가까운 슈퍼라도 가는 듯 짧은 핫팬츠에 목이 늘어난 티셔츠, 중간 길이의 머리카락은 대충 하나로 묶여 있고, 얼굴엔 검은색의 투박한 뿔테 안경을 쓰고 있었다. 그날 회사에서 본 이미지와도 다르고 병원에서 잠든 모습과도 또 달랐지만 그녀는 명백히 준희가 그렇게나 목 놓아 외치던 그의 쌍둥이 여동생, 바로 준이었다.

"어? 누구?"

대문을 철커덩 닫고 나오며 준이 나리에게 물었다. 남의 집 앞에서 수상한 도보를 하며 서 있으니 그런 질문이 나올 만도 했다. 자신은 그녀를 알지만, 그녀는 자신을 모른다. 나리는 화사하게 웃으며 입을 열었다.

"안녕하세요. 현우 씨 만나러 왔는데요."

왜 그녀가 이 집에서 나오는 건지는 모르겠지만 일단 인사부터 했다. 그 말에 준이 고개를 갸웃하더니 곧 눈을 동그랗게 떴다.

"어머. 그럼 당신이 우리 형부랑…… 료카가 마구 칭찬하던 사람?"

형부랑 료카가 마구 칭찬하던 사람? 형부랑? 그렇다면 그가 윤나리를 칭찬했다?

"네?"

"아니, 말이 좀 섞였다. 료카가 마구 칭찬하고 형부랑 사귄다는 그 사람 맞죠?"

그 소리였단 말이지.

나리는 뭐가 뭔지는 모르겠지만 일단 고개를 끄덕였다.

네, 제가 료카에게서 칭찬받고 형부님이랑 사귀는 것 같은 그 사람이랍니다.

"근데 여긴 어쩐 일이세요?"

준이 발랄한 표정으로 물어왔다. 흠…… 하고 생각하다가 나리도 되물었다.

"근데 준이 씬 여기 어쩐 일이세요?"

두 여자의 시선이 맞부딪쳤다. 여기에서 먼저 물러날 수 없다는 팽팽한 기운이 오간다고 나리는 생각했지만.

"내 이름 알고 있었네요?"

궁금한 건 그것이었습니까.

"내 이름은 윤나리예요."

"아, 들었어요. 료카가 하도 입에 침이 마를 정도로 칭찬을 해 놔서요."

근데 타임! 잠깐만, 아까부터…….

"준희 씨가 제 칭찬을 해요?"

계속 거슬리는 게 있었는데 바로 그것이었다. 황준희가 윤나리를 칭찬해? 그건 고양이가 쥐를 칭찬하는 것보다 더 신기한 일이었다. 나리가 묻자 준이 동그랗고 맑은 검은 눈동자를 나리에게 고정시킨 채 고개를 마구 끄덕였다. 그리고 이렇게 덧붙였다.

"아무래도 나리 씨한테 반한 것 같던데요?"

이게 무슨…….

"그 남자, 지금 어딨어요? 진짜, 무슨 말을 어떻게 하고 다닌 거야."

부르르 떨면서 이를 살짝 갈아주자 준이 갑자기 풋 하고 웃음을 터뜨렸다.

"아하하, 엄청 재미있다. 표정이."

웃으니 좋긴 했지만, 나리는 좀 황당하다는 눈으로 준을 쳐다보았다.

"그쪽도 막상막하로 재미있는 것 같은데요."

"그래요? 그럼 다행이구. 근데 그건 뭐예요?"

준이 양해도 구하지 않고서 종이가방에 휙 손을 뻗자 나리는 아직까지는 자신 소유인 종이가방을 본능적으로 뒤로 확 뺐다. 빼놓고는 이게 무슨 짓임…… 하고 후회했지만, 무조건반사처럼 나간 행동이었다. 사람이 너무 무례하잖습니까.

"어? 종이가방이 뒤로 날아갔다."

"내가 뒤로 뺀 거거든요?"

"그러게요. 너무 무례한 거 아니에요? 손 부끄럽게."

몇 마디 나누지도 않았는데 나리는 머리가 아파오는 걸 느꼈다. 이런 기분, 무척이나 익숙한 것이었다. 바로 황준희를 대할 때와 조금도 다르지 않았다.

"애들 간식거리 사온 엄마도 아닌데 무작정 손부터 뻗으면 놀라지 않을까요?"

"피, 재미없어."

준이 투덜거리더니 어깨를 으쓱했다.

"자, 받아요."

그 반응이 어느 정도 흡족했던 나리는 그제야 종이가방을 내밀었다. 전혀 관계없는 것처럼 굴다가 다시 종이가방을 내밀자 준이 고개를 갸웃했다.

"왜요?"

"선물이니까."

"누가 누구한테요?"

"내가 준이 씨한테요. 그리고 준희 씨 것도 있어요."

아, 정말 이름 너무 헷갈린다.

"정말? 정말 내 거예요? 료카 것도?"

그런 방법이 있었다. 료카라고 부르면 쉽게 해결되는 일인데.

나리가 고개를 끄덕이자 준이 얼른 종이가방을 받아 들더니 시시덕거리며 그 자리에서 가방을 확 펼쳐 보았다. 상자를 꺼내서 안에 담긴 속옷을 꺼내보더니 푸하 웃으며 좋아했다.

"어머, 이거 너무 노골적인 선물이다. 그치만 어머어머, 너무 예쁘다. 근데 첫인사치고는 너무 사적이지 않아요? 몰라, 몰라. 창피해."

창피하다면서 대낮에 길거리에서 속옷이란 걸 알고서도 쫙 펼쳐 들고 있는 넌, 누구냐!

나리는 엷게 웃으면서 한 손을 뻗어 준이 휘두르고 있는 속옷을 얼른 종이가방 안으로 꾹꾹 눌러 넣었다.

"제가 이너웨어 디자인 팀에서 일하고 있거든요."

어디까지나 친절한 미소를 머금으며, 한 손으론 계속해서 속옷을 꾹꾹 눌러 넣고는 가방을 준의 손에 고이 들려준 후에야 나리는 겨우 식은땀을 식혔다.

"료카한테도 전해줄게요. 근데 형부 건요?"

나리의 얼굴이 확 달아올랐다. 그런 건 생각해 본 적도 없진 않았지만, 힘겨운 상상이었다.

"좀…… 진땀나네요."

민망해하며 웃는 나리를 물끄러미 쳐다본 준이 말을 이었다.

"근데 형부 지금 집에 없는데."

"네. 회사 있을 시간이니까."

"혹시 우리들 만나러 온 거예요? 선물도 우리를 겨냥한 걸 보니까……."

겨냥이라고 할 것까진 없고…….

나리는 단호하게 고개를 저었다.

"아니에요. 현우 씨 만나러 왔어요. 겸사겸사 선물 준비해 온 거구요."

"근데 형부 없다니까요?"

"안다니까요?"

이윽고 두 사람은 물끄러미 서로를 쳐다보다가 쿡 웃어버렸다.

"근데……."

웃던 준이 나리의 얼굴을 자세히 들여다보며 입을 열자, 나리는 또 무슨 말이 나올까 싶어 자연스레 긴장하게 되었다. 준이 곧 말을 이었다.

"우리 언니랑은 분위기도 많이 다른 것 같구……."

"……."

언제 시간을 내서 이 남매에게 실례, 라는 단어의 뜻을 제대로 설명해 주어야겠다. 하지만 딱히 공격하려고 하는 말은 아닌 것 같았다. 그저 감상을 말한 것 같은 느낌. 나리는 씁쓸한 미소를 지으며 고개를 끄덕였다.

"아마도."

찬찬히 준의 눈을 바라보며 말을 이었다.

"그분께는 이런 말 미안하지만, 난 그분의 자리를 대신하려고 현우 씨 옆에 있는 게 아니니까요."

그 사람이 빠져서 그 사람이 새겨졌던 만큼의 틈이 비워진 자리에 자신이 들어간 게 아니다. 그 사람은 그 사람대로, 자신은 자신의 이미지로, 형체로, 향기로 그의 곁에 있는 것이다. 그걸 이 사람들에게 이해시키고, 또 강요하는 건 어느 쪽이든 아픔을 동반해야 할 일이 아닐까.

"와우! 료카가 왜 그렇게 칭찬하나 싶었더니 꽤나 멋진 말을 하는 사람이네요."

아픔을 동반해야 하는 건데……. 그래야 정상일 텐데…….

준은 마치 흥미로운 무언가를 발견한 듯 흡족한 얼굴로 그렇게 말하며, 잘못 본 게 아니라면 박수까지 몇 번 쳤다.

"기왕 형부가 나리 씨 사랑하고, 또 나리 씨도 형부 사랑하면 언니한테 빚진 기분으로 시작하는 거 상큼하지도 못한 일이고, 혈족으로서도 기분이 좀 안 좋잖아요?"

아…….

나리는 마치 눈부신 무언가를 보기라도 하듯 준을 바라보고 있었다. 특이한 사람이다.

자신에 대한 준희의 반응이 무척 호전적이었기 때문에, 준도 비슷할 거라고 생각했던 것 같다. 그래서 기분이 좀 묘하기도 했다. 게다가, 꽤나 멋진 말을 하는 건 자신이 아니라 이쪽인 것 같다.

"언닌 쿨하게 형부의 새로운 시작을 기뻐해 주고 있을지도 모르는데, 하늘 아래에서 두 사람이 꼭 죄라도 짓는 것처럼 청승 떨면 재미없지 않겠어요?"

든든한 후원의 말.

나리는 벅찬 감정으로 천천히 입을 열었다.

"설마, 그렇게 말하고 뒤통수 치려는 거 아니죠? 준희 씨처럼?"

그 말에 준이 뭐요? 하며 까르르 웃음을 터뜨렸다. 준희와는 같으면서도 다르다. 다르면서도 또 닮았다. 두 사람은 그런 느낌이었다.

'기왕 형부가 나리 씨 사랑하고, 또 나리 씨도 형부 사랑하면.'

그리고 지금 그녀가 아주 소중한 정의를 내려준 듯한 기분.

밀고 당기기니 텐션이니, 정말이지 황당한 생각에 사로잡혀 자칫 본질을 잊어버릴 뻔했다. 누가 누구에게 먼저 연락하고, 누가 누구에게 더 속박당하고, 누가 누구에게 먼저 사랑한다는 말을 하고, 그러려고 시작한 만남이 아니었는데. 조바심이나 초조함, 불안함 같은 것, 지금껏 그의 삶을 속박하고 있던 묵은 감정들. 그것을 깨끗하게 걷어내고 상큼함과 산뜻함, 환하고 밝음만 주고 싶어 시작한 사랑이 아니었던가. 그걸 세상 모두가 윤나리의 희생이라고 생각한다면 어쩔 수 없겠지만 나리 자신만 아니면 된다고 생각하고 시작한 사랑인 것이다. 그 사랑에 자신의 감성 모두를 걸었던 것이다. 그리고 그게 자신이 하고 싶었던 사랑 그 자체였다.

그런데 어느새 속세에 찌들어서 그런 바보 같은, 하나도 생산적이지 않은 생각에 휘둘리고 있었다니. 윤나리는 바보다, 정말.

"준이 씨, 고마워요."

활짝 미소를 보이는 나리를 준이 고개를 갸웃하며 쳐다보았다.

"뭐가요?"

"이것저것 다요."

"음…… 나리 씨도 속옷 선물 고마워요."

나리는 진심으로 환하게 웃었다. 그리고 더 이상의 이기적이고 한심한 계산 없이 비로소 편한 마음으로, 맑아진 기분으로 휴대폰을 꺼냈다. 그리고.

이걸 기적이라고 부르면 좋을까?

번호를 누르려는 순간 먼저 액정에 경쾌한 진동이 일었다. 액정에 뜬 것은, 결정적일 때는 결코 윤나리를 고통스럽게 홀로 둔 적 없는 바로 그 사람, 현우의 번호였다.


생각해 보면 몇 시간이 지나지도 않았는데 아주 많은 상념과 불면의 시간을 보냈다는 걸 그녀는 알기나 할까. 고독하고 외롭고 스산했다는 걸.

다른 때 같았으면 신경이 쓰여서라도 문자 하나라도 보냈을 그녀가 침묵을 유지하고 있다는 것이, 혹시라도 강현우에 대한 무심함의 결론이 아닐지. 어울리지 않게 자학도 좀 해보았다. 그런 마음으로 하루 종일 일을 하다가도 창가에 서 있다가도 휴대폰을 만지작거리며 시간을 보냈다는 것을.

그녀는 알기나 할까.

물론 아무것도 모르고 있는 나리는 지하철을 타고서 이동 중이었다. 손엔 휴대폰이 꼭 들려 있었고, 벌써 통화가 시작된 지 오래인데도 긴 침묵을 유지하며 두 사람은 서로의 낮은 숨소리에 귀를 기울이고 있었다.

「어디야.」

조금은 가라앉은 듯한 현우의 목소리.

그것으로 그리 불편하지 않은 침묵은 다행인지 불행인지 끝이 났다.

"현우 씨는요?"

「음, 아직 회사.」

"저도 아직 회사예요."

만약 옆 사람이 들었다면 저 아가씨는 지하철이 회사인가? 라고 고개를 갸웃했을 것이다. 밀고 당기기 전법을 버리기로 결정한 건 사실이다. 이건 그냥, 귀여운 애교 수준이다. 잠깐 투정 부려보는 것.

"현우 씨, 나한테 화난 거 있죠?"

돌아가기는 그만두기로 했다. 즉답을 원한다. 돌아온 현우의 대답은.

「잘 모르겠어.」

"뭐가요?"

그에게는 어울리지 않는 대답이었다. 모르겠다니.

「화가 난 건지, 서운한 건지, 실망한 건지, 조바심이 나는 건지.」

그제야 나리는 그의 잘 모르겠다, 란 표현이 이해가 될 것도 같았다. 그건 그냥, 질투라고 표현하면 좀 더 쉽게 결론 내릴 수 있을 것 같은데.

"유리한테 들었어요. 유리랑 통화하셨죠?"

「음.」

"……."

「하나씩만 묻자. 간단하게, 대답하자. 그리고 너와 나만 생각하자.」

이 사람만이 할 수 있는 사고방식이 아닐까, 라고 나리는 그 순간 생각했다. 배려가 너무 깊어 상대방을 가슴 아프게 하기 싫어하는 사람. 그만큼 그가 떠맡아야 할 게 더 많은 사람.

나리는 심호흡을 하고서 대답했다.

"현우 씨부터 먼저 할래요?"

잠시간의 침묵. 그리고 현우의 목소리가 돌아왔다.

「왜, 그랬지?」

여기까지 왔는데도 직접적인 언급을 하지 않는 그였다.

"간단하게 대답할게요. 의미없는 자리였어요. 하지만 꼭 내가 나가서 직접 설명해야 할 자리였어요."

또 잠시간의 침묵. 이번엔 나리가 물었다.

"그래서 화났어요?"

「예스, 노로 대답해야 한다면 예스.」

"그거…… 질투죠?"

「아마도.」

"예스, 노로 대답해야 해요."

짧은 웃음소리. 그리고.

「예스.」

결정적인 대답.

왠지 그의 표정이 그려지는 것 같아 나리는 눈을 살짝 감았다가 떴다.

"나 몇 가지 더 물어보고 싶은 거 있는데."

「해봐.」

"나 안 믿었어요? 그래서 화난 거예요?"

「믿더라도, 싫은 건 어쩔 수 없는 거니까.」

"어째서요?"

「좋아하니까.」

나리의 동공이 정지했다. 그와 동시에 지하철의 정차 안내방송이 흘러나왔기에 나리는 겨우 정신을 차렸다. 이 중요한 순간에 저런 소음이라니. 너무 처절했다. 나리는 얼른 지하철 문을 통과해 밖으로 빠져나왔다. 출입구를 찾아 빠져나가면서도 두근거리는 심장을 가라앉히기 위해 심호흡을 해야 했다.

"현우 씨, 저기…… 나 못 들었어요."

「나도 잊어버렸어.」

정말이지.

"한 번 더 듣고 싶어요."

「널, 아주 많이 좋아해서 그래.」

잔잔해지는 감성, 눈시울이 뜨거워지는 감각.

이렇게 깊이 사랑에 빠질 수도 있는 걸까.

"좋아한다면, 거기다 믿는다면 더 오해하지 말아야 하는 거 아니에요?"

울먹거리지 않으려고 노력하며 못내 마음의 앙금을 담아 원망하듯 물었다. 그동안 얼마나 마음고생을 했는지 할 수 있으면 전부 다 표현해 버리고 좀 더 투덜거리고 싶었다.

「좋아해도, 믿어도, 싫은 건 싫은 거야.」

하지만 변하지 않는 그의 대답. 고집스러우면서도 그의 성격 자체가 전부 드러나 있는 말이었다. 그는 바로 그런 사람이니까.

"질투가 너무 심하면 남자답지 않은데."

「그런가…….」

왠지 자숙하듯 낮게 중얼거리는 그의 음색에 나리는 간질거려져서 얼른 말을 덧붙였다.

"장난이었어요."

「준희 녀석하고 너무 가깝게 지내는 것도, 싫다.」

하지만 자숙의 의미가 아니었던 듯, 그가 드디어 대놓고 질투를 보이고 있었다. 아, 정말이지 그가 귀엽다는 말을 꼭 해주고 싶어 입이 다 근질거렸다.

「대답.」

"네?"

「해.」

나리의 얼굴이 빨갛게 달아올랐다. 뺨을 만지작거리며 겨우 대답했다.

"알았어요."

「오케이.」

천천히 고개를 들어 앞을 바라보자 거의 그의 회사 앞이었다.

「윤나리.」

"네?"

「좀 혼나자.」

나리는 풋 웃어버리고 말았다.

"뭐예요, 정말."

「그리고 유리 말인데.」

"……."

그 아이가 좀 건방진 소리를 했죠?

「한 번 데리고 나와.」

"때리게요?"

「맛있는 거 사주고 점수 좀 따게.」

또다시 나리는 웃음을 참지 못하고 웃음소리를 흘려 버렸다.

「지금 데리러 갈게.」

"음, 근데 미안해서 어쩌죠? 나 오늘 야근인데."

거짓말하면서 애간장 태우는 것에 의외로 재미가 붙어버렸다. 이거 어쩌지?

「팀장 직위로 해산하는 건 어때.」

"그건 좀 곤란할 것 같구, 현우 씨 회사에서 야근할까 하구요. 지금 회사 앞이에요."

현우의 황당하다는 듯 낮은 웃음소리가 넘어왔다. 계속해서 듣고 싶었던 소리. 바로 그 소리를 하나도 놓치지 않고자 귀를 기울이고 있는 나리의 귓가로, 그의 부드럽고도 매너있는 정중한 저음이 이어 넘어왔다.

「그대로 회사로 돌아가라, 너.」

단지 잠시 동안의 망설임으로 못 본 것뿐인데 현우의 얼굴을 보자마자 마치 그 텀이 엄청 오래된 것 같은 느낌이었다. 나리는 설레는 마음으로 현우에게 다가갔다. 회전문을 통해 모습을 드러낸 현우는 깔끔한 비즈니스 정장 차림이었다. 언제나 그렇듯 단정한 스타일, 각이 진 어깨와 폭 안기고 싶을 정도로 넓은 가슴, 딱 떨어지는 몸의 라인을 세련되게 휘감은 슈트, 그 자체가 현우의 이미지였다.

다가온 현우가 나리의 앞에 서자마자 문득 손을 올리더니 나리의 정수리를 손등으로 톡 쳤다.

"앞으론 끈으로 묶어놓을 테니까 함부로 돌아다니지 마."

나리는 얼굴이 붉어지는 것 같아 시선을 피하며 입술을 삐죽거렸다.

"말 안 듣는 누구씨는 매 좀 맞아야지."

선이 뚜렷한 얼굴에 도는 부드러운 미소가 반가웠다. 그건 그거고, 나리는 계속 혼만 내는 그가 불만스러워 투덜거렸다.

"나도 마음고생 많이 했거든요?"

"나만큼이나 할까."

어머, 웬일이니! 나리의 마음속에 있는 작은 윤나리가 수줍어 죽겠다고 요란을 떨고 있었다.

"아, 그렇지."

갑자기 현우가 그렇게 말하자 나리는 고개를 갸웃하며 그를 쳐다보았다. 그는 무언가라도 찾는 사람처럼 상의의 안주머니를 더듬고 있었다. 아무래도 없는 모양인지 그가 나리를 쳐다보며 말했다.

"큰일이군. 중요한 걸 놓고 왔는데."

"그래요?"

"잠깐 들어가서 갖고 가자."

나리는 고개를 끄덕이며 앞서 가는 그를 따라 빌딩 안으로 들어갔다. 그가 향한 곳은 1층의 어떤 문이었다. 로비를 지나 부지런히 현우의 뒤를 따라간 나리가 문을 통과하자 문을 잡고서 기다려 주고 있던 그가 곧 손을 놓았다. 천천히 문이 닫히면서 그곳이 사무실이 아니라 비상구라는 걸 깨달았다. 아무도 없는 비상구.

뭔가 이상하다는 생각이 든 순간 나리의 몸이 그대로 굳었다. 어느새 다가온 현우의 가슴이 바로 앞에 있었다. 그리고 그녀의 몸은 그의 팔과 벽 사이에 갇혀 있었다. 마치 폭 감싸이듯 갇혀서, 나리는 콩콩 뛰는 심장을 누르며 그를 조용히 올려다보았다.

현우의 고개가 비스듬히 기울어져 있었다.

"그렇게 동그란 눈 하지 마. 유괴범 같잖아."

입술 끝을 매력적으로 말아 올리며 그가 희미하게 미소 지었다.

"중요한 거 놓고 왔다면서."

나리의 항의 아닌 항의에 현우는 그저 응시하듯 나리를 바라보기만 했다.

"중요한 거 놓고 온 거 맞아."

나리의 고개가 살짝 기울어지자 그가 한 손만 움직여 안주머니에서 휴대폰을 꺼냈다. 번호는 누르지 않은 채 나리를 쳐다보며 휴대폰에 입술을 살짝 대고서 천천히 입을 열었다.

"속상하게 해서, 미안하다."

나리의 눈동자가 흔들렸다. 조금은 늦은 사과. 하지만 이런 타이밍의 오류라면 얼마든지 허용이 되지 않을까. 나리의 심장이 뻐근해졌다. 바로 지척에서 그녀를 내려다보고 있는 현우의 눈가에 살짝 주름이 잡혔다.

"그리고…… 사랑한다."

미친 듯이, 심장이 뛰었다. 앙큼하게도 바로 그런 말을 듣고 싶어서 그렇게 머리를 쓴 것이었는데, 막상 직접적으로 들으니 그에게 참 미안하고 그저 눈물부터 올라왔다. 그가 천천히 휴대폰을 내리고서 나리의 뒷머리를 커다란 손바닥으로 감쌌다. 체온이 닿는 순간 나리의 온몸에 저릿하는 전류가 일었다. 이끌리듯 그의 숨결 앞으로 다가갔다. 같은 속도로 그의 숨결도 가까이 다가왔다. 입술이 겹쳐지는 시간까지는 오래 걸리지 않았다. 맞물려지면서 서로의 온기를 확인하는 길고 긴 시간이 이어졌을 뿐.

누구도 비상구를 이용하지 않기를 바랐다.

서로의 입술이 섞이는 소리를 심장이 섞이는 소리와 함께 인식하며, 부드럽고 달콤하고 감미로운 체온을 느꼈다. 몇 번이고 겹쳐지며 엇갈렸다가 다시 하나로 섞이는 입술과 혀의 미세한 움직임. 천천히 눈을 떴다가 희미한 시야로 그의 높은 콧날과 지적인 눈매를 접하고서 나리는 더할 수 없는 감각의 떨림을 느끼며 가만히 다시 눈을 감았다. 이 사람만의 감각적인 입맞춤과 두근거림과 설렘을 어루만져 주듯 고요하게 그러면서도 열정을 담아 움직이는 손길.

윤나리, 넌 알고나 있을까.

이 입맞춤의 의미를.

이제 너는 내 사람이라는 걸. 무슨 일이 있어도 너만은 잃을 수 없다는 걸.

너를 사랑한다는 걸…….

사랑한다. 사랑한다. 사랑한다.

사과를 하듯 감미롭게 조심스럽게 시작된 입맞춤은 점점 더 깊어졌다. 서로의 몸이 빈틈없이 겹쳐져 숨이 꼭 막힐 정도로, 깊숙이.


"언니!"

모처럼의 기대되는 휴일. 가뿐한 티셔츠와 청바지, 발랄한 스니커즈 차림으로 막 대문을 밀고 나가려던 나리는 마당에서 자신을 부르는 유리의 목소리에 고개를 돌렸다.

"응, 왜?"

줄넘기를 하고 있었는지 유리가 땀방울을 식히며 다가왔다.

"아침부터 연신 콧노래더니 어디 놀러 가는 거야?"

나리는 얼굴을 살짝 붉히며 호호 웃었다.

"응. 너도 보다시피 딱 놀러 가는 차림이잖니."

유리는 흥! 하고 콧방귀를 뀌었다.

"현우 아저씨?"

"글쎄. 누굴까?"

"뺨에 돌고 있는 홍조의 농도 하며, 얼굴의 밝기 하며 딱 현우 아저씨네 뭐."

"알면 발목 잡지 마라. 나 바쁜 몸이야."

"오해는 풀렸어?"

아직까지도 그게 걱정이었는지 유리가 물어왔다. 나리는 가 뿐한 얼굴로 고개를 끄덕였다. 그리고는 난데없이 먼 산을 바라 보는 눈을 하더니 중얼거렸다.

"오해란 것은, 인생에서 말이지."

"아, 됐고. 안 그래도 요즘 언니 표정 보고 긍정적인 방향으로 해결됐을 거란 생각은 했어. 현우 아저씨가 그렇게 속이 좁은 인물도 아니고."

바로 그 하해와 같은 마음을 가진 남자를 속 좁은 인물로 몰 아갈 뻔한 발칙한 인물이 바로 너라고, 핀잔을 주는 건 봐주기 로 했다.

"그나저나 자신은 있는 거야?"

유리가 줄넘기를 만지작거리며 물어온 말에 나리는 고개를 갸웃했다.

"자신이라니? 무슨 자신?"

"정말 모르고서 하는 소리야?"

유리가 기가 차다는 듯 반문해 왔다. 하지만 나리는 정말 모르겠다는 얼굴로 오히려 유리를 뜬금없는 얼굴로 쳐다보았다.

"앞뒤 말 다 자르고 그게 무슨 소리야? 사람이 대화를 나누고자 할 때는 주어와 술어만 있어서 되는 게 아냐. 목적어가 확실해야지."

"그러니까 내 말은, 언니 마음이야 벌써부터 알고 있었고, 이번 일로 현우 아저씨 마음도 알게 됐다 이거지. 이 몸이 그렇게 싸가지없게 굴었는데도 두 사람 사이좋아진 거 보면 서로 잘돼 가고 있단 뜻일 거 아냐."

"암만? 아 참, 현우 씨가 너 맛난 거 사준다고 약속 잡으라더라."

"거 봐. 두 사람 완전 러브 모드지?"

나리는 눈을 살짝 흘기며 말했다.

"대체 따지고 싶은 게 뭔데?"

"그 정도 됐으면 이제 앞일을 생각해야 될 때 아니냔 거야. 엄마 아버지한테 말할 자신 있어?"

순간 나리의 표정이 우뚝 멎었다. 유리는 진지한 눈으로 그런 나리를 쳐다보고 있었다. 차분해진 표정으로 나리가 말을 이었다.

"니가 말한 자신있느냔 게 그 자신이었어?"

"엉."

"내가 대답해야 해?"

"듣고 싶어."

쌈빡하게 자신의 의견을 피력해 오고 있는 동생.

나리는 심각한 눈으로 동생의 얼굴을 물끄러미 쳐다보다가 천천히 입을 열었다.

"그래. 현우 씨 마음을 확신할 수 없을 땐 확실히 그게 문제이긴 했어. 걱정스럽기도 해서, 함부로 부모님한테 그 사람 이야기를 할 수도 없었고, 그 사람과 부딪치게 하는 것도 싫었어."

"……근데?"

"하지만 그건 자신없어서가 아니었어. 내가 너무 서둘러서, 내 의지가 너무 강해서 그 사람한테 부담이 될까 봐, 그래서 그 사람이 오히려 긴장해서 뒷걸음질칠까 봐 그게 두려운 거였어."

"언니……."

나리는 부드러운 얼굴로 미소 지었다.

"하지만 난 이제 믿어. 내 마음이 현우 씨한테 폐가 되지 않는다는 걸. 난 그것만 해결되면 되는 사람이니까. 그러니까 부모님한테도 머뭇거리거나 망설이지 않을 거야. 현우 씨도, 나도 세상의 잣대 같은 것에 구애받지 않을 거니까. 무엇보다 현우 씨는 그런 세상의 편견으로부터 나도, 그리고 그 사람 자신도 지켜낼 거야. 난 현우 씨를 믿어."

따스한 햇살만큼이나 포근한 미소를 짓고 있는 언니의 얼굴은 정말 사랑에 빠져 있고, 또 그 사랑에 행복해하고 있고, 그 사랑을 감사해하고 있는 사람의 표정 자체였다. 괜한 걱정을 했지 싶어 유리 스스로가 반성을 할 정도로.

"엄마 아버지, 충격받으면?"

그래도 걱정이 되어서 넌지시 물어보았다. 확실히 그 질문은 또 다른 방향의 정곡이었는지 잠깐 고심하는 것 같던 나리가 곧 빙긋 웃었다.

"그 면에선, 내 자신을 믿어."

"어떻게?"

"엄마 아버지 충격받아도 언젠가는 이해하시도록 설득할 거니까."

"그래도 만약 싫다, 안 된다, 내 눈에 흙이 들어가기 전까진 허락 못한다! 이러면?"

"드라마 쓰냐?"

"드라마도 현실의 연장이거든?"

나리가 쿡 웃었다.

"그럼 엄마 아버진 드라마 찍고 난 영화 찍지 뭐. 영화 졸업처럼, 웨딩드레스 입고 도망치는 거야."

"하…… 뭐어?"

유리가 기가 막힌다는 듯 반문하자 나리는 쿡 웃었다.

"농담이다, 또 그걸 믿냐?"

"그럼 대체 뭘 어떻게 하겠단 건데?"

그래도 나름대로의 방식으로 걱정을 해주고 있는 동생이었다. 나리는 문득 유리의 어깨에 손을 툭 얹더니 엷은 미소를 지으며 동생의 눈을 바라보았다.

"엄마 아버지도 내가 최고로 행복한 걸 바라시지 않을까?"

"다만 행복의 판단은 지극히 주관적이니까."

"그럼 그 주관적인 판단이 나하고 현우 씨를 지지하는 방향으로 흘러갈 수 있도록 최선을 다하는 거지 뭐."

유리의 눈동자가 흔들렸다. 언니의 표정엔 한 치의 망설임도, 또한 조금의 그늘도 없었다. 그저, 그 사랑을 온 마음과 몸으로 믿고 있는 사람만이 지을 수 있는 표정.

"최선을 다할 수밖에 없어."

부드러운 햇살이 나리의 긴 머리카락을 비추며 환하게 반사되었다.

"그래도 안 된다면 어쩔 수 없지만, 어쩔 수 없기 전까지는 최고로 노력해 봐야 하지 않겠어? 그거 말고 어떤 대답이 더 있을까? 난 모르겠다."

유리의 어깨를 톡톡 몇 번 두드려 주고서 나리는 대문을 나갔다. 유리는 나리가 나간 대문을 한참이나 쳐다보고 서 있었다.

스스로가 위험할 정도로 깊이 빠지는 사랑 따위, 손해 보는 것도 많고 고민할 것도 많고 상처받을 것도 많고, 그래서 자신은 절대 하지 않으리라 생각했는데. 오늘 언니의 표정을 보니 그런 맹목적인 사랑도 한 번쯤 해보는 것도 나쁘진 않을 것 같단 생각이 들었다.


"현우 씨."

그는 약속했던 장소에서 차체에 기대선 채 기다리고 있었다. 오늘은 교외로 드라이브를 가기로 한 날이었다. 실로 황금 같은 휴일이었고, 두 사람의 데이트다운 첫 데이트였다. 그래서 나리는 여러 가지로 많이 설레고 두근거려서 잠도 설친 상태였다. 하지만 피곤을 싹 잡아먹을 정도로 오늘 하루가 기대가 되어 표정은 밝기만 했다. 현우의 표정도 나리와 다르지 않았고, 또한 그는 오늘도 최고로 근사했다. 나리의 입장에서, 그는 늘 최고의 남자였다.

"유리가 그런 말을 해?"

잠시 후 차가 교외로 빠지기 시작했을 때 현우가 낮게 웃으며 반문했다.

"네. 아주아주 맛있는 걸로 사달라고 하고 싶지만 염치가 없어서 두 번째로 맛있는 걸로 사달래요."

나리의 말에 현우가 빙긋 웃음 지었다. 나리는 그런 그의 옆모습을 아련한 눈으로 바라보다가 곧 고개를 돌렸다. 사실은 유리가 했던 다른 말을 그에게 하고 싶었다. 부모님에게 말씀드리면 어떤 말을 하실까. 그리고 그의 생각은 어떤 건지. 물론 쿨하게 물어볼 수도 있었다. 하지만 나리는 경솔한 사람은 되고 싶지 않았다. 언젠가 그가 먼저 말을 해주겠지, 라며 손 놓고 기다리잔 것도 아니었다. 그저 그가 먼저 해줄 수도 있는 부분을 자신이 가로채는 사람이 되고 싶진 않았다.

그가 영원히 그쪽으로는 언급하지 않을 수도 있었고, 또 먼저 인사를 드리고 싶다고 나올 수도 있었다. 확률은 반반이었다. 어느 쪽이 그의 선택일지, 자신이 먼저 휘젓고 싶지 않은 것이다. 고요하게, 그와의 매 시간을 그저 행복하게 느끼고 싶다. 언젠가 도달할 종착지는 잠시 뒤로 미루고서.

"나, 현우 씨 믿어요."

주책일지 모르겠지만, 이 말만은 해두고 싶어서 그를 바라보며 말했다. 난데없는 중얼거림에 현우가 어깨를 으쓱하더니 대답했다.

"그래. 두 번째로 맛있는 음식이 뭘지 잘 조사해 보도록 하지."

에구에구. 그 말이 아닌데.

빙긋 웃으며 차창 밖으로 시선을 돌리는 나리의 손에 따뜻한 온기가 와 닿았다. 현우가 한 손을 뻗어 나리의 손을 꼭 쥐고 있었다. 나리는 놀람 반 두근거림 반으로 그를 돌아보았다. 현우의 입술 끝이 살짝 말려 올라가 있었다. 부드럽게 응시하며.

"나는, 니가 참 좋다."

난데없는 고백을 해왔다.

나리의 심장이 덜컹했다.

"혀, 현우 씨……."

뭐지? 뭘까? 갑자기 왜 이러시는 걸까?

머릿속에서 온갖 궁금증이 차고 넘치는 나리의 얼굴을 스윽 쳐다보고서 고개를 돌린 현우가 따뜻한 손을 풀지 않은 채로 말을 이었다.

"그러니까 혼자 생각 나무 심지 말고, 신경 쓰이는 일 있으면 나한테도 말해줘라."

나리는 얼른 눈을 깜빡거리며 다른 손으로 자신의 뺨을 만졌다. 설마 그새 생각이 표정에 드러난 것일까?

"윤나리가 난데없이 강현우를 믿는다는 발언을 할 만한 일이 뭐가 있을까……."

아무래도 혼자 심각한 티를 팍팍 낸 것인지 그는 계속해서 추리를 이어가고 있었다.

"요즘엔 그 정도로 잘못한 건 없는 것 같은데."

"그런 거 아니에요."

미안해져서 나리는 얼른 웃으며 말을 보탰다. 그래도 현우는 계속해서 탐정 놀이 중이었다.

"혹시, 어제 저녁 먹을 때 식당에서 내가 먼저 물을 마신 일 때문인가?"

나리는 황당하기도 하고 또 강현우 씨답지 않게 귀염성있기도 해서 풋 웃어버리고 말았다.

"그게 뭐예요, 정말."

"아니면 그 전날 전화를 먼저 끊어서?"

"아니라니까 자꾸 왜 그래요, 진짜."

나리가 어쩔 줄 몰라 하자 현우가 빙그레 웃었다. 나리의 손을 더욱 부드럽게 감싸 쥐며 말을 이었다.

"조만간, 함께 가자."

"……?"

어디, 라는 눈으로 쳐다보자 현우가 어느새 진지해진 눈으로 말했다.

"그 사람한테."

아…….

"서영이한테 널, 소개해 주고 싶어."

심장이 아주 많이 두근거렸다.

"내가 먼저 네 부모님을 찾아뵙는 게 도리겠지만, 괜찮다면 순서를 좀 바꿔도 될까. 네가 싫지만 않다면, 의 말이겠지만."

나리는 어떤 말도 함부로 하지 못하고서 그저 심장이 콩콩 뛰는 소리에만 귀를 기울이고 있었다. 오히려 절실한 말은 쉽게 나가질 못한다. 싫지 않다고, 왜 싫겠느냐고 말하고 싶은데 막상 입술이 떨어지지 않는다.

현우의 낮은 시선이 나리에게 닿았다.

"대답이 없네?"

나름 심각하게 만들지 않으려고 입가에 묻힌 미소.

왠지 아련해져서 나리는 그의 얼굴을 쓸어주고 싶었다.

"싫지 않아요. 싫을 리가 없잖아요. 언제나, 언제나, 현우 씨가 먼저 말해주기만을 기다리고 있었는걸요."

현우의 눈동자가 흔들렸다. 정면을 돌아보며 그가 잠깐 눈을 감았다가 뜨고는 엷게 웃었다.

"고맙다."

낮게 울리는 저음.

하지만 그것은 낮을지언정 이제 더 이상 어둡지는 않았다. 아련함은 묻어 있었지만, 그늘은 없어서 오히려 나리가 그에게 고마웠다.

"그리고."

문득 현우가 말을 덧붙여서 나리는 고개를 끄덕였다.

"그 후엔, 내가 네 부모님께 인사를 드려도 되는 건지, 그것도 아직 대답을 안 했는데."

나리는 상냥하게 웃으며 고개를 저었다.

"그건 물어본 게 아닌 것 같은데."

"통보였던가?"

"물론 통보도 아니었지만……."

"그럼 허락해 주길 기다려야지. 당연한 거 아닌가?"

나리는 고개를 갸웃했다. 그게 그렇게 되나?

"그럼 우리 스무고개 해요."

하라는 대답은 않고 나리가 난데없이 꺼낸 말에 현우가 잠시 짙은 눈썹을 살짝 찌푸리더니 핸들을 돌리며 고개를 끄덕였다.

"해봐."

"우리 엄마, 아버지 만나서 뭐라고 할 건데요?"

"그건 스무고개가 아니지."

그건 그렇다.

"그런 건 취조라고 하는 거야."

그렇지요.

"그래도 대답해 볼까?"

"네, 좋아요."

"음…….  윤나리와의 정식 교제를 허락해 주십시오?"

나리는 풋 웃었다. 그가 그런 말을 한다니, 생각만으로도 어색해져서 웃음이 났다.

"우리 부모님 만나면 무서울 거 같아요?"

"글쎄. 때리지만 않으시면?"

현우의 너스레에 나리는 더 크게 웃었다.

"그게 뭐예요, 정말."

기가 막혀서 한 반문이었지만 현우는 심각한 얼굴로 어깨를 으쓱하는 것으로 반응을 표현했다. 정말 그렇게 생각하고 있는 건 아니겠지?

"흠흠. 그럼 다음. 우리 부모님 갑자기 왜 만나려는 건데요?"

나리가 적극적인 눈빛으로 묻자 현우가 나리의 손을 잠시 놓더니 그 손으로 그녀의 뺨을 톡 건드렸다. 그리고 더없이 멋지게 웃으며 말했다.

"그건 이미 대답하지 않았나? 니가 참 좋다고. 왜, 이유론 부족해?"

오히려 차고도 넘쳤다.

그 사람의 멋진 미소, 그 사람의 부드러운 표정, 그 사람의 짙은 눈썹, 그녀에게만 와 닿는 그 사람만의 강렬한 느낌, 느낌들, 모든 것이 다 그녀의 가슴 안에서 부피를 더해간다.

행복해지는 마음. 그리고 나날이 더 늘어가는 설렘이었다.


끝도 없이 펼쳐진 플라타너스 길에서 현우의 차가 멈춰 섰다. 와아…… 나리는 그 청아한 푸름에 반해 자신도 모르게 탄성을 흘렸다. 고즈넉한 그 길에는 차들의 통행도 없었고, 단지 아름다운 나무들만 녹음을 자랑하며 펼쳐져 서 있었다.

"너무 예뻐요."

차 문을 달각 열자마자 밖으로 뛰어나가다시피 한 나리가 환하게 미소를 지으며 현우를 돌아보았다. 그 청명한 푸른색이 현우를 닮았다고 나리는 생각하고 있었다. 그래서 더욱 감동을 느끼며 나리는 두 팔을 활짝 펼쳤다. 마치 그 녹음이 주는 향기를 온몸에 묻히고 싶어 안달난 사람처럼, 그녀는 내리는 비를 맞듯 파랗게 내리는 빛깔의 비를 맞고 있었다.

현우는 천천히 걸어오며 그런 나리를 사랑스럽다는 눈으로 바라보았다. 한쪽 손을 바지 주머니에 가볍게 찌른 채, 그의 검은 머리카락이 푸른 바람에 부드럽게 흔들렸다. 살짝 내리감은 눈과 매끈한 입술에 연하게 묻어 있는 미소. 모든 것이 그의 이

미지였다. 그의 몸 곳곳에 푸른 기운이 묻어서 함께 빛나고 있는 것 같았다.

"너무 상쾌하죠?"

현우는 낮게 웃으며 조용히 고개를 끄덕였다.

"겨울에 여기에 오면 눈도 녹색일 것 같아요."

그녀의 상상력이 현우를 즐겁게 했다. 마치 그 나무 사이를 팔랑팔랑 날아다니는 노란 나비처럼 발랄한 모습으로 미소 짓는 나리를, 현우의 시선이 내내 쫓고 있었다.

"현우 씨, 잠깐만 거기에 서봐요."

나리가 자신에게 천천히 다가오고 있는 현우를 향해 스톱 모션을 취하자 현우는 빙긋 웃으며 기꺼이 멈춰 섰다. 나리가 손으로 카메라 렌즈를 그리듯 사각형을 만들어 그 앵글에 현우를 담고서 활짝 웃었다.

"현우 씨, 진짜 멋져요. 화보 같아."

현우가 큭 웃었다.

"칭찬이 너무 과한데."

나리가 고개를 가로저었다.

"현우 씬 자기 자신이 얼마나 멋있는지 몰라. 너무 겸손해."

"내가 보기엔 네가 자비로운 것 같은데?"

"그럴까? 정말?"

눈꼬리를 접으며 웃고 있는 나리가 마치 하얀 꽃 같았다. 그녀의 웃음소리가 탁 터지며 대기에 묻어 흩어진 순간, 지금 서 있는 이 길이 가로수 길이 아니라 벚꽃나무가 줄지어 늘어선 거리가 된 것 같다. 그 부드러운 아름다움에 현혹된 현우는 자신도 모르게 성큼 다가가 나리의 손목을 끌었다. 그리고 그녀가 채 정신을 차릴 새도 없이 나무 뒤로 당겨 그대로 입을 맞췄다.

이 길은 그저 나무가 우거진 숲일 뿐이었다. 하지만 이렇게나 환하게 웃어주며 좋아해 주고 있다. 그녀의 웃음소리 때문에, 그 예쁜 미소 때문에, 즐거운 표현 때문에, 그저 이 길이 꽃길 같아진 한 남자는 그녀의 입술에서 꽃향기를 찾았다. 부드럽게 스치는 입술이 마치 꽃잎 같아서, 입맞춤을 한 것인데 자신의 숨결로 적시는 것이 꽃잎이란 생각이 들었다.

조심스럽게 습기가 머금어지며 엇갈린 입술이 부드럽게 서로에게 녹아들었다. 현우의 커다란 손이 나리의 뺨을 감싸 쥐었다. 나리는 언제나 그렇듯 심장의 떨림을 느끼며 현우의 손길을, 입맞춤을 받아들였다. 벌써 눈은 스르르 감겨서 마치 구름 위에 둥둥 떠 있는 것 같았다. 솜사탕에 입술을 대고 있는 듯, 달콤하고 감미로웠다. 입술이 더욱 깊이 섞이며 뜨거운 혀가 그녀의 혀를 갈구하자 나리도 함께 입술을 움직이며 숨결을 퍼뜨렸다.

얼굴을 감싸 쥐고 있던 현우의 손이 천천히 나리의 등 뒤로 뻗어가 목선을 어루만지고 등을 따라 내려갔다. 입술에 가해지는 자극만으로도 벅찬 감각이었다. 몸을 만져 오는 그의 손길이 자연스러울 리 없었다. 하지만 나리는 단지 행복만을 느끼고 싶었다. 용기를 내 자신도 손을 뻗어 현우의 등에 양팔을 둘렀다.

아름드리나무를 안듯 활짝 펼쳐 그의 커다란 몸을 꼭 끌어안았다. 몸이 겹쳐지자 키스는 더욱 깊어졌다.

이 사람에게 들었던 사랑한다는 말.

아…… 하지만 이 접촉은 말 이상의 그의 마음이라는 걸 느낄수 있었다. 남자로서의 욕망과, 소중히 여겨주는 조심스러움이 동시에 섞인 그의 접촉은 의미 이상의 의미를 주었다. 이대로, 이 사람에게 마지막까지 안기고 싶다.

자신의 모든 것을 내어주고 싶을 정도로.

그의 단지 작은 조각까지도 자신이 소유하고 싶을 정도로.

천천히 입술이 떨어져 나갔다. 조용히 눈꺼풀을 들어 올리고서, 촉촉하게 젖은 입술을 인식하며 서로의 눈을 가만히 들여다보았다. 뛰는 심장 소리를 인식하며 서로를 그렇게 녹일 듯 바라보다가 마치 약속이나 한 듯 다시 자연스레 입술을 찾았다. 정중하게 인사를 하듯, 짧게 한 번, 감미롭게 스치기만 하다가 다시 한 번 좀 더 길게 부딪치듯 머금었다가, 서로의 몸을 겹쳐 온기를 느끼며 길게, 아주 오래오래, 숨결의 뜨거움까지 고스란히 느끼며 키스를 지속했다.

얼마나 그렇게 서로의 격렬함과 온기를 느꼈을까. 잠시 후 현우는 나리를 고요히 가슴에 끌어안고 있었다. 머리카락부터 목, 어깨까지 어루만져 내려가며 차오른 호흡을 가라앉히며, 이대로 더욱 은밀한 사랑을 나누고 싶어지는 욕심을 누르며 그렇게 계속, 계속 나리를 보듬고 있었다. 나리는 그의 가슴에 기댄 채 자꾸만 사르르 감기려는 눈꺼풀을 들어 올리려 애썼다.

"현우 씨……."

"응?"

"나 현우 씨 열렬한 팬인 거 알죠?"

현우가 빙긋 웃었다.

"팬이라……."

"그러니까 팬 서비스 같은 거 좀 더 자주 해줘요. 자주 얼굴도
보여주고, 자주 목소리도 들려주고, 자주 마음도 보여주고, 그
래야 해요. 알았죠?"

현우의 입가에서 상냥한 미소가 떠나질 않았다.

"아마, 난 전생에 너한테 많은 빚을 졌나 보다."

갑작스러운 현우의 말에 나리는 손가락으로 그의 팔을 더듬
어 그리며 빙긋 웃었다.

"왜요?"

"그러니 넌 이렇게 나한테 너그러울 수 있겠지."

아아…….

겨우 그의 말뜻을 깨달았다. 하지만 단지 그런 건 아니었다.
맹목적으로 좋아한다지만 자신의 그를 향한 사랑은 찬양하는
것과는 조금 다르지 않을까? 아니, 이미 찬양이려나?

"한 사람이 한 사람에게 지극히 사랑받는다는 것. 그건 말이
지…… 나 자신이 아주 소중해진다는 느낌이야."

"현우 씨……."

"나도 너한테 그런 충만감을 주고 싶은데, 늘 받기만 하는 것 같아서 남자로서 자존심이 살짝 상하는군."

"피이, 그건 그냥 사랑해 주면 되는 거 아니에요?"

"내가 어떤 식으로 표현한다고 해도, 네가 나한테 준 깊이에는 못 미칠 것 같다."

현우의 긴 손가락이 나리의 머리카락 안으로 파고들었다.

"하지만 조만간 남자로서 체면을 차릴 때가 오겠지."

나리의 고개를 억지로 들게 해서 시선을 맞추고서 그가 빙긋 웃었다.

"귀찮아질 정도로, 내 쪽에서 사랑해 줄게."

그의 입술이 빠르게 다가왔다. 나리의 눈동자는 조금 젖었는지도 모르겠다. 고개가 엇갈리며 입술이 급박하게 겹쳐졌다. 푸른 녹음의 청아함이, 그 아름다운 빛의 향긋함이, 그의 입술에서 나리의 입술로 녹아들 듯 전해졌다.

함께 있고 싶다고 말하고 싶었다. 나리와 숨결이 닿으면, 아니, 어쩌면 그녀가 눈앞에 보이는 순간부터 이미 욕심은 걷잡을 수 없을 정도로 커져 있는지도 모르겠다. 보내주고 싶지 않다고, 좀 더 자신의 곁에 있어달라고, 그녀를 안고 싶다고, 전부 다 가지고 싶다고 말하고 싶었다. 하지만 조심스러운 이 마음은, 함부로 그녀에게 자신의 욕심만 내세울 수 없기에, 이렇게 그저 손끝이 맞닿는 감각만으로 자신을 다독이고 있었다.

커져만 가는 욕심에서 고개를 돌리기 위해 입술이 닿는 저릿

한 감각으로부터 일부러 깊은 마음의 욕심 일부를 덜어내고 덜어내며 이렇게 소중한 시간을 보내고 있었다. 피부에 와 닿는 시간의 흐름, 그 자체가 모두 소중한 것이었다. 좀 더 나리의 몸을 끌어당겨 가득 안았을 때였다. 안주머니에 넣어두었던 휴대폰이 진동을 하는 바람에 나리의 몸이 움찔했다. 현우는 난감함을 느끼며 천천히 나리의 입술에서 아쉬운 숨결을 거두고서 그녀를 한 팔로 안아 가두었다. 그리고 휴대폰을 꺼내 액정을 지그시 들여다보는 그의 미간이 살짝 찌푸려졌다. 나리는 아직 채 정돈되지 못한 호흡을 가다듬으며 현우를 올려다보았다.

표정이 좋지 않아서 무슨 일인가 싶었다. 걱정이 되어 쳐다보고 있는데 현우가 낮은 한숨을 폭 내쉬더니 휴대폰을 열어 귀에 댔다.

"그래."

어조에 희미한 질타가 묻어 있는 것 같았다. 나리도 그와 다르지 않은 마음으로 이 시간을 방해한 미지의 인물에게 타박을 보냈다. 그때 그녀의 어깨를 감싸 쥐고 있던 현우의 손에 힘이 들어갔다. 의아해진 나리가 좀 더 현우의 표정을 자세히 보기 위해 고개를 비튼 순간 현우가 천천히 나리의 어깨를 놓았다. 휴대폰을 고쳐 쥐고서 그가 급박하게 입을 열었다.

"그래서. 어느 병원인데."

심하게 가라앉은 어조.

또한 병원, 이라는 단어가 주는 불길한 느낌.

언젠가 이런 일이 있었다. 한참 누군가와 이야기를 하고 있는데, 갑자기 병원이라는 연락을 받고서 정신없이 휘말려 나가 함께 달려갔던 기억이. 그래, 준희와 함께 있을 때였다.

"알았다. 지금 바로 갈 테니까, 흥분하지 말고 기다려."

딱딱한 어조.

하지만 곧 표정이 조금 풀리더니 어조도 함께 유해졌다.

"너무 걱정하지 말고."

그건 분명히 상대방을 위로해 주고자 하는 어조였다. 천천히 그가 휴대폰을 내렸다. 나리는 여전히 뭐가 뭔지 모르겠다는 눈으로 그를 바라보고 있었다.

"무슨, 일이에요?"

다소 초조한 표정으로 나리가 묻자, 아래를 내려다보고 있던 현우의 시선이 나리에게로 돌아왔다. 현우의 표정은 그때 준희에 비해 비교적 차분했다. 하지만 그의 성숙한 태도로도 그늘까지 지울 수는 없었다. 그가 낮게 입을 열었다.

"준이, 아프단다."

또다시, 그때와 같은 상황.

나리는 도대체 이해를 할 수 없었다. 또 쓰러진 걸까? 영양실조로? 하지만 이 사람의 표정이 왜 이렇게 낮게 가라앉아 있는 걸까. 마치, 많이 슬픈 사람처럼. 아주 가슴 아픈 일을 눈앞에 둔 사람처럼.

불안하게 하지 말았으면 좋겠다. 나리는 자신도 모르게 손을 뻗었다. 지금 잡지 않으면, 손끝으로 만지지 않으면 그가 아주 먼 곳으로 사라질 것만 같았다. 조바심이 그녀를 미치게 했다. 입술이 바짝바짝 말라와서 현우의 재킷 자락을 힘주어 그러쥐었다. 현우의 입가에 서글픔과 비슷한 마른 미소가 돌았다. 왜일까, 왜 이런 표정을 짓는 걸까.

"왜요. 어디가 얼마나 아픈 건데요."

목소리가 떨려서 나갔는지도 모르겠다. 현우의 긴 눈매에 슬픈 미소가 어렸다.

"속인 거였어."

현우의 말에 나리의 눈동자가 흔들렸다.

"무슨, 말이에요? 난 잘 모르겠어요."

"우릴 속인 거였어. 쓰러진 건 영양실조 같은 게 아니었어. 많이 아팠던 모양이다. 혼자서, 계속 아무 말도 없이 버티고 있었던 거야."

"그러니까 그게 무슨 말이에요. 준이 씨가 왜요!"

입술을 바르르 떨며 나리가 소리친 순간, 마지막까지 자신의 입으로는 말하기 싫었던 듯 현우가 어렵게, 어렵게 말을 이었다.

"준이…… 암이란다."

나리의 눈동자가 그대로 정지했다.

10편 만약에 너가 나보다……

　병실에 도착했을 때, 준희는 병실 앞 벽에 무너진 듯 쭈그리고 앉아 머리카락을 움켜쥐고 있었다. 고개를 푹 숙인 채 시선을 떨어뜨리고 있는 그의 표정을 나리는 차마 볼 수가 없었다.

　절망.

　단지 그것이었다. 준희는 절망하고 있었다. 그렇게 사랑하는, 이 세상에서 유일하게 마음 전체를 의지하고 있는, 태어날 때부터 그의 반쪽이었던 존재에게 내려진 형벌이 어떻게 단지 병자만의 것일까. 죽어가고 있는 건 준희도 마찬가지일 것이다.

　암이 가족력이 있다는 건 사실이다. 하지만 어째서 이렇게 허무하게, 남은 사람에게마저 고통이 전가되어야 하는 걸까. 우뚝

선 채로 준희를 응시하고 있는 현우의 옆에서 나리는 천천히 걸음을 뗐다. 막 움직이려던 현우의 동작이 멈칫했다. 그의 시선이 나리에게로 닿아 멎었다. 하지만 나리는 아는지 모르는지 현우를 돌아보지 않은 채, 마치 이끌리듯 준희를 향해 다가가고 있었다.

준희라는 이 남자가, 나리는 조금 원망스러웠다.

도대체 이 사람은 왜 그날 난데없이 회사로 찾아와서, 난데없이 점심을 먹자는 말을 하고, 난데없이 자기 얘기들을 해서, 이렇게 그에 대한 것을 알아버리게끔 만들었던 걸까. 그래서 이렇게까지 애틋하게 만든 걸까.

가슴이 아팠다. 나리는 조용히 걸어가 그의 앞에서 함께 쭈그리고 앉았다. 같은 눈높이를 만들고서 가만히, 낮게, 균열을 일으키지 않게끔 그의 이름을 불러보았다.

"준희 씨……."

반응이 없었다. 준희는 그저 깊은 고통 속에 빠져 있었다. 나리는 한 번 더 그의 이름을 불렀다.

"준희 씨."

현우는 떨어진 거리에서 조용히 두 사람을 쳐다보고 있었다. 왜인지 모르겠지만 그저 지켜보고 있는 게 나을 것 같았다.

하지만 나리가 두 번째로 그의 이름을 부른 순간 준희가 천천히 고개를 들었을 때, 그 흐트러져 있던 초점이 서서히 맞춰지면서 나리를 발견하고서는 곧장 선명해졌을 때, 그리고 그가 절망적인 몸을 움직여 나리의 어깨를 와락 끌어안았을 때, 현우는 비로소 깨달았다. 그것은 어떤 예감이었다는 걸.

준희가 지금 나리를 필요로 하고 있다는 것에 대한 예감.

나리는 놀라는 것 같지 않았다. 동요하지 않으며 준희의 등을 토닥여 주고 있었다. 감정을 위로해 주는 사람이 그렇듯 그녀 자신의 감정은 섣불리 표현하지 않으면서, 상대방의 해지고 깨진 감정만 성숙하게 다독여 주고 있었다.

"거짓말쟁이였어. 살이 자꾸만 빠지길래 왜 그러냐고 물었을 때도, 그 자식, 계속 더 슬림해지고 싶다고, 그따위 말도 안 되는 거짓말만 하고. 가끔 위가 아프다고 했으면서, 걱정하려고 하면 밤새도록 게임해서 그렇다고 둘러대고, 쓰러지면 영양실조라고 유도하고. 수술해야 하는데. 하루라도 빨리 수술해야 하는데 언제까지 속일 생각이었던 거야. 수술받아 봐야 자기도 죽을 거라고 생각하고 있을 게 뻔하잖아. 누나도…… 그랬으니까. 바보 같은 게. 바보 같은 게!"

눈물이, 나리의 어깨를 적시고 있었다. 얼굴을 묻은 준희는 그렇게 준을 향한 원망을 나리의 몸에 쏟아가며 자신의 울분을 가라앉히고 있는 것 같았다. 나리는 그저 이 남매가 아팠다. 어느 때부터 이렇게 동화가 되었는지 모르겠다. 같은 사람을 소중하게 생각하고, 사랑하고 있다. 그것으로부터 시작된 동질감. 한 사람을 두고 다투고 욕심내고 비난하고, 그러면서도 그 사람으로 인해 가까워지고, 참 귀찮은 사람이라고 생각하면서도 또 못내 외면할 수만은 없게 되었다.

"아직 놓치지 않았잖아요."

나리는 가만히 입을 열었다. 함부로 이 사람의 마음을 건드리지 않으려고 최대한 애쓰며.

"준이 씨는 자유로운 겉모습과는 다르게 생각을 누를 줄도 알고 차분한 것 같았어요. 준이 씨가 힘들고 아플 때, 절망적일 때 위로해 주라고, 힘이 되어주라고 준희 씨가 준이 씨 손 꼭 잡고 태어난 거잖아요."

준희의 다 큰 몸이 마치 아이 같다는 생각을 했다. 쌍둥이는 둘이 하나로 있을 때에야 자신들의 장점을 있는 그대로 발산한다는 걸, 이 사람들을 보며 알게 되었다. 그녀가 없는 그는 위태롭다.

"준이 씨가 아프면 준희 씨가 옆에서 지켜주고, 아무리 괴로워도 빙글빙글 웃으면서 힘이 되어주라고, 반반인 펜던트 조각처럼 두 사람 하나로 맞춰놓은 거니까."

하지만 그가 없는 그녀도 위태롭다.

"준희 씨가 할 일은 이렇게 준이 씨가 보이지 않는 곳에 앉아 있는 게 아니라 준이 씨 앞에서 웃어주는 거예요. 절대 니가 생각하는 그런 일 따위 없을 거라고, 마구 웃으면서, 아무 일도 없는 사람처럼, 실없는 사람으로 보이더라도 터무니없이 낙천적으로 무조건 웃어주는 거예요."

나리는 천천히 준희를 떼어내고서 몸을 펴고 일어났다. 그리고 그의 손을 잡아끌어 억지로 서게 했다. 준희는 여전히 침통한 표정이었다.

"지금부터 3초 동안 눈물 닦고, 1초 동안 안면 근육 운동하고, 앞으로 내내 웃는 거예요. 시작! 1초, 2초, 3초, 4초, 땡!"

준희는 아무런 준비도 하지 않았는데 나리는 그대로 문을 열었다. 준희가 당황한 표정으로 나리의 손을 반대로 끌려고 했다. 하지만 나리는 이번에야말로 자신의 괴력으로 준희를 있는 대로 잡아끌었다. 그대로 준희의 몸이 딸려 들어가듯 병실 안으로 사라졌다.

현우는 조용히 그 모든 모습을 지켜보고 있었다. 준희가 들어간 후 병실 문이 자동으로 닫혔다. 하지만 현우는 움직이지 않고서 그 자리에 서 있다가 천천히 걸음을 옮겨 벽에 등을 기댔다. 머리카락을 천천히 쓸어 올렸다.

고맙다. 덕분에 마음은 조금 놓았다.

하지만 그것은 피상적인 감정일 뿐.

지금 마음을 복잡하게 두드리고 있는 건 그런 제삼자에게서나 나올 법한 감정들이 아니었다.

그녀가 아니었으면 한다는, 협소한 마음.

그것부터 먼저 생각하고 있는 자신이 참 싫다.

눈앞에서 발견한 나리를 그 어떤 멈칫거림이나 거부없이 곧바로 흡수하듯 안아버린 준희를 거꾸로 매달아 탈탈 털어주고 싶을 정도로.

질투가 난다. 화가 난다.

"유치하지."

현우의 입가에 낮은 조소가 어렸다. 한참 동안 벽에 기대선 그의 긴 그림자는 움직일 줄 몰랐다.


"죄송합니다!"

그날 저녁, 다행히 수술 일정이 사흘 안에 잡혀서 겨우 마음을 놓은 현우가 병원의 정원 벤치에 앉아 있을 때 느닷없이 불쑥 나타난 준희가 그렇게 말했다. 현우는 벤치에 등을 기댄 채 고개를 비스듬하게 기울여 준희를 올려다보았다.

"뭐가."

"제가, 매형사마의 애인님께 실례를 좀 저지른 것 같더라고요. 생각해 보니까."

준희의 상태는 완전히는 아니더라도 많이 좋아져 있었다. 절망이 아니라 희망 쪽을 선택한 건가. 단지 나리의 말 때문만은 아니었겠지. 준이를 살리기 위해서 그가 해야 할 일이 무엇인지, 재빠르게 판단해서 최선의 방향을 선택한 것이겠지. 하지만 역시나 그 변화의 기점이 누구였는지는 분명한 것이었다.

위암은 암 중에서 비교적 간단한 수술을 요했고, 또한 수술로서 완치를 바랄 수 있는 병이었다. 전이만 되지 않는다면 치료와 회복도 그나마 기대를 걸어볼 만했다. 서영은 위암이 아니었지만 준은 그랬고, 현재 상태는 2기에서 3기로 넘어가는 중이었다. 불행 중 다행으로 암이 발견된 위치도 위의 아래쪽이라 전절제술이 아닌 부분절제가 가능하다는 의사의 소견이었다. 위가 3분의 1정도밖에 남지 않겠지만, 전체를 잘라 버리는 것보다는 나았다. 환자의 가족에게는 그나마 불행 중 다행인 소식이었다. 물론 환자 본인에게는 어떻더라도 괴로운 일이겠지만.

그동안 준이 가족들에게까지 병을 숨겼던 데는 아마도 트라우마에 기인한 이유가 컸을 것이다. 준희가 말한 대로, 수술이 성공적으로 끝난다고 해도, 서영이 그랬던 것처럼 재발로 인해 죽을 수도 있다는 생각. 그럴 확률이 크다는 두려움. 그럴 바에야 차라리 마지막까지 혼자서 품고서 아무도 슬프게 하지 않고서 혼자만 괴로운 게 낫지 않을까, 라고.

준희가 할 일은 그런 준의 생각을 긍정적으로 바꾸는 것일 터였다. 그걸 할 수 있는 사람은 준희밖에 없었다. 나리는 그걸 준희에게 깨우쳐 준 것이고. 현우는 진지한 눈으로 준희를 바라보며 천천히 입을 열었다.

"실례를 저지른 것 같다라."

준희가 쭈뼛거리며 고개를 끄덕였다. 그 모습을 보는 현우의 눈매가 날카로워졌다.

"멱살 잡고 싸우는 것 싫어한다고 분명히 말했을 텐데."

"매형."

"하지만 싫어하는 일도 슬슬 한 번쯤 해볼까?"

현우가 표정을 굳힌 채 자리에서 일어나려 하자 준희가 펄쩍 뛰며 뒤로 물러섰다.

"매형, 진짜 하실 생각인가요?"

"그럼. 진짜로 하지 가짜로 하나?"

"그, 그것은. 매형, 잠깐 고정하시고요. 일부러 그런 것도 아니잖습니까."

뭐가 그렇게 겁이 나는지 슬금슬금 물러나며 오금을 저리는 준희였다. 현우는 헛웃음을 픽 흘리고는 팔짱을 꼈다.

"건방진 녀석한테는 매가 약이지."

"매형은 아무튼 꼬리만 잡히면 어떻게든 패려고 안달이라니까. 그렇게 제가 때리고 싶은 인간입니까?"

"몰라서 물어?"

"너무한다, 진짜. 근데 어쩌라고요. 왠지 매형사마 애인하고는 남 같지가 않고, 미우면서도 밉지만은 않고, 한번 기대보고도 싶고……."

현우의 한쪽 눈썹이 바로 휘어져 올라갔다.

"점점 발언이 위험해지고 있군."

"나름대로 수위를 조절하려고 노력하고 있습니다만?"

"하나도 조절 안 돼!"

현우가 버럭 소리치자 준희가 어깨를 움찔했다.

"그러지 말고 매형."

준희가 기죽은 얼굴에 어색한 미소를 띠며 말을 이었다.

"윤나리 씨, 살짝만 나눠 가지면 안 되겠…… 으악!"

결국 그대로 얻어맞고 말았다. 가볍게 꿀밤이 내리꽂히는 게 아니라 뺨에 주먹이 정통으로 날아갔다. 억 소리를 내며 벤치로 나가떨어진 준희가 억울하다는 눈으로 현우를 쳐다보며 얼얼한 뺨을 문질러 댔다.

"아, 씨. 매형, 진짜로 때린 겁니까?"

"맞아보고도 헛소리냐? 한 번 더 확인시켜 주랴?"

"돼, 됐어요! 충분히 오지게 아프단 말입니다."

입안이 찢어졌는지 혀로 안쪽 볼을 훑으며 준희가 계속 투덜거렸다.

"아, 진짜로 사람을 치시네. 멱살만 잡는다고 해놓고는 남자가 자기 말도 안 지켜요."

현우는 황당하다는 듯 짧게 혀를 찼다.

"너는 인마."

"……."

"정신 좀 차려라. 너 만나고 나서 내내 인간 하나 잘못 만났지 싶었는데 요즘처럼 그 생각이 확고한 적도 없으니까."

"너무 냉정하십니다, 매형."

"만약 니가 정말 사랑하는 사람을 만났다고 쳤을 때."

그때까지 조금은 불성실하게 대화에 임하고 있던 준희의 표정이 진지해졌다. 현우는 차갑게 준희를 들여다보며 말을 이었다.

"그 사람을 두고 너 같은 놈이 너 같은 소리를 했을 때 내 마음이 어떨지, 한 번 잘 생각해 봐. 아주 많이 화나고, 쓸쓸할 테니까."

현우는 그대로 준희를 지나쳤다. 남은 준희는 기가 팍 죽은 얼굴로 고개를 숙이고 있었다. 휴우, 하고 낮은 한숨을 내쉬는데 간 줄 알았던 현우가 다시 돌아와 뒤에서 준희의 어깨를 툭 짚고는, 그대로 돌려세워 준희의 배에 묵직한 혹을 찔러 넣었다. 난데없이 두 번째의 공격을 당한 준희가 허리를 접으며 현우를 있는 대로 노려보았다.

"아, 진짜 매형! 이건 반칙이잖아요!"

그러나 현우의 싸늘한 표정은 미동도 없었다.

"생각해 보니까 계속 열받아. 돌려차기도 한 방 먹이고 싶은데."

준희는 현우를 피해 바람과 같은 속도로 도망가야 했다.


"어유, 진짜. 무슨 검사가 이렇게 다양하고도 끈질겨."

팔에 꽂힌 주삿바늘을 보며 준은 계속해서 투덜거리고 있었다. 침대에 반쯤 누운 채로, 병자의 얼굴이라기보다 투덜이의 얼굴을 하고 있는 준을 보며 나리는 빙긋 웃었다.

"준이 씨, 귀여워요."

난데없는 칭찬에 준이 손목을 만지던 손을 멈추곤 나리를 흘끗 쳐다보았다.

"내가 귀여워요?"

나리가 고개를 끄덕였다.

"나리 씨 눈, 시력 검사해야겠다."

그리고 풋 웃는 그녀. 암이라는 병을 혼자 감당하고서 비밀로 하고 있던 사람. 언니의 경험 때문에 두려움을 견디다 못해 병으로부터 도망친 거라고 볼 수도 있겠지만 나리는 그렇게 생각하지 않았다. 그녀는 오히려 용감한 사람이기 때문에, 병과 맞섰던 것이라고 생각했다. 수술로부터 도망갔다고 다 겁쟁이는 아니다. 다른 사람이 아플 걸 더 걱정했기 때문에 자신의 몸 안에서 자라고 있는 암 덩이로부터 고개를 돌릴 수 있지 않았을까. 그것은 오롯이 그녀만의 용기였던 것이다.

물론 죽음이 두려웠을 것이다. 하지만 그녀가 정말 두려워했던 건 자신에게 불행이 닥쳤을 때 홀로 남을 반쪽의 존재가 아니었을지.

그래서 수술을 결정한 지금도 그녀는 비교적 평온한 상태를 유지하고 있었다. 웃기도 하고, 수다를 떨기도 하고, 오히려 주변 사람들을 위로해 주기도 하고. 그녀가 이렇게 될 수 있었던 데는 준희가 빨리 그 본연의 모습으로 돌아가 주었기 때문인지도.

"근데 나리 씨, 집에 안 가봐도 돼요?"

"이제 가야죠."

"근데 왜 나리 씬 내 옆에서 간호해 주고 있는 거예요?"

"별로 간호해 준 것도 없는걸요. 그냥 앉아만 있잖아요."

"다른 간병인들도 거의 그렇던걸요? 다들 앉아 있기만 하던데."

"그거야 오래 안 봤으니까 그렇지. 다들 나보단 바쁘게 움직일 거예요."

"하긴. 그렇다고 치고. 근데 가만히 앉아 있기만 할 거면서 왜 계속 내 옆에 있어요?"

왠지 계속해서 쳇바퀴를 돌고 있는 질의응답이었다. 나리는 어쩔 수 없이 쿡 웃었다.

"뭐랄까. 이 죽일 놈의…… 정?"

준이 눈을 깜빡거렸다.

"정?"

나리가 고개를 끄덕였다.

"나 왠지 준희 씨랑 준이 씨랑, 두 사람한테 정든 거 같아요."

"에? 그렇게 빨리?"

"정 드는데 시간이 뭐 중요한가요."

"오빠랑 난, 아주 잠깐 동안이었지만 나리 씨 추방하려고 모의도 했었는데?"

"별로 먹힌 건 없잖아요."

"하긴 그렇네?"

"그렇죠."

왠지 그녀와 말하면 늘 쿨하게도 마무리가 되곤 했다.

"우리 형부, 멋진 사람이죠?"

준의 질문에 나리는 쑥스러워서 잠깐 머뭇거렸지만 곧 고개를 끄덕였다.

"아주 많이요."

"나도 그렇게 생각해요. 우리 언니도, 그랬을 거예요."

나리의 표정이 서서히 흐려졌다. 준이 혀를 쏙 내밀곤 웃었다.

"딱히 공격하려고 한 말은 아니었는데."

"공격받았어요."

"그럼 어쩔 수 없고."

그렇지. 이렇게 쿨하단 말이다.

"준희랑 난 언니를 정말 사랑했어요. 믿고 의지하고 사랑하고 따르고. 언니가 형부 소개시켜 줬을 때, 그리고 결혼했을 때, 우린 정말 행복했어요. 우리 언니가 사랑하는 사람이 형부처럼 멋진 사람이라서 우리가 다 뿌듯했어요. 우린 최고의 가족이었어요. 패밀리."

나리는 아련한 마음으로 준의 말을 듣고 있었다.

"하지만 언니를 잃어버렸고, 형부도 잃어야 했죠. 그러고 싶지 않았는데, 그때 나리 씨가 나타났어요. 그러니까 우리가 어떻게 나리 씨를 원망하지 않을 수 있었겠어요."

나리를 들여다본 준이 말을 이었다.

"그래서. 준희랑 내가 잠시라도 나리 씨 싫어하고 원망한 거 사과할게요. 나보단 푼수 오빠가 나리 씰 더 괴롭힌 것 같더라만."

"본인 입으로 듣고 싶은 말이긴 하지만, 고마워요."

나리는 부드럽게 웃었다. 준이 나리의 눈을 응시하며 말을 이었다.

"우리 준희가 나리 씨를 많이 좋아하는 것 같아요."

나리의 눈동자가 길게 가늘어졌다. 고개를 갸웃했다.

"많이 싫어하는 게 아니구요?"

"걔 표현이 원래 그래요. 그래도 남 칭찬에 엄청 인색한 주제에 나리 씨 없는 데서 막 칭찬하는 거 보면 답 나온 거죠 뭐."

나리는 어깨를 으쓱했다. 이건 전에도 들은 말이긴 했지만, 대체 자신이 없는 동안 그 황준희란 남자 무슨 소릴 하고 다닌 걸까.

"준희도 나리 씨 좋아하고, 나한테 간호 비슷한 거 해주고 있으니까 나도 이제부터 나리 씨 좋아할래요."

나리는 쿡 웃으며 손을 내저었다.

"굳이 부담 가질 필요는 없어요. 내가 있고 싶어서 있는 거니까."

"그래도 난 나리 씨 좋게 생각하기로 결정했어요. 그러니까 나리 씨 나중에 텃새 부리면 안 돼요. 우리도 텃새 일찌감치 포기했으니까."

나리의 눈이 커졌다. 이건 말인즉슨 협상?

"형부랑 나리 씨가 어떻게 되더라도, 나랑 준희는 계속 들러붙을 거니까."

나리는 고개를 설레설레 저었다.

"굳이 못 내쫓아요."

"그렇다는 건 형부랑 결혼까지 할 거란 말?"

"네에?"

나리의 얼굴이 곧장 새빨개졌다. 물론 그러고 싶다고 생각하고 있긴 하지만, 절대 그럴 예정이지만, 아직은 단지 자신의 생각일 뿐이라서.

뭔가 동그랗고, 손가락에 꼭 들어맞고, 반짝거리는 그것을 아직 받지 못하기도 했고.

"나 위 없어지기 전에 맛있는 거 많이 먹어둬야 할 텐데."

이쪽은 심각한 고민에 빠지게 해놓고 준은 먹을 것 타령이었다.

"그거 알아요? 위 잘라내고 나면 당분간 죽으로 연명해야 한대요."

"네……."

"그러니까 건강한 사람이 죽 먹는 건 앞으로 법으로 금지해야 해요. 누군 먹기 싫어도 먹어야 하잖아요."

자신만의 논리를 펼치고 있는 준이었다.

"준이 씨."

나리가 부르자, 계속 죽, 죽, 중얼거리고 있던 준이 시선을 들었다. 나리가 생긋 웃었다.

"계속 지금처럼 힘내요. 그리고 우리 앞으로도 멋진 패밀리 해봐요."

준의 눈동자가 서서히 커졌다. 나리는 혀를 쏙 내밀며 유감스럽다는 듯 말을 이었다.

"물론 현우 씨가 내 청혼을 받아들여 준 후의 문제겠지만."

그 부분에선 준의 눈동자가 더 커졌다.

"설마 나리 씨가 청혼할 생각이에요?"

나리가 풋 웃었다.

"안 해주면 도리 있어요? 나라도 해야지."

"아우, 싫다. 그건 낭만이 없지, 낭만이. 무조건 프러포즈는 남자가. 그것도 무릎 꿇고서. 장미 한 송이 바치면서."

"내가 하죠 뭐? 무릎 꿇고 장미 한 송이 바치면서?"

"그런 데서 레이디퍼스트할 생각 말아요. 내가 형부한테 수술 들어가기 전에 건의할게요. 청혼 좀 하라고!"

"저, 절대 하면 안 돼요! 알았죠?"

나리가 기겁하며 소리치자 준이 깔깔거리며 요리조리 피했다.

"걱정 마요. 수술 전에 한 말은 어지간히 꼬인 사람 아니고는 들어줄 테니까."

"하지 말라니까요, 정말!"

"걱정 말라니까 그러네."

난데없이 만류전이 되어버린 두 사람의 대화였다. 톡탁톡탁 북적거리며 두 사람의 대화가 이어지고 있을 때 살짝 열려 있던 병실 문이 조용히 닫혔다. 현우는 천천히 병실 문을 놓고서 고개를 숙였다. 숙인 그의 입가에 따뜻한 미소가 돌고 있었다. 토닥토닥 준과 대화를 나누고 있는 그녀의 모습, 그리고 의도는 아니었지만 들어버린 나리의 마음.

수없이 솟아오르는 감사의 마음.

그리고, 그런 그녀를 사랑하고 있는 자신에 대한 안도감.

앞으로도 계속 사랑하고 싶다는 짙은 희망.

"윤나리, 사람을 너무 띄엄띄엄 보잖냐."

머리카락을 쓸어 넘기며 그가 돌아섰다.

"청혼은, 적어도 내가 하게 남겨줘라."

느릿하게 병실 복도를 걸어가는 현우의 입가에 사라지지 않는 미소가 내내 묻어 있었다.


"야근이니?"

며칠 후, 퇴근한 지 얼마 되지도 않아 간편한 차림으로 가방 하나를 둘러메고 거실을 가로질러 뛰어가는 나리를 뒤늦게 붙든 모친의 목소리에 나리가 멈춰 섰다.

"응?"

"다시 회사 들어가냐구."

"아니? 회사는 왜?"

"근데 무슨 가방이 그렇게 빵빵해? 야근하려고 준비한 거 아니야?"

속옷이고 세면도구고 갈아입을 옷이고 이것저것 챙겼더니 가방이 미어터질 듯했다. 나리는 임신을 한 가방을 흘끗 쳐다보며 웃었다.

"야근이 아니라 병간호."

수술 전까지 준은 준희와 간병인이 번갈아 봐주고 있었다. 수술 전까지는 아직 혼자 움직일 수 있는 정도라 무리는 없었기 때문이다. 하지만 수술을 하면 문제가 달라진다. 아프기도 할 거고 여러 가지 두렵기도 할 것이다. 그때는 간병인보다는 익숙한 사람들이 곁에 있어주는 게 마음도 든든하고 좋을 것 같아 나리가 자신도 병실에 있겠다고 자처를 했다.

수술은 이틀 전이었고, 나리와 준희, 그리고 현우가 초조하게 기다리는 가운데 무사히 끝이 났다. 미리 들었던 혹시 만에 하나의 위험한 상황들이 있었지만, 마취도, 절제도 그 어떤 부작용도 없이 깨끗하게 끝이 나서 다행이었다. 열어본 결과 육안으로 보이는 암세포의 전이도 없었다. 하지만 조직검사가 나와봐야 정확한 결과를 알 수 있을 것이기 때문에 아직 안심하기는 일렀다.

지금까지는 준희가 준의 곁을 지켰고, 오늘은 꼭 자신이 있고 싶다고 나리가 거듭 주장을 해서 지금 짐을 싸들고 나가는 중이었다. 그런데 바로 엄마한테 딱 들켜 버린 것이다.

"병간호라니 누구 병간호?"

당연히 그렇게 물어와서 나리는 가뿐하게 대답했다.

"응. 미래의 내 아가씨 될 사람."

엄마가 고개를 갸웃했다.

"아가씨?"

물론 전혀 못 알아듣는 얼굴이었다. 그래서 나리는 좀 더 설명해야 했다.

"내가 결혼할 사람 여동생이 수술했어. 그래서 미래의 새언니로서 간호해 주려구."

더없이 간단하고도 명확한 설명에 엄마는 눈을 깜빡거렸다. 알아들을 만도 한데 아직도 못 알아들은 눈치였다. 잠시 나리를 물끄러미 쳐다보고 있다가 오히려 피식 웃었다.

"장난하니?"

아무래도 전혀 심각하게 받아들일 의지가 없으신 모양이었다. 나리는 쉽게 쉽게 말한 자신의 태도도 문제가 있다고 생각해 진지한 표정으로 말을 이었다.

"장난 아냐. 나 사랑하는 사람 있어. 그 사람 여동생이 위암 수술받았고, 난 지켜주고 싶어서 가는 거야. 장난 같아, 엄만?"

"너…… 윤나리, 그게 대체 무슨 소리야!"

그제야 장난이 아니라는 걸 깨달았는지 엄마가 눈에 불을 켜고 심각하게 나왔다.

"사, 사랑하는 사람이라니? 결혼하, 할 사람이라고 한 게 맞아? 맞는 거니?"

"엉, 맞아. 왜? 난 사랑하고 결혼할 사람 생기면 안 돼? 그게 그렇게 놀랄 일이야?"

"이 계집애야. 그걸 말이라고 해! 그런 비슷한 말도 흘린 적 없었으면서 이게 무슨 아닌 밤중에 홍두깨야, 응?"

"미안해. 그치만 그렇게 됐어. 암튼 늦었으니까 난 일단 갈게."

"일단 갈게가 아니라 일단 정지! 정지!"

시간 때문에 도망가려고 한 나리였지만 덥석 물고 늘어지는 엄마에게 다시 잡히고 말았다.

"설명은 해주고 가야 할 거 아냐! 정말 누구 생긴 거니? 있는 거야?"

"응. 좋아하는 사람이야."

"그, 그거 말고 결혼할 거냔 말이야!"

"사실 그건 잘 모르겠어. 정확하게 말해서 결혼할 사람이 아니라 내가 결혼하고 싶은 사람이거든."

엄마의 눈이 경악으로 커다래지는 걸 지켜보는 심정은 묘한 것이었다.

"걱정 마. 조만간 그 남자도 결혼하고 싶어질 테니까."

"장난하니? 장난? 결혼이 장난이야?"

"누가 장난이래? 사람 마음을 내가 어떻게 함부로 장담해? 그런 소리지."

"윤나리, 너 외출 금지야. 헛소리 말고 집에 있어. 잠이나 자. 말이 되는 소릴 해야지. 어디 시집도 안 간 것이 벌써부터 시댁 사람들 병수발이나. 내가 너 그러라고 그 돈 들여서 공부시킨 줄 알아?"

예민해진 엄마가 자존심을 내세우며 나리를 붙들려 했다. 하지만 나리는 엄마의 손을 살짝 잡고서 떼어냈다.

"다 큰 딸을 어떻게 가두겠다는 거예요, 어머니. 자세한 건 나중에 설명할 테니까 이해해 줘. 난 지금, 한 사람이라도 더 아군이 필요해. 엄마, 사랑해!"

나리는 그렇게 말하고 얼른 엄마에게 손을 흔들고는 현관을 빠져나갔다.

"윤나리! 너 정말 그럴 거야!"

엄마가 외치는 목소리가 들렸지만 나리는 잠깐 어깨만 으쓱하고 말았다. 엄마는 아마도 싫을 것이다. 그래, 시누이 될 사람의 병간호라니. 하지만 더욱 문제는 그 시누이가 실제 시누이도 아니란 것이었다. 그걸 모두 설명해야 할 때가 오면, 엄마의 반대는 지금보다 더 심해질지도 모르겠다. 아버지는 또 어떻고.

그렇기 때문에 나리는 조금씩 나누어가며 정보를 흘리고 있었다. 충격의 완화라고 하기엔 부모님에게 미안했지만. 엄마 아버지가 나은 딸은 지금 이 사랑에 목숨까지 걸 수 있을 정도였다. 그 사람만이 자신의 운명이라고 생각한다. 그러니까 바라는 게 있다면, 웬만하면 목숨까지는 걸지 않고서 모든 게 잘 해결되기를……

살아 있어야 사랑도 하는 거니까.

그래서 지금, 생사의 기로에서 다시 생을 얻은 사람과 함께 다른 의미의 소중한 가족을 만들려고 한다. 그 사람의 곁에 있는 사람이라면 누구나 소중하니까. 그 사람도 내가 이렇게 생각하는 것만큼, 내 곁에 있는 사람을 소중하게 여겨주고 의미있게 대해준다면, 그걸로 되는 게 아닐까.


나리가 병실 앞에 막 도착했을 때 마침 문이 열렸다. 잘생긴 얼굴로 하품을 늘어지게 하며 나오는 저 인물은 바로 준희였다.

"료카?"

나리가 부르자 준희가 입을 합! 닫고는 눈을 반짝거리며 뛰어왔다.

"지금 나 불렀어? 료카라고 불러줬어?"

"그게 뭐가 어때서."

"왠지 애칭이 불리는 기분이거든. 하핫."

나리는 고개를 절레절레 저었다.

"준이 씬 어때요? 많이 아파해요?"

"사나흘 정도는 제대로 못 움직일 거래. 잤다가 깼다가 반복하고 있지 뭐. 절개 부위는 깨끗하게 된 것 같아. 지금 인턴이 소독하는 중이야."

나리가 고개를 끄덕였다.

"그나저나 괜찮겠어? 그냥 내가 있는 게……."

"아, 글쎄. 그건 끝난 얘긴데 왜 자꾸 이러시지?"

나리의 호언장담에 준희의 표정이 잔잔해지더니 곧 싱긋 웃었다.

"나 얼마 전에 매형한테 주먹으로 얻어맞았어."

"어머나! 그걸 어째. 아팠겠네."

말과 다르게 흥흥거리며 웃는 나리를 준희가 찌릿 째려보았다.

"나리 씨를 사이좋게 나눠서 가지자고 했다가 얻어맞은 거거든?"

나리의 표정이 움찔했다.

"지금…… 뭐, 뭐라고."

갑자기 무슨 간 떨어지는 소린지 모르겠다. 창피한 것도 모르고 왜 저럴까. 뭘 나눠서 가져? 내가 무슨 물건입니까?

"나, 황준희, 나리 씨한테 반한 거 같거든. 우리나라도 그거, 일처다부제 적용돼야 해. 문명이 이렇게 발전했는데 일처다부제가 없다니 말이 되는 일이야?"

"댁하고 말 섞으려고 한 내가 바봅니다."

"근데 나 정말 나리 씨하고 잘 지내면 안 되는 걸까?"

"잘 지내고 있잖아요?"

"아니, 이렇게 말고 좀 더 은밀하고 가깝게······."

"가깝게 한 대 얻어맞아 볼까, 황준희."

그것은 나리의 뒤쪽에서 불쑥 날아온 말이었다. 또한 낮고 음습하게 깔려서, 얼음이 뚝뚝 떨어질 것 같은 차가운 목소리.

나리는 화들짝 놀라 고개를 휙 돌려 현우를 쳐다보았다. 언제 온 건지 그가 차갑게 표정을 굳힌 채 서 있었다. 한참 집적거리다가 제대로 걸린 준희는 그야말로 기겁을 하고서 얼른 나리에게서 떨어져 섰다.

"매형, 귀가 좋으시네요."

"아직 덜 맞았지?"

"그래도 마음에 딱 차는 걸 어쩌란 말이에요. 이런 걸, 사자성어로 잘못된 만남이라고 한다죠?"

어디가 사자성어냐!

나리는 이 변죽 좋으면서도 감당이 안 되는 남자를 진심으로 황당하다는 눈으로 쳐다보았다. 물론 그가 흘리는 말의 90%를 흘리면서 듣고 있으니 지금 그의 말도 별로 신경 쓰지 않았지만 심각하게 생각하지 않는 건 나리일 뿐, 준희만의 표현 방식으로 애정 공세를 하고 있다는 걸 명백하게 알고 있는 현우는 준희가 적 그 자체였다.

"어서 가서 자."

그대로 성큼 다가온 현우가 준희의 뒷덜미를 낚아채 뒤로 던져 버렸다. 나리는 현우의 등 뒤에서 고개만 살짝 내밀어 준희를 향해 손을 살랑살랑 흔들었다.

"잘 가요."

"좋아요 뭐. 시간은 앞으로도 많으니까."

"황준희."

"도대체 뭔 소리람."

준희는 쿡쿡 웃으며 몸을 돌렸다. 여유롭게 걸어가며 한껏 폼을 잡다가 마주 오던 간호사와 부딪쳐 휘청거리는 꼴을 보니, 아무래도 심각한 수면 부족인 듯.

"왜 저래요?"

준희가 보이지 않을 때까지 쳐다보며 묻고 있는 나리의 얼굴에 현우의 손길이 닿았다. 뺨을 감싸 쥐어 고개를 그의 쪽으로 강제로 돌렸다. 나리는 현우의 손에 감싸인 채 눈만 깜빡거리며 그를 올려다보았다.

"몇 대 더 패줄까?"

현우가 차분한 얼굴로 한 말에 나리는 풋 웃었다.

"뭐, 사이가 나쁜 것보단 낫잖아요?"

"틈만 나면 내 여잘 넘보려 드는데도?"

나리의 눈꺼풀이 빠른 속도로 깜빡거렸다. 지금 내가 무슨 말을 들은 거지? 설마, 내 여자…… 라고 한 건가? 그리고 그 사람이…… 설마 저인가요?

자신도 모르게 내뱉긴 했는데 하고 나서 현우도 스스로 놀랐는지 민망한 표정을 짓고 있었다. 얼른 나리의 뺨을 쥐고 있던 손을 풀고는 흠흠 헛기침을 했다. 자신감 넘치는 것 같으면서도 가끔 보여주는 저런 순수한 모습에, 또 한 번 반하게 되고 만다.

"현우 씨."

"응."

아주 많이 좋아하고 있어요.

"이만 가보시죠?"

현우의 표정이 멈칫했다.

"뭐?"

급속도로 험악해지는 표정에 나리는 빙그레 웃었다.

"오늘 밤엔 내가 있을 거라고 약속했으니까 현우 씬 가서 쉬어요. 오지 않기로 약속했잖아요."

"아니, 아무래도 걸려. 네가 들어가."

현우가 단호한 표정으로 말했지만 나리는 고개를 저었다. 빵빵한 가방을 들어 보였다.

"이미 출가도 했는걸요."

"말 좀 가려서 해."

현우가 손등으로 나리의 정수리를 부드럽게 툭 치고는 얼굴을 가만히 들여다보며 말했다.

"너는 왜, 내게 모든 걸 해주려는 걸까."

모르겠다는 듯, 그가 물어왔다. 나리는 고개를 비스듬히 기울였다.

"정말 궁금해요?"

"그래."

"모든 걸 받고 싶으니까."

현우가 피식 웃었다.

"영악한 느낌의 대답이군."

"난 사랑을 하게 되면, 열심히 하는 게 아니라 아주 열심히 해야지 항상 생각했어요. 치열할 정도로 열심히. 그러니까 이건 내 만족이에요."

도저히 알 수 없는 나리의 성격. 현우는 주기만 하는 사랑을 업으로 사는 것 같은 나리를 물끄러미 쳐다보았다.

"내가 아니었어도, 너는 이렇게 열심이었을까?"

못내 미지의 그 남자에게 질투마저 일면서.

하지만 나리는 단호하게 고개를 저었다.

"현우 씨니까, 이만큼이나 열심히 사랑하고 싶다는 생각이 들었을걸요?"

마음에 꼭 맞는 대답만 해주는 사람. 너무도 소중하고 사랑스럽다는 눈으로 현우가 손을 뻗어 엄지로 나리의 **뺨**을 만지고 지나갔다.

"너무 퍼주면, 나중에 억울해질지도 몰라."

"열심히 억울해하죠 뭐. 가방 싸들고 따라다니면서 복수할 거예요."

현우가 빙긋 웃었다. 나리의 손을 부드럽게 맞잡으며.

"무서워서라도 넌 내가 책임져야겠다. 죽을 때까지."

이마를 맞대왔다. 따뜻한 체온이 이마를 통해 가슴 안으로 흘러들었다.


"돌아누울래요?"

잠시 후, 모두가 간 후의 병실엔 나리와 준만이 있었다. 복부 절개로 돌아눕는데 자유롭지 못한 준은 수술도 수술이지만 그 후의 답답함 때문에 더 힘겨워하고 있었다. 그저 지켜보는 것만으로는 아픔을 덜어줄 수 없다는 걸 깨달았다. 아마도 이와 같은 과정을 현우는 모두 지켜보았을 것이다. 나리는, 적어도 준이 극도의 고통에서 조금은 덜어졌을 때 현우가 이 병실을 지키게 하고 싶었다. 그때의 기억으로 돌아가게 하는 것이 싫었다.

그래. 이것은 자신의 이기심.

100% 준을 위한 것만은 아닌 것이다. 사랑하는 사람을 위해 자신이 대신 자리를 지키고 있는 자신만의 이기적인 방법. 하지

만 이기적인 게 뭐가 나빠. 누구에게 딱히 피해주는 것도 아니라면 괜찮지 않을까.

"훨훨…… 날아다니고 싶어요."

준이 평소의 그녀라고는 생각할 수도 없을 정도로 작고 작은 목소리로 겨우 말했다. 지친 듯 그녀의 표정은 여려 보였다. 나리는 깨끗한 헝겊에 물을 묻혀 입술에 대주었다. 아직 물을 마시지 못해 그저 까칠한 입술만 축여주는 정도였다.

"소변주머니에, 링거에, 이런 말도 안 되는 못난이 스타킹에…… 날마다 의사한테 속살 내보이고, 기분 나빠."

"준이 씨……."

"언니도, 아마 이랬겠죠? 더욱이 사랑하는 사람한테 이런 거 보여주고…… 병도 병이지만 정말 슬프지 않았을까?"

나리는 아무 말도 할 수 없었다. 혹자가 들으면 사람이 살고 봐야지 환자가 별걸 다 신경 쓴다고 말할지도 모르겠지만 나리는 어쩐지 준의 마음이 이해가 갔다. 병은 병이고, 아직 살아 있는 심장은 심장이다. 수치도, 슬픔도, 아픔도, 고통도, 즐거움도, 모두 다 오롯이 느낄 수 있는.

"그래도…… 계속 이렇게 살아가야 한다고 해도, 언니는 사랑하는 사람 옆에서 조금이라도 더 살고 싶었겠죠? 같이…… 있고 싶었겠죠?"

준의 눈꼬리를 타고 눈물이 흘러내렸다. 나리의 눈시울도 뜨거워졌다. 나리는 얼른 손수건을 찾아 피부에 무리가 가지 않게 준의 눈물을 닦아주었다.

"준이 씨, 울지 말아요."

어느새 울먹이는 목소리가 나오고 말았다.

"여기 있으면…… 이런 말밖에 못 들을 텐데. 뭐 하러……."

나리는 얼른 준의 머리카락을 쓸어주었다.

"난 신경 쓰지 말아요."

"신경 쓰여요."

"가족, 되기로 했잖아요."

"솔직히 될 수 없는 일이잖아요."

"그런 건 누가 정하는 거예요?"

"일반적으로 그렇죠."

"그럼, 일반적이지 않게 살면 되겠네."

"……어떻게?"

"특이하게."

"특이하게? 그거 내가 잘하는 건데."

"그러니까 제대로 모인 멤버란 말이죠."

"홋, 괴변."

"난 정론보다 괴변이 좋더라."

토닥토닥 그러면서도 못내 다정하게 이어지는 두 사람의 말.

준이 졸린 듯 눈꺼풀을 스르르 감으며 중얼거렸다.

"나도…… 그래요."

나리의 입가에 빙긋 미소가 돌았다. 잠에 빠져들며 준이 속삭임을 이었다.

"그래서 나리 씨 같은 이상한 사람도, 싫지 않은가 봐."

나리는 천천히 이불을 끌어 덮어주었다. 준의 잠든 얼굴은 고통과 통증, 그리고 절망과 희망 사이에서 묘한 빛을 띠고 있었다. 아파 보인다. 힘들어 보인다. 하지만 그 속에서 한줄기 편안한 미소를 찾을 수도 있었다. 용감한 사람이라고 생각했다.

절망하지 않는 사람은 그 누구든 아름답다.

많은 것을 배우고, 많은 것을 느끼고, 또 많은 것을 나누고 있다. 현우를 만나고, 절대 친해질 수 없으리라 생각했던 이 사람들과도 이렇게 관계란 게 생겼다. 모두 다 놓치고 싶지 않은 인연.

나리는 어느새 속눈썹을 적신 눈물을 훑어내고는 소변 체크를 하기 위해 일어났다. 병원 안에서 희망하는 건 단 하나다. 어서, 어서 이 사람이 건강해지길. 그래서 밝은 얼굴로 퇴원하길.

지금, 비록 병실에 있지 않더라도 어딘가에서 이 밤을 똑같이 하얗게 새우고 있을 그 사람과 떨어져 있는 거리만큼 서로 공명을 하며 나리는 빌고 또 빌었다. 준이 씨를, 무사히 지켜주세요. 그래서, 아픈 사람만큼이나 더 아파하고 있을 그 사람을 무사히 지켜주세요.

보호자용 간이 침대에서 잠깐 눈을 붙이기도 하고, 의사들이 회진하러 오면 벌떡 일어나 준의 상태에 대해 대답하고 질문하고, 이제 조금씩 움직이기 시작한 준을 휠체어에 태워 잠깐 운동도 시키고, 몇 걸음 걷는 그녀의 뒤에서 따라 걷기도 하고, 그러면서 하룻밤과 다음 반나절을 보냈다.

준희가 병실로 다시 나타난 건 오후였다. 저녁때까지 절대 오지 말라고 했는데 참지 못하고 달려온 것 같았다. 이제 자신이 있겠다는 준희와 또 준과 인사를 하고 나리는 병실을 나섰다. 처음엔 간병인을 쓸 생각이라더니 옆에서 꼼짝도 하지 않으려드는 준희의 모습을 보니 절대 간병인을 쓸 일은 없어 보였다.

가방을 메고 병실을 나서는데 커다란 몸이 가로막아 나리는 고개를 들었다.

"현우 씨."

현우가 먼눈으로 병실 문을 바라보며 서 있었다. 나리는 애틋한 얼굴로 현우를 올려다보며 말했다.

"한 번, 들어가 봐요."

천천히 현우의 시선이 나리에게로 돌아왔다.

"그래."

그래야지…… 라며 그는 말했지만 표정은 대답과 같지 않았다. 그는 겁을 내고 있었다. 서영과 똑같은 병으로, 똑같은 표정으로, 똑같은 통증을 느끼며 누워 있을 준을 볼 용기가 없는 것이다. 똑같을지도 모를 앞으로의 일을 생각도 하기 싫어서 그는 고개를 돌리고 있는 것이다. 병실 앞까지 매일 찾아오더라도 차마 안으로는 들어가지 못하는 그를, 그렇다고 누가 감히 겁쟁이라고 할 수 있을까.

"힘들면, 서두르지 마요."

현우의 눈매가 잔잔하게 나리를 훑었다.

"너는……."

"……."

"아니다."

천천히 고개를 저었다. 나리는 손을 뻗어 그런 현우의 커다란 손에 자신의 손을 겹쳤다. 현우의 눈동자가 흔들렸다. 꼭 겹쳐 쥐고서 현우의 눈높이에 맞추기 위해 발돋움을 하고는 현우의 눈을 쳐다보며 말했다.

"내가 준이 씨 경과랑 이런 거 저런 거 눈으로 찰칵찰칵 잘 찍어왔으니까 봐요. 자, 어서요."

그러면서 더욱 눈을 크게 뜨고서 눈동자를 활짝 열었다. 자꾸 깜빡이려고 하는 눈꺼풀을 눌러 참으며 현우의 눈을 응시했더니 그가 자유로운 손으로 나리의 눈을 살짝 가려 눈꺼풀을 내려주었다.

"잘 봤으니까 눈에 힘 그만 줘."

나리는 빙긋 웃었다.

"준이 씨, 괜찮아요. 경과도 좋고, 수술 부위도 잘 아물었대요. 피 주머니도 깨끗하고, 오늘도 조금씩 걷기 시작한 거 보니까 조만간 복도도 걸을 수 있을 거예요. 담당 선생님도 경과가 좋다고 했어요."

현우가 고개를 끄덕였다. 실제로 있는 사실들에 대한 보고였지만, 현우의 마음을 붙드는 건 '경과가 좋다고 하더라도'라는 걸 이미 알고 있었다. 그 사실을 철석같이 믿고 있다가 그는 그 사람을 잃은 것이다.

"나리야."

갑자기 그가 지금까지와 다른 어조로 나리를 불러서 나리는 눈을 동그랗게 떴다.

"……네?"

"내가 남자거든."

하지만 흘러나온 말이 그렇게 뜻밖의 말이어서 나리는 고개를 갸웃했다.

"알고 있는데요?"

"그런데 왜 계속 네가 더 믿음직하게 보이는 걸까."

나리는 푸핫 웃음을 터뜨렸다.

"왜냐면, 여자는 독하다잖아요."

"남자도 그래. 필요할 때면."

"그럼 앞으로 기대할게요. 현우 씨 독해지는 거 한번 보고 싶어요."

현우가 나리의 어깨를 끌어당기더니 돌아섰다. 복도를 걸어가며 그가 낮게 중얼거렸다.

"왠지 영영 독해지고 싶지 않다. 널 보니까."

"그래요? 정말?"

"맥이 쭉 빠져."

"나쁜 말 아니에요?"

"뼈가 노곤해지면서 곤두서 있던 신경이 한없이 풀리네."

"음……."

"내일은 준이 볼 테니까, 그러니까 이제 그만 걱정해, 너도."

나리는 현우의 팔에 뺨을 기대어 빙긋 웃었다. 그런 나리의 머리카락을 만지작거리며 현우가 말을 이었다.

"넌 절대 아프지 마. 아프면, 복수해 줄 거다."

걸어가며 나리를 더욱 끌어당겨 가슴 안에 폭 감싸 안아버리는 현우의 뒷모습이 준희의 시야에 들어찼다. 어느새 병실을 나온 준희는 둘이 하나인 듯 꼭 붙어서 가고 있는 두 사람을 조용히 지켜보고 있었다.

사람이 사람을 사랑하게 되는 것은 순간의 마법이 아닐지. 그 순간의 타이밍이 감정을 극도로 미화시켜 사랑이라는 감정을 만들어낸다. 처음에는 반감으로 시작했던 만남. 하지만 준희는 나리에게 그의 방식으로 반했고 또 좋아했다. 사랑이라는 감정이라고도 볼 수 있을 만큼 어느 순간 나리라는 존재가 그의 가슴 안에서 극도로 미화된 것 같다. 그 미화를 시킨 사람은 어느 누구도 아닌 바로 자신. 비록, 현우가 나리에게 갖는 감정에 비할 바야 하겠냐만 좋은 사람이라 생각하고 있는 건 사실이라고.

그의 입가에 반은 씁쓸하지만 반은 어쩔 수 없다는 듯 수긍하는 미소가 어렸다. 하지만 무엇이 어떻다 하더라도, 두 사람을 지켜보는 준희의 눈빛은 따뜻했다.

어느새 깜빡 졸아버린 모양이었다. 현우의 차 안에서 희미하게 눈을 뜬 나리는 차의 시동이 꺼져 있다는 걸 알아채고 눈을 깜빡이며 떴다. 하지만 눈앞에서 기다리고 있는 곳이 자신의 집 대문이 아니라 현우의 집 앞이란 걸 깨닫고는 시트에서 등을 뗐다.

"어……."

의아해하며 돌아보자 현우는 시트에 걸쳐 두었던 재킷을 집어 들고서 차 문을 열고 있었다.

"현우 씨."

"깼구나."

현우가 고개를 돌렸다. 나리가 고개를 끄덕이자 그녀를 한 번 들여다본 그가 말했다.

"일단 내리자."

뭐가 어떻게 된 건지는 모르겠지만 나리도 몸을 추스르고 그를 따라 차에서 내렸다. 대문으로 걸어가며 나리는 현우의 옆에 붙어 섰다. 현우가 그런 나리를 돌아보더니 엷게 웃으며 손을 잡았다. 두 사람은 온기를 느끼며 대문을 넘어섰다.

오랜만에 들어온 거실이었다. 마치 처음 오기라도 한 사람처럼 두리번거리는 나리를 마저 안으로 이끈 현우가 그녀를 데리고 간 곳은 거실이 아니라 그의 침실이었다. 그가 문을 여는 순간 그제야 정신을 차린 나리가 화들짝 놀라 걸음을 멈추었다.

"현우 씨, 잠깐만요!"

그의 손을 와락 잡아당기자 현우가 고개를 돌렸다.

"왜?"

왜라니. 오히려 이쪽이 묻고 싶은 말이었다.

"여긴 침실인데요?"

"그런데?"

"전 거실에서 기다릴게요."

"뭘?"

"네?"

"기다린다며. 뭘 기다린단 거지?"

아, 그 말이었구나. 라고 고개를 끄덕일 때가 아니었다. 그렇다. 뭘 기다린다는 거지?

"안 잡아먹어. 들어와."

엷게 웃으며 현우가 더 이상의 반론은 듣지 않겠다는 듯 침실 문을 마저 열고 나리를 데리고 들어갔다. 나리는 도통 뭐가 뭔지 모르겠다는 표정으로 침실의 영역을 밟고 섰다. 잡아먹고, 안 잡아먹고의 문제가 아닌 것 같은데…….

"앉아."

재킷을 아무렇게나 놓은 현우가 침대를 가리키며 말하자 나리는 말 잘 듣는 아이처럼 일단 앉았다. 나리를 앉히고서 침대 옆에 선 채로 현우가 말을 이었다.

"올라가."

에?

도대체가 알 수가 없어 눈을 심각한 속도로 깜빡거리는 나리를 보고 있던 현우가 큭 웃음을 터뜨렸다.

"쉬란 소리야. 좀 자라. 피곤해 보여."

아, 그 말이었구나.

그렇다면 좀 더 사근사근하게 좀 말해주지. 그렇다고 네! 하면서 바로 늘어져 잘 수도 없는 노릇이었지만.

"괜찮아요. 밤샌 것도 아니고 잠깐잠깐 눈 붙인걸요."

"잠깐 눈 붙인 거랑 자는 거랑 같아?"

"다르죠. 아니, 같을걸요?"

현우가 쯧 하고는 성큼 다가와 나리를 안은 채로 침대로 올라갔다. 덕분에 나리는 덜렁 들리다시피 해서 안긴 상태로 침대에 안착해야 했다. 몸은 밀착되다시피 겹쳐져 있었다. 덕분에 얼마나 놀랐는지 심장이 다 시끄러웠다.

"혀, 현우 씨."

"고집부리지 말고 이번엔 내 말 들어. 걱정된단 말이야."

그제야 나리의 반항도 서서히 줄어들었다. 표현은 많이 미숙했지만 그가 하는 말의, 행동의 의미를 이해할 수 있었다. 갑자기 왜 이렇게 터프하게 나와주시나 했더니.

현우의 가슴에 안겨 누운 채로 나리는 눈을 데굴데굴 굴리고 있었다. 물론 자신도 고집은 그만 부리고 자고 싶었지만, 그게 잘될 리가 없었다. 심장은 두 근 반 세 근 반 뛰고 맥박은 시끄럽게 요동치고 있고, 얼굴에선 열이 화확 오르고. 너무 가까이 닿아 있는 현우의 몸이, 그 체취가 그녀를 평온하게 두지 않았다.

차 안에서 잠이 든 게 사단인 듯. 나 피곤하오, 라고 티를 내버린 꼴이 됐으니.

"윤나리."

"네?"

"자."

나리는 흠칫 놀라 질끈 눈을 감았다. 하지만 눈꺼풀만 닫혔을 뿐 눈동자는 안에서 도로록 도로록 굴러가고 있었다. 그러나 다음 순간 현우의 몸이 천천히 움직이며 숨결이 다가오자 눈동자는 눈꺼풀 안에서 그대로 정지해 버리고 말았다. 눈을 감은 채로 입술에 와 닿는 부드러운 숨결을 느꼈다. 촉촉한 느낌으로 입술이 겹쳐졌다. 부드럽게 빨아들이며 그가 감미로운 키스를 전해왔다.

아…….

나리의 온몸에서 힘이 풀리며 머릿속이 아득해졌다. 현우의 몸이 좀 더 움직여 나리를 똑바로 눕히고는 위로 올라왔다. 감싸 안아주며 키스가 점점 깊어졌다. 심장이, 정신을 차리지 못하는 것 같다.

머리카락을 쓸던 손이 귓불로, 뺨으로, 목으로 점점 더 내려갔다. 손길이 지나갈 때마다 나리의 몸이 움찔거리며 떨렸다. 그 손이 허리에 이르렀을 때는 자신도 모르게 현우의 목을 꽉 끌어안고 말았다. 현우의 입술 끝이 살짝 말려 올라가는가 싶더니 그 섬세한 느낌을 주는 입술이 움직여 눈꺼풀로 올라갔다. 관자놀이에 키스를 하고 뺨으로 내려가 애무를 지속하다가 목덜미에 닿았다. 섬세한 손가락이 움직여 블라우스의 단추를 열고 서서히, 정말 서서히 왼쪽 목덜미의 경동맥에 입을 맞추자 아아…… 나리는 탄성을 삼키며 감각의 홍수에 갇혔다.

두려움은 없었다. 떨림만이 지독하게 클 뿐.

목덜미에 닿았던 뜨거운 숨결이 다시 올라가 나리의 입술을 찾았다. 젖은 혀가 입술을 가르고 안으로 들어와 나리의 혀를 찾아 빨아들였다. 허리에 닿았던 손이 움직여 팔을 쓸고 올라가다가 다시 내려와 손목을 어루만지고 손으로 옮겨와 손가락 하나하나를 어루만졌다. 그 지독히 나른한 감각에 취해 나리는 정신을 차릴 수가 없었다. 혀가 점점 깊이 섞이며 더운 숨결과 타액이 계속해서 하나로 젖어드는 순간이었다. 문득 손가락 하나에 단단하고 차가운 금속성의 감촉이 느껴지더니 무언가가 손가락을 타고 미끄러져 들어와 자리를 잡았다.

나리의 눈꺼풀이 희미하게 들렸다. 그것이 무슨 감각인지 알 것 같았다. 하지만 두근거림이 너무 커서 잘 믿기지도, 현실로 인식되지도 않았다. 차마 확인해 보지 못하는 나리의 손을 현우의 커다란 손이 꼭 감싸 쥐어 들어 올려주었다. 나리의 눈앞에서 손을 정지시켜 보게 했다.

반짝이는 나리의 눈동자가, 눈동자만큼이나 반짝이는 반지에 닿아서 정지해 있었다.

"아……."

나리는 차마 어떤 말도 하지 못하고서 감탄인지 신음인지 모를 소리만 흘리고 있었다. 현우가 그 손을 가져가 손가락 마디마디에 부드럽게 키스를 했다. 입술이 닿는 곳마다 손가락이 바르르 떨렸다. 마지막 나리의 손바닥에 그의 키스가 닿고 나서야 현우가 천천히 속눈썹을 들었다. 세상의 그 어떤 먹색보다 진한 눈빛으로 나리를 들여다보며 그가 낮게 입을 열었다.

"사랑해."

나리의 눈동자가 일시에 젖어들었다. 그것은 무조건반사적으로 일어난 반응이었다. 그냥 자신도 모르게 눈물이 터졌다. 기뻐서, 무척이나 설레서 눈물에 자신을 적시는 것 외에는 이 감정을 표현할 다른 방법을 찾아내지 못하겠다.

입술만 바르르 떨 듯 달싹이면서 차마 목소리를 내지 못하고 있는 나리의 콧망울에 가볍게 입을 맞춘 현우가 다시 한 번 말했다.

"사랑해, 윤나리."

"현우…… 씨."

그제야 나리의 목소리가 돌아왔다. 감격에 겨워 나리는 그의 이름을 겨우 부르고서 또 목이 메어 말을 하지 못했다.

"대답, 듣고 싶은데."

얼마나 떨고 있는지 다 알면서도 현우가 계속해서 짓궂게 반응을 요구하고 있었다. 나리는 왠지 그가 얄미워져서 흘겨보면서 겨우 입을 열었다.

"고마워요."

현우의 고개가 살짝 기울어졌다.

"고맙다?"

나리가 밝게 웃었다.

"그게 아니라…… 사랑해요."

그제야 현우의 입가에도 미소가 돌았다.

"그리고?"

물어오는 그에게 나리는 모르겠다는 눈을 했다.

"그리고?"

똑같이 반문하자 현우의 탄력있는 입술이 이어 열렸다.

"반지에 대한 대답 말이야."

아……. 오늘따라 그의 말을 곧장 알아듣지 못하겠다. 하지만 이렇게 심각하게 두근거리고 있어서 어쩔 수 없는 일이었다.

"근데…… 이 반지의 의미가 뭔데요?"

짓궂은 나리의 선동에 현우는 복수를 하는 대신 나리의 손목을 꽉 쥐어 자신의 심장에 끌어당겼다. 그리고 그 마음 전체를 밖으로 고백했다.

"결혼해 줘."

나리의 눈동자 가득 또다시 눈물이 차올랐다. 애틋한 눈으로 손을 뻗어 그녀의 눈물을 닦아주며 현우가 속삭임을 지속했다.

"네가 없으면 살 수 없을 것 같아."

"현우 씨……."

"네가 있어야 살아갈 수 있어."

오랜 기다림의 보상이라고 할 수는 없겠지만, 오로지 그를 만나서 처음으로 사랑이라는 감정을 느끼고 오로지 그만을 바라보며, 그 외에는 누구도 사랑할 수 없는 마음으로 살아왔다. 그리고 지금 그 사람이 자신이 없으면 살 수 없다고 말해주고 있었다.

"앞으로도 계속 내 곁에 있어주겠어?"

눈물이 맺힌 채로 나리는 환하게 웃으며 고개를 끄덕였다. 더 이상의 무슨 말이 필요할까. 그저 처음부터 바랐던 건, 이 사람의 옆에 있고 싶었던 것뿐이었다.

이 사람의 사랑을, 가지고 싶었던 것뿐인데.

"너무너무 사랑해요."

모두가 손해를 보는 사랑이라고 했다.

"사랑해요, 현우 씨."

누구든 그만두라고, 불쌍한 사랑이라고만 했다.

"사랑해."

하지만 그 무엇도 아깝지 않고 그 어떤 면에서도 후회스럽지 않았던 사랑이었기 때문에.

그녀는 이 사람을 사랑해서 너무나 다행이었다.

Too Much Love, 당신을 너무 사랑한, 그게 단지 잘못이라서. 이 사람을 너무나도 사랑하는 것이 가장 문제라서 늘 미안했는데, 지금은 그래서 정말 다행이었다.

반지를 낀 나리의 손이 현우의 목을 끌어당겼다. 현우의 커다란 몸이 숙여지며 나리의 몸을 조금씩 감추어갔다.

"나리야, 지금까지처럼…… 계속 날 사랑해 주겠어?"

잔뜩 가라앉은 낮은 음성이 나리의 귓가에서 맴돌았다. 나리는 그의 뺨에 손을 대고서 열심히 고개를 끄덕였다. 그녀의 검은 눈동자에 맑은 눈물이 맺혔다. 감정이 벅차올라 울먹거리며 대답했다.

"기꺼이. 지금까지처럼."

어쩌면 지금보다 더, 더 사랑할지도 모르겠다. 마지막까지 이 사람에게 향하는 그녀의 사랑은 Too Love 가 아닐지.

현우의 눈동자가 부드럽게 빛났다. 이마로 올라간 입술이 감미롭게 키스를 하고서 아래로 내려와 나리의 눈을 응시했다.

"널, 갖고 싶어."

"나도, 현우 씨를 갖고 싶어요."

어디에서 그런 용기가 난 걸까. 나리는 그의 목을 감싸 안고 있던 팔에 더욱 힘을 주어 자신에게로 끌어당겼다. 뺨을 지나 그녀의 귓가로 내려온 그의 입술 틈으로 빨라지는 호흡 소리가 새어 나왔다. 뜨겁고, 탁하고, 강했다. 곧장 그 숨결이 귓불로 다가와 입술을 움직이며 키스를 하고는 더운 숨결을 퍼부으며 귓바퀴를 혀로 그렸다. 손은 아래로 내려가 나리의 블라우스 단추를 하나씩 하나씩 풀었다. 나리도 감고 있던 그의 목을 풀고서, 조금은 쑥스러운 빛으로 또 창피한 빛으로 하지만 뜨거운 가슴으로 그의 셔츠 단추를 조심조심 열었다.

드디어 실오라기 하나 걸치지 않은 나신의 몸이 되었을 때 두 사람은 서로의 몸을 힘껏 끌어안았다. 감미롭고 부드러운 감각만 전해주던 남자였다. 하지만 지금 나리를 안기 직전의 그에게는 그런 느낌보다는 거칠고 강한 느낌이 더 했다.

계속해서 키스를 하며 천천히 다리를 들어 올린다. 그리고 잠시간의 망설임, 허락을 구하듯 조금은 느슨해진 키스로 나리에게 간절하게 바라면서, 마음을 달래주면서 자신을 받아들여 달라고 뜨거워진 시선으로, 열로 바라고 있었다. 나리는 그의 머리카락 속으로 손가락을 밀어 넣으며 짙은 호흡을 내뱉었다. 사랑한다고 안아달라고 그에게 온몸과 마음을 활짝 열었다.

커다란 몸이 움직이며 천천히 숙여지고 일순간 강렬한 힘이 들어가는 찰나 드디어 하나가 되었을 때 나리는 태어나서 처음으로 겪는 생경하고 지독한 고통에 참았던 신음을 밖으로 높게 터뜨렸다. 현우의 몸이 걱정으로 잠시 주춤했지만 나리는 지금 눈꼬리에 맺히는 이 눈물은 절대 고통이 아니라 환희와 기쁨의 눈물이라는 걸 말하며 그를 더욱 꼭 끌어안았다. 두 사람의 몸이 곧 하나로 완벽하게 겹쳐지며 열락의 입구로 함께 향했다. 손은 찬찬히 나리의 뺨을 어루만지면서 허리를 밀어붙이는 충격에 나리는 고통보다도 기쁨으로 심장이 아려오는 걸 느꼈다.

수없이 안고 싶었고, 수없이 만지고 싶었고, 수없이 이 사랑을 표현하고 싶었다. 표현하는 그녀보다 표현하지 못해 더 서러운 자신의 상심이 있었다는 걸. 그녀에게 자신의 모든 것을 다해 앞으로는 더없이 표현하며 이렇게 그녀를 강하게 끌어안아 가며 살리라.

더없이 충실한 사랑을 받았고 이제 그 사랑을 보답하는 것으로 남은 생을 살아가고 싶은 한 남자의 가슴 안으로 계속해서 되풀이하고 있는 말.

윤나리……. 나리야, 사랑한다.

내 곁에 와줘서 고맙다.

날 사랑해 줘서 고맙다. 너로 인해 내가 다시 살 수 있었다.

너를 위해, 계속해서 살아가고 싶다.


I'll be always forever yours.

에필로그—After that……

이지적인 용모, 슈트가 딱 떨어지게 어울리는 멋진 체격, 부드럽고 지적인 미소. 게다가 알 만한 사람은 이름만 들어도 알고 있는 대기업의 간부라는 배경의 스펙까지.

그는 최고의 남자였다. 그런 그가 첫 인사 선물로는 가장 대중적인 갈비 세트와 과일 바구니를 들고 집 앞에 서 있었다. 무엇 하나 부족한 게 없는 사람. 하지만 그 모든 스펙도 단 하나의 사실에는 모두 다 뒤로 밀려나 버릴 수도 있었다.

세상의 잣대로 봤을 때는, 여자 쪽 부모들로서는 주춤할 수밖에 없는 그의 과거. 초혼의 딸에게 이미 결혼의 경력이 있는 사람이라는 것. 상처(喪妻)를 한 이유는 아내의 병 때문이었지만 아무튼 그는 대한민국의 딸 둔 부모라면 한 번쯤 눈살을 찌푸리게 만들 요소 하나를 갖고 있었다.

물론 나리는 그게 무슨 상관인데요, 라고 따지고 나서고 싶었지만 그건 그녀 자신의 입장일 뿐인 것이다. 부모님이 어떻게 생각하고 받아들일지, 그것에 대해서까지 그녀가 관여할 수 없었다. 유리에게 한 번 말했듯, 받아들여질 수 있도록 최선을 다할 뿐.

현우는 다행히 당당하고 차분한 태도로 나리를 바라보고 있었다. 그도 사람이니 긴장의 기색이 아주 없지는 않았지만 어디까지나 그는 성숙한 어른이었다.

"걱정 말아요. 다 잘될 거예요."

나리는 일부러 더 환하게 웃으면서 현우를 바라보았다. 하지만 그 말을 하는 입술은 어색하게 움직이며 파르르 떨리고 있었다. 현우가 한쪽 눈썹을 살짝 휘더니 옅게 웃었다.

"네가 더 긴장한 것 같은데."

"저, 전혀 아니거든요? 전 아주 가뿐해요! 현우 씬 나한테 너무 자랑스러운 애인이니까!"

선서를 하듯 또 한 번 깊은 애정을 외치는 나리는 마치 독립투사처럼 비장했다. 어린 연인의 그 사랑스러운 모습 때문에 오늘도 또 하나 웃음 짓는 일이 늘어나는 현우였다. 이 모든 순간이 그저 감사하다는 것뿐.

"들어갈까?"

"네!"

"나, 잘할 수 있겠지?"

"당연하죠! 현우 씨가 누군데."

"누군데?"

"그야!"

입술 끝을 말아 올리며 무슨 대답을 하려나 지켜보고 있는 현우가 얄미웠다. 나리는 못내 흘겨보며 말을 이었다.

"내가 너무 사랑하는 사람이죠."

현우의 눈가가 잔잔하게 가늘어졌다.

"그래."

서로를 향해 따뜻한 미소를 주고받고서 두 사람은 곧 결전의 장소로 향했다.


모든 것이 좋았다. 현우를 본 부모님은 그의 정중한 태도와 지적인 이미지를 마음에 들어했다. 문제는 남아 있었지만 그래도 나리는 조마조마한 심정을 일단 뒤로 미루고서 현우를 친절하고 살갑게 대해주는 부모님과 현재의 상황을 즐겼다.

하지만 그 모든 즐겁고 단란한 시간은 저녁 식사를 마치고 차를 마시는 순간 갑자기 얼어붙은 침묵의 장이 되고 말았다. 바로 초혼이 아니라는 현우의 고백 아닌 고백이 있은 직후의 일이었다. 나리는 그의 옆에서 묵묵히 앉아 있었다. 사실은 그 말은 하지 않는 게 좋지 않겠느냐고 미리 물어보려고도 했었다. 하지만 나리는 차마 그럴 수 없었다. 그에게 거짓말을 하게 할 수는 없었다. 또한 그가 열심히 살아왔던 과거의 일을 없는 것으로 만들고 싶지도 않았다. 언젠가 준희가 말한 것처럼 아무 말도 하지 않고 넘어가는 것은, 단지 말하지 않는 것이지 거짓말은 아니다. 하지만 무언(無言)으로 부모님을 기만하는 결과를, 현우는 결코 바라지 않을 것이란 생각에.

"아니…… 이게 무슨 말인가. 초혼이, 아니라니."

나리의 엄마는 못 들을 말을 듣기라도 한 듯 눈을 꿈뻑거리고 있었다. 아버지도 비슷하게 당황한 표정이었고.

이 부분에 한해서는 현우에게 모든 걸 맡기고 싶었기 때문에 나리는 말을 보태지 않았다. 그저 현우를 믿고 있었다. 아무것도 가리지도, 숨기지도 않고서 단지 그와 자신 두 사람의 사랑을 허용받고 싶은 건 그녀도 마찬가지였다.

"암으로 먼저 보냈습니다. 2년 지났습니다."

현우의 차분하지만 낮게 가라앉은 대답에 부모님은 잠시 서로의 얼굴을 물끄러미 쳐다보다가 곧 각자 현우를 돌아보았다.

"그렇다면 우리 나리는?"

"전부터 알고 있었지만, 그 사람을 보내고 다시 우연히 만났습니다."

엄마의 질문에 현우는 어디까지나 솔직하게 대답했다.

아버지는 곰곰이 생각하는 얼굴이었고 엄마는 안면 근육이 떨리고 있었다. 흘끗 나리를 흘겨보는 폼이 딱 열 받았다는 표현이었다. 나리는 슬쩍 고개를 돌리고 모르는 체했다.

'너 이 계집애. 어디서 겁도 없이.'

그런 말을 하고 있다는 걸 똑바로 느낄 수 있었다.

"그 사람을 먼저 보내고, 아주 많이 힘들 때 나리가 많은 위안이 되었습니다. 단지 위로만으로 이 사람이라고 결정하지는 않았지만, 힘들 때 나리가 있었기 때문에 절망을 이겨낼 수 있었던 것도 사실입니다. 그 사람에게 해주지 못한 걸 제 모든 능력을 다해 나리에게 해주고 싶습니다."

현우는 정중했고 진실했다. 엄마는 당혹스러워했고 눈동자를 가만히 두지 못했다. 아버지는 한참 찌푸려진 표정으로 여전히 깊은 생각에 빠져 있었다. 침묵을 깬 사람은 아버지였다.

"우리 나리를, 사랑하는가."

나리의 눈이 번쩍 떠졌다. 그것은, 많은 말들 중 아버지가 물어볼 수 있는 말 후보 100위 안에도 들지 않은 말이었다. 미리 뽑아본 '아버지 표 모범 가상 질문안' 어디에도 들어 있지 않은 말이었던 것이다. 나리는 가슴이 떨리기도 하고, 아버지 때문에 감격스럽기도 해서 눈을 깜빡이며 그를 바라보았다. 엄마로 보자면, 이 냥반이 무슨 낯 뜨거운 소리를, 이라는 표정이었다.

"사랑합니다. 제 목숨보다도 더 깊이."

"그럼. 지금 헤어지라고 하면 죽을 수도 있겠네?"

감동 취소다. 아버지는 아주 나쁘고 좋지 않은 방법으로 현우를 시험하고 있었다. 좋지 않은 말이다. 기껏 진지하게 대답한 사람한테.

"아마도 죽고 싶을 겁니다."

그래도 현우는 끝까지 진지하게 대답하고 있는 것 같았다.

아버지가 빙긋 웃었다.

"딸을 시집보낼 땐, 그래도 내 딸 때문에 죽기 살기로 나오는 사위한테 보내야 하지 않겠는가."

현우의 눈매에 부드러운 미소가 돌았다. 조금의 당황도 머뭇거림도 없이 그는 차분한 태도로 미소 짓고 있었다. 방금 전까지 자기를 죽일 뻔한, 게다가 어렵다면 어려울 수 있는 장래 장인 될 분을 앞에 두고서 그는 정말 차분하고 고요한 태도로 응대하고 있었다.

하지만 무엇보다 감동은 아버지였다. 설마 저런 말을 히든카드로 숨기고 계셨을 줄이야.

"아버지……."

"요즘 세상에 재혼이 그렇게 흉될 일도 아니고 죄될 일은 더더욱 아니지."

"그래도 내 딸한테……."

엄마가 잘못하면 선수를 빼앗길 수 있다고 생각했는지 얼른 끼어들었지만 아버지는 무 자르듯 말을 막고서 자신의 할 말만이었다.

"그래도 내 딸이니까 주위 사람들이 숙덕거리기 시작하면 내 흉, 내 딸 흉이 될 수도 있어. 하나, 딴 사람들 보라고 사는 인생이 아니니까 그것도 문제는 아니야. 다만 내 딸을 흥잡히게 만든 그 인물이 정말 내 딸을 지극히 사랑하고 있느냐, 그게 가장 중요한 문제겠지."

나리의 눈동자가 자신도 모르게 폭신하게 젖어갔다. 아버지 때문에 오늘 정말 여러 번 감동한다. 부모님의 사랑이란 것에 대해, 다시 한 번 깊이 생각해 보고 있었다. 그렇게 생각하니 미안하고, 안타깝고, 또 부모님이 더 애틋해졌다. 물론 엄마의 저 가자미눈만 살짝 무시한다면.

"자네는 지금 내 말에 대해서 어떻게 생각하나."

"한 사람을 잃고 참 많이 고통스러웠습니다. 이렇게 부족한데도 그 어떤 대가도 요구하지 않고 오로지 깊은 마음으로 와준 사람만은 제 온 힘을 다해 행복하게 해주고 싶습니다."

"나는 그 말을, 단순히 소중한 게 아니라 소중하게 대해야 할 이유를 알고 있다는 뜻으로 받아들이겠네. 그럼, 우리 딸 마음 고생할 일도 없겠지. 어디, 내 말이 맞나?"

현우가 아버지를 바라보며 엷게 웃었다.

"네, 맞습니다."

아버지가 찬찬한 눈으로 바라보며 말을 이었다.

"이혼한 것도 아니고 병으로 먼저 보낸 건데, 상심이 컸겠군 그래."

현우는 별다른 대답 없이 그저 조용히 표정을 굳히고 있었다.

"사람 한 번 잃어본 사람은 더 잘 알겠지. 만나서 인연 맺고

결혼하고, 그 모든 게 절대로 쉽지 않고 어느 하나 함부로 할 수
도 없다는 걸."

"네."

"우리 나리, 자네의 그 진실된 눈으로 잘 지켜주게."

아버지는 어쩌면 처음부터 현우의 눈매를 보고 마음속으로
이미 낙점을 시켜 버린 게 아니었을까. 많은 사연을 묻지 않아
도, 많은 말을 나누지 않아도 남자들끼리만 통하는 어떤 느낌을
받은 게 아닐지. 그리고 그건 나리에게 무척이나 다행이고 행운
인 일인 것만은 사실이었다.

"당신은 어때. 우리 나리가 사람 하나는 잘 선택한 것 같지 않
나?"

"그, 글쎄요. 나리도 뭐…… 딸리는 애는 아니죠."

"그러니까 이렇게 멀쩡한 사위를 물어온 거겠지. 안 그래?"

"이, 이 양반도 참. 애들 앞에서 물어오긴 뭘……. 말 좀 가려
서 하시지. 남세스럽게."

"왜? 요즘 애들 다 그러던데. 유리가 그러더라고? 언니가 형
부감 하나는 잘 물어왔을……."

"여봇!"

두 사람이 다투는 모습에 나리는 창피하면서도 그만 풋 웃어
버리고 말았다. 현우도 옆에서 조용히 미소 지었다. 어쩔 수 없
는 윤나리의 가족이었다.

그 순간 현관문이 덜컹 열리며 유리가 안으로 급하게 들어섰다.

"죄송해요, 형부! 제가 좀 늦었죠? 일이 늦게 끝나서."

후다닥 뛰어들어 온 유리가 벌써부터 호칭을 나긋하게 쓰며 현우부터 찾아 인사를 했다. 엄마는 이제 너까지, 란 얼굴로 유리를 흘깃 노려보았다. 그러나 유리는 그 분위기를 아는지 모르는지 얼른 현우의 바로 옆에 바짝 앉더니 아버지를 보며 말했다.

"우리 형부, 진짜 멋지죠? 나도 형부 같은 사람 만나고 싶어라."

예전에 오지랖 사건 때문인지 몰라도 유리는 확실한 강현우의 편으로서 착실하게 지원사격을 해주고 있었다. 현우를 보며 생글생글 좋아라 웃고 있는 유리를 바라보며 아버지가 허허 웃었다.

"자네, 아무래도 이 집 두 여자한테 완전히 점수 딴 모양인데, 그 실력으로 나머지 한 여자만 잡으면 되겠군. 안 그런가?"

사람 좋게 웃으며 아버지가 공격한 대상은 바로 엄마인 듯. 엄마는 이 양반이! 하는 얼굴로 아버지를 노려보았다가 여전히 탐탁지 않다는 얼굴로 현우를 외면하듯 고개를 비스듬히 돌렸다. 그래도 뭐.

인생이란, 100% 완벽하게 순탄한 것도 좋지만은 않다고, 나리는 웃으며 생각하고 있었다. 장애물이 있어야 넘는 재미도 더 있고 비 온 뒤에 땅이 더 굳어지듯. 엄마까지 마음으로 전부 축하해 준다면 물론 금상첨화였겠지만, 못내 엄마의 모성이 딸에게 기우는 걸 어떻게 막겠는가. 그것도 엄마의 사랑이고, 그런 엄마의 마음도 이해를 해야 한다고 나리는 생각했다.

"어머님 마음에 들도록 실력 발휘해 보겠습니다."

말은 나누지 않았지만 현우도 그녀와 같은 생각인 듯 부드럽게 미소 지으며 말했다.

"어머, 실력 발휘라면 어떤 거예요? 나한테도 그거 쏴주면 안 돼요?"

유리까지 나서며 흥미를 보였다. 유리는 적극적으로 생글생글, 아버지는 그저 사위에게 반해서 싱글벙글, 엄마는 가자미눈으로 '흥, 어디 한번 해보라지? 내가 넘어가나.' 난데없이 처녀 적에도 한 적 없었을지 모를 튕기기 신공을 보이고 있었다.

'현우 씨, 우리 집 여자들한테 너무 기 빼앗기면 안 돼요.'

그 와중에서 나리는 현우 걱정.

'사랑해.'

하지만 현우는 나리에게 눈으로 그런 말만을 보내고 있었다. 그러면 또…… 흐물흐물 무너져 버리고 마는 나리였다.

주방에선 준을 위한 죽과 배추 된장국이 끓고 있었고, 나리와 준희는 거실에서 머리를 맞대고 무언가를 한창 심각하게 의논 중이었다. 수술이 끝나고도 벌써 3개월, 나리의 부모님에게서 결혼 허락이 떨어진 지 1개월, 미국에 있는 현우의 부모님이 아들의 결혼 준비로 넘어오겠다는 전화를 해온 게 1주일 전의 일이었다. 모든 일은 그렇게 착착 순조롭게 진행이 되고 있었다. 그리고 준과 준희는 당분간 더 현우의 집에서 지내기로 했다.

현우와 나리의 결혼 날짜가 다가오자 준희가 스스로 알아서 오피스텔을 마련하고 이사를 가겠다고 통보를 했지만 현우는 단호하게 명령을 내렸다. 항암치료가 끝날 때까지는 무슨 일이 있어도 이곳에서 지내라고. 그게 그 남자가 사람을 사랑하는 방식이었고, 또 마음이라는 걸 모두가 다 알고 있기에 누구도 현우의 그 선언에 다른 말을 하지 못했다.

　그래서 그들의 묘한 동거 생활은 계속해서 이어지고 있었다. 물론 언젠가는 이 집을 떠나야 하겠지만 그때까지는 누구보다도 화목한 가족으로 지내기로 결정했고 또 그대로 이행하는 중이었다. 그 좋은 분위기는 준에게도 플러스적인 영향을 주어 그녀의 상태도 날이 갈수록 호전되고 있었다.

　그리고 지금 준은 방에서 잠들어 있었고, 나리는 준희와 함께 무언가 쑥덕공론을 펼치는 중이었다. 결혼 준비가 한창이라 시간 내기가 힘들었지만 준희의 호출이 있어 어쩔 수 없이 날아와 그의 고민 상담 프로젝트에 가담하고 있는 것이다. 머리를 바짝 맞대고 종이에 필기까지 해가며 토론하고 있는 논점은.

　"이게 조건?"

　아무래도 어떤 조건이 필요한 문제인 듯.

　"그래. 외모는 당신 닮았고, 성격도 그대 닮았고, 한 남자만 외골수로 파는 것도 댁 닮은 여자."

　"하…… . 그러지 말고 그냥 내 분신 찾아달라고 하지 그래?"

　"있으면 이렇게 고민하고 있나? 그냥 댁이 해주면 안 될까?"

"됐거든?"

"하여튼 냉정해. 근데…… 왜 자꾸 말끝이 짧지, 윤나리 씨? 나 당신보다 오빠거든?"

"같이 늙어가는 처지에 별."

나리는 웃긴 소리 하고 있다는 듯 대수롭지 않게 픽 웃었다. 하지만 준희는 억울했다.

"이러면 안 되거든? 족보가 안 맞잖아. 족보가! 그래도 내가 연상인데."

"그 족보 엉킨 지 이미 한참 오래됐으니까 그만 넘어가자구."

"하……. 기가 막혀서 원."

준희는 혀를 쯧 차며 고개를 저었다. 하지만 나리의 말이 맞으니 더 따질 것도 없었다. 족보 엉킨 건, 두 사람이 이렇게 현우의 집에서 다정하게 머리를 맞대고 있다는 것 자체로 이미 설명되었다.

"물론 다 이해는 가. 나처럼 괜찮은 여자는 모든 남자의 로망일 테니까 준희 씨가 탐내는 것도 무리는 아니지. 근데."

나리가 잘난 체하며 말을 시작하자 준희는 바로 비웃음을 날려주었다.

"모든 남자가 아니라 매형이랑, 그리고 나처럼 얼빠진 놈에게만 해당되는 거거든요?"

나리가 찌릿 째려보며 이어 자신의 할 말만 했다.

"근데, 이 조건은 뭐야. 준이 씨를 거두어 먹여줄 수 있고 보필할 수 있고 병수발을 들어줄 수 있는 여자?"

"어. 나한텐 준이가 제일로 소중하니까. 내 여자는 우리 준이까지 사랑해 줘야 하고, 또 우리 준이 건강해질 때까지 나이팅게일 수호천사가 돼줘야 해."

당연하다는 듯, 뻔뻔하게 말하고 있는 준희를 나리가 얄밉다는 눈으로 노려보았다.

"물론 준이 씨가 건강해질 수 있도록 헌신적으로 받쳐 주는 사람이 있다면 내가 환영이야. 하지만 그건 상대방의 마음에서 우러나와서 스스로 결정해야 할 일이지, 처음부터 이런 조건을 달고 들어가는 건 아니라고 봐. 이건 사랑하는 사람을 찾는 게 아니라 일할 사람을 찾는 거야. 뻔뻔한 사고방식이고 여자의 인권을 무시하는 행위라고. 그렇게 생각하지 않아?"

"왜 그게 그렇게까지 확장이 돼?"

"당연하지! 준희 씬 지금 애인을 찾는 거지, 고삐 채워서 옆에다 두고 이것저것 시켜먹을 수 있는 사람 찾는 게 아니잖아. 상대방에게 바랄 것만 잔뜩 써놓고, 그 조건대로 사람을 구하다니. 지금 구인광고 해? 월급 줄 거야?"

그제야 준희도 나리가 무슨 말을 하는지 알아듣겠다는 듯 조금 기죽은 얼굴을 했다.

"그런가? 난 그냥, 기왕 나랑 사랑할 사람이라면 이랬으면 좋겠다 싶어서……. 암튼 그래서 그런 거지 첨부터 무시하려는 마음이 있었던 건 아니다 뭐."

나리는 쯧쯧 하며 본심이 나쁘지 않다는 걸 인정하고는 말을 이었다.

"좋아하는 사람은 마음으로 찾는 거야. 이렇게 주구장창 나열해 놓고 나 이런 사람 소개시켜 줘, 해봐야 당신처럼 이기적인 사람한텐 나부터도 절대 소개 못 시켜주지."

"알았다니까? 반성하고 있다는데 계속 까칠하게 그러네. 자, 이렇게 하면 되지?"

준희가 자신이 써놓았던 조건들에 두 줄을 박박 긋고는 그 위에 작은 글씨로 메모를 했다.

일단은 내가 사랑하고 나를 사랑해 주는 사람. 거기에 우리 준이까지 예뻐해 주면 더욱 금상첨화. 아니, 고맙지.

나리는 그제야 만족스러운 미소를 지었다.

"그나저나 아직까지 애인도 하나 못 만들고 나한테 소개시켜 달라 그러고. 도대체 지금껏 뭐 한 거야? 인물이 아깝다."

"나, 사랑엔 별로 관심없었거든? 나리 씨 만나고 생각이 달라진 거지."

"하여튼 너무 잘나도 탈이라니까. 이 미모로 여러 남자 죽이지, 여러 남자 죽여."

준희가 혀를 끌끌 찼다.

"내가 사실 나리 씨한테 일부러 소개받고 싶어서 그런 거지,

지금 당장 나가도 바로 여자들 줄 세울 수 있거든?"

"하긴 일본어로 헌팅하면 몇 걸려들긴 하겠더라?"

"하여간 말을 해도 꼭. 아, 그만 놀리고 어디 한번 괜찮은 사람 있나 생각해 봐!"

"알았어. 보채긴."

나리는 고개를 숙이고 아는 인맥 중에 준희의 묘한 정신세계를 감당할 수 있으면서도 바른 상태로 유지시켜 줄 수 있는 인물의 이름을 끄적여 보기 시작했다. 못내 궁금해하며 준희도 얼른 이마를 맞대고 와 나리의 볼펜 끝이 움직이는 걸 지켜보았다.

그때 무언가가 불쑥 하고 나타나 두 사람의 가깝게 붙은 머리 사이를 파고들더니 준희의 머리만 쏙 밀어서 튕겨냈다. 나리와 준희가 동시에 고개를 들어보니, 갑자기 나타나 파고든 물체는 구둣주걱이었고, 구둣주걱을 들고 서 있는 사람은 다름 아닌 현우였다.

"매형, 사람을 구둣주걱으로 진짜."

준희가 억울해하며 머리를 문질렀다.

"아프잖아요!"

"그러니까 좋은 말 할 때 적당히 떨어져 앉아 있어."

냉정하게 내뱉은 현우가 구둣주걱을 휙 던지더니 소파에 앉았다. 나리는 현우를 향해 어색하게 웃어 보이고는 다시 인맥 탐사에 나섰다. 그런 나리를 흘끗 쳐다본 현우가 소파에 나른하게 기대서는 입을 열었다.

"뭘 하고 계시나."

"음, 준희 씨 배필 만들어주기 프로젝트요."

"듣던 중 반가운 소리로군."

"그렇죠?"

헤헤 웃으며 열심히 집중하고 있는 나리의 얼굴을 보고 있는 현우의 입가에 엷은 미소가 돌았다. 무척이나 사랑스러운 무언가를 바라보듯 평온하고 따스한 미소. 자신을 볼 때와는 너무도 다른 그 아련하고도 긍정적인 표정에 준희는 진심으로 속이 터져 현우를 노려보았다.

나리에게 고정되어 있던 현우의 시선이 천천히 아래로 내려가 두 사람이 메모를 하고 있던 종이에 닿았다. 몇 줄 읽어 내려가던 현우의 눈썹이 꿈틀하며 그 매서운 시선이 곧바로 준희에게 날아들었다.

"왜, 왜요? 내가 또 뭘 잘못했는데요!"

바로 그 시선을 캐치한 준희가 또 얻어맞을까 멀찌감치 떨어져 앉으며 물었다. 현우가 얼음 불이 뚝뚝 떨어질 것 같은 차가운 눈으로 입을 열었다.

"윤나리…… 같은 여자라."

그제야 분노의 원인을 알아챈 준희가 벌떡 일어났다. 여기에선 변명도 안 통한다. 대화고 뭐고 일단 맞고 시작될 것이다. 위기를 탐지한 준희는 곧장 준이 기거하고 있는 방으로 내달려 쏙 숨어버렸다. 어느새 쿵 닫힌 방문을 보며 현우가 쯧 혀를 찼다.

"맞아! 선아가 좋겠다!"

그때까지도 내내 적당한 인물 고르기에만 열중하고 있던 나리가 기쁨의 탄성을 지르며 외치는 소리에 현우의 시선이 나리에게로 돌아갔다. 탄성을 지르며 좋아하던 나리는 잠깐 신경 쓰지 않은 그 얼마 동안 갑자기 확 달라진 거실 분위기를 알아채곤 그제야 고개를 갸웃했다.

"어? 준희 씨 어디로 날아갔어요?"

"윤나리, 너 말이다."

현우가 골치가 아프다는 듯 이마를 문지르며 입을 열자 나리는 곧바로 정자세를 했다.

"왜, 왜요?"

도대체, 자신의 이 조바심을 잘 알아주지 않는 그녀를 어떻게 하면 좋을까. 현우는 응시하듯 나리를 쳐다보다가 곧 고개를 저었다.

"됐다. 아니야."

"왜요? 뭔데요?"

얼른 현우 쪽으로 바짝 다가앉으며 계속해서 묻는 나리를 현우가 그대로 끌어당겨 가슴에 폭 가두었다.

"거기서 한 번 잘 생각해 봐."

그리고 숨도 쉬지 못하도록 꽉 가슴에 묻어버리자 나리는 콜록거리며 그의 응징 아닌 응징 속에서 괴로워해야 했다.

'현우 씨, 숨 막혀요. 진짜.'

현우의 팔에 매달리며 나리는 또 자신이 무엇을 잘못했나, 자숙하며 또 자숙해 보았다. 언제나 준희와 함께 있기만 하면 똑같이 벌어지는 풍경이었다.

"조심해서 다녀와."

3년 후.

눈에 띄게 표정이 밝아진 준이 공항에서 열심히 손을 흔들고 있었다. 한창 바짝바짝 말라가기만 하던 몸에도 조금은 살이 올랐고, 항암 치료로 생긴 여러 부작용에서도 많이 회복되어 있었다.

"오빠 다녀오는 동안 너 게임해도 되기는 한데 너무 몰입하진 마. 부탁이다. 알았지?"

떠나는 사람은 준희였다. 실제로는 떠난다기보다 일본으로 돌아가 남은 일들을 완전히 정리하고 영구 귀국하는 것이었지만. 그렇게 잠깐 동안의 공백이었는데도 준을 남겨두고 가야 한다는 건 준희에게 엄청난 스트레스였다. 준희가 몸담고 있던 영화사와 극단 등, 일 때문이 아니었다면 절대 움직이지 않았을 것이다.

하지만 준은 오히려 준희가 걱정이었다.

"오빠 일본에서 일하는 게 더 좋았잖아. 인맥도 많이 만들어 놨고. 나 때문에 다 버리라고 말하기가 참 미안하네."

"시끄러."

준희는 단호하게 잘라 버렸다. 하지만 금세.

"어…… 이건 매형이 나한테 늘상 하는 말툰데? 암튼, 돌아와

서는 한국에서도 다시 시작할 거니까 걱정 붙들어 매고. 오빠가
또 엄청 유능하잖냐. 그나저나 우리 매형의 그녀는 왜 이렇게
안 오는 거야?"

"매형의 그녀가 뭐야, 매형의 그녀가."

"그럼 뭐라 부르냐? 어휴, 이 망할 놈의 족보."

"그냥 나리 씨가 부르면 되지. 족보 복잡할 때 부르라고 있는
게 이름이다, 바보."

준의 삐죽거림에 준희는 빙긋 웃었다. 요즘 같아선 오빠보다
나리 편을 들 때가 더 많아진 쌍둥이 동생을 보며 왠지 모르게
웃음이 났다. 질투를 해야 마땅한데 그냥 웃음만 났다.

"매형사마야 이런 번거로운 자리에 하물며 나를 배웅하러 일
부러 나올 인물은 아닐 테고, 그래도 나리 씨 얼굴은 보고 가야
마음이 편한데."

"애인 만든다고 그 오버하더니 결국 만들지 못하고서 아직도
나리 씨야? 형부랑 결혼한 지 오래된 유부녀거든?"

"그러거나 말거나. 난 예술가야. 예술가는 본래 금단의 사랑
에 괴로워해야 창작의 단 열매를 맺을 수 있는 거야."

장난스럽게 말하고 있었지만, 준은 준희가 진심으로 걱정이
되었다. 그냥 툭툭 던지는 말이 아니란 걸 알기 때문에. 정말 저
대로 계속 마음 심란하게 지내게 해도 되는 건지.

하지만 기대할 수밖에 없었다. 철이 들면, 오빠에게 맞는 사
람이 꼭 나타나리라. 그는 자신의 인연이 나리라고 생각하고 있

는지도 모르겠지만, 준은 당연히 그렇게 생각하지 않았다. 오빠에게도 좋은 사람이 나타나리란 걸 확신했다. 미지의 그녀를 만나면 오빠도 곧 철이 들리라.

그런 마음으로 공항을 쭉 둘러보던 준은 마침 개표가 시작되자 티켓팅을 하기 위해 움직이는 사람들 중 문득 상큼하고 눈에 띄는 아가씨가 있어 그 뒷모습을 향해 마구 텔레파시를 보냈다. 사람이 온 마음의 힘을 다해 집중하면 기적도 일어날 수 있다.

이름 모를 아가씨여, 부디 이 비행기에서 우리 철부지 료카랑 인연을 맺어주시길.

카키색 모자 아래에 결 좋은 머리카락을 찰랑거리며 막 티켓팅을 하고 있는 아가씨에게 준은 마지막까지 자신의 온 힘을 담아 염원을 보내고서 시선을 거두어들였다.

"오빠, 오늘 아마 좋은 일 있을 거야."

그리고 두 번째로 료카 최면 걸기에 들어가자 준희가 고개를 갸우뚱했다.

"뭐? 갑자기 무슨 말?"

"아무튼. 그런 일 있어야 해."

"있을 거라더니 있어야 한다는 건 또 뭐야. 어? 준아, 니 말 맞았다. 좋은 일 생겼어. 저기 매형의 그녀 온다!"

준희의 표정이 곧장 밝아지더니 나리를 발견한 듯 마구 손을 흔들었다. 준은 한숨을 폭 내쉬었다. 지금 이 인물이 관심을 가져야 할 사람은 마구 침을 발라둔 저 머리카락 찰랑한 귀여운 인상의 아가씨지 나리가 아니었다. 그런데도 이 인물은 남의 떡에만 주구장창 관심을 기울이고 있는 것이다. 게다가 그 떡의 임자는 무서울 정도로 자신의 여인에게 집중력을 보이는 하이에나와도 같은 남자였다. 그런데도, 저 좋아 죽는 표정 좀 보라지.

준은 진심으로 준희가 불쌍해서 연민 가득한 눈을 했다. 그런데 문득 준희의 눈가와 입가에서 미소가 천천히 사라지더니 갑자기 중얼거렸다.

"준아…… 오늘 내 일진이 어떨 거라고 했지?"

"글쎄. 비행기 안에선 좋을걸?"

"아냐. 그럴 리 없어. 벌써부터 일진이 이 모양이잖아."

"이 모양은 무슨 모양?"

"매형사마가…… 동행하셨어."

이유는 그것이었던 모양이다. 준이 고개를 돌리자 역시나 팔랑팔랑 뛰어오는 새댁 옆에 현우가 언제나처럼 보호자 겸 보디가드 겸 남편이자 연인의 존재로 우뚝 서서 나란히 걸어오고 있었다. 그러니까 준희가 스스로 짐작한 오늘 하루의 행운은 나리의 얼굴을 보고 떠날 수 있다는 것 같았고, 불운은 그 옆에 현우가 동행하고 있다는 것인 듯.

이 불쌍한 인간아…….

"준아, 나 그냥 티켓팅하련다."

"그래. 괜히 침 흘리다가 형부한테 또 한 대 맞지 말고 얼른 가. 일 끝나면 곧장 와."

그리고 올 땐 그 아가씨랑 같이 오는 대박 행운이 깃들기를.

"건강관리 잘하고. 알았지?"

"알았다니까? 나 이제 건강해. 걱정 마."

준의 머리를 쓰다듬어 준 준희가 얼른 몸을 돌려 바람처럼 티켓팅을 하고는 게이트 안으로 사라졌다. 뒤늦게 뛰어온 나리가 그를 불렀지만 이미 준희는 흔적도 없이 사라지고 난 후였다. 찰나의 차이로 준희를 놓친 나리가 아쉽다는 얼굴로 중얼거렸다.

"어쩜 좋아. 길만 안 막혔어도 좀 더 일찍 올 수 있었는데. 뭐야, 정말. 기왕이면 얼굴이라도 보고 가지."

그러나 준이 알고 있기론 문제는 트래픽 잼이 아니라, 이렇게 아름답게 동행한 부부의 모습이란 것이었다. 준희는, 그게 못내 행복하면서도 지켜보기에 아픈 것이다.

쌍둥이 오빠에게 연민과 '이제 그만 좀 해라, 응?'의 구박을 동시에 보낸 준이 나리를 보며 말했다.

"뛰어오면 어떡해요. 아기 생각해야지."

"괜찮아요."

나리는 임신 초기였고, 준은 누구보다도 새 생명을 두근거리며 기다리고 있었다. 준의 시선이 이번에는 현우에게로 향했다. 그냥 아무 말 없이 싱긋 미소 짓자 흘끗 쳐다보던 현우도 시선을 맞추고는 낮게 웃었다.

"형부."

"왜."

"밥 사줘요."

빙긋 웃는 준의 머리카락을 헝클이듯 쓸고는 현우가 고개를 끄덕였다.

"그래. 가자."

준이 먼저 돌아서고, 현우가 나리를 향해 손을 뻗었다. 내밀어진 그 커다란 손을, 나리는 밝게 웃으며 바라보았다. 아기와 함께 한 걸음 내딛어 그를 향해 다가갔다.

'가자.'

그가 그만의 매력적인 표정으로, 그 어른스럽고 차분한 눈으로 사랑을 담아 다정하게 속삭였다. 나리는 언제나 그렇듯 그의 손을 꼭 잡았다. 그럼 그 뒤는 언제나처럼 그가 안전하게, 항상 최고의 행복한 방향으로 이끌어주었기에 그녀는 그저 그의 손만 잡으면 되었다.

사랑은, 이렇게 현재진행 중이었다.

『TOO LOVE』 Fin.

　　날씨가 더워지는 요즘, 뺨에 대면 서늘할 것 같은 하얀 눈이 떠오르는 이야기를 선보이게 되었습니다. 글을 쓸 때는 눈이 어울리는 계절이었는데 출간할 때는 이렇게 여름이 되었네요.

　Too Love, 예전부터, 여자 쪽이 더 많이 사랑하는 이야기를 한 번 써보고 싶다 생각했습니다. 하지만 늘 실패했죠. 사랑받는 것의 기쁨을 동조하며 함께 느끼는 로맨스 소설에서 여자 주인공이 더 많이 사랑하는 이야기는 자칫 신파조가 되기가 쉽고 또 그런 이야기에 매력을 느끼기란 쉽지 않으니까요. 하지만 현우라는 남자 주인공을 형상화시키면서 할 수 있을지도 모르겠다는 희망과, 또 해보고 싶다는 의지를 갖게 되었습니다.

여자 주인공이 더 많이 사랑하는 것 같은 이야기, 하지만 그만큼 현우도 그녀를 사랑하고 있었습니다. 아니, 어쩌면 더 많이. 단지 자신의 여러 가지 상황 때문에 표현하기 힘들었을 뿐.

현우의 사랑을 그리면서, 더 많이 사랑하던 여자에게 후반부로 갈수록 보상을 해준 마음이랄까요, 그런 느낌을 받으며 글을 써 내려갔습니다. 그래서 나리의 사랑 이야기는 억울하고 지친 감정이 아니라, 달콤한 열매를 맺는 부드럽고 상냥한 글이라 생각합니다. 하지만 결과가 그렇다고 하더라도 나리의 사랑을 납득하실 수 있을지는 저도 잘 모르겠습니다. 그것은 올곧이, 읽어주시는 분들의 감정 몫이라고 저는 생각합니다.

Too much love, 여러분들도 혹시 너무 많이 사랑해서 오히려 미안한 그런 사람이 있으신지요. 지금처럼 뭐든 받으려고만 하는 세상에서, 더 많이 받아야 만족하는 세상에서, 똑같이 돌려받지 못할지라도 자신의 감정을 모두 다 쏟아부을 수 있는 그런 순수한 열정을 가진 사람이 과연 몇이나 있을까요? 하지만 그렇기에 더, 저는 나리의 사랑이 부러웠는지도 모르겠습니다. 저는 하지 못하는 걸 나리는 할 수 있었으니까요.

어쩌면 소설 속 이야기이기에 가능한 게 아닐까? 〈슬럼독 밀리어네어〉란 영화에서 영화 속 이야기니까 빈민촌의 아이가 백만장자가 될 수 있었던 것처럼. 하지만 그것이 비록 픽션이고 허구일지라도, 머릿속의 상상이 현실로 형상화되는 게 가능하기에 우리는 소설과 영화를 사랑하는 게 아닐까 싶습니다. 제가 하지 못할 것이기에 글로써 대리만족을 하는 것. 비단 이성에게만이 아니라 동성에게도, 친구에게, 가족에게 이런 경계선 없는, 한계없는 사랑을 줘보고 싶습니다. 받는 것은 어쩌면 가능할 수도 있지만, 주는 것은 받는 것만큼, 아니, 그보다 더 어려운 게 아닐까……

파란 하늘을 마음껏 바라볼 수 있는 계절.
더 더워지기 전에 Too Love로 여러분들을 만나뵐 수 있게 되어 행복하다는 말씀드리며. 늘 저를 응원해 주는 제 가족과 또 청어람 출판사 관계자 여러분, 유경화 팀장님께 특히 감사드립니다.
모든 분이 항상 행복하시기를 바라며.

글을 쓸 수 있어서
그리고 글로 인해 행복한
이정숙 드림.